Vaarwe

boekerij.nl

Céla van Gastel

Vaarwel Roscoe

De wereld is in shock als multitalent Roscoe Mulder
plotseling overlijdt. Maar zijn verhaal eindigt daar niet.

BOEKERIJ

ISBN 978-90-225-9261-8
ISBN 978-94-023-1633-9 (e-book)
ISBN 978-90-528-6374-0 (audio)
NUR 301/340

Omslagontwerp en -beeld: Henry Steadman
Dagboektekst omslag: Céla van Gastel
Zetwerk: Mat-Zet bv, Huizen

There's a crack in everything, that's how the light gets in

– Leonard Cohen, 'Anthem'

Proloog

Je bent nog op verschillende plekken gezien. Steeds opnieuw ga ik in gedachten je gangen van die avond na. Wat deed je vóór je de lift naar boven nam, naar de drieëntwintigste verdieping, waar je hotelkamer was? Ik zie de lange, donkere gang die erheen leidt voor me en ik vraag me af of je nog iemand bent tegengekomen. Maakte je een praatje in de lift, groette je iemand die je passeerde voor je bij de deur van je kamer kwam? Had je – toen je de keycard gebruikte om de deur te openen – nog steeds die welbekende glimlach op je gezicht, die je zo gemakkelijk tevoorschijn toverde, ogenschijnlijk tenminste, als je werd aangesproken op straat? Of was je in gedachten verzonken, bezig met wat het ook was dat je aandacht volledig opslokte, zoals dat zo vaak gebeurde? Kenden we dat niet allemaal van je? Een late mail, een whatsappje of twee, drie, twintig op een krankzinnig tijdstip, een onverwacht bezoekje, en dan al die ideeën die je had, waar je het dan even over wilde hebben. Móést hebben. 'Een paar ideetjes, laat me weten wat je ervan vindt, dan ga ik weer verder.' Verder, verder, verder. Je moest altijd verder.

De hotelkamerdeur gaat open, jij gaat naar binnen en de deur sluit. En dan? Hoe dan verder? Mijn gedachten stokken daar. Willen niet voorbij dat moment. Terwijl de belangrijkste vraag nog gesteld moet worden. Wat gebeurde er daarna, toen je alleen was? Bepaalde dingen weten we natuurlijk. Dat je nog een vegaburger hebt besteld bij roomservice, maar die niet hebt opgegeten. Dat je een douche nam, en daarna je joggingbroek aantrok. Een paar foto's uploadde naar de cloud. Je planning doornam. De mail met draaischema's voor de komende weken stond nog open. Zegt dat niet genoeg? Je had plannen. Plannen in overvloed.

We weten zo veel. Het is raar hoeveel we allemaal van je weten nu, maar waar het daadwerkelijk om gaat, daar zullen we nooit achter komen. Wat er nu eigenlijk echt in je omging. Of je pijn had, je niet goed voelde, stress had, bang was of in paniek. Ging het snel? Wist je wat er gebeurde? Of werd je er net zo door overvallen als wij allemaal?

De portier van het hotel zei dat je een normale indruk maakte toen je die nacht terugkwam. Je groette hem en je gaf hem fooi. Dat noemde hij opvallend omdat je dat eerder die dag ook al had gedaan, bij je vertrek, nadat hij een taxi voor je had aangehouden. Ik heb me nog afgevraagd of die dubbele tip iets te betekenen had. Dat je dronken was, of onder de invloed van... iets anders? Dat je daarom was vergeten dat je die fooi al had gegeven? Maar eigenlijk deed je zulke dingen vaker. Misschien had je in de taxi besloten dat je de portier te weinig had gegeven en wilde je dat rechtzetten. Over zulke dingen kon je je nu eenmaal ontzettend druk maken.

Je hebt je agent gesproken. Je klonk opgewonden, zei zij later. Enigszins nerveus, maar niets wat alarmerend leek. Je keek uit naar de release van *Starry Night*. Je was tevreden over de fragmenten die je al had gezien, ruwe montages nog. Tevreden, dat wilde wat zeggen. Als jij tevreden was, betekende het dat je subliem werk had geleverd. Je maakte nog een grapje over neergesabeld worden door de critici. Daar zat je dus stiekem over in. Maar je was vooral enthousiast en je had ideeën, zei je. Zo veel ideeën waar jullie over moesten praten. Doorpakken, dat was wat je wilde. Je zou haar iets mailen, zei Ruth, een scenario. Jullie hadden het idee al eerder besproken, maar nu was de timing precies juist, dacht jij. Die mail is nooit gekomen. En we hebben hem ook niet gevonden in de map concepten of de prullenbak. Ben je er niet meer aan toegekomen, wilde je het later nog doen, of was je die nacht bezig om concept na concept te schrijven, die je vervolgens allemaal hebt weggegooid? Niet tevreden. Niet tevreden. Niet tevreden. Kon je daarom niet slapen? Nam je daarom die slaappil, waarvan we dachten dat je ze allang niet meer gebruikte? Je zei dat het goed ging. Je had het druk, maar dat was altijd zo. Je sportte, at gezond, sliep goed. Maar die nacht niet? Vandaar die pillen? Je moet er meer dan één hebben genomen, dat blijkt uit het autopsierapport. Maar niet genoeg om –

Het gesprek met Ruth duurde een minuut of twintig en daarna... weten we het niet precies. Je ging niet meteen naar het hotel, want je bent gezien in een bar met een van je tegenspelers. Hij zei dat je die dag je normale zelf was geweest op de set. Hij had niets aan je gemerkt, ook die avond niet. Jullie dronken nog wat, maakten wat selfies met fans, die later *viral* gingen vanwege –

Ik heb nog een aantal van die mensen opgespoord via social media. Wildvreemden schreven over je: wat je aanhad die avond, wat je gezegd had, waar je gezeten had, wat je dronk. Sommigen bleken je niet eens zelf te hebben gezien, waren op een totaal ander tijdstip in dezelfde bar geweest en lepelden wat details op, afkomstig uit de krantenberichtjes en online artikelen die verschenen waren. *Roscoe Mulder maakt goedgeluimd selfies met fans voor fatale overdosis.* Wat ik uit hun verslagen probeerde op te maken, weet ik zelf eigenlijk niet. Hoe het met je was die avond? Hoe het had kunnen gebeuren terwijl je een paar uur daarvoor nog in de stad was, grapjes maakte, selfies nam? Alsof ik die antwoorden zou kunnen krijgen door de avond te reconstrueren. Alsof het geheel van die schijnbaar willekeurige ontmoetingen iets anders zou onthullen. Een vooropgezet plan, iets onafwendbaars, iets wat wij allemaal hadden moeten zien aankomen.

Je was vergeten ma te bellen. Dat snap ik niet helemaal. Ik ben degene die zulke dingen vergeet, die tot laat wegblijft, te veel drinkt of er even geen zin in heeft. Die persoon wás ik tenminste. Alles is anders nu jij weg bent. Dat je haar niet belde, zit me nog steeds niet lekker. Misschien was je het wel vergeten. Of leek het je te laat. Of waren er andere redenen waarom je niemand wilde spreken? Was je bang dat ze iets zou horen in je stem, dat ze moeilijke vragen zou stellen, dat je zou moeten praten over dingen waarover je wilde zwijgen?

Natuurlijk waren er nog de brieven. 'Afscheidsbrieven' werden ze door de pers genoemd. Wat een onzin. Het waren notities. Je schreef altijd. Al die volgeschreven schriften die ik nog heb gevonden toen ik je spullen opruimde, sommige van jaren geleden. Al die losse vellen met aantekeningen. Sorry dat ik ze heb gelezen, broer, maar ik kon niet anders. Ik moest weten of er antwoorden waren.

Wat hadden we gemist? Elke keer als ik Liv zie, stellen we ons die vraag. In het begin zochten we elkaar de hele tijd op, maar nu... Het is alsof we allebei op zoek zijn naar stukken van jou in de ander. We komen heel dichtbij, maar we vinden je niet. Dat houdt geen mens vol. Misschien is er een stukje van jou dat niemand ooit echt heeft kunnen bereiken. Als dat nou wel was gelukt... Misschien was alles dan heel anders gelopen. Hadden we nou maar beter ons best gedaan.

Roscoemulderofficial Finally making some progress here. Got the neighbours' cat to greet me back, when I run into him on the street.

6 dagen geleden Vertaling bekijken

Het is me eindelijk gelukt. De kat van de overburen groet me nu terug als ik hem op straat tegenkom.

thereallivcoe en **1.203.457** anderen vinden dit leuk

Meer reacties laden

ginnygeorge75 Love you so much. Oh my god. Please respond, so we know it isn't true. It can't be. Does anyone know he was even in San Fran at the time? Someone said he's with Liv in LA.

brightbluefutur @ginnygeorge75 It's true. He was filming for High Five. Liv now in San Francisco also, spotted at airport. Sorry hun.

ginnygeorge75 @brightbluefutur Noo. Please. Heartbroken.

brightbluefutur @ginnygeorge75 Take care. You need talk, you dm me.

zonnestraaltjezzz 💔

damianoalverado Never stop crying.

m_i_k_e_m_a_n Just another druggie.

alexandra.550 @m_i_k_e_m_a_n delete je account

thebutfacedmonkey Ppl like this don't deserve to live. Waist of space.

antwoorden verbergen

crazyboutroscoe @thebutfacedmonkey STFU

Li_flower @thebutfacedmonkey Waste. Not waist. Dumb ass.

alexandra.550 @thebutfacedmonkey delete je account

thereallivcoe @thebutfacedmonkey This is a terrible thing to say. Roscoe was a caring, kind and incredibly talented soul and I hope (even though you seem to get a kick out of seeing other people hurting) you will never have to face the things he struggled with.

Bockylerony @thebutfacedmonkey Guess those worthless pieces of crap movies he did are a thing of the past now too, huh?

amyloves_ Miss you

rossmack This isn't true. I know for a fact. #hoax

antwoorden verbergen

emilianovember @rossmack It is true, sadly. Check his friends and co-workers accounts, they are all mourning.

grantwesley1989 @rossmack why you sayin this not true. Is cruel.

alexandra.550 @rossmack delete je account

pickygirlabby Overrated

Michelle_1992 Hope you are up there singing and smiling down at us. Your light will shine on.

De brieven

Fans, collega's en vrienden zijn in shock en diepe rouw na het plotselinge overlijden van acteur en muzikant Roscoe Mulder (35), die gistermorgen in de vroege ochtend levenloos werd aangetroffen in zijn hotelkamer in San Francisco, waar hij verbleef voor opnames voor de populaire sitcom *High Five*. Over de precieze toedracht worden door de autoriteiten nog geen mededelingen gedaan. Het management van Mulder verklaart diepbedroefd te zijn over deze tragische gebeurtenis. Of de onverwachte dood van Mulder gevolgen heeft voor de release van *Starry Night*, de rolprent over het leven van Vincent van Gogh, is niet bekend. Eerder refereerde Mulder al aan deze rol als 'de rol van zijn leven'. Dat het tevens de laatste rol van zijn leven zou worden, kon niemand vermoeden.

Afzender: Sally S.
Ik mis je nu al, ook al is het maar een paar dagen geleden. Ik merk dat ik steeds online ga, omdat ik je wil zien, en dan weet ik weer dat er nooit meer iets van je komt. Het is zo pijnlijk en ik kan niemand vertellen hoe ik me écht voel. Op mijn werk werd er gelachen om de mensen die in Nova-kostuum salueerden voor het hotel waar je op het laatst verbleef. Ik klapte helemaal dicht. Niemand weet wat je voor mij betekent.

Ik was op slag verliefd op jou toen ik je voor het eerst zag op tv. *High School Heroes* was mijn favoriete serie. Ik keek elke week. Ik was twaalf toen het voor het eerst op tv kwam en sommige van mijn vriendinnen mochten het niet kijken, wat ik zo gemeen vond van die ouders. Hoe kon je tienermeisjes nou verbieden om naar jou te kijken? Elke avond voor ik ging slapen, kuste ik jouw poster. Ik voelde me daardoor minder eenzaam.

Ik heb spijt dat ik niet voor je opkwam toen mijn collega's om je lachten. Ik heb gezegd dat ik migraine had en ben naar huis gegaan. Ik wil morgen niet terug. Ik weet niet wat ik moet doen om me beter te voelen, want wat ik normaal deed als ik in een dip zat, was op zoek gaan naar filmpjes van jou, of door je Insta scrollen. En daar kunnen mijn collega's nog zo veel grappen over maken, maar de serie en jij zijn er altijd voor me geweest, terwijl de mensen om me heen het laten afweten als ik ze nodig heb. Dat zal ik altijd onthouden.

Afzender: Anna Samuel

Mijn hart is gebroken. Toen bleek dat jij en Livia in het echt een setje waren, was ik zo opgelucht. Altijd als ik je met een of andere actrice of zangeres op de rode loper zag, knaagde er iets aan me. Dan vond ik dat zij jou niet verdienden. Misschien was het jaloezie, maar toch... als ik je met Livia zag, had ik dat gevoel nooit. De scènes tussen jullie waren altijd zo lief en oprecht. Jullie chemie spatte van het scherm. Ik heb altijd geloofd dat het niet alleen Rush en Leaf waren naar wie ik keek. Ik wil jullie acteerwerk niet tekortdoen, maar dat zag je gewoon. Je leek zo veel gelukkiger met haar dan met al die anderen. En de manier waarop zij naar je keek... zo verdiende je het om gezien te worden. Jullie waren zo perfect samen. Vóór jullie een stel waren, geloofde ik niet in dat soort liefde, maar jullie lieten zien dat wat op tv bestaat, ook in het echte leven kan. En nu is het kapot. Net als ik.

Afzender: Tommie, 13 jaar

Ik heb net alle seizoenen van *High School Heroes* gekeken en toen vertelde m'n moeder dat de acteur die Rush speelt dood is. Dat vind ik heel erg want dat wist ik niet en Rush was nu net mijn lievelingspersonage. Maar mijn moeder heeft uitgelegd dat het juist mooi is dat Rush voor altijd zal bestaan ook als de acteur er zelf niet meer is. En eigenlijk is dat wel heel cool. Nu weet ik eindelijk wat ik later wil worden. Acteur, net zoals jij, zodat ik ook iets achter kan laten als ik er later niet meer ben. Morgen ga ik samen met mijn moeder naar mijn eerste acteerles. Ik hoop dat ik zo goed word als jij.

Afzender: Anoniem

Beste meneer de Superheld,

Ik begin meteen maar even te zeggen dat ik met jou dus absoluut geen medelijden heb. Maar dan ook echt helemaal niks. Ik walg van mensen zoals jou. Je bent stinkend rijk, terwijl je geen reet doet. Een beetje films lopen maken die niemand wil zien en dan doen alsof het allemaal zo moeilijk is. Je heb verdomme geen idee wat werken is, man. En dan elke keer zitten janken dat je het zo moeilijk heb. Weet je wat jou probleem is? Dat je gewoon te veel tijd en geld hebt. Je bent niks anders als een doorgesnoven niksnut en nou heb je precies wat je verdiend. Je hebt je eigen kapot gesnoven en gezopen en nu doet iedereen alsof je een of andere heilige bent. Nou, ik niet. Ik lach me kapot. En opgeruimd staat netjes.

Afzender: Thérèse Elba

Ik zag dit dus aankomen. Vraag me niet waarom, maar ik zag aan je dat het niet goed ging. Je postte minder op Insta. En je reageerde ook minder op je fans. Ik dacht dat het te maken had met die nieuwe film die je aan het maken was, over Vincent van Gogh. Je leek stiller en serieuzer als je werd geïnterviewd. Niet je normale grapjes. Ik dacht dat je je aan het inleven was in die rol. Misschien een beetje te goed? Ik weet niet of ik *Starry*

Night wel kan kijken als hij straks uitkomt. En wat ik vooral niet snap, is dat niemand om jou heen heeft gezien dat het misging, dat niemand heeft ingegrepen. Mensen zeggen tegen me: je kende hem niet echt, waarom doet het je zo veel? Maar hoe komt het dan dat ik je beter leek te kunnen lezen dan al die mensen om je heen die van je hadden moeten houden?

Afzender: Imani Amal

Roscoe Mulder, je bent een ware filosoof. Jij zingt vanuit je ziel. Dank je wel voor je kracht en je kwetsbaarheid. Maar vooral voor je authenticiteit. Jouw liedjes klinken als poëzie op muziek.

'The thing is you think I'm unbreakable up here.
I'm not. I'm made of glass.
All it will take is one crack. One too many.
I'm in pieces. End of show.'

Met het nieuws van vandaag komt deze tekst wel binnen. Je wordt gemist, maar je laat ons achter met jouw muziek als troost voor onze ziel.

DEEL 1

DE NASLEEP

Rafael

De telefoon ging. En toen wist ik het al. Vrijwel meteen. Ik wist dat het over jou ging. Achteraf kun je dat natuurlijk makkelijk zeggen, maar ik wist het. In een paar tellen maakte ik allerlei overwegingen. Allereerst om niet op te nemen, zoals gewoonlijk bij onbekende nummers. Terwijl ik naar het scherm van mijn telefoon staarde, wachtend tot het geluid ophield, voelde ik dat dit anders was. Dat ik wel zou opnemen, ook al wilde ik niet. Ik wilde het zó erg niet dat ik er misselijk van werd. Even overwoog ik níét op te nemen, dan ging het misschien aan me voorbij. Dan zou wat er nu boven mijn hoofd hing niet gebeuren. Dan zou alles bij het oude blijven en op dat moment, vlak voor ik toch op accepteren drukte, was dat alles wat ik wilde.

Een paar minuten voor mijn telefoon overging, was de politie bij ma aan de deur verschenen. Zij had hun gevraagd mij te bellen, tussen verstikte kreten van diepe, rauwe pijn, van afschuw door. Ik hoorde haar op de achtergrond terwijl een tamelijk jonge agente, die hier nog maar nauwelijks ervaring mee kon hebben, me op heldere, feitelijke toon vertelde wat ze wist. Dat was op dat moment niet veel, maar toch te veel voor mij om te bevatten. En even had ik ook met haar te doen, dat dit haar taak was. Toen ik besefte wat een ontzettende Roscoe-gedachte dat was, voelde ik de vloer onder me wegzakken. De minuten daarna ben ik kwijt. Uiteindelijk heb ik mijn sleutels gepakt en ben ik naar ma gereden. Ik kan me de stoplichten niet herinneren die ik onderweg tegenkwam. Geen kruisingen, geen tegenliggers, geen overstekende voetgangers of fietsers die ik voorrang had moeten geven. Ik zeg tegen mezelf dat ik er wel op gelet moet hebben, maar dat ik het niet heb opgeslagen. Wat ik nog wel weet, is dat ik steeds het beeld in mijn kop had van toen pa wegging. En hoe ma daaronder was. Hoe ze jankte als een gewond dier. En dat dit zo veel erger was. Zó veel erger. Ik kan me niet voorstellen hoe ze gereageerd moet hebben toen de agenten voor haar neus stonden. Toen ze begonnen te praten. Jouw naam noemden. *Overleden. Levenloos aangetroffen. Geen waarneembare sporen van een misdrijf. Ja, mevrouw, we weten het zeker.*

Ik reed de straat in. Zette de auto lukraak stil langs de stoep. Gooide het portier open. En ik kotste in de goot.

Eigenlijk was er nog maar één ding dat telde. Jou thuisbrengen. Ik zat een hele tijd bij ma, niet in staat om iets te doen om haar te troosten. Ze had iets ingenomen waardoor ze wat minder hysterisch huilde nadat ze eerst bijna van haar stokje was gegaan omdat ze vergat te ademen tussen de uithalen door. Ik pakte haar hand soms even vast, als ze lang genoeg ging zitten om dat toe te laten, maar dan trok ze zich meteen los om weer te gaan ijsberen. Misschien moet ik dit allemaal niet opschrijven. Je zou kapotgaan van schuldgevoel als je dit wist, maar ik moet het kwijt en ik weet niet bij wie anders dan bij jou. Jij bent degene die ik nu zou bellen, omdat ik het zelf niet meer weet. Barst, ik héb je gebeld. Eerst omdat ik het niet geloofde, daarna omdat ik het nog steeds niet geloofde, en later omdat ik geloofde dat ik het ongedaan kon maken als ik het maar vaak genoeg probeerde. Het punt is dat ik dit niet alleen kan. Jij zou dit kunnen. Jij zou dit op een of andere manier allemaal precies goed doen. Een steun zijn voor ma, en de dingen regelen zoals ze geregeld moeten worden. Ik weet niet eens wát er geregeld moet worden. Ik weet goddomme helemaal niks. Behalve dat ik je naar huis moet brengen. Dus dat ga ik doen.

Liv komt ook. Ik heb haar gesproken en we ontmoeten elkaar straks op het vliegveld. Ze heeft het via social media moeten horen, wat helemaal een verschrikking is. Terwijl ma en ik nog ingelicht moesten worden, gonsde het op Instagram en Facebook al van de geruchten. En zij werd de hele tijd in die kloteberichten getagd. In paniek is ze jou gaan bellen, en appen, weet ik veel. En toen ze geen reactie kreeg, belde ze het hotel, maar het personeel weigerde mededelingen te doen. Het duurde eeuwen voor ze de plaatselijke politie te pakken kreeg en nog langer voor die iets kon bevestigen, omdat eerst de naaste familie ingelicht moest worden. En al die tijd durfde ze ons niet te bellen, omdat ze niet wist wat ze moest zeggen en ze alleen maar kon hopen dat het een vreselijk misverstand was en dat jij ineens weer zou opduiken na een of andere spontaan ingelaste marathonsessie in een opnamestudio.

Alsjeblieft Roscoe, kun je gewoon impulsief besloten hebben de studio in te duiken en de tijd vergeten zijn? Kun je ons alsjeblieft een onnozel berichtje sturen, dat je geen idee had van alle consternatie, en dat je een paar geweldige nummers hebt opgenomen, en niet kan wachten om ze ons te laten horen? Kun je me weer even een van je doldwaze plannen toesturen, een mail met je volgende grote idee, waar je de hele nacht aan hebt gewerkt? Ik beloof je dat ik beter zal luisteren. Dat ik een betere broer zal zijn. Jezus, je gaat me niet vertellen dat dit het was, toch? Je bent nog maar net begonnen. Ik bedoel écht. Mensen moeten nog zo veel van je zien. En ik... ik heb niet eens –

Soms kan ik de juiste woorden niet vinden en moet ik even stoppen met schrijven. Ik ben niet zoals jij met je krabbels in schriften, op losse blaadjes. Brieven die je schreef op de achterkant van een vel uit je script. Ik zat soms vol verbazing naar je te kijken vroeger, als je in een soort van trance verkeerde terwijl de woorden zo, door je heen, op het papier leken te stromen. Onafgebroken ging je pen op en neer, tikkend als de punt het papier raakte nadat je die had opgetild om een nieuwe regel te beginnen. Bijna krassend als je het tempo van je eigen gedachten probeerde bij te benen. Ik snapte het nooit goed, waarom je die behoefte had om alles wat je dacht op te schrijven, maar ik merk dat ik nu hetzelfde doe. Soms stroomt mijn hoofd vol woorden en ik heb het gevoel dat ik erin verzuip als ik ze niet van me af schrijf. Maar er komt steeds een punt waarop ik vastloop en dat is het ergste, want zolang ik die woorden heb, voelt het nog een beetje alsof ik ergens vat op heb.

Ik moet nog twee uur vliegen. Als het goed is, kan ik dan vanavond nog naar je toe. Ik geloof alleen niet dat je daar echt bent. *What the fuck* is er nou gebeurd, man? Mensen van vijfendertig horen gewoon weer wakker te worden als ze hebben geslapen. Je kunt er niet zomaar tussenuit knijpen. Wat dacht je nou? Vond je het wel mooi geweest of zo? En ik dan? Ma? Liv? Iedereen. Je hebt geen idee hoeveel mensen nu volkomen door het lint gaan. Ik kan er niet bij dat je dit hebt laten gebeuren. Er moet wel iets ongelooflijk, grandioos, faliekant uit de klauwen gelopen zijn en ik weet niet wat, maar ik zal erachter komen en dan –

'Ze zeggen dat hij het zelf heeft gedaan. Opzettelijk. Ze zeggen de meest verschrikkelijke dingen.' Liv, grote zonnebril, haren verstopt onder een honkbalpetje, weggedoken in een te groot jeansjack – het jouwe? Ze stond al op me te wachten toen ik de gate uitliep. Ik had alleen handbagage, een paar spullen die ik in allerijl bij elkaar had gegrepen. Ik had haar nog niet eens gezien, maar zij mij wel, want ze stond plots voor me en ze smoorde een ingehouden snik in de stof van mijn trui terwijl ze me omvatte als in een omhelzing, die meer voelde als de wanhopige greep van een drenkeling. Ik probeerde haar iets van troost te bieden, maar het klopje op haar rug leek mechanisch en ik stond erbij als een lantaarnpaal, koud, niet in staat iets te voelen.

Ze keek me niet aan toen ze sprak. Haar woorden weggemoffeld, platgedrukt.

'Dat moet je niet geloven. Het is niet waar.'

Met een ruk keek ze op. Ik kon haar ogen niet zien door die zonnebril heen. 'Weet jij hoe het zit? Wat hebben ze je verteld?'

'Nee, nog niks. Ik weet alleen –'

Haar vingertoppen drukten zich in mijn onderarmen, alsof ze alle informatie die ik had uit me wilde wringen, maar ik had niks en er kwam niks. Haar onderlip trilde.

'Hij zou dat niet doen, dat is alles wat ik weet.'

'Ja. Nee. Tuurlijk niet.' Ze liet me los. Even leek het alsof daarmee ook alle kracht uit haar lichaam wegvloeide. Toch rechtte ze haar rug. 'We moeten hier weg voor we gezien worden. Ik heb een auto geregeld.' Ze knikte en ik volgde haar. Ze kende de weg; behendig koerste ze door de menigte op weg naar de uitgang. Een paar keer meende ik commotie te horen ontstaan, is dat Livia Jones? Als ze het al registreerde, liet ze dat niet merken. Voor ik het wist stonden we bij een donkere terreinwagen waarbij iemand al met het achterportier open stond te wachten. Liv dook op de achterbank en schoof door, zodat ik snel kon volgen. Het portier sloeg dicht en bijna onmiddellijk kwam de auto in beweging. Liv klikte haar gordel vast. Ze zag er klein uit in het enorme interieur van deze auto. Even leunde ze achterover tegen de hoofdsteun. Daarna nam ze haar zonnebril af en liet die op haar schoot zakken. Ze klikte de pootjes van haar bril een paar keer open en dicht, leunde toen naar voren en pakte een flesje bronwater dat ze me aanreikte voor ze een tweede voor zichzelf pakte. Ik schrok een beetje toen haar blik de mijne kruiste. Liv behoort tot de mooiste vrouwen ter wereld, dat weet iedereen. Volgens een tijdschrift dat ik onlangs onder ogen kreeg, staat ze zelfs in de top vijf, voor zover zoiets meetbaar is. Maar op dit moment zag ze eruit alsof een team van visagisten alles uit de kast had gehaald om haar om te toveren tot een tien jaar oudere, verslagen, uitgeputte versie van zichzelf.

Ik nam een slokje water.

'Sorry,' zei ze. 'Ik heb amper geslapen.'

Ik slikte het water door. 'Ik ook. Ik dacht dat ik misschien in het vliegtuig nog even in slaap zou vallen, maar niet dus.'

'O, ik doe geen oog dicht in vliegtuigen. Al dat lawaai en die geuren... zo veel mensen bij elkaar. Dichtgeklapte oren. Ik haat het. En dan vlieg ik nog wel businessclass.'

'Ja, vast.' Ik besefte opeens dat dit de eerste keer was dat ik alleen was met Liv. Of nou ja, niet zozeer met Liv. Liv is jouw vriendin. Ze droeg een rendiertrui afgelopen kerst, net als wij allemaal. Ze zingt vals als ze wat te veel gedronken heeft. Ze kan harder boeren dan jij. Ze houdt de badkamer enorm lang bezet. Ze lacht om al jouw grapjes. Zelfs om de niet zo heel geslaagde en we weten allebei dat die in de meerderheid zijn. Ze is altijd aardig tegen ma. Ze stond niet toe dat ma de tafel afruimde na het eten. Ik kan goed met haar opschieten, met jouw Liv. Maar nu had ik opeens ontzettend het gevoel dat ik naast Livia Jones zat. De actrice. De filmster.

Voor jou was dit vast doodnormaal, vergeef me de uitdrukking. Vermomd met petjes en te grote jassen de straat op gaan. Rondrijden in geblindeerde auto's. Met een chauffeur. En... ik had geen idee wie die andere persoon was, een assistent, of bodyguard? Beroemd zijn is iets geks.

Weet je wel, de appjes die ik je soms stuur? Als ik artikelen over jou tegenkom in bladen of online? *Dit vind ik wel heel beroemd van je!* zeg ik dan. Het is ons geintje, want haha, mijn broer de beroemde ster. Zo bén je thuis niet. Ik heb nooit het idee gehad dat je je beroemd voelde, en voor mij ben je altijd gewoon mijn broer gebleven. Gewoon Roscoe. Maar toen we op weg naar jou langs het hotel reden, waar je gisteren – of nee, het is al eergisteren, ik heb nu al geen tijdsbesef meer – nog roomservice bestelde en je voorbereidde op een werkdag, waar je spullen nog stonden zoals je ze had neergezet, althans dat vermoedde ik toch… Sorry. Ik raak de draad kwijt. Opnieuw. Toen we het hotel passeerden, of eigenlijk lang daarvoor al, zodra we de straat inreden, zagen we een zee van lichtjes, mensen die kaarsjes hadden aangestoken en vasthielden, die hun verlichte telefoonscherm met gestrekte arm in de lucht staken, die bloemen neerlegden bij de zijgevel, waar iemand gekleed in een hoteluniform alles zo ordelijk mogelijk herschikte. Ik besefte eerst niet waar ik naar keek, tot ik het wel besefte. Je bent niet gewoon Roscoe, niet alleen maar mijn broer. Je had een honkbalpetje en een geblindeerde auto nodig om ongestoord over straat te gaan. Jezus Roscoe, dit vind ik wel heel beroemd van je.

We wachtten in een smalle gang, nadat we eerst door een andere gang, waar geen eind aan leek te komen, helemaal naar de achterkant van het gebouw waren gelopen. Het was donker, ook al brandden er tl-lampen. Ik was gaan zitten op een van de geschakelde stoeltjes die aan de muur waren bevestigd. Liv bleef staan, waardoor ik spijt had dat ik was gaan zitten, maar het zou ongemakkelijk zijn als ik nu opstond en tegenover haar kwam te staan in de krappe ruimte. Ik leunde wat voorover en liet mijn voorhoofd in mijn handen rusten, steunend met mijn ellebogen op mijn knieën. Ik wilde hier niet wachten, maar ik wilde ook niet naar binnen. Ik weigerde naar de deuren tegenover me te kijken. Ik wilde weg. En daardoor voelde ik me schuldig want jij was daar. En jij kon ook niet weg. Tenzij het allemaal tóch een vergissing was. Daar zou ik dan zo achter komen. Nog even en dan wist ik het zeker. Dan was er geen weg meer terug. Niets meer om me achter te verschuilen.

'Het punt is...' Livs stem verbrak aarzelend de stilte. Ze stond van me afgewend. 'Mensen sterven geen natuurlijke dood in hotelkamers.'

Ik keek op. Ze draaide haar gezicht iets in mijn richting, maar vermeed oogcontact. Haar woorden echoden nog even na in mijn hoofd. Wat probeerde ze te zeggen? Dat ze die verhalen over opzet geloofde? Dat er sprake was geweest van een misdrijf? Wat?

'Iemand die gezond is... Een man van zijn leeftijd, die sport, gezond eet... ik bedoel...' Haar stem klonk schor nu. Ze haalde haar schouders op.

'Hij heeft het niet expres gedaan. Dat zou hij niet doen. En al helemaal niet nu, met deze film en –'

'Ik weet het, maar...' Ze staarde naar de vloer. 'Wat moeten we dan denken?'

De deur ging open. De patholoog was een vrouw. Dat was eigenlijk alles wat ik op dat moment registreerde. Ik hoorde haar praten, maar de woorden drongen amper tot me door. We volgden haar de ruimte in, door de deur waar ik niet doorheen had gewild, maar nu ging ik toch. Ik liep voor Liv uit. Naar een metalen tafel, waar duidelijk een menselijk figuur te onderscheiden was onder het laken dat hem bedekte. De patholoog ging ons voor naar die tafel. Het voelde alsof er duizenden voetstappen nodig waren om die laatste meters te overbruggen en de tafel te bereiken, waar zij het laken tussen duimen en wijsvingers vastpakte.

Ze vroeg of we er klaar voor waren. Nee. Natuurlijk niet. Nooit zou ik hier klaar voor zijn. Ik wilde het niet eens achter de rug hebben. Voor mijn part bleven we gewoon staan, zo, hier, voor altijd. Want niets maakte nog uit. Niets zou hierna nog hetzelfde zijn. Dus ik antwoordde niet. Uiteindelijk was het Liv die ja zei. Of: 'Ga uw gang.' Zoiets.

Liv begon meteen te huilen toen het laken teruggeslagen werd. Met haar handen, allebei, tegen haar lippen geperst. Toch kon ze het daarmee niet tegenhouden. Het klonk als totale radeloosheid. Haar schouders schokten en ze klapte dubbel, over je heen. Even leek het alsof je je kin boven op haar hoofd liet rusten, troostend bijna, als in een normale omhelzing.

Wat er in mij omging... dat valt amper te omschrijven. Het was alsof ik mezelf uitzette op het moment dat die vrouw het laken terugsloeg en ik zag dat jij het was. Dus toch. Er was een soort doffe plof, die ik voelde of hoorde, diep binnen in me. In mijn hoofd of in mijn borst. Kan allebei. En toen heel veel niets. Ik keek naar je, met dichtgeknepen keel. Ergens dacht ik misschien nog wel dat je er zo normaal uitzag. Bijna geruststellend.

'Dat is mijn broer,' zei ik toen. En nadat ik het eenmaal gezegd had, kon ik niet meer stoppen het te zeggen. Steeds opnieuw. Dezelfde paar woorden. 'Mijn broer. Hij is mijn broer. Roscoe. Mijn broer. Mijn grote broer.'

Ik wil niet te veel stilstaan bij hoe je voelde toen ik je arm aanraakte. Verre van normaal was dat. En ook niet geruststellend. De klamme kou die bezit van je had genomen, je huid die niet meer aanvoelde als huid, maar als een stroeve ballon die om je heen getrokken was, stijf en gummiachtig onder mijn vingertoppen. Maar jij was het, dat zag ik, en ondanks alles voelde ik het ook, dus wilde ik je niet meer loslaten nadat ik mijn vingers om je onderarm had geslagen. Ik deed het alleen omdat iemand Liv moest sussen. Dus ik legde mijn hand op haar rug en fluisterde iets als: 'Kom.' Ik moest haar zo'n beetje van je los pellen. Ze gaf niet mee. Ze hing in mijn armen, als een verwelkte bloem waarvan de steel te slap was om de bloemknop nog te dragen. Ik probeerde haar vast te houden, maar ze bleef zich naar je toe draaien, vol ongeloof, ontkenning. 'Nee,' herhaalde ze steeds maar.

Even probeerde ik mezelf wijs te maken dat het allemaal maar een scène was die jullie speelden. Jij met een gastrol als lijk in de politieserie waar Liv al vier seizoenen de hoofdrol in had. Misschien zou je zo een grapje maken. Liv laten schrikken. De hele scène bederven. Ik wilde dat iemand 'stop' zou roepen, zodat jij weer overeind zou komen en Liv zou kalmeren. De hele scène deugde toch al niet. Liv speelde een geharde LAPD-agente die aan de lopende band gruwelijkheden meemaakte. In de hele serie had ze hooguit één ingetogen traan geplengd. Nog nooit was ze buiten zinnen geraakt in het mortuarium. En wat had ik in dit scenario te zoeken? Nee. Dit was niet agente Millie Artella, en jij had geen bijrolletje als tragisch slachtoffer. Dit was Liv. Dit was jij. En het was echt.

Je zei: 'Waarom spreken we niet halverwege af?'

Soms zagen we elkaar een tijdje niet. Dan zat ik in Canada, jij in New York, LA of een andere wereldstad. Jij aan het filmen, ik druk met werk, vrienden, vrouwen. Oké, wie hou ik voor de gek? Je weet dat de volgorde vaak precies andersom was. Maar we hielden altijd contact. Een mailtje, een berichtje, soms alleen een raar filmpje waarvan we wisten dat de ander erom zou moeten lachen. En als je in de buurt was, nou, we hoefden niet eens af te spreken of zo. Dan zagen we elkaar bijna dagelijks. Ergens eten, een potje basketballen op het veldje achter mijn huis, naar een film waar jij tevergeefs auditie voor had gedaan. En dat ik dan de hele tijd zat op te merken wat ik er stom aan vond. Dat je maar blij moest zijn dat je niet in die flutproductie zat. En jij die juist alles benoemde wat je gaaf vond. Zie je wat die gast daar doet? Hij zegt geen woord, maar je ziet een complete dialoog in die ene blik, dat trekje rond zijn mond, de manier waarop hij tegen zijn neus tikt. En dat jij dat nooit zo goed had kunnen doen. Dat het terecht was dat ze je de klus niet gegeven hadden.

In het begin dacht ik dat je zulke dingen zei omdat je graag wilde horen hoe goed je was, maar later begon ik in te zien dat je écht geen idee had wat er gebeurde als er een camera op je gericht stond. Hoe mensen voor je vielen. Hoe ze elk woord geloofden dat je sprak. De hysterie van de meisjes. En laten we eerlijk zijn, evengoed jongens. Het succes van *High School Heroes*, jongen, zonder jou zou die serie geen tweede seizoen hebben beleefd, laat staan vijf of zes. Hoeveel waren het er precies? In het begin grapten we nog wel eens over hoe slecht die serie was. Zes superhelden die nog op de middelbare school zaten, die hun superkrachten verborgen moesten zien te houden, maar ondertussen wel steeds hun klasgenoten behoedden voor de grootste rampen zonder dat iemand iets doorhad. Het was de manier waarop jij aan alle clichés zo'n frisse, ontwapenende draai wist te geven, waardoor het concept toch aansloeg. Je had het altijd over je tegenspelers, hoe fijn het was om met ze te werken. Hoe talentvol iedereen was, en hoe ze je hielpen die rol neer te zetten zoals je deed. Maar zodra jullie ergens opdoken werd er maar één naam geschreeuwd. Als jullie ergens kwamen om de show te promoten, dan stond jij buiten de studio nog tot vervelens toe handtekeningen uit te delen terwijl de andere vijf allang in een of andere vipruimte netjes mat gepoederd werden. Of de andere vier toch zeker. In die tijd was Liv al bijna altijd aan je zijde te vinden. Ook dát had jij natuurlijk pas als laatste door. De blikken die ze je toewierp. Sukkel die je bent.

Het idee van halverwege afspreken ontstond rond die tijd. Jij werd geleefd met die strakke opnameschema's. Soms had je een dag vrij. Met een beetje geluk twee. Met acht uur in de auto heen, en daarna weer acht uur terug, bleef daar niet veel van over. Dus spraken we af ieder vier uur te rijden. Meestal zocht jij een leuke plek uit. Een klein koffietentje of zo. Soms een luxe hotel, of een rooftopterras als je weer eens een beroemde bui had. Maar voornamelijk koos je *low key* plekken, waar we rustig konden praten, zonder te veel aandacht te trekken. Dan vertelde je me over het leven op de set, ruzietjes die ontstonden en weer werden bijgelegd, een auditie die je had lopen, dates die je had met modellen, actrices, zangeressen. Nooit je naaste collega's en nooit fans. Soms had je het drie kwartier over Liv en als ik dan eens subtiel informeerde wanneer jullie er nou eens werk van gingen maken, dan speelde je de beste-vriendenkaart en zei je dat ik al die roddels niet moest geloven. Ook hadden we het over ma. Jij was het dan die mij op de hoogte bracht, want ze belde altijd jou als ze ergens mee zat, al zat je aan de andere kant van de wereld en ik maar dertig minuten bij haar vandaan.

Tweeënhalve week geleden zag ik je voor het laatst. Of is het drie inmiddels?

Terug in de auto, nadat ik allerlei formulieren had getekend voor –

Nadat we jou daar hadden achtergelaten, zat ik me verwoed af te vragen wat de laatste keer was dat we elkaar zagen. De laatste keer mocht namelijk niet dat moment daar zijn. Ik wil me niet het metaal van die tafel herinneren, de kilte van die ruimte, jij, verstild en onbewogen. Daarom telde ik in mijn hoofd terug welke dag het precies was. Een woensdag die je tussendoor vrij had.

Ieder de helft, had je gezegd. Rond lunchtijd. Je zou me de locatie nog sturen. Ik was van plan vroeg te vertrekken, zodat ik zeker op tijd zou zijn, hoe druk het ook zou zijn onderweg. Ik kreeg er de kans niet voor, want de zon was nog niet op toen je me wakker belde omdat je net mijn straat in kwam rijden. Eerst was ik in de war, vroeg me af of ik me had verslapen, maar het was nog niet eens licht buiten.

'Hé broertje,' zei je terwijl je uit je auto sprong. Je kwam op een drafje naar me toe. Ik rekende uit hoe laat je vertrokken moest zijn om hier nu op mijn stoep te staan. Je zag er niet eens vermoeid uit.

'Heb je de hele nacht doorgereden?' vroeg ik, terwijl ik slaapdronken in mijn pyjamabroek op het tuinpad stond. Je kwam met gespreide armen op me af.

'Ik was toch wakker. Ik was wat eerder klaar en ik kon niet slapen, dus dacht ik dat ik jou die rit wel kon besparen.'

Hoewel ik een centimeter of vijf groter ben dan jij, sloeg je je armen om me heen en tilde me een tel of twee een stukje van de grond. Vier centimeter, hoor ik je bijna zeggen, maar je weet heel goed dat het minstens vierenhalf is. Zo goed als vijf. Misschien wel zes, trouwens.

Ik klopte je op de rug. 'Goed je te zien. Koffie? Iets te eten?' Ik probeerde te bedenken of ik je een vegan ontbijt kon voorschotelen. Ik had er niet op gerekend. 'Of wil je even liggen? Ben je moe?'

'Mwah. Gaat wel. Koffie is een goed idee.'

Ik ging je voor naar de keuken. 'Je had dit niet hoeven doen, man. Heb je helemaal niet geslapen?'

'Wel eventjes, voor ik ging rijden.'

Ik wist niet of ik je moest geloven.

'Ik heb een paar nachten doorgedraaid.'

Daar had je geen moeite mee, met nachten doorwerken, alleen was je daarna nog dagenlang uit je normale ritme. Dat kon ik merken aan de hoeveelheid nachtelijke mails en berichtjes die ik dan nog van je ontving, ook nadat je allang weer overdag werkte. En hoewel je later begon als je 's nachts filmde, vroeg ik me altijd af of je dan overdag wel sliep. Je stuiterde van energie als je midden in een project zat. Je had van die periodes dat je non-stop doorging, en dat was dus ook zo toen we elkaar voor het laatst zagen. *Voor het laatst. Hoe kan dat?* Je lachte, we kletsten, we grapten. Je had het over de film, *Starry Night*, dat je de rol van Vincent zo fantastisch vond om te spelen. Het was de tragiek van zijn leven die je raakte, en ik denk dat je je er ondanks je succes mee identificeerde, want je wilde altijd meer. Erkenning. Maar dat niet alleen. Je wilde beter zijn. Mooiere rollen spelen, beter acteren, meer muziek maken, echt goede eigen nummers schrijven en spelen. En dan was er nog de fotografie. Een hobby noemde je dat, maar je frustratie als je op beeld niet kreeg vastgelegd wat je zág... En het nieuwe project voor Liv waar je mee bezig was. Iets compleet nieuws voor haar. Iets wat haar op het lijf geschreven was. 'Je zult het zien,' zei je. 'Hoe geweldig ze is. Ze krijgt de juiste rollen niet, verrek, die zijn er niet eens. Dus ik maak hem voor haar. We doen het zelf. Het wordt episch. Echt episch.'

Ik weet niet wat er uit die autopsie gaat komen, maar dat je dit met opzet hebt gedaan zal ik nooit geloven. Jouw plannen, het waren er te veel, en ze waren groots. Episch. Ik weet dat je een donkere kant had, maar tegelijk ben je – was je – de meest hoopvolle persoon in mijn leven. De dingen die je nog wilde doen, die je zóú doen, die je had moeten doen, die zou je nooit hebben opgegeven.

'Liv,' zei ik, terwijl ik opzijkeek. Ze lag met haar hoofd achterover en even was ik bang dat ik haar had gewekt, dat ze in slaap was gevallen. Maar toen ze me aankeek, zag ik dat ze nog steeds huilde. Geluidloos nu. 'Ik denk dat het zijn hart was.'

Livia

De eerste keer dat ik je zag... Ik zag jou eerder dan jij mij. Ik wist al dat ik de rol van Leaf zou krijgen. Omdat Justin mij in zijn serie wilde, was mijn auditie niet veel meer dan een formaliteit geweest. Mijn tegenspelers moesten nog gecast worden en inmiddels had ik al met zo veel acteurs gelezen dat de woorden die ik moest zeggen haast alle betekenis hadden verloren. Ik moest mijn uiterste best doen om nog enige beleving in de scène te stoppen, met steeds iemand anders tegenover me. Iemand die het wéér niet was. Het klinkt dramatisch om te zeggen dat we de wanhoop voelden toenemen met elke auditie, maar dat was precies wat er aan de hand was. We wérden na elke auditie wanhopiger. Weer iemand die we meteen konden afstrepen, weer iemand die het niet was.

Dat Rush het moeilijkst te casten zou zijn, wisten we. We zochten iemand met bepaalde fysieke kenmerken. Knap, lang, sterk, donker haar, donkere blik. Maar hij moest ook iets innemends hebben, iets waardoor je wist: *this is a good guy*. Niet knap op een supermodellenmanier, niet een perfect sportschoollichaam. Van die types hadden we er meerdere gezien, maar dat was niet genoeg. De jongen die we zochten moest iets echts over zich hebben, ongepolijst, no-nonsense. Iemand die je met één glimlach kon laten smelten, die met één blik kon spreken, iemand op wie je óf meteen verliefd werd, óf met wie je je direct identificeerde. Die persoon bleek onmogelijk te vinden, en toen kwam jij. Of nee, zo ging het niet precies.

We hielden audities voor Stormy die dag, de zus van Rush en de beste vriendin van mijn karakter. Ook kwamen er enkele acteurs terug om een tweede auditie te doen voor Rush. Ik had de voorlopige top vijf gezien, maar een overtuigende nummer één was er voor mij nog niet. Naarmate het langer duurde voor we de juiste Rush hadden gevonden, werd ik zenuwachtiger. Misschien lag het aan mij dat het niet goed werkte met de acteurs die we al hadden gezien. Misschien zouden ze tegenover een andere actrice beter uit de verf komen en het was veel makkelijker om mijn rol te hercasten dan die van Rush.

Ik zorgde er dus voor dat ik bij elke auditie op mijn allerbest was. Dat ik de tekst las alsof het mijn eigen woorden waren die ik ter plekke bedacht. Dat ik af en toe improviseerde, zodat ik ze ook na de tiende keer nog kon verrassen. Ik moest deze rol hebben. Dat moest gewoon.

Tijdens de pauze ging ik een halfuurtje naar buiten. Mijn hoofd leegmaken, iets drinken en eten, me opladen voor de volgende ronde. Toen ik terugkwam was ik vastbesloten de regisseur iets te laten zien waarvan hij nu nog niet eens wist dat hij het zocht. Ik wist nog niet hoe, maar ik moest en zou het voor elkaar krijgen. Ik ging weer naar binnen. En toen zag ik jou. Je had een paar pagina's van een script in je handen en je zat in de foyer, waar een heleboel mensen zich aan het voorbereiden waren op hun auditie. Je las een paar regels voor, zomaar, zonder... nou, zonder opsmuk eigenlijk. Je sprak ze gewoonweg uit. Ik herkende de tekst meteen. Het was een scène tussen Rush en Stormy. Er stond een meisje tegenover je met gesloten ogen haar tekst te reciteren. Ik keek naar jullie, misschien vier, vijf tellen lang. En toen rende ik de hal door, naar de ruimte waar de castingdirector aan het werk was.

Op tafel lagen setjes papieren. Een soort cv van elke acteur die vandaag auditeerde, met een *headshot* eraan vast geclipt. Ze keek op en hield er eentje in de lucht. 'Hé Livia, mooi op tijd. Ben je er weer klaar voor? Dit wordt een goeie, ik voel het aan mijn water.' Ze maakte een stapel van alle papieren en foto's, klaar om ze mee te nemen naar de auditieruimte.

'Ja, klaar! Helemaal klaar! Maar... mag ik de foto's eens zien van de auditanten voor Rush?'

'Hm, ja best. Ik heb ze hier.'

'Ik zag een jongen, in de foyer. Ik wil weten wanneer hij opgaat.' Ik begon de papieren door te nemen, maar voor Rush waren er niet veel meer over, alleen nog acteurs die terugkwamen voor een tweede auditie. Ik bekeek foto na foto, ze leken allemaal op elkaar. Jouw gezicht zat er niet bij. 'Geen nieuwe meer?' vroeg ik. Misschien was er nog een stapel.

'Die hebben we vanochtend allemaal gezien.' Ze pakte een ander vel van tafel. 'We hebben er wel de perfecte Oaks aan overgehouden.'

'Rina, je moet gaan kijken, in de foyer zit een jongen, donker haar, versleten spijkerjack, wit T-shirt...'

Ze trok haar wenkbrauwen samen waardoor er een diep v'tje boven haar neus verscheen. 'Fantastisch als een man zich weet te kleden voor de gelegenheid.'

'Weet ik, maar vergeet dat even. Je moet hem zien. Hij zit rechts, hij is met een meisje en ze zijn de Stormy-Rush-scène aan het repeteren. Zij heeft zwart haar, met wat rood erdoor. Felrood. Je herkent ze zo. Vertrouw me.'

Het v'tje verdween. Met een geïntrigeerde gezichtsuitdrukking liep ze naar de deur, opende die een stukje en keek om het hoekje. Ze wierp nog even een blik op mij en verdween toen, trok de deur achter zich dicht. Ik stond in het midden van de ruimte, en ik voelde me raar, alsof ik een trein moest halen die van een ander perron bleek te vertrekken, terwijl ik hier stond en niet in beweging kon komen. Het duurde een paar minuten voor Rina terugkwam. Ik bestudeerde haar gezicht, dat niets verraadde. Had ze je gezien? Was je weggegaan? Vond ze je niks?

'Hij is hier niet om auditie te doen. Hij kwam alleen mee voor zijn vriendin.'

Nee, dacht ik alleen maar. Nee, nee, nee. Ik moest hier iets aan doen. Ik moest je naar binnen zien te krijgen.

Rina pakte haar papieren op. 'Maar ik heb hem overgehaald. Hij is de volgende.'

En toen kwam je binnen. Mijn nummer één. Ik wist het al aan de manier waarop ik je drie zinnen hardop had horen lezen, en ik wist het nog een keer toen je de kamer in kwam. Hoe je daar stond, een beetje opgelaten, maar toch op een of andere manier niet ongemakkelijk. Alsof je het wel oké vond om totaal uit je comfortzone te zijn. Weet je nog, die eerste auditie samen? Jij vertelt het verhaal altijd heel anders dan ik. Veel te bescheiden. Dus ik ga het nu vertellen, zodat het duidelijk is hoe het echt ging.

Je had tien minuten met Rina alleen gelezen en haar daarmee overtuigd om je tegenover mij te zetten. Rina nam aan de lange tafel plaats naast Fred, de producent, en Justin, de regisseur. Er was ook een cameraman die de auditie filmde en je begroette hem ook. Er waren wel meer mensen geweest die dat deden. Maar jij had je niet voorbereid, en dit was je eerste auditie, dus het had niets te maken met een goede indruk willen maken en alles met de persoon die je was. Ik denk dat iedereen in de kamer een beetje voor je viel op dat moment. Ik in ieder geval wel.

Je beantwoordde een paar vragen van Justin en Fred. Ik wist niet zo goed wat ik ondertussen met mezelf aan moest. Voor het eerst tijdens deze auditierondes was ik zenuwachtig. Natuurlijk was ik gespannen geweest, zeker tijdens de eerste keer dat ik voor deze rol binnenkwam. Maar ik was gevráágd en dat gaf me een bepaald gevoel van zekerheid. Ze zagen al iets in me, ik hoefde alleen nog maar te bewijzen dat dat terecht was. Natuurlijk stond ik onder druk om goed te presteren, maar dat kon ik prima aan. Ik had me grondig voorbereid, en ik had alle audities gespeeld met een trefzekerheid die mij zelf verbaasde. Nu begon mijn concentratie te wankelen. De zenuwen lieten mijn maag buitelen. Ik voelde mijn hart sneller slaan en mijn keel werd droog. Ik mocht dit nu niet verpesten. Niet nu jij er was.

Je vertelde kort iets over een documentaire die je maakte over je vriendin Kat. En dat je ook muziek maakte. Een beetje. Je was bescheiden. Justin bleef doorvragen. Hij zag het ook, wat ik in je zag. Ik concentreerde me op mijn ademhaling, probeerde mijn hartslag onder controle te krijgen. En ik kuchte om te checken of mijn stem het nog deed. Voor het tijd was om te beginnen, schonk ik nog snel een glas water in uit de kan die vlakbij op een klein tafeltje stond. Althans, dat was wat ik probeerde, maar er liep bijna evenveel water langs de schenktuit op tafel als in het glas. Ik onderdrukte een vloek en redde vlug het script waar de plas water gestaag naartoe kroop. Een hoek van de papieren was al nat, maar de schade viel mee.

'Liv, klaar?' vroeg Fred.

Ik draaide me om. 'Wat? Ja, eh... ik...' Waarom had ik zo'n droge keel? Ik nam vlug een slok water. Er liepen druppels water langs de onderkant van het glas. Ze vielen op mijn witte bloesje. Ik deed of ik het niet merkte en zette het glas neer. Alle ogen waren op me gericht. 'Ik heb een beetje – Laat maar. Ja, klaar.'

Ik stond nog met het script in mijn hand. 'Heb je de tekst nodig?' vroeg ik jou.

'Niet echt, denk ik. Ik heb het een paar keer gelezen, ik ken het behoorlijk goed.'

Ik knikte en twijfelde wat ik ermee moest. Het tafeltje was te nat om het terug te leggen. Je zag me kijken.

'Misschien voor de zekerheid,' antwoordde je. Je stak je hand uit. Ik gaf je het script aan, maar er was opeens iets grondig mis met mijn hand-oogcoördinatie. Eerst dat gestuntel met het water, nu liet ik de papieren vallen. Blijkbaar had iemand het nietje eruit gehaald, want ze dwarrelden alle kanten op en belandden om ons heen op de vloer.

'Shit,' zei ik en we knielden allebei om ze op te rapen. Je greep een paar velletjes papier bij elkaar, hield ze op en keek me indringend aan terwijl je ze me overhandigde. 'Daarom zijn er dus regels over niet rennen in de gang.' Op een of andere manier wist ik meteen wat je deed. De scène speelde zich af in de volle kantine van school, maar je improviseerde. Blijkbaar waren we nu in de gang en ik... was tegen je op gebotst?

'Ben jij niet op de hoogte van de ongeschreven regel dat je aan de kant gaat als iemand haast heeft?'

'Waarom zou iemand haast hebben om...' je deed alsof je een van de papieren bestudeerde, '... naar Engelse literatuurgeschiedenis te gaan?' Je trok je neus op.

'Geef hier, ik ben laat. Ik moet naar de bieb.'

'Hm, en wat is er zo belangrijk in de bieb?' Hier begon je toe te werken naar de oorspronkelijke scène, die kwam uit aflevering twee, waarin onze karakters een vermoeden hadden dat de ander ook over bovennatuurlijke krachten beschikte, en ze elkaar probeerden uit te lokken, en tegelijk wilden verhullen dat ze die zelf hadden. Konden ze elkaar wel of niet vertrouwen?

We speelden de scène. Het was flirterig. Afstand houden en dan weer toenadering zoeken, uitdagend, plagerig. Ik hoorde Justin af en toe lachen, maar voornamelijk was het stil. Je hield je verder perfect aan het script, maar je voegde er wel iets aan toe. Een bepaalde noodzaak om mij, mijn personage, te leren kennen, omdat jij, of Rush natuurlijk, meer dan wat dan ook op zoek was naar iemand die begreep waarom je anders was. Een breekbare hoop dat ik, Leaf, die persoon zou zijn. Het sijpelde door in de grapjes die je maakte, het zat in een korte blik, en in de manier waarop je me op het eind van de scène tegenhield door mijn arm vast te pakken, terwijl ik weg moest lopen. Dat had nog niemand anders gedaan. We keken elkaar langdurig aan, terwijl ik me afvroeg wat mijn personage nu zou doen. Jou zoenen, zou later in het scenario opgenomen worden, onze eerste kus. Maar dat deed ik nu nog niet. Ik probeerde waardig weg te lopen, en stootte daarbij tegen een stoel die vlakbij stond. Ik bleef achter een van de stoelpoten hangen en struikelde half.

'Is het altijd zo gevaarlijk om bij jou in de buurt te zijn?' improviseerde je weer. Ik wist niet of je het tegen mij of Leaf had. En ik wist ook niet aan wie ik antwoord gaf.

'Daar kom je nog wel achter.'

De commissie speelde het koel. Ze gaven je wat complimenten. Dat ze positief waren was duidelijk, maar hun commentaar was ingetogen. Ze bedankten je voor je komst en je zou snel van ze horen. Ik probeerde te interpreteren wat dit betekende, wat ze dachten. Een deel van de auditie was in een waas aan me voorbijgegaan, maar op een bepaald punt wist ik dat we precies te pakken hadden wat ik al die tijd al zocht. We hadden onze eigen draai gegeven aan die scène en ik stond met ingehouden adem te wachten tot de deur achter je dichtging. We moesten snel weer verder met de volgende kandidaat, dat wist ik, maar ik móést eerst weten wat Justin dacht.

'En?' vroeg ik, terwijl ik nog twee blaadjes opraapte die we hadden laten liggen. 'Ging goed toch?' Ik durfde niemand aan te kijken. Ik probeerde nonchalant van mijn water te drinken.

'Goed,' herhaalde Fred toonloos. 'Tja, dat was het wel inderdaad, zeker gezien het feit dat hij geen enkele acteerervaring heeft. Dat is wel een minpuntje.'

‘Een minpuntje? Zag je wat er gebeurde?’ Justin stond op en liep achter de tafel vandaan. ‘En jij, met die onhandigheid, waar kwam dat vandaan?’

‘Ja, sorry.’ Ik zuchtte. Ik mocht toch hopen dat ik met mijn gestuntel aan het begin niet de hele auditie bij voorbaat al had verpest. Ze hadden toch zeker wel verder gekeken dan dat? ‘Ik weet ook niet –’

‘Het was briljant,’ riep hij terwijl hij me omhelsde. ‘Waarom bedacht je dat nu pas? Het was perfect. Ik had eerst niet eens door dat het bij je spel hoorde, met het morsen van dat water en zo. Ik dacht: wat hééft ze? En met die papieren snapte ik het opeens, wat je bedoeling was. Leaf is de hele tijd *the calm and collected one*. De *brains* van de groep. Standvastig en geconcentreerd. Behalve als hij binnenkomt. Dan verliest ze de controle. Laat ze dingen vallen, struikelt ze. O! Ik zie dit helemaal voor me.’

‘Ehm… ja… dat eh, dat had ik in de pauze bedacht. Ik dacht dat het het uitproberen waard was. Ik had het misschien eerst moeten overleggen…’

‘Het was super. Hou dat vast voor de volgende.’

‘Denk je dat…’ Ik aarzelde even. ‘Denk je dat het nog beter kan? Ik bedoel… Josh is een goede acteur en Stuart heeft natuurlijk al een hele *fanbase*, maar die jongen van net –’

‘Roscoe,’ antwoordde Rina. ‘Hij heet Roscoe.’ Ik zag nu pas de grote glimlach op haar gezicht.

‘Hij lijkt een natuurtalent,’ zei Justin.

Fred knikte. ‘Ik vind het toch een risico. Stuart is next, zijn we al klaar om door te gaan?’

Justin keek mij aan. Ik dronk nog wat en knikte twijfelachtig. Ik was klaar om naar huis te gaan. Ik voelde me helemaal leeg en tegelijk vol van… wat? Verwachting? Van wat dit kon worden als ik de kans kreeg om met je te werken.

‘Oké, we gaan door,’ riep Justin. Hij gaf me een schouderklopje voor hij zich omdraaide om terug te lopen naar zijn plek aan tafel. 'Maar hij is het,' fluisterde hij nog snel.

We zouden elkaar vandaag weer zien. Na zes dagen niet samen geweest te zijn. Ik had je elke dag gesproken. Soms heel kort, tussen twee scènes door, jij in de auto en ik bij de trailer van de catering, waar mensen tegen me aan botsten, hun bordje eten bijna geplet tegen mijn ochtendjas die mijn dure, op maat gemaakte uniform moest beschermen tegen precies dit soort gevaren. Jij die dan nog even een seksuele toespeling maakte, omdat je wist dat ik tussen mijn collega's stond en dan niet wist hoe ik moest reageren. Soms was je expres heel expliciet en dan lachte je om mijn gestotter en ongemak. Je miste me en kon niet wachten om weer bij me te zijn. Goed, je formuleerde het iets anders, met meer werkwoorden.

Wat is het laatste dat ik tegen je heb gezegd? Afgezien van de berichtjes die we elkaar nog hebben gestuurd? Welke woorden sprak ik het laatst tegen je? Ik weet het niet meer. En ik maak mezelf bijna gek in mijn drang om die woorden terug te halen. Was het iets liefs? Iets gewaagds? Een grapje? Op zijn minst iets oprechts? *Ik ook van jou. Ik mis je. Tot snel. Ik kan niet wachten.* Of was ik gehaast? Wimpelde ik je snel af om weer verder te gaan met mijn werk, ervan overtuigd dat ik je weer zou spreken. Dat ik je zo weer zou zien. Hoe kon ik dat toch zo voor lief nemen? Dat je er nog zou zijn nadat we ophingen en verdergingen met onze dag, onze eigen dingen? Dat je er altijd zou zijn?

Het is kinderachtig van me, dat ik blijf vastzitten in hoe oneerlijk het voor mij is dat ik je al zes dagen moest missen en zó blij was dat we elkaar bijna weer zouden zien. Alsof ik een kind ben dat een ijsje is beloofd, en dat het bolletje dan op de grond valt voor ik een hap kon nemen. Maar het gaat niet om mij.

Ik zie je broer, bijna lamgeslagen van verdriet en shock, en ik heb je moeder kort gesproken. Nou ja, gesproken. Er viel natuurlijk niets te zeggen, behalve dat ik het zó, zó erg vond dat haar dit is overkomen. Ze heeft niets teruggezegd. Ze huilde zo hard dat ze vast geen woord verstaan heeft van wat ik zei, en dat is niet erg, want mijn woorden waren als standaardzinnetjes op een wenskaart. Niet genoeg. Nooit genoeg.

Het gaat niet om mij, dat weet ik wel. Jij bent degene die is beroofd van alle dingen die je nog had moeten doen en beleven. En de hele wereld is beroofd van het licht dat je bracht, zelfs als alles om jou heen duister voelde. Het gaat niet om mij, maar ik zit vast in een gevoel van intens verlangen om jou weer te zien. *Ik zou je vandaag weer zien.* Je glimlach. Je ogen die mij zagen zoals niemand dat kon. Je armen om me heen. Zo stevig. Zodat ik wist dat ik veilig was. Thuis. Een kus tussen mijn haren. Je lippen op de mijne. Mijn hand in die van jou, onze vingers verstrengeld. Al die dingen waren van jou en mij alleen en nu zijn ze weg, zonder enige waarschuwing, zonder verklaring, zonder reden. Afgepakt. Ik zou je vandaag weer zien. En ik heb je gezien, maar je was het niet. Niet echt. En nu, nooit meer. Nooit meer jij. Nooit meer wij. En ik ben nog steeds zo verliefd op je, zó verliefd.

'Liv,' hoorde ik naast me en ik schrok. Ik was vergeten waar ik was. Vergeten dat je broer naast me zat. Ik moest mezelf bijeenrapen om hem aan te kunnen kijken. 'Ik denk dat het zijn hart was.'

Ik knipperde en voelde dat mijn wimpers zwaar waren van de tranen die ze oppikten en neer lieten vallen op mijn wangen. Wanneer ik weer was gaan huilen wist ik niet. Misschien was ik nooit opgehouden. Het kostte me moeite om een paar woorden door mijn dichtgeknepen keel te persen. Misschien, als ik straks alleen was en niet meer hoefde te praten, zou ik mijn stem helemaal verliezen.

'Zijn hart?' Het klonk raspend. 'Hoezo?'

'Dat is gewoon wat ik denk.'

Wat daar gewoon aan was, kon ik me niet indenken. Zijn hart.

Harten waren gebouwd om langer mee te gaan dan dit, de meeste toch in ieder geval. En als dat niet zo was, dan waren er toch tekens? Signalen?

'Ik dacht dat je het wist.'

'Wat wist?' God, wat was praten moeilijk. Het leek of mijn spieren, mijn stembanden niet meer wisten wat ze moesten doen om op een normale manier klanken voort te brengen.

'Het was onschuldig.' Rafael wendde zijn blik af en keek uit het autoraam. 'Dat hebben ze steeds gezegd, maar ik denk dat ze het mis hadden.'

Ik legde mijn hand op zijn mouw en kneep in de stof van zijn trui. Waar had hij het over? Een of andere aandoening waar ik niets van wist? Iets uit jouw jeugd? Zijn ogen gingen van mijn hand naar mijn gezicht en ik keek hem vragend aan.

'Je moet wel iets gemerkt hebben, toch? 's Nachts? Dat hij soms bang was om te gaan slapen.'

Bang? Jij bang? Nee, dat zou ik geweten hebben. Ik schudde mijn hoofd. 'Hij werkte 's nachts. Dan had hij de beste ideeën.'

'Ja, dat klopt, maar daar betaalde hij wel een prijs voor. Hij had last van hartkloppingen. Al sinds vroeger, daar slikte hij bètablokkers voor. Soms stuurde hij me een berichtje als hij er niet door kon slapen. Heeft hij nooit –'

Ik schudde mijn hoofd weer, voelde me dom en buitengesloten, alsof ik tijdens onze relatie alleen met mezelf bezig was geweest. 'Zijn hart…' Het was meer een vraag dan een constatering. Er vielen wat dingen op hun plaats. Dat ik soms midden in de nacht wakker werd en dat jouw plek in bed dan leeg was. Dan trof ik je beneden aan, met een plaat op de oude pick-up. Otis Redding. Van Morrison. Johnny Cash. Soms zat je op de grond te schrijven, losse vellen papier om je heen, je gitaar bij de hand. Of ik vond je in kleermakerszit op de bank, met een dik notitieboek op je knie.

'Hé babe,' zei je dan als je mijn voetstappen hoorde.

'Hé, nummer één...' Ik liep naar je toe en liet mijn hand over je wang, langs je kaak dwalen. 'Mijn bed ligt niet zo lekker zonder jou.'

Je sloeg je arm om mijn heupen en trok me naar je toe. 'Sorry dat ik je wakker heb gemaakt. Ik moest even iets doen.'

'Er is altijd iets te doen.' Ik nestelde me naast je op de bank. 'Mag ik het zien?'

Een onbestemd geluid. Het betekende zo veel als: ik ben er nog niet tevreden over, maar ik hou je niet tegen.

Terwijl ik het notitieboek overnam, sloeg jij je armen steviger om me heen. Je begroef je gezicht in mijn hals, kuste mijn huid, daalde langzaam af naar mijn borsten waardoor ik moeite had me op je woorden te concentreren, ook al waren ze nog zo mooi.

'Roscoe, dit is goed. Echt prachtig. Speel je het voor me?'

'Ik weet iets beters.' Je trok me onder je en kuste mijn borst door de stof van mijn T-shirt heen. 'Iets waardoor ik nog meer inspiratie krijg.'

Ik liet mijn hand met het notitieboek zakken en legde het voorzichtig op de vloer. De vingers van mijn andere hand liet ik traag door je haar gaan. 'Je hebt slaap nodig, niet nog meer inspiratie.'

'Ik heb jou nodig.'

'Mooie inkopper, meneer Mulder. Goed gespeeld.'

We zoenden. Jouw lippen die zich openden onder die van mij, jouw tong die de mijne vond. Onze knieën botsten, tot we op de juiste manier met elkaar verstrengeld raakten. Jouw been tussen die van mij, jouw hand op mijn dij, druk, wrijving.

Hoe vaak had ik gedacht dat jouw hartslag onder mijn vingers, of tegen mijn rug als ik in je omhelzing in slaap viel, zo snel was vanwege mij, opwinding, inspiratie? Had ik iets moeten merken? Had ik het kunnen weten?

Ik moest hier niet aan denken. Ik miste je zo bij de herinnering dat het pijn deed. Lichamelijke, werkelijke, schrijnende pijn van iets dat was weggerukt uit de kern van mijn wezen.

'Heeft hij wel eens tegen jou gezegd...' Ik moest slikken voor ik mijn zin kon afmaken, maar dat lukte pas na een paar pogingen. 'Dat hij bang was 's nachts?'

Mijn hart brak bij de gedachte aan jou, alleen, en dat je mij niet durfde te vertellen wat er met je was. Dat je deed alsof alles oké was. Was ik blind geweest? Hoe kon ik het anders gemist hebben?

'Nooit uit zichzelf. Hij deed er luchtig over. Je kent hem toch? Alles was altijd oké als je het hem vroeg. Soms appten we en als ik dan concreet iets over zijn hartkloppingen vroeg, dan gaf hij het soms toe. Dat hij er niet van kon slapen. Gaat vanzelf weer over, zei hij dan.'

Ik voelde een nieuwe stortvloed aan tranen opwellen. 'A-als j-je...' Ik kwam niet uit mijn woorden. 'Als je het wist...' Ik stootte ze in groepjes uit. Kleine groepjes woorden per ademstoot. Meer kon ik niet uitbrengen. 'H-hoe kon je dan...' Hyperventilatie. 'Niets doen?'

'Het was onder controle, Liv. Hij had het al jaren. Incidenteel, niet constant. Het leek me niet... als ik had gedacht...'

Zijn ogen werden groot toen het tot hem doordrong wat ik met mijn vraag impliceerde.

'We hadden kunnen... iets... moeten –'

'Stil,' zei Rafael. 'Hou op, je maakt het nog erger zo, haal adem.' Hij pakte me bij mijn armen en schudde me door elkaar. Mijn voorhoofd voelde alsof er van binnenuit iets groeide en groeide, dat zo hard drukte dat het zou ontploffen. 'Adem in, adem verdomme in,' siste je broer. 'Het is niet jouw schuld, je wist het niet en je had het niet kúnnen weten. Je weet hoe gek hij op je was. Hij wilde niet dat je ervan wist omdat hij jouw superheld wilde zijn, dat snap je toch?'

Maar Rafael wist het. Hij wel. Als ik genoeg lucht had gehad, had ik het hardop gezegd. Ik keek hem aan. Mijn vuisten gebald. Snakkend naar zuurstof. Hij, je broer, wist het en hij had niets gedaan. Ik duwde hem weg. Hij had nog steeds mijn bovenarmen vast. Ik kromp ineen, stortte in elkaar, maar hij liet me niet los. Hij hees me op, wreef over mijn rug, hield me vast. Toen ik eindelijk weer wat lucht kreeg, huilde ik, jankte ik op zijn schouder, nog steeds duwend om los te komen. Hij wachtte tot ik iets gekalmeerd was voor hij me wat ruimte gaf.

'Liv, kijk nou,' zei hij. 'Kijk, kijk.'

Ik zag dat we bijna bij het hotel waren, waar we de chauffeur opdracht toe hadden gegeven. Rafael was degene die nog even terug wilde, ook al mochten we niet naar je kamer toe, of je spullen zien of ophalen. Het was inmiddels bijna middernacht. De auto was stapvoets gaan rijden omdat de straten rondom het hotel volgepakt waren met mensen. Het was nog drukker geworden dan eerder vanavond. Nog meer kaarsjes, nog meer bloemen. Ik schrok op toen er iemand in Nova-kostuum vlak langs de auto liep. Even dacht ik... Nee. Natuurlijk niet.

'Kijk daar.' Eindelijk liet Rafael me los. Hij draaide zich om en wees uit het raam. Nog een man in Nova-uitrusting. En weer een. Ik telde er zo tien, vijftien. Allemaal verkleed in het kostuum dat iedereen inmiddels kende dankzij jou.

O, als je dit kon zien, dan zou je in lachen uitbarsten. Je had zo veel shit over je heen gekregen vanwege die rol. Je kon het haast niet goed doen bij de fans die zo lang campagne hadden gevoerd voor een film die draaide om Richard Rider, de held van de intergalactische politiedivisie the Nova Corps. Geen acteur had ooit kunnen voldoen aan het ideaalbeeld van de fans van de stripboeken. Maar Roscoe Mulder, van die stomme tv-serie over superhelden in hun tienertijd? Dat was een lachertje.

Je had zo lang getwijfeld voor je de rol besloot aan te nemen, uit angst voor typecasting, angst om te falen. En uiteindelijk had je iedereen versteld doen staan. Natuurlijk. Op een paar zure critici na had je iedereen weten te overtuigen, zoals ik altijd al had geweten dat je zou doen. De film werd een kaskraker. En er volgde een tweede én derde deel. Maar dat hield de haters niet tegen om je te blijven bestoken met rotopmerkingen. Nog steeds, inmiddels jaren later, weten ze je te vinden via social media. En nu, nu liep om de paar meter iemand verkleed in het iconische zwart met gouden pak. Ik voelde mijn hart een paar slagen missen.

'Kunnen we even stoppen?' vroeg Rafael. 'Even maar?'

Ik zag tranen opwellen in zijn ogen en ik voelde me rot over wat ik had gedacht en bijna gezegd. Ik wist dat hij er alles aan gedaan zou hebben om jou te redden, Roscoe. Natuurlijk wist ik dat. Ik zou het hem nog zeggen, mijn excuses aanbieden. Later. Nu liet ik hem kijken naar al die mensen die van je hielden. Je was niet alleen van ons. Zij hadden jou ook verloren. Je was net zo goed van hen.

De brieven

Fans brengen saluut aan de plotseling overleden Roscoe Mulder. Gekleed in Nova-kostuum vormen zij al dagenlang een erehaag rond het hotel waar de acteur, veelgeprezen voor zijn rol in de Marvel-filmhit, de laatste dagen van zijn leven verbleef. Mulders album *OWN* bereikte gisteren de nummer 1-notering. Het vier jaar geleden uitgebrachte album werd destijds een bescheiden succes, maar het lijkt erop dat het grote publiek Mulders muziek opnieuw ontdekt en omarmt. Een woordvoerder van de familie geeft aan dat zij later deze week in besloten kring afscheid zullen nemen. Zij zijn dankbaar voor de vele uitingen van medeleven die zij hebben ontvangen en vragen het publiek om hun privacy en die van Livia Jones, al jarenlang Mulders vaste vriendin, te respecteren in deze moeilijke tijd.

Afzender: Sigourney Moranis, journalist
Een van mijn opdrachtgevers vroeg me een artikel te schrijven over het overlijden van Roscoe Mulder en dit klinkt misschien gek, maar dat valt me zwaar. Ik weet dat er collega's zijn die dagelijks verslag doen van de meest vreselijke gebeurtenissen; bosbranden, oorlogen en andere rampen. Maar zo'n journalist ben ik niet. Ik schrijf verhalen over mensen. Over wat hen beweegt, wat hen bijzonder maakt en wat hen inspireert.

Ik heb Roscoe een paar keer mogen interviewen op de rode loper. Op dit soort momenten ligt het tempo hoog, moeten acteurs steeds opnieuw dezelfde (soms brutale en lastige) vragen beantwoorden, en vaak zijn ze daardoor niet in hun allerbeste humeur. Maar Roscoe nam altijd de tijd voor me. Ik denk zelfs dat hij wist wie ik was. Hij begroette me uit zichzelf als hij me aan de rode loper zag staan en vroeg vaak hoe het met me ging. Daardoor lukte het me altijd hem enkele vragen te stellen.

Een paar weken voor zijn overlijden vergezelde hij zijn vriendin Livia Jones op de regatta van de Los Angeles Yacht Club. Terwijl zij het druk had met formaliteiten, heb ik hem kort kunnen spreken. Dit interview is een van zijn laatste gebleken.

Ik heb met veel beroemdheden gesproken en ik kan eerlijk zeggen dat de oprechtheid van Roscoe me altijd zal bijblijven. In geen enkel opzicht kreeg ik ooit het gevoel dat ik met een filmster sprak die een verplicht rondje vragen afwerkte. Hij was vriendelijk, geïnteresseerd en een gewoon mens zoals jij en ik. Dat maakt zijn overlijden misschien nog wel moeilijker te bevatten.

Afzender: Anita M.

Ik vroeg me af wat ik gemist had toen je steeds in het nieuws verscheen. Ik wist niet wie je was en ik heb geen films van je gezien. Ik snapte de ophef dus niet helemaal, maar omdat er zo veel over je gepraat werd, ben ik me toch wat meer in je gaan verdiepen. Ik schaam me er een beetje voor dat ik pas interesse in je ben gaan tonen na je overlijden. Maar zo gaat het toch eigenlijk vaak bij de sterren, hè, dat ze pas echt succesvol worden na hun overlijden? Ik wilde in ieder geval even laten weten dat ik sinds een paar dagen je muziek ontdekt heb en dat je album non-stop op repeat staat. Wat een fantastische zanger was je en elke tekst voelt alsof het over mijn leven gaat. Ontzettend jammer dat je nu geen nieuwe muziek meer zult maken, maar ik weet zeker dat wat je hebt gemaakt generaties blijft bestaan. Mijn dochter zal in ieder geval opgroeien in een huis waar jouw muziek wordt gedraaid.

Afzender: Alessindra

Lieve nabestaanden,

Mijn naam is Alessindra en ik ben een ervaren medium. Het afgelopen decennium heb ik tientallen families herenigd met hun overleden dierbaren. Een prachtig proces om mee te mogen maken en vanuit het diepst van mijn hart gun ik het ook jullie familie om dit gevoel van heling te ervaren. Roscoe heeft mij kenbaar gemaakt dat hij graag met jullie in contact zou komen. Ik krijg heel sterk het gevoel dat hij jullie nog iets wil vertellen en ik zou graag als tussenpersoon in jullie contact willen fungeren. Hopelijk kan ik Roscoe snel laten weten dat ik zijn wens in vervulling kan laten gaan. Mijn contactinformatie treffen jullie aan op bijgevoegd kaartje.

Afzender: anoniem

The loneliest people are the kindest
The saddest people smile the brightest
The most damaged people are the wisest

Afzender: Stuart Melchior, acteur

Iedereen zegt lovende dingen over hem, en zo gaat dat vaak als iemand er niet meer is, maar wat ik eraan zou willen toevoegen is dat het bij Roscoe ook écht niet mogelijk is om iets anders te zeggen. Hij was een van de beste mensen die ik ken. We hadden de laatste jaren niet erg veel contact, maar hij was nog altijd een van de weinige mensen die ik 's nachts zou bellen om me uit de problemen te komen halen. Niet dat dat nu nog zo vaak nodig is, ik ben een stukje ouder en wijzer inmiddels.

Afzender: the real Richard Rider

Weet je waar ik me nu het meest aan erger? Niet eens aan dat je Nova voor ons hebt verpest. Niet eens aan dat je duidelijk geen enkele affiniteit had met de voorgeschiedenis van het personage, wat afstraalde op elke verdomde scène die je speelde, of beter gezegd: die je verkrachtte. Niet eens aan dat je geen zak gaf om de mensen die zich al *zó* lang hadden ingezet om die film gemaakt te zien worden, en dat jij, uitgerekend een nobody zoals jij, dan met de rol aan de haal ging zonder je ook maar ergens in te verdiepen. Nee, weet je waar ik me écht aan erger? Dat je denkt dat je beter bent dan ieder ander met dat overdreven vegan gezeik van je. Met je dierengeknuffel en je red-de-aarde en weet ik het allemaal. Weet je wat ik doe? Ik rooster vandaag een half varken op de barbecue om te vieren dat ik dat hoogdravende gezeik van jou nooit meer hoef aan te horen. Op jou, maat.

Afzender: Gloria Bolton, tegenspeler van Roscoe in *High Five*
Ik kan nog niet aan je denken zonder te huilen. In gedachten knuffel ik je en hou ik je vast. En ik troost me met alle goede herinneringen. Jij hebt zo veel mensen geraakt met je werk en je aanwezigheid. En dat zal je blijven doen. In onze harten leef je voort, tot in oneindigheid. Tot later, vriend. Tot ooit.

Afzender: Cherille, 25 jaar
Ik heb Roscoe jaren geleden ontmoet, toen ik zeventien was, op een fandag van *High School Heroes*. Die dag was het ontzettend warm en vooral binnen, waar het evenement werd gehouden, met zo veel fans bij elkaar, was het snikheet. Iedereen was gekleed in mouwloze topjes en jurkjes, maar ik droeg altijd lange mouwen. Altijd. Dus ik stond daar bijna flauw te vallen. De wachtrij was ontzettend lang, en na ongeveer een uur besloot ik toch mijn vestje maar uit te trekken. Ik was met een meisje van school dat ik nog niet zo goed kende, omdat ik net was verhuisd, en ik wilde niet dat zij mijn armen zou zien, dus ik hing het vest zo over mijn onderarmen dat ze zo goed mogelijk verstopt waren.

Toen ik eindelijk aan de beurt was, gaf ik Roscoe een poster die ik van hem had, om te signeren. Mijn vest gleed weg. En hij zag het. Mijn littekens. Zijn blik ging van mijn armen naar mijn ogen en hij glimlachte zo lief naar me. Maar ik durfde hem niet meer aan te kijken. Hij vroeg mijn naam en mijn vriendin moest antwoord geven, omdat ik helemaal dichtklapte. Toen signeerde hij mijn poster, keek me weer aan en vroeg: Cherille, mag ik je een knuffel geven? Ik wist niet wat me overkwam. Ik knikte ja, dat het mocht, en van schrik begon ik te huilen. Roscoe boog over de tafel heen en knuffelde me op een manier zoals ik nog nooit door mijn ouders of vriendinnen was geknuffeld. Voor het eerst had ik het gevoel dat iemand me zag. Hij vroeg me of het wel goed met me ging. Ik zei van wel. Het ging ook al beter. Ik had de laatste tijd geen nieuwe littekens gemaakt.

'Let je goed op haar?' vroeg hij toen aan mijn vriendin en zij beloofde dat. We waren toen nog helemaal niet zulke goede vriendinnen, maar dat werden we wel na die dag. Na afloop vertelde ik haar een heleboel dingen die ik nog nooit eerder aan iemand had toevertrouwd. Ik ben inmiddels peettante van haar kind. Met mij gaat het goed. En ik heb het gevoel dat ik dat aan Roscoe te danken heb. Hij was zo bijzonder. Ik wil dat iedereen dat weet.

Afzender: Joel N.

Ik heb Roscoe een keertje ontmoet toen hij met de hele cast bij een prijsuitreiking was. Fans mochten achter dranghekken aan de rode loper toekijken en foto's maken, dus dat deden we. Al snel kwamen Livia en Roscoe onze kant op, terwijl de anderen nog bleven poseren voor de aanwezige pers. Ze leken oprecht verrast dat er zo veel mensen waren gekomen en je kon zien dat ze er plezier in hadden om met ons te praten. Ik stond te ver weg om zelf met ze te kunnen praten, maar dichtbij genoeg om ze te kunnen horen. Roscoe had de meest geweldige, hartelijke lach die je je kunt voorstellen. Ik heb daar staan genieten van hun aanwezigheid. En ik heb mooie foto's van dat moment. Het klinkt misschien stom, maar hun energie was magnetisch. Ik zal het nooit vergeten.

Afzender: Joshua, voorzitter van de Roscoe Mulder fanclub
Ik hoorde net op de radio dat er in besloten kring afscheid is genomen van Roscoe en ik vind dit een erg egoïstische keuze van jullie. Roscoe is een publiek figuur en de fans hebben ook recht om afscheid te nemen. Voor ons is het zo ook erg moeilijk te accepteren dat hij er niet meer is. Dus misschien willen jullie heroverwegen om de fans ook afscheid te laten nemen. We willen als fanclub best een steentje bijdragen als wij daarmee ook nog ons moment met hem kunnen hebben. Wij hebben hem tenslotte al vanaf het begin gesteund.

Afzender: Rina Husson, castingdirector
De *golden boys*. Zo noemen ze de jongens die ik heb ontdekt. Mijn aanbeveling wordt door sommigen gezien als een ticket naar succes. In het geval van Roscoe zou ik willen zeggen dat het andersom is. Hij is niet langer de acteur die door Rina Husson is ontdekt. Ik ben de castingdirector die het grote geluk had Roscoe Mulder in haar auditieruimte te krijgen. Zijn naam is voortaan een aanbeveling voor mij. Maar zijn talent zou ook zonder mij ontdekt zijn. Zijn licht scheen te fel om verscholen te blijven.

Afzender: Gerry, muziekproducent
Het is een duivels dilemma, maak ik de muziek af waar we samen aan zijn begonnen of verdwijnt het voor altijd in de archieven. We hadden zo veel plannen voor een nieuw album. Ik probeer manieren te bedenken om hem te eren en het enige wat ik kan bedenken, is zijn nieuwe muziek uit te brengen. Hij haatte het wanneer iets onaf was.

Afzender: Kat
Lieve Hattie,
Ik twijfelde om deze brief te schrijven omdat ik niet helemaal zeker weet of je dit wel waardeert. Maar ik weet niet hoe ik beter mijn welgemeende en oprechte condoleances kan overbrengen. Lieve Hattie, de liefde van

een moeder voor haar kind is misschien wel de grootste en sterkste die er bestaat. Maar ik wil je eraan herinneren dat de liefde van Roscoe voor jou minstens zo sterk was. In de jaren dat we dagelijks met elkaar optrokken, ging er haast geen dag voorbij dat hij niet over je sprak. En nooit op de manier zoals ik deed: ik mag dit niet en dat niet, mijn ouders zijn onmogelijk. Hij snapte toen al, als tiener, waarom ouders doen wat ze doen.

Soms maakte ik het hem moeilijk, vroeg ik hem jouw regels te overtreden. Blijf wat langer, kom op nou, wat maakt het uit. Hij schilderde je nooit af als de strenge moeder die de regels bepaalde. Hij zei dan iets als: ik kan niet blijven, ik wil mijn moeder nog ergens mee helpen. Een klusje, een boodschap, het eten koken omdat jij nog aan het werk was. Hij wilde niet dat jij je zorgen maakte. Belde hij je niet elke dag, toen we samen in New York waren? Volgens mij wel. Het scheelde zeker niet veel.

Sinds ik het nieuws heb vernomen, verkeer ik in een toestand van extreme shock. Ik wil mezelf graag wijsmaken dat het goed zat tussen hem en mij, maar... ik heb het er moeilijk mee. Onze vriendschap op de middelbare school is me heel dierbaar en ik ben dankbaar voor de tijd die ik met hem heb mogen doorbrengen. We deelden veel dezelfde interesses maar waar ik altijd één doel voor ogen had, een beroemd actrice worden, was het toekomstperspectief van Roscoe veel breder.

Ik kan me nog goed een moment voor de geest halen, toen hij en ik eens alleen achterbleven in het auditorium van school. Hij bladerde door een versleten pocket – ik weet nog welke, van Harper Lee – terwijl ik het materiaal bekeek dat hij had gefilmd van mij tijdens mijn repetities voor de schoolmusical. Ik ging het gebruiken voor mijn aanmelding op de toneelschool. Ik heb er altijd plezier in gehad om mezelf aan het werk te zien, iets wat – zo ontdekte ik later – niet veel acteurs met me gemeen hebben. Ik was dan ook heel erg blij met de beelden en jubelend bekeek ik ze, keer op keer. Terwijl ik daarmee bezig was, wist hij zonder van zijn boek op te kijken feilloos allerlei verbeterpunten voor zijn camerawerk op te noemen. Op dat punt had hij niet goed op het licht gelet en daar was de camerahoek niet goed gekozen. Hij was altijd zo kritisch, hè? Er was altijd wel wat aan te merken op zijn werk. Dat is goed, neem ik aan. Daarom blonk hij ook uit, alleen zag hij dat volgens mij zelf nooit zo.

'Als ik straks beroemd ben, dan zijn deze beelden goud waard,' zei ik, deels om hem op te beuren, en als ik heel eerlijk ben ook omdat ik ervan overtuigd was dat ik het zou maken en het daarover wilde hebben. 'En dan heb jij de filmrechten.'

Hij leek daar niet warm of koud van te worden. Hij sloeg een bladzijde om.

'Weet je al wat je later wilt gaan doen? Je hebt zo veel potentie.'

'Ik ben niet zoals jij.' Hij las een paar tellen door en legde toen zijn boek ondersteboven neer. Hij liep naar de orkestbak. Om ons gesprek te ontlopen, dacht ik. Zo ging het meestal als ik hem naar zijn toekomstvisie vroeg. Of misschien had hij ineens een deuntje in zijn hoofd dat hij wilde uitproberen. Hij drukte een aantal toetsen van de piano in. 'Ik heb geen missie.'

'Nou...'

'Echt niet,' benadrukte hij.

'Wel waar, Roscoe. Ik zie hier genoeg jongens zonder missie rondlopen en jij bent niet een van hen. Die hangen niet rond in het auditorium na school. Die maken geen muziek in hun vrije tijd.'

Hij stopte abrupt met spelen. 'Dit stelt niks voor.'

'Vind jij. Ik denk daar anders over. Kom op, denk even na. Over minder dan een jaar zijn we vrij om alles te doen wat we willen. Ik kan niet wachten om hier weg te gaan. Nieuwe mensen ontmoeten. Mensen die serieus zijn over dingen. Ambitie hebben. Die me inspireren. Je maakt me niet wijs dat jij niet droomt van meer dan... dit.'

Hij keek me aan. Zijn hoofd een beetje schuin. Ik was niet verliefd op Roscoe. Dat hield ik mezelf tenminste altijd voor. Alle meiden waren verliefd op hem, maar wij waren vrienden. Daar was ik trots op. Het betekende meer voor me. 'Zoals wat dan?'

Ik glimlachte. 'Eeuwige roem natuurlijk. Wat anders?'

Hij liet zijn vingers weer over de toetsen gaan. Speelde een paar tonen. 'Nah,' zei hij. 'Ik wil gewoon… ik weet niet… heel simpel doen wat ik het liefste doe. Muziek maken, fotograferen misschien, teksten schrijven voor muzikanten, ik weet het nog niet precies. Het is niet zoals bij jou, jij wilt acteren en dat is alles wat je wilt. Maar bij mij is het niet één ding waarin ik alles kwijt kan. En beroemd worden hoeft voor mij al helemaal niet.'

Ik weet niet meer zeker of dit het moment was dat ik voor het eerst opperde dat hij dan maar met mij mee moest gaan om mij te helpen. Het zou goed kunnen. Ik heb hem bijna een jaar lang de oren van zijn kop gezeurd voor ik hem zover kreeg. Hij was eerst helemaal niet van plan om weg te gaan. Hij hoefde niet beroemd te worden.

Maar goed. Dat werd hij wel. En ik niet. En het spijt me zo dat ik dat tussen ons in heb laten komen. Het spijt me zo erg dat ik hem niet meer kan vertellen dat ik kleinzielig was, dat het helemaal geen verraad was aan mij om de kansen te grijpen die zich voordeden en dat hij het volste recht had om gezien te willen worden. Dat hij moest genieten en dat ik trots op hem was. Maar dat heb ik niet gezegd. Ik werd boos. Ik deed nukkig. Ik sloot hem buiten. Ik heb wel geprobeerd me eroverheen te zetten, maar het lukte me maar niet om blij voor hem te zijn en het was zo veel makkelijker om zijn berichtjes niet meer te beantwoorden, en onze afspraken – als het er al van kwam om die te maken – af te zeggen met een smoes.

Je weet hoe Roscoe kan volhouden, maar ik denk dat hij uiteindelijk ook niet zo veel behoefte meer had aan mij in zijn nieuwe leven. Maar het is niet zijn schuld. Ik heb hem buitengesloten en hoewel het nooit mijn bedoeling was dat dat voor altijd zou zijn, is dat nu wel hoe het is. Ik zag voor me dat we elkaar ooit weer tegen het lijf zouden lopen. Dat ik eindelijk de rol van mijn leven zou scoren en hem dan zou bellen en dat hij dan zou zeggen: ik heb die beelden van je auditie voor de toneelschool nog, kom langs, dan kijken we samen. Ik kan hem niet meer bellen. Ik kan hem niet zeggen dat het me spijt dat ik hem heb laten vallen. Ik kan het niet meer goedmaken met hem. Dus ik hoop, Hattie, dat jij namens je zoon mijn excuses wilt aanvaarden. Want ik meen ze wel heel erg en als jij dat weet, dan voelt hij het misschien ook een beetje, ergens, waar dan ook.

DEEL 2

DE OORSPRONG

Rafael

'Het is zo gek dat ik weer als een ik moet denken.' Liv keek een paar tellen zwijgend naar de brief in haar hand voor ze hem losliet en boven op de enveloppen liet vallen die tussen ons in over de vloer verspreid lagen. Ze liet haar hoofd wat achterover zakken en masseerde met één hand haar nek. 'We waren een wij. We dachten als een wij. Mijn plannen, zijn plannen, dat waren ónze plannen. En nu...' Ze schudde haar hoofd, haar ogen gesloten.

Ik knikte, maar dat kon ze niet zien. Ik wist niet of het haar uitmaakte of ik iets zei of niet. Misschien dacht ze hardop.

'Mijn leven draaide om hem.' Ze maakte een ongelovig geluidje. 'Wat nu?'

'Je bent sterk. Je hebt werk waar je van houdt, vrienden. Je leven draait niet alleen om mijn broer.'

'Ik bedoel het ook niet op die manier. We hadden allebei onze eigen dingen, onze eigen ruimte. Maar... bij alles wat ik doe, denk ik aan hem. Hij is mijn ijkpunt. Mijn vuurtoren. Ik navigeer op hem. Ik weet niet hoe jij ons ziet. Of hij het vaak over mij had, over onze relatie. Mensen zagen ons misschien als zo'n beroemd stel met een jetsetleven, waarin alles snel komt en gaat. Maar zo was het niet tussen ons. Wat wij hadden, was hét. Hij was het voor mij. We hadden het over voor altijd. Over samen oud worden, over kinderen, kleinkinderen.'

Jij en kinderen. Je was altijd zo zeker van je zaak geweest. *Mensen zouden eens wat beter moeten nadenken over het klakkeloos doorgeven van hun genen.* Of: *we maken een grote puinbak van de wereld, hoe kun je daar nog onschuldige kinderen op zetten?* Ik hoorde het je zó zeggen. Maar door Liv waren er dingen veranderd. Ik had de ommezwaai zelf zien gebeuren. 'Zo zag hij het ook. Hij had het vaak over je.'

'Ja?' vroeg ze gretig.

Ik knikte. 'En ik begrijp wat je bedoelt. Toen je ijkpunt zei. Dat herken ik. Hij is de enige die bepaalde dingen begrijpt. Van vroeger en zo, weet je wel?'

'Hm-hm.'

'Heb je eigenlijk broers of zussen?'

Ze schudde haar hoofd.

'Sommige dingen zullen anderen nooit snappen, omdat ze er niet bij waren, of het vanuit een ander perspectief zien. Maar Roscoe en ik... hij is de enige die mijn perspectief deelt.' Ik dacht even na. 'Toen we thuiskwamen bijvoorbeeld, en ik ma zag. Kijk, ik kan jou vertellen wat ik dacht en wat ik zag... maar aan hem zou ik het niet hebben hoeven vertellen. Hij weet niet alleen waar ik het over heb, hij heeft het ook meegemaakt. En het zijn heus geen wereldschokkende dingen, maar alleen wij twee weten hoe het was bij ons thuis, de goede en de slechte dingen. Nu sta ik daar alleen in.'

'Ik weet dat het niet hetzelfde is, maar als je ooit wilt praten over dat soort dingen, dan ben ik er voor je. Ik was er niet bij zoals Roscoe, maar hij heeft me wel eens wat verteld, dus als je je er beter door zou voelen...'

'Thanks,' mompelde ik.

'Hier, deze moet je lezen.' Ze stak haar hand uit, met daarin de brief die ze eerder had neergelegd. De brieven bleven komen. Toen we thuiskwamen stond er al een volle postzak in de hal. Allerlei mensen sturen je post. Niet alleen bekenden, maar fans van overal ter wereld. Je management stuurde alles aan ons door en sindsdien blijft het binnenkomen. De eerste dagen keken we er niet naar. We zetten de tweede zak naast de eerste. En toen de derde er weer bij. Nu zijn het er al een stuk of vijf en op een of andere manier voelden Liv en ik vandaag allebei tegelijk de impuls om de inhoud te bekijken. Misschien omdat er niets meer over is voor ons om te doen, nu de afscheidsdienst achter de rug is.

We hebben de postzakken mee naar boven genomen, naar jouw oude kamer, waar we ze allemaal op de vloer hebben geleegd. Post van haters gooiden we meteen op een aparte stapel. We waren er al bedreven in ze eruit te filteren voor hun vuile woorden tot ons doordrongen. Het ging ons om de andere brieven, van onbekenden die jou op een of andere manier hadden leren kennen, al was het maar alleen van tv, en hun herinneringen en gevoelens wilden delen.

Ma wil de brieven nog niet zien, al denk ik dat het haar goed zou doen. Haar misschien nog meer dan mij. Het lijkt alsof ze geen richting meer heeft. Ze weet niet wat ze met zichzelf aan moet. Je kunt je vast voorstellen hoe dat eruitziet, alleen gaat de situatie hier thuis nu elk voorstellingsvermogen te boven. Ma toen pa wegging, daar lijkt dit op zou je denken, maar het is er niks bij. Niks. Ma toen pa wegging was relaxed en *in control* vergeleken bij dit. Het is niet eens dat ze zo krankzinnig doet. Het is de lethargie die het zo eng maakt. Thuiskomen (met en toch zonder jou) was... niet te doen. Ik wilde het liefst direct rechtsomkeert maken. Dat Livia hier is, maakt het iets beter. Ze hebben haar een tijdje vrij gegeven, maar ik weet niet hoe lang ze blijft. Ik vind het aan de ene kant lastig om in haar buurt te zijn, maar als ze er niet zou zijn, zat ik alleen met ma en wat dan? Zij kan het tenminste opbrengen om af en toe een gesprekje met ma te voeren. Het is niet dat ik het niet wil proberen, maar het lijkt alsof ze me niet kan aankijken zonder ineen te krimpen van pijn. Ik voel me bijna schuldig dat ik degene ben die er nog is. Er zijn dagen waarop ik denk dat jij de betere deal hebt. Ik wil hier ook niet zijn nu. 's Ochtends wakker worden is al te veel. Zinloos. Jouw afscheid regelen had nog nut, maar wat blijft er nu over?

'Nu begint het gewone leven tenminste weer,' zeiden sommige van mijn vrienden goedbedoeld na afloop van de herdenkingsdienst. 'Je gewone ritme zal je goeddoen. Je broer zou het zo willen.' Maar het gewone ritme bestaat niet meer. Alles voelt kapot en leeg. Ik kan niet werken. En hoe moet ik ma zo alleen laten?

Ik weet niet of ze heeft gegeten toen ik weg was. De buurvrouw heeft haar af en toe soep en ovenschotels gebracht, maar die stonden allemaal te bederven op het aanrecht toen we thuiskwamen. Ze had niet eens de moeite genomen om het spul in de koelkast te zetten. De gordijnen waren dicht. De televisie stond volgens mij al dagenlang op dezelfde zender, op hetzelfde volume, 24 uur per dag aan. Maar dat was allemaal niet het eerste wat ik zag toen ik thuiskwam. Dat was natuurlijk de lege fles port op de salontafel. En het volle glas ernaast. Ma lag op de bank. Half. Eén been en één arm hingen ernaast. Ze schoot omhoog toen ik de deur achter Liv dichtdeed. Ze knipperde even en haar gezicht lichtte op toen ze Liv zag. Daarna probeerde ze haar teleurstelling te verhullen dat ik het was die achter Liv aan kwam. Dat mislukte.

Liv omhelsde haar, ook al nodigde de geur in huis daar niet direct toe uit. Ze ging naast haar zitten. Aan het uiteinde van de bank lagen jouw fotoalbums. En over de leuning hing de versleten sweater die je bijna continu had gedragen toen je een jaar of vijftien was en daarna opeens nooit meer. Ik bleef verstard ergens tussen de voordeur en de bank staan. Ik deed mijn best om het woord 'hallo' te produceren, misschien zelfs iets als: 'Hoe gaat het, heb je iets nodig?' Maar ik kreeg het mijn strot niet uit. Waarom in hemelsnaam die fles port op tafel? Was het bij één fles gebleven of was dit al aan de gang sinds ik vertrokken was om jou te gaan halen? Ik ging naar de keuken, waar ik de troep aanschouwde van etenswaren die stonden te vergaan en vuile koffiekoppen. Geen andere flessen. Dat maakte het nog een beetje erger, omdat ik zo goed als zeker wist dat ze die had opgeruimd, terwijl ze dat eten allemaal had laten staan. Ik zette het kiepraam een stuk open en leegde wat schalen in de prullenbak.

De stemmen van ma en Liv klonken zacht op de achtergrond. Ik hoorde dat Liv haar vertelde over de wake bij het hotel. De fans in Nova-kostuum. De bloemen, de kaarsen, de foto's. Ondertussen borrelden de woede en frustratie in mijn keel omhoog en probeerde ik er uit alle macht vat op te krijgen. Dus ze heeft wat gedronken. Wie kan haar dat in deze situatie kwalijk nemen? Hoe kan iemand haar iets kwalijk nemen? Maar is dat niet hoe ze altijd overal mee is weggekomen? Ma die zich zo opofferde, ma die haar dromen opgaf, ma die alles alleen moest doen. Hadden wij daar dan om gevraagd?

Verwoed stampte ik het afval in de prullenbak verder aan om er nog een stinkende aardappelprut bij te kunnen schuiven. Het bleef plakken, hoe ik er ook met de houten lepel op in stond te beuken en ik was één tel verwijderd van de glazen ovenschotel met een rotgang door de keuken smijten, één tel verwijderd van gore stinkstamp over al om me heen, tegen de muren, de kastjes en het onderhoudsvrije linoleum. Eén tel, maar ik hield me in. Of niet ik, maar jij was het die me tegenhield, want ik zweer dat ik jouw hand op mijn elleboog voelde en je hoorde zeggen: 'Rafael, doe even een beetje rustig.' Met een ruk draaide ik me om, er een fractie van een seconde van overtuigd dat jij daar zou staan. 'Ik kan dit niet,' perste ik tussen opeengeklemde kaken door, maar toen antwoordde je natuurlijk niet. Daar wist je dan weer niets op te zeggen, hè?

Ik liet de rest van de troep voor wat het was en pakte de koffer van Liv mee onderweg naar de trap, naar boven, weg.

'En? Mooi hè?' Liv gaf een knikje naar de brief die ik van haar had aangepakt. Ik zat er nietsziend naar te kijken.

'O, ja… ik eh… ik zat even te denken. Ergens anders aan.'

'Je lijkt op hem,' zei ze glimlachend. 'Dat was me eerst nog niet zo opgevallen. Nu zie ik het de hele tijd.'

Ik pufte een beetje voor me uit. 'Ik weet niet Liv, volgens mij moet je nu echt even gaan liggen of zo.'

'Hij deed het ook altijd met een grapje af als je hem een compliment gaf.'

'Het was geen grapje.' Ik probeerde me opnieuw op de brief te concentreren. Ik weet wel van bepaalde gelijkenissen tussen ons. Iets in onze ogen, wordt vaak gezegd. En onze manier van lachen. Maar waar jij altijd een oplosser wilde zijn, ben ik meer een wegloper. Ik zoek afleiding en drukte, jij afzondering. Jij bent een *one woman kind of guy*, ik… nou ja.

'Het is zo,' drong ze aan. 'Dat weet je best.'

'Nou…' Jij met je talent voor alles. Altijd aardig. Tijd en aandacht voor iedereen. Vertrouwen in de mensheid, ondanks alles. Ik lijk niet op je. Helemaal niet. 'Bedankt dan.'

Even was het stil en ik dacht dat we klaar waren. Maar Liv begon weer te praten. 'Ik meende het niet in de auto. Toen ik zei dat je het had kunnen voorkomen.'

'Dat heb je niet gezegd.'

'Ik impliceerde het en dat was fout. Het spijt me. Ik wist niet wat ik met die informatie aan moest.'

'Begrijp ik wel.'

'Er was niets wat iemand had kunnen doen. Het autopsierapport bevestigt dat.'

Tja. Volgens het autopsierapport had je nog in leven moeten zijn. Je slaappillen in combinatie met je bètablokkers hadden geen hartstilstand moeten kunnen opleveren. Je hartkloppingen, je slaapgebrek, de stress, het kleine beetje alcohol in je bloed, de medicatie. Allemaal niet dodelijk. Elk normaal mens was de volgende ochtend gewoon weer opgestaan. Maar niet jij. Doodsoorzaak: domme pech.

'Hé, het is allang lunchtijd geweest,' zei Liv toen de lucht tussen ons te zwaar werd om genoeg zuurstof te bevatten. 'Zal ik iets maken? Denk je dat Hattie iets wil hebben?'

Ik haalde mijn schouders op. Als het niet in vloeibare vorm kwam, was ma waarschijnlijk niet geïnteresseerd.

'Ik probeer wel wat,' zei ze, voor ze overeind kwam en de slaapkamer uit liep. Ik leunde achterover tot ik de steun van jouw oude matras tegen mijn achterhoofd voelde. Hoe lang was ik hier al niet geweest? De geur van het beddengoed riep herinneringen op van mezelf als kleuter. Als ik bang was of niet kon slapen, kwam ik hierheen, naar jouw kamer, en als ik dan bij jou in bed mocht, was alles weer goed. De geur van vroeger is nu een beetje vermengd met iets van Liv, parfum of shampoo, aangezien zij hier nu slaapt. Haar geur doet me nu ook denken aan jou, maar een andere jij. Het gemis van jou, om precies te zijn.

Ineens verlangde ik intens naar mijn eigen huis. Het licht, de ruimte, mijn eigen spullen en vooral het gebrek eraan. Dit huis staat zo vol. Neem alleen al jouw kamer, waar alles waar je je vroeger mee bezighield nog uitgestald staat. Hier zat je hele dagen. Ik was altijd op weg naar iets of iemand, denderde de trappen van dit huis tig keer per dag op en af. Trok speelgoed uit de kasten, nam het mee naar buiten om aan vriendjes te laten zien, raakte het dan kwijt, waarna jij moest helpen het terug te halen uit achtertuinen van buurtgenoten, of perkjes waar we hadden gespeeld. Ik fietste met buurjongens door de straten tot we meisjes uit onze klas tegenkwamen, waarna we ons uitsloofden met trucjes. Rijden zonder handen aan het stuur, rijden op alleen het achterwiel. Tand door mijn lip. Pols verstuikt. In bomen klimmen. Naar de ijswinkel op de hoek, naar het park, naar het winkelcentrum, naar de bioscoop. En jij, jij zat hier. Muziek luisteren, lezen, schrijven, je camera's bekijken, spelen met instellingen, dingen uitproberen.

Ik was het lawaai. Jij de stilte. Ik snapte het niet altijd, dat je het uithield. Ik kwam je kamer in met spelletjes, afleiding. Met alles wat ik kon bedenken om de stilte te doorbreken, wat meestal lukte. Dan kreeg ik mijn zin, kwam je van je bed en deden we wat ik wilde. Maar niet altijd. Later leerde ik pas dat er meerdere soorten stilte waren. Goede en slechte. De slechte soort duurde het langst.

Sinds je achttiende ben je hier niet meer dan incidenteel geweest, maar toch ademt de ruimte nog steeds Roscoe. Ik voelde bijna het matras naast me indeuken onder jouw gewicht. Jij die je benen in kleermakerszit onder je trekt, met een boek in je hand, concentratie op je gezicht. Dit was het domein van een jongen van achttien, maar ironisch genoeg lijkt deze kamer eerder toe te behoren aan een oude man. Elk leeg plekje is nog steeds gevuld met spullen. Oude spullen. De muren zijn behangen met foto's die je gemaakt hebt, vergeelde gedichten die uit boeken zijn gescheurd en volgeschreven pagina's met een handschrift dat ik uit duizenden ken.

Op een plank boven het bed staat je verzameling oude fotocamera's, zwarte kubussen met uitschuifbare harmonicadelen en zilveren embleempjes, kleine zwartleren toestellen en handcamera's die nog met de hand aangedraaid moeten worden. Het ziet eruit alsof ik het na al die jaren nog steeds niet mag aanraken.

Aan de overkant nog steeds de eikenhouten boekenkast gevuld met klassiekers, verplichte literatuur van de middelbare school, encyclopedieën en biografieën. Ik geloof dat je alles hebt gelezen, zelfs de encyclopedieën. Je las net zo snel een roman uit als ik mijn stripboek over Spiderman, waarbij ik doorgaans ook nog eens hier en daar een tekstballon oversloeg om een beetje op te kunnen schieten. Jij en je boeken. Zo veel boeken. Dubbele rijen opgestapeld in de kast. En dan de platenspeler, die jarenlang door ma werd gebruikt en ons soms tot diep in de nacht uit onze slaap hield als er een feestje in huis was en wij geacht werden erdoorheen te slapen. Toen er hier niets meer te vieren viel, viel ook de platenspeler stil. Tot jij hem mee naar boven nam en hem weer tot leven bracht met platen van Sinatra, Elvis, Billie Holiday, The Beatles, David Bowie, Prince, Ella Fitzgerald.

Weet je nog dat mama altijd voor ons zong als ze ons naar bed bracht? Ik vond 'Blackbird' en 'Somewhere over the rainbow' mooi, maar het liefst had ik dat ze 'These are the days' voor me zong, van Van Morrison. Als ik haar dan op het voeteneind van mijn bed zag zitten, terwijl ik onder mijn zware oogleden door naar haar keek, dan leek ze wel een engel. Ik denk niet dat ik ooit meer van iemand heb gehouden dan van haar op die momenten.

Het had altijd iets magisch om haar te zien transformeren voor een optreden. Ik vond het leuk om te zien hoe ze zich mooi maakte, haar make-up en haren deed, haar mooiste jurk en een boa met veren op bed klaarlegde. Hoe vrolijk ze dan was. Het moment dat ze wegging, dát vond ik niet leuk, want juist dan zag ik de meest sprankelende versie van haar die bestond en wilde ik alleen maar dat ze altijd zo zou blijven.

Die keer dat we in haar kast doken en haar glitterjurken eruit trokken... Jij was net bezig mij in haar meest schitterende exemplaar te hijsen toen ze binnenkwam en we bevroren in onze handelingen. We waren nog heel klein, ik was misschien vijf, hooguit zes. Het is een van mijn eerste, echt duidelijke herinneringen. Ik weet nog hoe bang ik was dat we op onze kop zouden krijgen. Maar ma vond het alleen maar hilarisch en zocht er een pruik met lange rode haren en een paar schoenen vol strasstenen bij. Toen ik aangekleed was, hielp ze jou in een avondjurk met veren, we zongen met haar haarborstels als microfoon en hadden de grootste lol tot pa naar boven kwam en bulderde dat het verdorie wel wat rustiger kon. Toen hij bovenaan de trap kwam en ons door de openstaande deur van de slaapkamer in vol ornaat zag staan, viel hij eerst helemaal stil om daarna te vragen waar we in godsnaam mee bezig waren.

'Dat noem je nou plezier maken, Ed,' zei ma. 'Probeer het ook eens. Vroeger wist je tenminste nog wat dat was.' Ze probeerde een hoedje met een stuk gaas eraan dat voor je ogen viel op zijn hoofd te zetten, maar hij joeg haar met een armbeweging weg.

'Schei daarmee uit. En jullie...' Hij wees naar jou en mij. 'Uittrekken die handel, onmiddellijk.'

'Stel je niet zo aan,' zei ma. 'We zijn aan het spelen, laat ons lekker.' Ze keerde zich naar ons toe.

'Mijn jongens lopen niet in jurken!' riep pa tegen haar rug.

'O, en waarom niet? Wat is er zo eng aan een jurk? Ben je bang dat ze er verslaafd aan raken zodra ze er een aantrekken? Nou, dat zou dan niet eens de ergste verslaving zijn die een mens kan hebben, hè? Daar weet je toch alles van?'

Ze liep de slaapkamer in en trok de deur achter zich dicht. Ik had de pruik van mijn hoofd gehaald en liet hem zakken. 'Niks aan de hand, hup, terug op je hoofd dat ding!' zei ma terwijl ze het haarwerk pakte, de haren fatsoeneerde en hem weer bij me opzette. 'Luister goed allebei. Jullie kunnen alles zijn en worden wat je maar wilt. Dat is echt zo. Trek je maar niks van je vader aan. Nou Roscoe, het was jouw beurt om een liedje te kiezen. Wat gaan we nu zingen?'

Alles was beter toen mama nog zong, zeiden we altijd. Maar toch... ik vond het niet altijd leuk. Met haar stem in slaap vallen was misschien wel het fijnste wat ik kon bedenken, maar wakker worden van haar gezang maakte me altijd bang. Misschien omdat haar stem dan zo anders klonk en ik de liedjes die ze dan zong niet kende, misschien door de mannenstemmen die erdoorheen lalden, de voetstappen, het gebulder, het gerinkel van glazen. Meestal lag ik eerst een tijdje met de deken zo ver mogelijk opgetrokken te wachten tot ik weer in slaap zou vallen, maar dat lukte nooit.

Soms wilde ik mama of papa roepen, wat ik niet durfde omdat ik niet wist wie er allemaal nog meer in huis waren. Soms moest ik huilen. Soms liep ik de overloop op om te kijken of ik door de spijlen van de trap door kon zien wie er beneden zo veel lawaai maakten. Het leek altijd alsof die feestjes spontaan ontstonden, vind je ook niet? Ik kan me niet herinneren dat ze ons waarschuwden als ze van plan waren mensen uit te nodigen. Of weet ik dat niet meer? Kijk, dit zijn dus van die dingen die ik alleen aan jou kan vragen. 'Tuurlijk hebben we dat wel tegen jullie gezegd,' zou ma nu beweren. 'Dat ben je vergeten. En zo vaak kwam dat helemaal niet voor.'

Ik zou niet eens weten hoe vaak het is voorgekomen. Tien keer? Twintig keer? Nog vaker? Volgens mij wel. Wat me is bijgebleven, is het onzekere gevoel dat het me gaf. Dat het altijd onverwachts kwam en dat ik nooit wist wanneer het weer afgelopen zou zijn. Of die mensen naar boven zouden komen. Was jij ook bang op zulke avonden? Ik weet nog dat ik een keer zag dat er nog licht onder jouw slaapkamerdeur door scheen en dat ik toen met mijn hoofdkussen onder mijn arm naar jouw kamer ging.

Het leek alsof je schrok toen ik binnenkwam. Je had je walkman op en stak snel je boek onder de dekens. Toen je zag dat ik het was, gebaarde je dat ik binnen moest komen. Ik deed de deur dicht en klom naast jou in bed. 'Ik ben bang,' zei ik.

Jij gooide het dekbed van je af en propte mijn hoofdkussen tussen de muur en jouw kussen in. 'Kom maar hier liggen.'

Ik klom over jou heen en jij schoof naar de rand. 'Het is maar een feestje, meer niet,' zei je terwijl je me toedekte. 'Ze maken gewoon plezier.'

'Ik vind het niet leuk.'

'Weet ik. Wacht maar even.' Je liet je benen uit bed glijden en rommelde in je nachtkastje. Ik zag dat je het cassettebandje uit je walkman haalde en een ander zocht. 'Luister hier maar naar.' Je zette de zwarte sponsjes van de koptelefoon op mijn oren en drukte daarna op een knopje op de walkman. Het sprookje van Hans en Grietje begon. Je trok de koptelefoon een stukje weg van mijn oor. ‘Goed, zo? Staat hij niet te hard?’

Ik schudde nee. ‘Blijf je hier? Ga je niet naar beneden?’

‘Tuurlijk blijf ik hier. Ga maar slapen.’ Je ging naast me liggen en pakte je boek weer op. Ik stopte mijn duim in mijn mond en volgens mij sliep ik alweer voor die verschrikkelijke ouders van Hans en Grietje hun kinderen in het bos hadden gedumpt. Hoe lang jij nog wakker lag, heb ik nooit geweten. Het was de eerste keer dat jij mij in slaap suste omdat ik bang was van wat er beneden gebeurde, maar lang niet de laatste. Vanaf toen rende ik elke keer als ik ’s nachts wakker schrok meteen naar jouw kamer. Ook als jouw licht niet aan was. Ik heb heel wat onrustige nachten bij jou in bed geschuild voor het lawaai. Pas toen pa bij ons wegging, werd het ’s nachts weer rustig. Dat zou nog drie jaar duren.

Livia

Je werd wakker omdat Rafael in je zij lag te porren. De walkman lag tussen jullie in en de hoofdtelefoon hing om de nek van je broer. 'Is het al dag?' vroeg hij toen je je ogen opendeed, waarna jij op de wekkerradio naast je keek en zei dat jullie konden opstaan. In huis was het nu rustig, op het gesnurk van je vader na dat uit de slaapkamer van je ouders kwam. Door de deur die op een kier stond, kon je zien dat hij met armen en benen gespreid overdwars op bed lag. Je bleef even staan toen het gesnurk plotseling ophield. Na een lange pauze kwam het met een hard geronk weer op gang.

Jij en Rafael gingen naar de badkamer, jullie wasten je snel aan de wastafel en je haalde een korte broek en een T-shirt uit zijn kast. Je zei niets toen hij het shirt achterstevoren aantrok, maar je hielp hem wel met het koord van zijn broek.

Beneden troffen jullie je moeder aan, languit op de bank. Iemand had een sprei over haar heen gelegd, of misschien had ze dat zelf gedaan. Je schudde aan haar arm. Ze mompelde wat en draaide zich om. Je tikte weer op haar schouder. 'Mam, we moeten ontbijten.'

'Cornflakes. Dat kun je zelf,' antwoordde ze. Ze trok de sprei over haar hoofd. 'Mama is moe, laat me nog even slapen.'

'Ik maak het wel,' zei je tegen Rafael. 'Ga maar zitten.' De vloer was plakkerig onder jullie blote voeten toen jullie naar de kleine ronde eettafel liepen. Je trapte ergens in wat een beetje pijn deed, en je zag dat een van de plavuizen tussen de bank en de eettafel kapot was. Een halve maan van vergruisd steen was te zien. Je wreef de scherpe stukjes van je voetzool en liet Rafael eromheen lopen. Op tafel stonden nog lege flessen wijn en glazen met restjes drank. Er lagen speelkaarten, gekleurde fiches en in het midden stond een met vilt bekleed bord waar dobbelstenen op lagen. Je herinnerde je dat je lang had wakker gelegen van het geluid van die rollende dobbelstenen en de kreten van blijdschap of teleurstelling die erop volgden. Je begreep niet precies wat voor spel het was dat ze ermee speelden, maar blijkbaar was het moeilijk, want er werd meer gevloekt dan gejuicht.

Toen Rafael ging zitten was zijn gezicht nog net zichtbaar tussen alle troep door. In de keuken was het al net zo'n bende. Schalen met nootjes en chipskruimels stonden tussen nog meer vieze glazen. Een open pizzadoos met alleen nog wat korsten erin lag op het fornuis. Wijn- en bierflessen, alles leeg. Volle asbakken stonden tussen de vaat. Je kon de sigarettenrook in huis nog ruiken. Je vond het stinken. Er lag een overhemd dat je niet herkende in de gootsteen. Er zat een vlek op. Het leek op bloed. Je vond het vies. De prullenbak puilde uit.

Gewoon een feestje. Zo zag het eruit als grote mensen lol hadden gemaakt. Je vond het wel raar, want jij moest na het spelen altijd alles meteen opruimen. Blijkbaar moest dat alleen als je kind was. Je zocht het opstapje om bij de bovenste keukenkastjes te kunnen. Als je je helemaal uitrekte kon je net met je vingertoppen bij de doos ontbijtgranen. Het lukte je om de doos te pakken te krijgen. Daarna deed je de koelkastdeur open. Er was geen melk. Je deed de droge cornflakes in een schaaltje, pakte een lepel en liep ermee naar Rafael.

'Kijk,' zei hij. Hij wapperde een briefje van tien heen en weer.

'Hoe kom je daaraan?' Je zette het schaaltje voor zijn neus.

‘Gevonden.’ Hij tilde het dobbelbord een stukje op. ‘Hier.’

Je stak de lepel naar Rafael uit. ‘Eet maar wat.’

Hij trok zijn neus op. ‘Niet lekker zo.’

‘Weet ik, maar we hebben niks anders.’

‘Roc?’ vroeg je broer. Toen hij net leerde praten, slikte hij de s in je naam altijd in, dus werd het Rocco in plaats van Roscoe. De afkorting was blijven hangen. ‘Mogen we dit in onze spaarpot doen? Dit is heel veel, toch?’

Je knikte. ‘Behoorlijk veel.’ Je keek naar je moeder, die nu ook lag te snurken. Maar een klein beetje zachter dan je vader. ‘Ik heb een idee. Kom mee.’

‘Wat gaan we doen?’ Rafael liet zich van de stoel glijden.

‘Stop dat in je zak.’ Je vouwde het briefje in vieren en deed het in de broekzak van je broer. ‘Waar zijn je schoenen?’

Hij wist het niet, maar jij vond onder de kapstok een paar slippers van jezelf en gymschoenen van Rafael. Je wenkte dat hij moest komen.

‘Gaan we weg?’ vroeg hij met grote ogen. Je hielp hem in de schoenen en strikte zijn veters.

‘Ja, ik weet iets leuks, kom.’ Je gebaarde dat hij stil moest zijn en deed zo zachtjes mogelijk de deur open. Die was niet op slot.

‘Alleen wij?’

Je knikte. ‘Dat heet een avontuur. Kom.’

Jullie avontuur leidde naar de bakker, drie straten verderop, waar ze donuts met een dikke laag glazuur verkochten. Je moeder zei altijd nee als jullie er zo een wilden hebben, maar aangezien het toch feest was nu, zou ze het vast niet erg vinden.

Het was de eerste keer dat jullie samen op pad waren, alleen, zonder ouders. ‘Weet je de weg nog, Roc? Verdwalen we niet? We gaan toch niet te ver, hè?’ vroeg Rafael de hele tijd, misschien nog onder de indruk van de sprookjes waar je hem naar liet luisteren als hij niet kon slapen.

'Tuurlijk weet ik de weg,' zei je dan. 'Hier verderop is de school. En daar het park. Zullen we daar straks naartoe gaan?' Je broertje knikte angstig en zijn hand zocht de jouwe en hield die stevig vast.

Toen jullie bij de bakker aankwamen, en voor de vitrine met de felgekleurde donuts stonden, was Rafael over zijn voorzichtigheid heen. Met grote ogen keek hij naar de lekkernijen. 'Die, Roc! Ik wil die!' Hij wees een grote aan, met een dikke roze laag en gekleurde spikkels erop gestrooid.

'Is dit genoeg voor zo een?' vroeg je aan de bakker terwijl je het briefje van tien op de counter legde.

Hij pakte het geld aan. 'Manneke, voor dat bedrag krijg je een doos vol met die dingen en dan heb je nog over.'

Dus kozen jullie er een dozijn uit, met verschillende toppings, en met de grote doos liepen jullie de zaak uit. Op een bankje aan de overkant begonnen jullie met de doos geopend tussen jullie in van de donuts te eten. Jij at die van jou helemaal op, maar Rafael zat na vier happen van de zijne al vol.

'We hebben er te veel,' zei hij sip.

'Ja, klopt. We kunnen ze weggeven?'

Je broer keek geschrokken. 'Maar ze zijn van ons. Het was ons geld.'

'We kunnen ze tóch niet allemaal zelf opeten.'

Rafael deed vlug de deksel van de doos dicht en sloeg zijn armen eromheen. 'Onze donuts, Roc. Niet weggeven.'

'Rafael...' Je zuchtte. 'Dat is toch veel leuker dan ze zelf houden? Denk eens aan hoe blij jij was toen je net een donut uitzocht.'

Hij haalde zijn schouders op.

'Zullen we het met eentje proberen? Als je het niet leuk vindt, stoppen we.'

Aarzelend ging Rafael akkoord. Hij mocht iemand bedenken aan wie jullie de donut zouden geven. Het moest iemand zijn die hij aardig vond en van wie jullie het adres kenden, dus een heleboel mensen die hij opnoemde, vielen al af omdat ze te ver weg woonden, of omdat jullie überhaupt niet wisten waar. Zo kwamen jullie uiteindelijk uit bij de buurvrouw, die een lief hondje had waar jullie af en toe mee mochten spelen in haar tuin. Ze was heel blij toen jullie met die grote doos voor haar neus stonden en beloofde ook een stukje te delen met Okkie. Ze haalde twee pakjes sap voor jullie om mee te nemen en Rafael was tevreden over de deal.

'Dat was leuk hè?' vroeg jij. 'Nog eentje weggeven?'

Rafael was nu overtuigd en jullie gingen een paar huizen verderop naar een meisje met wie jullie wel eens speelden. Ze was net zo blij als de buurvrouw eerder, maar toch was Rafael nu minder tevreden over het weggeven van de donut.

'Ze gaf ons niks terug,' zei hij mokkend terwijl jullie het tuinpad weer afliepen.

'Nou en? Ze was toch blij?'

Hij keek een beetje boos van jou naar de doos met de donuts die over waren.

'We hebben er niks aan om al die donuts zelf te houden.'

'Welles,' mokte hij.

'Weet je wat we doen? We kiezen allebei nog één donut uit voor onszelf om later op te eten en de rest geven we weg. Geen gezeur. Ja?' En zo gingen jullie nog een paar deuren af, om jullie vriendjes van donuts te voorzien, tot jullie er nog drie overhadden. Eentje om weg te geven, twee voor jullie zelf.

'Aan wie geven we de laatste? Goed nadenken. Wie zou nou heel blij worden van deze donut?' Zo bedachten jullie om naar het park te gaan, op zoek naar de muzikant die daar vaak met een mondharmonica op een bankje deuntjes zat te spelen. Van jullie moeder mochten jullie hem af en toe een muntstuk geven. Ze had wel eens verteld dat hij niet genoeg geld had voor een eigen huis en dat hij daarom soms buiten moest slapen. Als hij geen huis had, had hij vast ook geen geld voor lekkere donuts.

De man had tranen in zijn ogen toen jullie hem een donut uit de doos lieten kiezen. Hij nam er eentje met chocolade en toen jij de doos weer dicht wilde doen, trok Rafael aan de mouw van je T-shirt en mompelde hij bijna onverstaanbaar: 'Zullen we ze allemaal aan hem geven?'

'Maar dan zijn ze allemaal op,' antwoordde jij. 'Dan heb je er zelf geen meer.'

'Hoeft niet,' zei Rafael. 'Ik wil die meneer blij maken.' En dus lieten jullie de drie laatste donuts bij hem achter.

Jullie waren de hele ochtend en een deel van de middag weggebleven. Toen jullie thuiskwamen was Hattie bezig om het huis een beetje op te ruimen. De tafel was leeg en ze haalde een zwabber over de vloer. 'Waar hebben jullie nu weer uitgehangen?' vroeg ze.

'Buiten,' zei jij.

'In die kleren? Het is nog geen zomer, hoor. De buurt zal wel weer flink over ons kletsen.' Ze sleepte de zwabber de keuken in en boende daar extra hard op een hardnekkige vlek. En dat was dat. Meer zei ze niet.

De kapotte vloertegel was nooit vervangen. Ik zag hem tussen de bank en de eettafel toen ik met de sandwiches die ik had gemaakt uit de keuken kwam. Rechts van het midden was er een stuk uit de tegel geslagen in de vorm van een halve maan. Precies de grootte van de onderkant van een bierfles, dacht ik.

Hattie lag op de bank. Ze snurkte zacht. Misschien moest ik haar met rust laten, maar ik zette het bord met boterhammen neer en schudde zachtjes aan haar schouder. Ze schrok wakker en schoot overeind. Aan haar ogen zag ik precies het moment waarop ze uit haar droom ontwaakte en weer in het hier en nu landde. Het brak mijn hart.

'Sorry,' zei ik. 'Ik dacht dat je misschien iets wilde eten?' Ik schudde een paar kussens van de bank op. 'Ik heb ook thee gemaakt.'

Ze hees zichzelf verder overeind. 'Lief van je, maar ik hoef eigenlijk niks.'

Ik was al onderweg naar de keuken om de mokken thee te pakken die ik had klaargezet. Met een beetje gemanoeuvreer kon ik ze alle drie tegelijk oppakken en meenemen. Toen Hattie me met volle handen zag aankomen, was ze bereid een van de mokken van me aan te nemen. De andere twee zette ik naast het bord met boterhammen neer.

'Heb je wel geslapen vannacht?' vroeg ik. Ik hoorde haar tot diep in de nacht door het huis stommelen. Ik ben zelf ook elk uur wakker geworden en toen ik vanochtend beneden kwam, trof ik haar aan de eettafel aan, gekleed in jouw trui die ze al dagenlang bij zich had en die ze nu nog steeds aanhad.

'De nachten zijn me nooit goedgezind geweest,' antwoordde ze. 'Niet wat het slapen betreft tenminste. Dat nachtbraken had Roscoe van mij, weet je. Ik vind het te stil, te donker. Helemaal nu. Ik blijf maar malen. Vooral 's nachts. Ik kan mijn gedachten niet stopzetten. Het is een verschrikking, dit. Een ware verschrikking.'

'Zeg dat wel.'

Ze zat even stil in haar kruidenthee te turen. 'Het was zo'n bijzonder kind.'

'Ik weet het.'

'Zo'n goede jongen. Té goed, heb ik vaak gezegd. Ik was vroeger doodsbang dat-ie op een keer doodleuk bij een of andere viezerik in een bestelbus zou stappen. Hij wilde iedereen helpen. Dat hij geen snoep mocht aannemen, en dat soort dingen, kreeg ik hem wel aangeleerd, maar als ik hem vertelde over andere smoesjes die ze soms gebruiken, bijvoorbeeld dat ze hulp vragen om een hondje te zoeken, dan keek hij me met grote ogen aan en zei alleen: "Maar mama, wat als er dan iemand een keer écht een hondje kwijt is? Helpt dan niemand mee zoeken?" Zat-ie daar weer over in.' Ze sloot haar ogen een paar seconden. 'Ik heb me altijd zorgen om hem gemaakt. Om zijn gevoeligheid. Ook later nog, hoor. Dat is nooit overgegaan. Hij was altijd zo kwetsbaar. Meer nog dan Rafael. Die werd harder naarmate hij ouder werd, maar Roscoe niet. Hij is altijd een tere ziel gebleven.'

'Ik denk dat dat hem ook zo'n mooi persoon maakt.' Ik hoorde het zelf. Dat ik in de tegenwoordige tijd sprak. Ik wilde het niet verbeteren.

'Ja, nou... Misschien wel, maar kijk waar het hem heeft gebracht. Het is niet zijn schuld. Ik had het moeten zien. Ik had moeten ingrijpen.'

'Maar Hattie, er is niets wat je had kunnen doen. We weten niet waarom dit is gebeurd, en misschien komen we het nooit te weten.'

'Als ouder moet je je kind beschermen. Ik ben zijn moeder. Ik heb hem tekortgedaan.'

'Je bent te hard voor jezelf.'

'Helemaal niet.' Ze schudde haar hoofd en ik zag dat haar hand begon te trillen. De thee kolkte in de mok. 'Je hebt geen idee wat ik me allemaal afvraag. Hoe ik me het hoofd breek over alles wat ik anders had kunnen – móéten – doen. Alle kleine dingen: dat ik hem als baby soms door liet huilen omdat ik te moe was om hem uit z'n bedje te halen. Dat ik hem 's avonds alleen liet, bij zijn vader of een oppas, omdat ik voor vijf dronken kerels ergens in een bruine kroeg een optreden had. Dat hij dan met grote ogen naar me zat te kijken, terwijl ik mijn make-up deed en mijn paillettenjurk aantrok. Mooi vond hij dat. Waarom stond ik nou liever te zingen voor een stel bezopen lui dan dat ik bij mijn eigen kind bleef?'

'Ik weet het niet, Hattie. Zingen was je passie. Niemand vraagt van je dat je alles opgeeft als je moeder wordt.'

'Hij veranderde toen zijn vader wegging. Ik dacht dat hij er best goed mee omging, maar je ziet het op de foto's. Kijk zelf maar. Daar, in dat boek.' Ze knikte naar de salontafel waar een dik fotoalbum op lag. 'Voor en na. Een ander jongetje. Daarvoor zag je een kind, daarna alleen nog een serieuze jongen. Hij voelde zich zo verantwoordelijk. Ik denk niet dat ik hem na de scheiding ooit nog ergens zijn schouders over heb zien ophalen. Waarom kon hij nou niet gewoon af en toe eens een keer zijn schouders ophalen?'

Ze liet haar hoofd in haar handen zakken en ik kon net op tijd de mok thee aanpakken. Ik snap wat ze bedoelde. Je wás ook serieus. Je kon grapjes maken als de beste. Flauwe grappen, slimme grappen, domme grappen. Je kon intens vrolijk zijn. Lichtvoetig. Je had een glimlach die de hele ruimte kon verlichten, als de zon die doorbreekt op een druilerige dag. Je was aardig. Het beste gezelschap dat iemand zich kon wensen. Je kon anderen het gevoel geven dat je er helemaal voor hen was, dat alles om hen draaide. Je was gevat. Ad rem. Spontaan. Wijs. En ja, je was serieus. Je wilde overal het beste uit halen. Vooral uit jezelf. En je snapte het niet als andere mensen daar niet om gaven. Je dacht over dingen na en als iets je dwarszat, dan liet het je niet los. Je kon het jezelf moeilijk maken, maar dat hoorde net zo goed bij je als al die andere dingen. En ik weet niet of ik het een los kan zien van het ander. Ik kan niet de ene Roscoe hebben zonder de andere, en ik hield van al je kanten met heel mijn hart. Nog steeds. Voor eeuwig.

Ik hoorde geroffel op de trap en Rafael kwam naar beneden. Hij stak zijn handen in de zakken van zijn spijkerbroek. 'Ik eh...' Hij keek van mij naar Hattie, die nog steeds ineengedoken heen en weer wiegde. 'Ik wilde eigenlijk even naar buiten gaan.'

'Is goed, doe maar.'

‘Zeker weten? Ik bedoel...’ Hij gaf een knikje naar Hattie. ‘Ma, gaat het?’

Ze veerde een stukje op en stak haar hand op. Het kon van alles betekenen. Ze keek hem niet aan.

Ik wist dat jij zou willen dat hij even de tijd kreeg om tot zichzelf te komen, dus zei ik: ‘Ik blijf wel bij haar.’ Ik zag aan hem dat hij het liefst dwars door de muur heen naar buiten zou rennen. Als dit een stripverhaal was, zou er een Rafael-vormig gat in de voordeur zitten. ‘Het is goed.’

‘Blijf niet lang weg,’ mompelde hij op weg naar de deur. Hij draaide zich nog even om voor hij verdween. ‘Dank je.’ Toen de deur achter hem dichtging, had ik heel even spijt dat ik had aangeboden hier te blijven.

‘Probeer wat te drinken,’ zei ik, terwijl ik de thee aan Hattie probeerde terug te geven. Het duurde even voor ik haar zover had. Ze nam een paar kleine slokjes.

‘Hij heeft je vast wel verteld, hè,’ begon ze toen ze wat tot bedaren was gekomen, ‘over de scheiding en zo.’

Ik knikte. ‘Af en toe.’

‘Heeft hij...’

Ik wist niet precies wat de vraag was, maar ik kende wel het enige antwoord dat ik kon geven. ‘Hij heeft jullie niets kwalijk genomen. Echt niet.’

Ze slikte moeizaam. Iets wat ik herkende. ‘Dat maakt het misschien nog wel erger. We waren lang geen perfecte ouders, Livia. Bij lange na niet.’

Ik wist dat dat waar was. Er waren dingen die je me had verteld over je jeugd waar ik met tranen in mijn ogen naar had geluisterd. Maar deed ik jou of de gebroken vrouw naast me een plezier als ik dat bevestigde? ‘Wie wel? Iedereen doet toch maar gewoon z’n best?’

'Wat als het niet genoeg was? Ik zeg dit niet om zielig te doen. Mijn moeder was daar altijd heel goed in, in zielig doen. Als ik haar ergens mee confronteerde, verschool ze zich er altijd achter dat ze het beste met ons voorhad en dan moest ik eindeloos aanhoren wat ze allemaal voor ons overhad. Ik nam me voor dat anders te doen. Om mijn fouten te erkennen. Ik wist alleen niet dat ik er zo veel zou maken en ik dacht dat ik nog genoeg tijd had om het goed te maken. En dát is waarom ouders hun kinderen niet mogen overleven. Niemand doet het perfect, maar je moet als ouders de kans hebben om het beter te doen, om het goed te maken.'

'Hij hield van je, Hattie. En hij wist dat jij van hem hield. Ik weet wel dat het niet genoeg is. Maar het is iets, toch? Het is tenminste iets.'

'Ja, het is iets.' Haar stem beefde.

Ik haalde adem. Soms moet ik mezelf er bewust aan herinneren dat te doen. 'Hattie... ik heb er net zo weinig zin in als jij, maar zullen we proberen elkaar te helpen en een poging doen om allebei minstens een halve sandwich te eten?' Ik pakte het bord en hield het tussen ons in. 'Ik denk dat Roscoe zou willen dat we ons best doen om voor onszelf te zorgen, denk je ook niet?'

Ze zuchtte. 'Misschien.'

Of ze nou echt haar best deed weet ik niet, maar de twee happen die ze nam waren al meer dan ze hiervoor achter elkaar gegeten had, dus ik beschouwde het maar als winst. Het bord met de rest van de boterhammen zette ik na een tijdje terug in de koelkast en toen ik terugkwam, waren we eigenlijk te uitgeput voor elkaars gezelschap. Hattie pakte er weer een van jouw fotoalbums bij, sloeg een paar bladzijden om en ging toen voor zich uit zitten staren. Ik zei dat ik even iets moest doen en ging naar boven. En nu zit ik hier, in jouw oude kamer, met het dagboek op schoot dat je me voor mijn verjaardag hebt gegeven, toen ik me er nog geen enkele voorstelling van kon maken dat ik er deze zinnen in zou schrijven.

Waar ben je eigenlijk nu? Je weet dat ik niet gelovig ben, niet in de traditionele zin van hemel en hel tenminste. Maar op dit moment sta ik overal voor open. Niet voor niets ben ik nog steeds tegen je aan het praten. Ik zal eerlijk zijn: ik weet dat je nog niet weg bent. Soms kan ik je dwingen om dichterbij te komen. Als ik me hard genoeg concentreer, voel ik soms je aanwezigheid. Het is een paar keer 's nachts gebeurd, als ik bijna slaap, maar toch niet helemaal. Dan voel ik je bijna, als een fluistering, een verandering van energie.

Toen ik net boven kwam, ben ik eerst midden in de kamer stil blijven staan, tussen de brieven die nog over de vloer uitgestort lagen. En ik sloot mijn ogen. Ik dacht aan hoe het voelde om door jou omhelsd te worden. Het gevoel van je armen om me heen. Mijn wang tegen je schouder. Je adem die langs mijn oor strijkt. Jouw krachtige lichaam om tegen te leunen. Jouw vingers die door mijn haren strelen. De zachte stof van je lievelingstrui onder mijn handen.

Je bent er nog, dat weet ik.

Ik durfde me niet te bewegen, niet te ademen, zelfs geen gedachte meer te vormen. Bang om dit te verstoren. Misschien word ik wel gek, en beeld ik me dit allemaal in, maar dat kan me niet schelen, want heel even voelde ik de zwaarte van het verdriet een klein beetje van me afgetild worden, voelde ik me getroost en niet alleen. Dan maar gek. Liever dat dan die slepende zwaarte. Hoe kan je je zo leeg en tegelijk zo zwaar voelen? Het zou fysiek onmogelijk moeten zijn. Ik ken dit soort rouw niet, niet in deze vorm. Het aanhoudende, allesverzengende ervan. Het laat niet los, het is als een lus die strakker en strakker wordt getrokken tot ik geen lucht meer krijg.

Ik weet niet hoe lang ik zo midden in de kamer heb gestaan. Zo lang mogelijk. Ik greep me vast aan dat moment van verlichting, rekte het uit zo ver ik kon, en toen het me toch ontglipte, heel langzaam, bijna geleidelijk, alsof je je voorzichtig van me losmaakte, voelde ik me alsof ik even had geslapen en wakker werd met een glimlach.

Ik ging zitten, op jouw oude bed. Daar op het nachtkastje lag mijn telefoon die ik sinds de herdenkingsdienst niet meer opgeladen heb. Inmiddels is de batterij leeg, en dat is een beetje een opluchting, ook al heeft niemand anders dit nummer dan mijn ouders, beste vrienden, enkele naaste collega's en Ruth. Mijn werktelefoon had ik al uitgezet toen het nieuws over jou naar buiten begon te komen. Ik had honderden gemiste oproepen, duizenden mails en berichtjes, en over de *mentions* en privéberichten op social media had ik het dan nog niet eens. Misschien zet ik hem nooit meer aan.

Ik moet Ruth nog steeds bellen. Dat heb ik haar beloofd na jouw herdenkingsdienst, maar ik kan het niet opbrengen. Je weet hoe ze kan zijn. Ik zie er sowieso tegen op om weer naar de bewoonde wereld terug te keren. We zitten hier in een vacuüm waar tijd en ruimte niet bestaan. Ik voel niet het minste verlangen om er weer deel van uit te maken, maar ik weet ook wel dat het ooit zal moeten. Misschien zou het me zelfs goeddoen, want ik voel me hier ook steeds meer wegzakken in een duisternis die ik hiervoor nooit heb gekend. En het beangstigende is dat ik het wel oké vind, ook. Ik voel amper de aandrang om ertegen in te gaan. Ik weet het grootste gedeelte van de tijd niet waarom ik hier nog zou willen zijn als jij er niet bent. Ik zou kunnen gaan liggen, en niet meer opstaan. Wachten tot alles stopt.

Sorry dat ik zo dramatisch doe. Zo ben ik niet, toch? Niet toen jij er nog was in ieder geval, maar alles is nu anders. Ik ben niet alleen jou kwijt maar ook mezelf. Misschien is dit de nieuwe ik. Ik heb momenten dat ik mijn best wil doen. Niet eens voor mezelf, maar voor jou. Omdat jij het niet meer kan. Wat ik wil zeggen is: ik heb mijn telefoon opgeladen. En toen aangezet. Ik zat door mijn berichten te scrollen, allemaal sterktewensen en zo. Lief bedoeld. Ik probeerde op een paar ervan te reageren, maar het lukte niet om ook maar een enkel woord terug te typen. En toen belde Ruth, terwijl ik met de telefoon in mijn hand zat. En ik nam op, net op tijd, hij ging al bijna op voicemail. Ze deed helemaal zo van: 'Liefje, hoe gaat het? God, wat ben ik blij dat ik je spreek, het moet een verschrikkelijke tijd voor je zijn, is er iets wat ik voor je kan doen, wat dan ook?'

En ik kon alleen maar bevestigen dat alles inderdaad verschrikkelijk is en dat ik soms het gevoel heb dat ik gek word. Toen vroeg zij wat ik met werk wilde, ik moest doen wat goed voelde, zei ze, en me vooral niets laten opleggen. Ze had verzoeken gehad van alle grote talkshows. Er was zelfs sprake van een aanvraag voor de hele *High School Heroes*-cast, als een soort reünie ter ere van jou. Ik snauwde dat dat het stomste idee ooit was, omdat er nu geen sprake meer kan zijn van de héle cast. We hoefden nog niets te beslissen, zei ze, ook al had ik volgens mij al beslist door dat antwoord te geven.

Ik heb haar gezegd dat ik binnenkort toch weer wil beginnen met werken, al ben ik nu een beetje in paniek over dat idee, maar dat ik eerst met de cast en crew bijeen wil komen. Ze gaat iets regelen voor aanstaande zaterdag, een of andere klotebrunch of zo, en ik wil niet gaan, maar ik ben bang dat ik nooit meer aan de slag ga als ik het blijf uitstellen. En ik dacht dat het beter is om de troostende woorden, de knuffels en de tranen al achter de rug te hebben, in plaats van die over de hele eerste opnameweek uit te smeren. Ik denk niet dat we dan ook maar één scène afleveren. Dat heb ik dus geregeld en weet je wat nou zo stom is? Toen ik ophing, en met een knagend gevoel in mijn maag spijt zat te hebben dat ik dit had toegezegd, bedacht ik in een vlaag van oplossingsgerichtheid dat ik jou zou vragen om met me mee te gaan. Echt, een volle seconde had ik niets door en zat ik – oen die ik ben – op je bed met zo'n gevoel van: dat ik dáár nu niet eerder aan heb gedacht. Ik neem gewoon Roscoe mee, dan komt alles wel goed. Dus dat is waar we nu staan, Roscoe. Dat is hoe mijn brein nu werkt: weet je wat zou helpen tegen jou missen? Jij! Nou, lekker dan. Dáár heb ik wat aan.

Er is nog iets. Ruth vroeg naar het script. Ze vroeg naar *You and Me*. Ze zei: 'Het heeft geen enkele haast, maar Roscoe herinnerde me er niet voor niets vlak voor zijn dood nog aan. Natuurlijk heb ik er veel aan gedacht de afgelopen weken.'

Ik dacht aan toen je het idee de eerste keer aan haar pitchte, weet je nog, en dat ze toen amper op de inhoud inging en meteen zei dat je misschien iets minder gebrand moest zijn op mij in de hoofdrol. Dat je je opties moest openhouden en dat je sowieso niet meteen moest verwachten dat de televisiezenders in de rij zouden staan om dit op te pikken omdat je als schrijver of producer nu eenmaal niet bekend was bij het grote publiek. Je moest er rekening mee houden dat ze je niet direct serieus zouden nemen. Kijk Roscoe, als jij nu zelf de hoofdrol zou spelen...

Nou, nu piepte ze wel anders. Ze zei: 'Hij zou het me opsturen. Tijdens ons laatste gesprek had hij het steeds over het scenario dat hij aan het schrijven was voor jou. Zijn enthousiasme, nou ja, dat weet je natuurlijk... Hij was onstuitbaar. Hij zou het me die avond mailen, maar dat heeft hij niet meer gedaan.'

Ik vroeg me af hoe lang jullie gesprek had geduurd. Had ze eigenlijk wel geluisterd? Of was 'stuur me vanavond even een mail' haar manier geweest om je af te schepen? Voor de zoveelste keer. Zoals ze zo vaak geen aandacht had voor wat je haar écht probeerde te zeggen.

Ze vroeg: 'Jij hebt het toch ook?'

Nú wil ze het hebben. Jij liep al maanden met het scenario rond. Je had altijd een print bij je in je handbagage, en een usb-stick met het digitale bestand. Je had back-up op back-up gemaakt, maar toch was je bang geweest om het kwijt te raken. Je had het haar zó kunnen overhandigen, maar dat had je niet gedaan en je had het ook 's avonds niet gemaild, terwijl je wel nog achter je laptop bent gaan zitten om te schrijven.

'Ik heb het gelezen,' antwoordde ik.

Ze zei: 'Ik zou het heel graag lezen, Liv. Wat Roscoe erover heeft verteld klonk fantastisch en ik kan zo al een aantal grote partijen noemen die geïnteresseerd zouden zijn.'

Nu wel.

'Het is een beetje vroeg voor mij om daarover na te denken.'

Ze zei: 'O liefje, dat begrijp ik natuurlijk volkomen. Dat hoef jij ook helemaal niet, daar ben ik voor. Je weet hoe lang dit soort processen duren. Als ik alvast zou kunnen lezen, dan kan ik achter de schermen aan wat touwtjes trekken. Jij hoeft helemaal niks te doen. En als het niet goed voelt, dan ben je niemand iets verplicht.'

'Ik zal erover nadenken.'

Ze zei: 'Misschien heb je nog een kopie in je inbox staan? Zoals ik al zei: het is het laatste waar ik met hem over heb gesproken en het laat me niet los.'

Ik heb gezegd dat ik zou kijken en daarna hing ik gauw op. Ik was niet van plan om te kijken. Je hebt het niet aan haar gegeven. Ik weet niet waarom. Maar dat betekent dat ik dat ook niet zal doen. Nadat ik de telefoon had neergelegd, schoof ik naar het voeteneind van het bed, waar mijn tas stond. Ik haalde er jouw kopie van de pilot voor *You and Me* uit, jouw exemplaar dat ik zelf uit jouw hotelkamer heb meegenomen. Het lag op bed. Het is waarschijnlijk het laatste wat je hebt aangeraakt. Je was ermee bezig voor je naar bed ging, en je had het haar kunnen mailen, maar dat deed je niet.

Ik keek naar de titelpagina met jouw naam erop. Ik huilde toen ik dit script voor het eerst las. En nu denk ik niet dat ik het ooit nog zal lezen zonder te huilen.

Er was voor jou een duidelijk voor en na het vertrek van je vader. Ik weet niet hoe zoiets moet voelen, mijn ouders zijn samen sinds ze twintigers waren. Het is niet dat hun relatie per se een voorbeeld voor me is, maar ze houden van elkaar en voor hen werkt het. En ik ben niet opgegroeid met schuldgevoel en een eeuwig loyaliteitsconflict. In het begin dacht je dat hij nog terug zou komen, zei je wel eens. Je besefte niet dat deze nieuwe situatie voorgoed was. Je vader was vrij plotseling vertrokken, in de nasleep van een lange ruzie, die in jouw beleving dagen had aangehouden. Waarover je ouders ruzie maakten was je niet duidelijk. Het leek overal over te gaan en tegelijk over niets. Het ging erover dat hij nooit iets goed kon doen. Dat zij hem niets gunde vanwege de keuzes die zijzelf had gemaakt. Het ging over alles wat zij had opgegeven, en daar bedoelde ze altijd haar zangcarrière mee. Je vroeg je nog wel eens af hoever ze gekomen zou zijn als ze niet met je vader was getrouwd. Of als ze niet zwanger was geraakt van jou, want eigenlijk kwam dat eerder. Ze had een goede stem vond je, maar zou ze werkelijk het doorzettingsvermogen hebben gehad om verder te komen dan de podia van rokerige cafés, plaatselijke festivals en feesten en partijen? Had ze haar eigen muziek willen maken? Had ze willen touren, nachtenlange opnamesessies willen doen? Was ze daarvan gelukkiger geworden dan van het idee wat had kunnen zijn? Had ze er stiekem geen plezier in om anderen het verwijt van haar niet-waargemaakte droom voor de voeten te gooien? Wilde ze écht liever zangeres zijn dan de opofferingsgezinde vrouw en moeder spelen?

'Niemand heeft je gedwongen,' schreeuwde je vader terwijl hij kleren in een koffer propte. Dat was het moment waarop je moeder in paniek raakte. Ze trok de spullen weer uit de koffer en smeet ze naast het bed. Hij liet ze daar gewoon liggen. Pakte iets anders. Lukraak leek het wel, alsof het meer symbolisch was dan dat hij echt nog iets nodig dacht te hebben uit zijn oude leven. Hij klapte de koffer dicht.

Je keek ernaar alsof je geen onderdeel van het tafereel was. Rafael klemde zich huilend aan je moeder vast. Je vader liep, nee, hij rende zo'n beetje de trap af, met zijn koffer in zijn ene hand. In het voorbijgaan griste hij met zijn vrije hand zijn sleutelbos van het kleine tafeltje naast de voordeur. Toen zag je dat het geen sleutelbós meer was. De bos lag daar nog. Zijn huissleutel. De roestige sleutel van het schuurtje achter in de tuin. De ster die jij en Rafael voor Vaderdag hadden gemaakt van rode en witte strijkkralen. Blijkbaar waren ze overbodig geworden. Hij liet ze achter, en hij liet jullie achter.

Later zou hij zeggen dat hij toen niet had overzien dat dat laatste zo definitief zou zijn. Hij had verwacht dat er na een afkoelingsperiode wel een omgangsregeling tot stand zou komen. Hij vergat dat hij dan ook degene was die daar wat moeite voor had moeten doen.

Ik geloof dat je tien was toen je vader de deur achter zich dichttrok en uit jullie leven verdween en dat was ook het moment waarop je geen kind meer was. Je ging aan de slag, als een clown op een kinderfeestje, altijd bezig om het je moeder en Rafael naar de zin te maken. Je wilde haar ontzien en hielp zo goed als je kon in huis. Je leerde koken. Op de dagen dat zij werkte, zorgde je dat het eten klaar was als ze thuiskwam. Als ze een slechte dag had, hield jij Rafael bezig. En de slechte dagen bleven komen, zelfs lang nadat de afwezigheid van je vader voor jou al normaal was geworden.

Op je twaalfde kreeg je je eerste baantje, in een platenzaak. Omdat je groot was voor je leeftijd lukte het je om je ouder voor te doen. Je deed het omdat jullie het niet breed hadden thuis, maar je kon op die manier ook heel veel nieuwe muziek luisteren en de sfeer thuis ontlopen. De moeder die jullie in slaap zong, die het leuk vond om zich op te tutten aan haar kaptafel, die soms met jullie in kringetjes ronddanste in de huiskamer tot jullie alle drie duizelig op de vloer neervielen, die misbaksels met jullie bakte als jullie uit school kwamen (andere moeders bakten koekjes, had je me eens verteld, maar omdat zij er zo slecht in was en ze er altijd mislukt uit kwamen, besloten jullie ze om te dopen tot misbaksels, zodat ze technisch gezien niet meer kónden mislukken), die moeder verdween tegelijk met jullie vader. Haar vrolijke kant was weg. Haar buien, die er daarvoor ook waren geweest, waren nooit eerder zo constant aanwezig. Op een of andere manier had jij je ingeprent dat het aan jou was om het beter te maken. En zoals al het andere in je leven nam je die taak uiterst serieus.

You and Me gaat niet over je ouders. Het is hoopvol. Het is breekbaar en prachtig. Maar ook rauw. Je schuwt de donkere kant van de personages niet. Je laat zien waar het mis kan gaan. En wat je kunt doen om het weer goed te maken. Het is een liefdesgeschiedenis waarvan verleden, heden en toekomst als drie verhaallijnen door elkaar lopen. De personages zijn elkaars eerste liefde en je ziet ze verliefd worden, elkaar kwetsen, uit elkaar gaan. In het heden hebben ze elkaar uiteindelijk teruggevonden en een gezin gesticht, maar ze staan op het punt uit elkaar te gaan. De toekomst is onzeker. Worden ze samen oud of lukt het toch niet?

Het gaat niet over je ouders, het is eerder jouw antwoord erop. Het is gek dat ik nog niet kan kijken naar bewegende beelden van jou, of durf te luisteren naar jouw stem, maar dat ik er geen probleem mee heb om in jouw hoofd te kruipen en de woorden te lezen die uit jouw ziel komen. Dichterbij dan dit kun je niet komen.

Je schreef dit voor mij. Het was nooit jouw bedoeling om de mannelijke hoofdrol te spelen. We hebben het erover gehad. Je zag jezelf eerder als regisseur en producent van de serie. Je wilde de associatie met ons als *High School Heroes*-koppel niet. Ik was het met je eens. Maar nu ik het nogmaals heb gelezen, onder deze omstandigheden, kan ik me niet indenken dat iemand anders deze rol ooit zal spelen. Hoe zou ik dit ooit met een andere tegenspeler kunnen doen? Als ik er überhaupt al toe in staat zal zijn. Ik vind het een meesterwerk, maar het was jouw meesterwerk en ik denk niet dat ik dit alleen kan afmaken. Ik wéét dat investeerders, producenten en zenders nu in de rij zullen staan om dit uit te brengen en ergens voel ik ook dat ik het aan jou verplicht ben om dit te laten zien. Maar ik weet niet of ik het kan, echt niet.

Je onderschat jezelf altijd. Het is iets geks, dat ik soms in mijn hoofd kan horen hoe jij zou reageren op iets wat ik denk of zeg. Je hebt vaak gezegd dat ik mezelf onderschat. Misschien, maar als dat zo is, dan hadden we dat in elk geval gemeen.

Rafael

De deur was al open voor ik besefte dat er al dagenlang paparazzi voor ons huis bivakkeerden. Ik trok nog vlug de capuchon van mijn hoody over mijn hoofd voor ik het tuinpad afliep en realiseerde me dat dit voor jou dagelijkse realiteit was. Eerst kijken of de kust veilig is voor je naar buiten gaat, ik had zelfs de basisprincipes nog niet door.

'Is Livia Jones nog binnen?' hoorde ik iemand roepen. Ik keek om en toen viel het me pas op dat de zwerm paparazzi verdwenen was, op één fotograaf na, die hoogstwaarschijnlijk niet van plan was weg te gaan voor hij een plaatje getiteld 'Livia Jones in tranen' kon inleveren bij zijn opdrachtgever. Eigenlijk wilde ik hem de bosjes inschoppen of hem op zijn minst in niet mis te verstane bewoordingen uitleggen wat voor ontzettende oetlul hij was om mensen in een situatie als de onze lastig te vallen. Ik deed het niet. Zonder iets te zeggen liep ik verder, nu met een nog grotere behoefte om te ontsnappen.

Op zich niet zo gek dat ik die behoefte voelde, maar ontsnappen aan wat precies? Dat wist ik niet. Was het de bedompte sfeer in huis of de lucht van verschaalde wijn die ik steeds rook als ik beneden in de woonkamer kwam? Het kon ook te maken hebben met het verdriet van Liv en ma, dat ik even niet meer wilde zien. Soms lijkt het alsof we met z'n drieën een vergrootglas vormen dat alle ellende opvangt en er een enorme laserstraal van maakt die alles om ons heen verschroeit. Misschien doen we elkaar meer kwaad dan goed.

Dit waren de makkelijke dingen om aan te ontsnappen, maar natuurlijk ging het niet om het huis, of het gezelschap. Het punt was dat ik wilde ontkomen aan jou. Een bij voorbaat tot mislukken gedoemd plan, aangezien alles aan deze plek een herinnering aan jou met zich meedraagt. Hier zijn we opgegroeid, gingen we naar school, speelden we buiten, hingen we rond, hadden we onze eerste baantjes, reden we op onze fietsen en later op de oude brommer die we deelden. Ik liep een rondje, kwam langs het park, de bakker, het basketbalveldje, onze oude basisschool.

Bij het passeren van het hekwerk van het schoolgebouw ging ik langzamer lopen, tot ik bij de poort kwam. Ik stond stil, oog in oog met jouw gezicht. Een schoolfoto, een jaar of tien, hooguit elf was je. De foto was met tape aan de ijzeren spijlen vastgemaakt. Eronder brandde een kaarsje, en er lag een verlept bosje bloemen met een handgeschreven briefje. Het deed me denken aan de wake bij het hotel, maar dan op heel kleine schaal. Wie had dit hier neergelegd? Iemand die we kennen? Een oude klasgenoot? Een leraar van school? Een vriendje van vroeger, een meisje dat stiekem verliefd op jou was, een fan die erachter was gekomen op welke school je had gezeten? Ik speelde met de gedachte om het briefje op te rapen, maar iets hield me tegen. Het was niet voor mij bedoeld. Al die andere brieven die bij ons thuis bezorgd zijn, waren bedoeld om gelezen te worden. Maar dit briefje was hier achtergelaten voor… jou. Het voelde te persoonlijk en ik liet het liggen.

Met mijn handen in mijn zakken gepropt liet ik het tafereeltje onaangeroerd achter. Ik sloeg voorbij het schoolplein rechts af en liep de straat uit. Daarna nog wat verder, langs de achterkant van het park, of wat wij vroeger als de achterkant beschouwden, aangezien ons huis aan de andere kant lag. Ik wist nu waar ik naartoe ging, al had ik nog niet besloten waarom. Gewoon om even te zitten en niets te hoeven doen. Omdat ik nog niet terug wilde gaan. Om andere mensen te zien, allemaal te druk met hun eigen beslommeringen om zich te bemoeien met mij. Overdag in een café zitten betekent jezelf omringen met *daytime drinkers*, meestal niet het soort mensen dat daar zit voor de gezelligheid of om iets te vieren. Mensen met problemen. Net als ik.

Ik besefte te laat dat mijn inschatting verkeerd was. Iedereen ter wereld – of in ieder geval het deel van de wereld waar mensen toegang tot tv en social media hebben – kent Roscoe Mulder. In dit stadje is dat niet anders, maar hier kent iedereen ook zijn familie. Ik zag de medelijdende blikken al toen ik het café binnenkwam. Ik hoopte er met een knikje vanaf te zijn, maar niet iedereen nam daar genoegen mee. Ik knikte, groette, schudde handen en beloofde condoleances aan mijn moeder over te brengen. Het café zat niet eens vol, maar er waren genoeg mensen die details wilden checken, hun eigen zielige verhalen bij me kwijt wilden, of me wilden vertellen hoe erg ze met ma meeleefden. Ze bedoelden het goed, maar ik wilde niets anders dan weer terug naar buiten, naar de stilte en doelloosheid van dwalen door de lege straten.

'Hé Rafael, hier zit ik!' hoorde ik van een afstandje. Ik keek op naar de vrouw die aan de bar zat en naar de lege plek naast haar wees. De lok voor haar ogen, die de helft van haar gezicht verborg, was spierwit. Ik herkende haar natuurlijk, het was Kat. Ik wist niet dat ze terug was gekomen.

Ik excuseerde me bij het echtpaar dat aan me bleef plakken. Ze hadden vroeger een winkel in ijzerwaren en ze herinnerden zich dat wij daar samen met pa spullen kochten om te klussen in huis. Hoe lang was dat dan wel niet geleden? 'Mijn afspraak is er,' zei ik en ze lieten me gaan.

Ik liep naar de kruk naast Kat. Ze had een bakje pelpinda's voor haar neus staan en was bezig er eentje uit de schil te halen. Ik bestelde een tonic. 'Zonder gin, alleen tonic,' bevestigde ik als antwoord op de verbaasde blik van de barman. Het was even stil.

'Gecondoleerd,' zei Kat toen.

'Ja... Bedankt.'

'Je zag er overweldigd uit, dus ik dacht...'

'Dat ik gered moest worden?'

'Zoiets.' Ze wipte de lege pindaschil weg en at de pinda's op. 'Misschien ken je me niet meer, maar ik was vroeger bevriend met je broer. Ik kwam vaak bij jullie thuis toen.'

'Kat. Het meisje dat hem hier heeft weggehaald. Ik ken je nog.'

'Schuldig,' antwoordde ze. 'De wereld mag me wel dankbaar zijn.'

Misschien liet ik het wat verwijtender klinken dan de bedoeling was. De barman zette een flesje tonic voor me neer, naast een net gespoeld glas. Ik schonk het drankje in mijn glas en staarde naar de bubbeltjes die opplopten.

'Ik heb je moeder geschreven.'

Ik knikte zonder haar aan te kijken. 'Ze is er nog niet aan toe om dat soort dingen te lezen, maar ik heb de brief gezien. Verwacht je een antwoord van haar?'

'Niet eens zozeer. Ik wilde het vooral gezegd hebben. Er gaat zo veel in me om sinds ik het bericht kreeg. Ik moet steeds aan hem denken. Ik vraag me constant af wat er met hem is gebeurd. Of alles wat we in het nieuws horen waar is.' Ze pauzeerde even. 'Als je er niet over wilt praten, begrijp ik dat.'

Ik voelde inderdaad geen behoefte het gesprek op gang te houden.

'Jij zat niet bij ons op school toch?' vroeg ze een paar tellen later.

'Jawel. Een paar klassen lager.'

'Dus dan heb je Roscoe nooit in actie gezien op school?'

'Ik weet wel dat hij heel actief was met buitenschoolse activiteiten en zo. Ik had een iets andere instelling wat school betreft: ik wilde er zo snel mogelijk weg, dus ik deed juist zo weinig mogelijk. Ik voelde me soms nogal ambitieloos vergeleken met hem.'

'Ik denk dat hij en ik elkaar daar juist in vonden. Eigenlijk verschilden we nogal. Ik kwam uit een conservatief gezin, hij was zo vrij en ruimdenkend. Ik was het overduidelijke theatermeisje maar hij zat zo veel dieper in de kunst en literatuur dan ik. En dan ook nog zijn muziek. Hij was echt een alleskunner, hè?'

Daar kon ik kort over zijn. 'Yep.'

'Gruwelijk irritant.'

Ik keek op, en zij ook. Het was de eerste keer dat we oogcontact hadden. 'Ik dacht dat jullie vrienden waren.'

'Waren we ook. Maar ik was daar wel jaloers op. Veel dingen gingen hem makkelijk af, alleen zag hij dat zelf niet zo. Hij had alles. Hij was de slimste persoon die ik ooit heb gekend. Hij wist altijd de juiste dingen op het juiste moment te zeggen. Je kon met hem lachen, maar over de belangrijke dingen was hij bloedserieus. En hij kón zo veel. Met die auditie wist ik dat het zijn doorbraak betekende. Ik zag het aan hoe die vrouw naar hem keek, die castingdirector weet je wel. Zij had het door.'

'Het had jouw doorbraak moeten zijn. Toch?'

'Ja, nou... Ik was eerst wel blij voor hem. Ik moedigde hem aan om naar binnen te gaan. Hij wilde niet, zei dat het niets voor hem was, maar hij kende die scène vanbuiten. Omdat hij zo vaak met mij had geoefend. Ik zei: ga gewoon, probeer het. Ik zag het helemaal voor me, dat we samen aangenomen zouden worden. Ik was er zo van overtuigd dat ik Stormy zou worden.'

'Maar je kreeg wel een rol in de serie.'

'Geen Stormy. Dat wilde ik. Ik was klaar voor een hoofdrol, maar ik werd het niet. Ik geloofde het eerst niet, dat ik misgegrepen had. Ik kreeg de rol van Charlize via Roscoe. Ze hadden dat rolletje er op het laatste moment bij geschreven, omdat ze iemand nodig hadden die alle personages soort van samenbracht. Charlize was het verlegen, stille meisje dat altijd in de bibliotheek rondhing en van daaruit de missies van de groep coördineerde. Roscoe had mij voorgedragen en ik kreeg de rol. Ik hoopte dat het personage uit zou groeien tot de spil van de groep, maar het publiek pikte haar niet op. Na een paar afleveringen werd besloten dat ze overbodig was en dat was het einde van *High School Heroes* voor mij.'

'Niet bepaald leuk.'

'Nee. Maar vergeet niet dat ik er inmiddels toch een glansrijke carrière op heb zitten. Mijn interpretatie van Meisje In Bus is nog steeds onovertroffen. De makers van *Young Medicine* hebben het nog steeds over mijn vertolking van Patiënt Die Flauwvalt. En dan heb ik het nog niet eens over Studente In Hal, Vrouw In Wachtruimte, Voorbijganger, Toerist Bij Empire State Building, Winkelbediende Eén, oeh… en de beste… Lijk In Container. Ik kan erg goed mijn adem inhouden. Wil je het zien?' Ze leek te schrikken van haar eigen woorden. 'Sorry, dat was… ongepast.'

'Geeft niet.'

'Ik twijfelde tussen Lijk en Paaldanseres als klapstuk en ik maakte de verkeerde keuze. Ik ben niet op mijn best onder emotionele stress.'

'Reminder voor de volgende keer: altijd voor paaldanseres gaan.'

'Staat genoteerd.'

Ik glimlachte en nam een slok. 'Dus nu ben je terug? Is dat definitief? Of ben je op bezoek?'

'Ik weet het nog niet. Dat beroemd worden blijkt nogal een eindeloze exercitie en soms denk ik dat Roscoe gelijk heeft. Ik heb me erop blindgestaard. Hij snapte het sowieso niet, dat roem een doel op zich kon zijn. "Ben je dan gelukkig, Kat?" vroeg hij dan. "En stel dat het lukt? Ben jij dan een beter mens? Wordt de wereld er beter van? Zorg dan ten minste dat het een middel is in plaats van een doel." Hij kon niet aanvaarden dat ik die bevestiging zocht. Waardering. Applaus.

Daarom groeiden we ook uit elkaar, denk ik. Het is niet dat ik hem zijn succes niet gunde. Maar ik kon er niet mee omgaan dat het voor hem zo weinig leek te betekenen.'

'Is je wel eens opgevallen dat de dingen die het meest voor hem betekenden hem het minste applaus opleverden?' vroeg ik. 'Zijn muziek, de arthousefilm die hij heeft gedaan. Zijn foto's.'

'Kom op, geen applaus? Met zijn fanbase? Die vinden alles wat hij deed geweldig.'

'Zijn album werd afgekraakt. Hij werd amper op de radio gedraaid. Zijn tour werd halverwege gecanceld. En toch werkte hij aan een tweede.'

'Dus wat? Het gaat niet om het resultaat? Nu klink je al net als hij.'

'Misschien had hij wel een punt. Misschien moet je gewoon gaan doen wat je leuk vindt, en als dat acteren is, dan zit er niks anders op dan Vrouw In Menigte te blijven spelen tot je een keer een echte rol te pakken hebt.' Ik pakte mijn glas weer op. 'Of paaldanseres.'

Ze lachte en keek me zijdelings aan. 'Ik was er wel verbazingwekkend goed in.'

We dronken allebei wat en na een minuutje vroeg ik: 'Jij en mijn broer, hebben jullie wat gehad?'

Ze lachte hardop.

'Jullie hebben een hele tijd samengewoond.'

'Tja.' Ze staarde wat geheimzinnig voor zich uit en draaide zich op haar kruk naar me toe, zodat haar knie tegen mijn been stootte. 'Ik zag ons altijd als zo'n stel in een sitcom, waarbij het sinds de eerste aflevering draait om wanneer ze het gaan doen, maar waarbij het pas in de laatste aflevering van het laatste seizoen gebeurt. Snap je wat ik bedoel?'

'Ehm...'

'Soms hing er iets in de lucht tussen ons. Ik heb altijd gedacht dat het er nog wel eens van zou komen. We waren te druk bezig met onze eigen dingen, maar ik was het meisje op wie hij al sinds de middelbare school kon rekenen. En hij geloofde al in me toen niemand dat deed. Ik zou grote rollen spelen, misschien wat beroemde regisseurs en grote acteurs om mijn vinger winden, en dan... ooit... zouden we elkaar vinden.' Ze knipperde een paar keer achter elkaar, alsof ze het waas van een niet-geleefd leven weg knipperde. 'Zo had ik het tenminste bedacht.'

'Soms lopen dingen anders.'

'Heel anders.'

Ik dronk mijn tonic op en zette het glas neer. 'Dus er is helemaal nooit iets gebeurd tussen jullie? Op dat vlak?'

Ze schudde haar hoofd. 'Nope.'

Mooi. Dat zou namelijk raar zijn geweest. 'Woon je hier eigenlijk ver vandaan?'

Kat zag de castingdirector al vanaf helemaal achter in de hal naar haar toe komen. Ze had haar huiswerk gedaan. Via via had ze van deze audities gehoord. Jullie hadden er een hele week voor vrij gepland en uitgerekend wat de voordeligste manier was om er te komen. De vliegtickets bleken goedkoper te zijn dan de benzine die nodig was om het hele eind met de auto af te leggen. Het geld voor de trip die de grote doorbraak van Kat moest betekenen, kwam van jou. Je harkte het bij elkaar door een maand lang met je gitaar straatoptredens te geven op Times Square en bij andere toeristische trekpleisters. De meest beangstigende ervaring uit je leven, noemde je dat. Maar ook die waardoor je daarna elke vorm van podiumvrees wist te overwinnen. Er was niets erger, zei je, dan midden op straat te staan, tussen een wirwar van onvriendelijke gezichten die niet zitten te wachten op wat jij daar komt doen. En ze dan voor je zien te winnen. Met die ervaring op zak wist je hoe je moest presteren, on the spot, in welke situatie dan ook. Precies wat je nodig had als een castingdirector je uit het publiek kwam plukken voor een spontane auditie.

Kat wist van iedereen die bij deze productie betrokken was wie ze waren en wat ze deden. De vrouw die haar kant op kwam was Rina Husson. Ze was alleen al het afgelopen jaar verantwoordelijk geweest voor de casting van minstens drie blockbusters en Kat kon zo een hele rij acteurs noemen die het dankzij haar hadden gemaakt. En nu kwam deze Rina Husson, de poortwachter van het rijk van faam en roem, récht op haar afgelopen. Kats hart sprong bijna via haar keel haar lijf uit en ze vergat de regels tekst die ze met jou aan het oefenen was.

Jij had niets door. Je zat voorovergebogen in het script te turen en zei de tekst voor waarvan je dacht dat Kat die vergeten was. 'Niet alles is wat het lijkt. Misschien vraagt deze situatie om een andere aanpak.' Toen ze de tekst nog steeds niet oppikte, keek je langzaam op en zag je haar met een soort militaire precisie in de houding springen. Ze salueerde nog net niet naar de vrouw die tegenover jullie kwam staan. Kat stak haar hand uit. 'Mevrouw Husson, aangenaam, mijn naam is Kat Silver en ik...'

'Aangenaam,' zei deze mevrouw Husson, een naam die jou nog niets zei, terwijl ze Kat vlug de hand schudde en zich tot jou richtte. 'En jij bent?'

Je aarzelde. 'Roscoe Mulder.'

'En je doet auditie voor...?' Ze had een klembord bij zich en bestudeerde het vel papier dat erop zat. 'Ik zie je naam niet.'

'Ik doe auditie voor Stormy,' zei Kat. 'Hij is hier met mij.'

Rina Husson erkende Kats aanwezigheid door haar een blik toe te werpen, maar richtte zich onmiddellijk weer tot jou. 'Het gaat ons nu even om de rol van Rush. We lopen iets voor op schema en iemand van het team hoorde jou net een paar regels voordragen...'

'Nou, vóórdragen,' zei jij. 'Ik oefen alleen wat met Kat. Zij is degene die auditie doet.'

'Ben je geen acteur?'

'Ik werk meer achter de camera,' antwoordde je.

'Nou, misschien moet daar verandering in komen. Er wordt wel eens gezegd dat ik oog heb voor die dingen.'

'O mijn god,' zei Kat. 'Roscoe, dit is Rina Husson. De belangrijkste castingdirector van dit moment. Ze heeft Stuart Melchior ontdekt. In de sportschool! Ik bedoel...' Ze wapperde met haar handen.

'Ik wil je graag een scène horen lezen. Deze.' Rina haalde onverstoorbaar een paar bladzijden tekst onder de clip van haar klembord vandaan. 'Bestudeer het even. Dan kom ik je zo halen. Als het bevalt, wil ik je graag tegenover een van de actrices zien die we al hebben gecast.'

'Niet Stormy toch?' riep Kat geschrokken. 'Ik bedoel... ik bén Stormy.'

'Je krijgt straks je kans om dat te laten zien,' zei Rina met een afgemeten glimlachje. Ze keek jou weer aan. 'Dit doen we nooit. Als ik het doe, dan is het me menens. Neem het serieus.'

Je wachtte tot Rina Husson uit het zicht was en toen wilde je vertrekken. Gewoon de deur uit lopen. Kat dacht dat ze gek werd.

'No way!' Ze hield je tegen. 'Je blijft en je gaat dit doen! Stel je voor: ik als Stormy, jij als Rush! Dan zijn we broer en zus. En deze serie wordt een groot succes, dat voel ik nu al. Dit wordt verdomme onze grote doorbraak, Roscoe, zie je dat dan niet? Jij en ik! We worden beroemd.'

Je rolde met je ogen.

'O mijn god, denk je eens in hoe de pers gaat smullen van dit verhaal. Jij die zomaar uit de menigte wordt gepikt. Wij, twee vrienden uit een slaapstadje in Canada die de grote stad veroveren en daarna de wereld! O mijn god, o mijn god.'

'Kat...' Je zuchtte. 'Dit is niks voor mij.'

'Doe normaal. Je kent de tekst bijna net zo goed als ik, zo vaak heb je met mij geoefend. En Rina is niet zomaar iemand.'

‘Ik weet het, ze is de oppergod van de acteerwereld,’ zei je wat meewarig.

‘Als zij je uitkiest, zit je gebeiteld. Roscoe, luister goed.’ Ze pakte je bij de kraag van je jasje. Een versleten jeansjack dat je al jaren droeg. ‘Je gaat dit doen. En je gaat haar wereld rocken. En daarna… doe ik hetzelfde.’ Ze trok een vies gezicht. ‘Dit moet uit.’

Kat trok het jack van je schouders en smeet het op de stoel achter haar. ‘Oké, je haar zit goed. Gelukkig ben je daar altijd zo pietluttig over. Dit kan beter.’ Ze rolde de mouwen van je witte T-shirt een klein beetje op, zodat je armspieren beter uitkwamen. ‘Wacht! Andere kant ook nog! Kijk, veel beter zo. Oké, je kunt dit. Kijk nou naar dat gezicht van je, dit is je *moneymaker*.’ Ze kneep je wangen samen en je schudde haar half geïrriteerd, half geamuseerd van je af.

‘Oké, hou op, ik doe het al. Maar let maar op, het wordt toch niks.’

Had je het daar even mis.

Kat was een theaternerd. Jij zat in een schoolbandje. Omdat jullie het auditorium moesten delen, kwamen jullie elkaar na schooltijd de hele tijd tegen. Zo leerden jullie elkaar vanzelf kennen. Jij schreef voor de schoolkrant, vaak filosofische stukken met een wetenschappelijke inslag. Theorieën over het universum, zwarte gaten, tijdreizen. Kat had daar niets mee en kon ze nauwelijks volgen. Maar je was anders dan anderen, en dat was zij ook. Anders was beter, vond ze. Ik denk dat jij dat ook vond.

Je werkte aan een project, uit eigen beweging, niet eens voor school. Daarvoor liep je altijd met een camera door de gangen. Je maakte foto’s van alles en iedereen, en het idee was dat je vóór je een foto maakte, iemand eerst een compliment maakte. Daardoor gebeurde er iets met mensen, zei je. Je zag echte emotie. Gezichten konden helemaal veranderen door een compliment. Je zag blijdschap op de foto’s. Verwarring soms. Of wantrouwen.

In het begin gaf je algemene complimenten, maar later begon je je best te doen om iets te benoemen wat betekenisvol was voor de persoon in kwestie. Niet alleen: mooie trui. Maar persoonlijker. 'Goed dat je dat antwoord wist in de klas, sterke argumenten had je tijdens geschiedenisles, mooi doelpunt maakte je in de wedstrijd, top dat je opkwam voor die jongen die werd gepest.'

'Je hebt het beste kapsel van iedereen op school,' had je gezegd voor je een foto van Kat maakte. Dat was het begin van de vriendschap, niet alleen omdat je Kats haar gaaf vond, al zal dat wel hebben geholpen. Maar omdat je haar zág. En er was niets wat Kat liever wilde dan gezien worden. Dat is nog steeds zo, bedacht ik toen ik een uur later met haar tussen de lakens lag.

Na afloop voelde het een beetje ongemakkelijk. We lagen dertig seconden op onze rug naast elkaar en ik vroeg me af hoe lang ik dit moest volhouden voor het geoorloofd was om weg te gaan. Kat was me voor. Ze stond op, griste iets van een roze, glanzend stofje mee en sloeg dat om zich heen voor ze naar een aangrenzende ruimte verdween.

Vlug ging ik ook uit bed. Waarom leek dit ook alweer een goed idee? Had ik me echt tot haar aangetrokken gevoeld? Was het een soort algemene, chemische reactie van twee personen die in een bar een te intiem gesprek met elkaar voerden? Of een manier om het gesprek te stoppen? Kat die haar mond hield, dat was sowieso niet een van haar basisinstellingen. Dat illustreerde ze onmiddellijk toen ze terug de slaapkamer in kwam. Ik stond met één been in mijn spijkerbroek en het andere nog verstrikt in de broekspijp. Ik had niet verwacht dat ze zó snel terug zou zijn.

'We moeten even praten,' zei ze terwijl ze me een flesje water aanreikte. Het roze ding, een kort ochtendjasje, had ze inmiddels aangetrokken en dichtgeknoopt met een ceintuur. Ze keek me een beetje ongeduldig aan, alsof ze had verwacht dat ik mezelf wel even had kunnen aankleden in de drie seconden dat ze weg was geweest. Gelukkig hoefde ik niet eerst nog naar een verdwaalde sok of mijn boxer op zoek. In plaats van onze kleren tijdens een gepassioneerd samenzijn door de hele kamer te smijten, hadden we ieder aan een kant van het bed gestaan en ons snel en efficiënt uitgekleed. Mijn kleren lagen half opgevouwen op een hoopje op een stoel.

Kat stond nog met haar arm uitgestoken. Ik worstelde me in mijn broek, ritste die dicht en pakte het flesje van haar aan. Ik nam een slok. 'Praten?'

'Niet over dit gebeuren.' Ze maakte een gebaartje naar het omgewoelde beddengoed. 'Wees maar niet bang.'

'Oké.' Ik trok mijn T-shirt over mijn hoofd.

'We zijn het er vast over eens dat we dit niet nog eens doen, toch?'

'Ehm...' Even vroeg ik me af of dit een strikvraag was. Ik draaide de dop van het flesje en dronk het in één teug voor de helft leeg. 'Ja. Eens.'

'Niet dat het slecht was.' Ze wierp me een dwingende blik toe.

'Nee,' bevestigde ik snel, 'verre van dat. In feite –'

Ze onderbrak me meedogenloos. 'Het klopt niet. De reden dat we dit doen is niet zuiver, alles draaide om Roscoe.'

Gatver. Ik ging op de bedrand zitten om mijn schoenen aan te doen. Ze had gelijk maar het hoefde niet zo expliciet gezegd te worden. Ik had geen zin om me hier ook nog akelig bij te voelen.

'Wat ik eigenlijk wilde zeggen,' ging Kat verder, 'is dat als je met iemand wilt praten die ook met hem is opgegroeid, je altijd welkom bent. Maar dan wel met je kleren aan.'

'Ik...' kon me niet voorstellen dat ik daar ooit behoefte aan zou hebben, 'zal het onthouden.'

'Misschien wil je dat nu niet, maar dat kan nog komen. Ik schrijf nu voor mezelf allerlei dingen op, over momenten die ik met Roscoe heb gedeeld. Ik ben nu de enige die al die herinneringen levend kan houden. Als ik ze vergeet zijn ze voorgoed weg. Als je het fijn vindt, dan wil ik die gedachten wel met je delen. Of jij de jouwe met mij.'

Ik dronk de rest van het water op. 'Misschien later.' Het bleef even stil tussen ons en ik keek om me heen of er nog iets in de kamer lag wat van mij was. Alleen mijn hoody nog. Ik stond op, zette het lege flesje op het nachtkastje en begon mijn trui aan te trekken. 'Ik moet zo gaan.'

'Voor het geval we niets meer van elkaar horen, wat me niet heel onwaarschijnlijk lijkt...' Dat laatste mompelde ze halfslachtig. '... wil ik je toch nog iets vragen. Misschien is het raar en heb jij het antwoord niet eens, maar nu ik het Roscoe niet kan vragen, heb ik geen andere optie meer. Ik moet steeds denken aan het laatste contact tussen Roscoe en mij. Heeft hij daar wel eens iets over gezegd?'

Ik fatsoeneerde mijn capuchon die nog half in mijn trui zat en draaide me naar haar om. 'Niet iets wat ik me zo kan herinneren.'

Nu ik was opgestaan, liet zij zich op het bed zakken. 'Nadat ik de serie uit werd geschreven, probeerde ik niet bij de pakken neer te zitten. Ik had nog een paar audities lopen. Ik prentte mezelf in dat ik toch meer het Broadway- dan het Hollywoodtype was. Roscoe pendelde in die tijd nog heen en weer. Als hij opnames had, zat hij wekenlang aan de westkust. En ik alleen in die flat. En het was niet dat ik het hem misgunde, maar het was gewoon moeilijk, snap je? Het succes van die show groeide alleen maar en mijn grootste prestatie was een rol in een commercial verkleed als een dansende tube tandpasta.'

De vernedering tekende zich opnieuw af op haar gezicht. Alsof ze het herbeleefde.

'Hij kreeg het drukker en drukker. Af en toe belde hij, maar dan nam ik niet op. En ik negeerde al zijn berichtjes. Tot op een gegeven moment... ik had weer een afwijzing gekregen... een toneelstuk dat ik zo graag gewild had. En hij stond op rode lopers met Liv en Holly en de rest... en elke donderdag keek ik naar de serie en zag ik hem en hoe goed hij het deed. Ik stuurde hem die mail. In een opwelling. Dat ik een andere huisgenoot gevonden had, en dat hij niet kon verwachten dat ik zijn kamer in de flat vrijhield als hij er toch nooit was. En weet je? Hij was begripvol. Hij snapte het nog ook, dat ik een andere huisgenoot wilde. Hij was superaardig en belangstellend toen hij zijn spullen kwam ophalen. Ik dacht: het kan hem niet eens wat schelen. Hij mist me niet. Hij is helemaal ingeburgerd daar, heeft nieuwe vrienden en alles. Hij ging permanent daar wonen. Hij bleef wel bellen en mailen, en ik bleef hem negeren… tot hij opgaf. En ik zat voortaan opgescheept met een onuitstaanbare huisgenoot, een meisje dat ik nog van de opleiding kende, met wie ik niet eens kon opschieten, maar ik kon het niet alleen betalen.'

Ze leek klaar te zijn met haar verhaal. 'Rot dat het zo gegaan is,' antwoordde ik.

'Het was mijn schuld. Ik was teleurgesteld en boos. En daarna begon ik in te zien dat ik fout zat, maar ik durfde geen contact meer op te nemen. Ik bedoel, het zou niet meer dan gerechtvaardigd zijn geweest als hij boos op me was, toch? Maar hij heeft er dus nooit iets over gezegd, tegen jou?'

'Nou, nee. Niet echt. Ik nam gewoon aan dat jullie contact door de jaren heen verwaterd was.'

'Nu weet je waarom.' Ze staarde wat voor zich uit. 'Ergens wil ik geloven dat hij het me heeft vergeven, maar… wat als hij er nou niet eens genoeg om gaf om boos op me te zijn?'

'Ik eh… weet je, ik weet niet wat je wilt horen. Ik kan niet voor hem spreken.'

'Weet ik. Sorry.' Ze veegde een opkomende traan weg. 'Ik weet ook niet waarom ik het allemaal zo oprakel.'

'Hij wist dat je het niet makkelijk had,' zei ik. Ik voelde me niet in de positie om vergeving te schenken namens jou, maar misschien kon ik haar beginnende huilbui stoppen voor die zou doorzetten. 'Ik denk dat hij het ergens wel begreep. Misschien gaf hij je de ruimte om zelf te kiezen wanneer je weer contact wilde. Hij was veel, maar niet haatdragend.'

'Dat hou ik mezelf ook steeds voor.' Kat frunnikte aan het om haar middel geknoopte lint. 'Hij zou nooit de deur helemaal sluiten, dat heeft hij bij jullie vader ook niet gedaan, terwijl iedereen het begrepen zou hebben als hij die deur had dichtgehouden. Toch?'

Ik knikte. Ik was er klaar voor om weg te gaan en bewoog naar de deur, maar wat ze zei echode na in mijn hoofd. Ik bleef staan. 'We zouden het niet alleen begrepen hebben, we verwachtten min of meer van hem dat hij dat deed. Maar je hebt gelijk, dat was niet zijn stijl.'

Wel de onze, dacht ik. Kat, ma... ik. Wij hadden dat wel gedaan, deuren gesloten, zonder om te kijken. Ik besefte dat dat iets zei over wie ik was. En het beviel me niet.

Ik liep naar de deuropening. 'Ik laat mezelf wel uit. Tot eh... ziens. Misschien.' Vlug draaide ik me om. De deur zat gelukkig niet op slot. Ik kon zo doorlopen naar buiten, waar ik een hap koude lucht nam. Ik moest met ma praten.

Wat je moet weten, is dit. Pa is gekomen. Om je te herdenken.

Pakweg vijfentwintig jaar geleden was de knipperende richtingaanwijzer van zijn truck het laatste wat we van hem zagen, vlak voor hij afsloeg en uit de straat en ons leven verdween. De tijd ertussen was verdampt en nu zat hij op een plekje achterin onopvallend de herdenkingsdienst van zijn oudste zoon bij te wonen. Ik zag hem pas halverwege mijn voordracht, toen ik naar een punt in de verte staarde om mezelf te herpakken voor ik verder kon spreken.

Ik dacht altijd dat ik van alles zou voelen als ik hem ooit weer zou zien. Woede bovenal. Maar hij zat daar gewoon, lukraak tussen een handvol andere mensen die je al een eeuwigheid niet had gezien, en ik voelde er niets bij. Ik wist dat hij merkte dat mijn blik op hem was blijven hangen, want hij knikte me toe. En ik vervolgde mijn toespraak, die zoals je weet hopeloos tekortschoot, simpelweg omdat ik zelfs als ik uren de tijd had gehad nog niet had kunnen verwoorden wat je écht betekend hebt. Gelukkig kwam Liv wel een heel eind in de buurt.

Het was een besloten dienst, waarvan we de locatie zo lang mogelijk geheim hadden gehouden, zodat we niet gestoord zouden worden door opdringerige verslaggevers. Ma wilde niet het Hollywoodspektakel dat Ruth voor ogen had. Ze wilde dat het zou eindigen waar het begonnen was. Thuis. Dus kreeg je een bescheiden afscheid. Of nou ja, bescheiden voor een wereldster. Niet per se voor een simpele jongen uit een klein stadje in Canada. Liv had een selectie gemaakt van jullie beste vrienden uit het vak. Justin en Fredrik. Jamie. Gloria en je andere collega's van *High Five*. Nog wat crewleden en andere mensen die ik niet meteen kon thuisbrengen. De regisseur van *Starry Night*. Livs ouders en beste vriendin. Wat vrienden van mij. De rest van de gastenlijst was opgesteld door ma.

Hij had de kans gehad om geruisloos te verdwijnen na afloop. We dachten dat hij dat gedaan had, maar hij stond ons op de parkeerplaats op te wachten en sjokte bedachtzaam onze kant op toen we naar de auto liepen.

Ik vond dat hij oud leek. Hij had al zijn haar nog, maar het had een vale kleur met veel grijs erdoor. Hij schoor zich niet vaak genoeg om de haren op zijn kin en keel in toom te houden, maar te vaak om het een baard te kunnen noemen. Zijn huid leek iets te los om hem heen te zitten. Alsof hij die een maatje te groot gekocht had. Doordat ik nu boven hem uittorende, leek het sowieso alsof hij gekrompen was, maar toen ma tegenover hem kwam staan, zag ik dat er aan zijn postuur weinig veranderd was.

'Ik ben hier niet om problemen te veroorzaken,' zei hij, met zijn handen opgeheven, als een verdedigingsmechanisme. Of zoals je zou doen als je probeert een wild, maar niet al te bedreigend dier te sussen.

'Dan zou ik maar snel weer ophoepelen,' antwoordde ma, waarna ze het achterste portier van de geblindeerde auto opentrok en instapte.

'Je hebt het recht hier te zijn,' zei ik. We hadden hem na lang beraad uitgenodigd, of nou ja, Liv had dat gedaan, nadat we ma er uiteindelijk van overtuigd hadden dat grootmoedigheid de beste optie was. Ze was akkoord gegaan, maar niet van harte. En ik had eigenlijk niet gedacht dat hij daadwerkelijk zou komen opdagen. 'Maar verwacht verder niets van ons, oké?'

'Nee, tuurlijk. Ik eh...' Hij staarde naar het grind onder zijn voeten, vervolgens naar een sleets plekje op de mouw van wat waarschijnlijk zijn netste jasje was. 'Ik wil alleen mijn condoleances overbrengen.'

'Ook gecondoleerd.'

Hij knikte. 'En je hebt mooi gesproken.'

'Ik moet gaan,' zei ik. En toen schudde Liv zijn hand en condoleerde hem, met het medeleven dat ik niet kon opbrengen. Ik ging naast ma in de auto zitten.

Tijdens de twintig minuten durende wandeling van Kat naar huis was ik me steeds rotter gaan voelen over dat moment waarop wij wegreden en pa lieten staan op het parkeerterrein. Op het moment zelf had ik er niet langer dan een paar seconden bij stilgestaan. Te verdoofd door die hele dag. Misschien was ik ergens diep vanbinnen zelfs wel tevreden geweest over ons grote gebaar van ruimhartigheid, ook al hadden we het veilig via Liv gespeeld. Nu dacht ik er iets anders over. We hadden de deur misschien wel een stukje opengezet, maar ook keihard weer dichtgesmeten.

Bij thuiskomst trof ik ma alleen in de huiskamer aan. Op het eerste gezicht leek het alsof ze tv aan het kijken was, maar die stond uit. 'Hé ma,' zei ik.

Ze knipperde even. 'O. Dag lieverd. Heb je al gegeten? In de koelkast staat nog iets wat Liv heeft gemaakt.' Ze keek weer naar het tv-programma dat niet opstond.

'Ah, goed. Wil je ook wat?'

'Straks.'

'Oké.' Ik nam ook niks. Na even aarzelen ging ik aan de eettafel zitten in plaats van naast haar. Ik keek naar het profiel van haar gezicht. Niet het gezicht van een vrouw bij wie je nu een gevoelig onderwerp zou durven aansnijden, dus zat ik daar met mijn gedachten en zij met de hare.

Ik weet eigenlijk niet of ik veel aan pa heb gedacht toen ik klein was. Of ik hem miste. Als dat zo is, ben ik het vergeten. Maar toch heb ik, zeker gezien hoe jong ik was, nog opvallend veel herinneringen aan de tijd voor zijn vertrek. Heb ik die aan jou te danken? Zijn het jouw herinneringen, overgedragen op mij? Heb ik ze samengesteld uit wat jij me vertelde?

Zijn vertrek kwam plotseling voor me. Eerst was hij er, toen niet meer. En of ik het daar nu moeilijk mee heb gehad of niet, toen zijn brief kwam, aan jou gericht, vlak na jouw doorbraak, interesseerde het me niks. Ik weet niet eens meer wat er precies in stond, alleen dat we de timing allemaal uiterst dubieus vonden. Of nou ja, jij was natuurlijk mild.

'Hij wil iets van je,' had ma gezegd. 'Laat hem verrotten.'

'Er staat niet dat hij iets wil,' was jouw antwoord. 'Alleen een gesprek. Wat is er mis met een gesprek?'

'Ik hoef geen gesprek.' Dat was ik. Hoe oud was ik? Achttien, negentien? Ik had nergens behoefte aan. Behalve aan de knappe meiden die ik aan de lopende band probeerde te versieren. Ik was in gedachten alweer onderweg naar de volgende stapavond.

Had het gesprek langer geduurd dan dat? Was ik gestopt met luisteren of weggelopen terwijl het tussen jou en ma was doorgegaan? Als ik destijds met iets anders dan alleen mezelf bezig was geweest, dan had ik wel kunnen raden dat jij het er niet bij zou laten. Dan hadden we er misschien langer over gepraat en wie weet was ik dan zelfs toch maar met je meegegaan toen je hem opzocht. Maar het kon me niet genoeg schelen toen. Ik ging ervan uit dat je de brief zou negeren. Ik had er geen gedachte meer aan vuilgemaakt, tot ik hoorde – achteraf – dat je hem gezien had. Bij hem thuis. En in plaats van te vragen hoe dat gegaan was, wat hij gezegd had, en hoe jij je erover voelde, had ik alleen maar geroepen hoe ontzettend stom ik het vond dat je was gegaan. Dat ik geen zin had om zijn deurmat te zijn. Dat het belachelijk was dat jij dat wel toeliet. En dat het ma ook overstuur zou maken als ze het wist. Dat laatste had ik goed ingeschat. Het werd een hele toestand toen je haar confronteerde met dingen die pa had gezegd.

Misschien is zich opwinden over pa het enige wat haar nu uit deze bijna catatonische toestand zou kunnen halen. Maar ik kon het niet opbrengen over hem te beginnen. Ze zat er treurig en breekbaar bij. Alsof je haar omver kon blazen. Alsof ze het niet eens zou merken als je het deed.

'Ik maak me wel een beetje zorgen om je,' zei ik uiteindelijk.

'Hoeft niet. Weet je toch?'

'Niet echt.'

'Ik red me wel. Dat doe ik altijd.'

Dit gesprek tussen ons legde het weer eens precies bloot. Dat ik geen idee heb hoe ik met haar moet omgaan. Los van dit verdriet lukte me dat al nauwelijks. Zij en ik, met z'n tweeën, dat ging vroeger al niet. We hebben jou nodig als verbinding, als koppelstuk. Daar kwamen we achter toen jij weg was. Vanaf dat moment haatte ik het hier. Dit huis, het hele stadje, ma. Mezelf ook. Zelfs jou een beetje, omdat je weggegaan was. Ma en ik zaten met elkaar opgescheept, en we konden niet eens met elkaar praten.

Hoe was het op school? Goed.

Wat eten we? Spaghetti.

Hoe laat ben je thuis? Op tijd.

De melk is op. Ik haal na het werk wel nieuwe.

Zo gingen onze gesprekken, en zo gaan ze nu nog steeds. Nietszeggend. Een verplichte uitwisseling van woorden waar we geen van beiden iets aan hebben.

Soms zat ik boven en dan hoorde ik dat ze jou belde. Wat ze dan allemaal wel niet te vertellen had! Mij vertelde ze nooit iets en ik hoefde het ook niet te weten. Ma was jouw afdeling. Ik heb jou er altijd voor laten opdraaien. Jij was degene die baantjes nam om haar te helpen rondkomen. Jij was het die voor ons kookte als zij laat thuiskwam. Jij nam het voor me op als ik in de problemen zat. Als ik slechte cijfers haalde, of mijn spullen sloopte. Weet je nog die dure witte sneakers die ik voor mijn verjaardag had gekregen, waarmee ik op dag één al door de sloot had lopen banjeren? Jij had ze in de keuken eindeloos zitten poetsen zodat ma me niet meteen zou vermoorden als ze thuiskwam. Het lukte niet helemaal. Ze bleven stinken en de veters werden niet meer schoon, maar dat was haar niet opgevallen en je had me een paar weken huisarrest bespaard.

Ik was eraan gewend geraakt om jou te laten tolken tussen ma en mij. Daarom ging het mis toen jij er met Kat vandoor ging. Het lijkt nu alsof we weer in die positie zitten, alleen is het deze keer echt uitzichtloos. Ma kan jou niet bellen. Je zal niet terugkomen. En ik weet niet wanneer ik hier weg kan. Kan dat überhaupt? Wat zou jij in mijn plaats doen? Je zou het allemaal regelen, hè? Je werk stilzetten, hier zijn met ma tot ze weer… ik weet niet, wat is het beste scenario voor ma? Hoe komt ze hier ooit overheen?

'Je hoeft hier niet te blijven zitten,' zei ze, de stilte doorbrekend.

'Waar zou ik dan naartoe moeten?'

'Ik heb geen oppas nodig, is wat ik wil zeggen. En dat geldt ook voor Liv.'

'Dat kun je wel zeggen, maar ondertussen zit je daar maar.'

'Wat moet ik anders?'

'Weet ik veel. Niks.' Ik staarde naar het tafelblad en volgde met mijn duimnagel de groeven in het hout. 'Wat doe je dan als wij er niet zijn?' Ik kon het wel een beetje inschatten, iets met vloeistof die doorgaans in flessen van groengekleurd glas werd verkocht.

'Maak je maar geen zorgen.'

'Dat zeg je steeds.'

'Jij hebt een leven, Roscoe.'

'Rafael.'

'Wat?' vroeg ze verward.

'Je noemde me Roscoe.'

'Ik bedoel dat het beter voor je zou zijn als je probeert je normale leven op te pakken. Je moet niet hier zitten met mij. Je hebt vrienden en werk. Dat zal je goeddoen.'

'En wat heb jij?'

Ze was stil.

'Zodra je normaal eet, slaapt en doucht ben ik weg,' zei ik voor ik opstond. Ik ging naar de keuken, haalde een paar boterhammen onder het cellofaan vandaan, pakte een blikje cola uit de koelkastdeur en ging naar boven.

Ik lag de hele tijd naar de rode streepjes op de wekker te kijken, wachtend tot ze versprongen en een ander cijfer vormden, weer een minuut, een kwartier, uur. Ik gebruikte de cijfers van de wekker om me weg te houden uit die hotelkamer. Een paar keer per dag ben ik daar weer, ook al is het de laatste plek waar ik wil zijn. Dan zie ik het weer voor me zoals het was toen de politie de ruimte had vrijgegeven voor

Liv en mij om jouw spullen te verzamelen. En dan maak ik de vertaalslag naar eerder, naar die avond. En al die vragen stromen dan weer binnen, die ellendige akelige vragen waar ik nooit een antwoord op zal krijgen.

Deze stilte, is dit dan de slechte stilte waar jij soms in zat? Was dat zo erg als dit? Moet ik het me zo voorstellen?

Er was een periode, zo rond je zestiende. Er was iets ergs gebeurd dat jaar, met iemand uit jullie klas. Een ongeluk, 's avonds laat. Hij was op de fiets, onderweg van zijn bijbaantje in de bioscoop naar huis. Hij had zijn fietslicht aan, maar de bestuurder van de auto had hem toch over het hoofd gezien en geschept. Hij was in de berm beland. Op slag dood, zeiden ze, maar niemand wist het zeker, want het duurde zeker nog een uur voor iemand hem daar vond, nadat zijn ouders ongerust waren geworden. De automobilist meldde zich een dag later. Hij had heel even de controle over het stuur verloren, maar niet gemerkt dat hij iets of iemand had geraakt. Al snel bleek dat hij de hele avond in het buurtcafé had gezeten en met zeker tien glazen bier op achter het stuur was gekropen.

Iedereen had het erover op school. Zelfs in onze klas, want veel van ons kenden Tom; die jongen van de bioscoop. Jullie waren niet echt bevriend, maar hij was altijd aardig. Hij vulde in de pauze gratis onze popcorn bij. Na de eerste dagen van shock kwam bij ons langzaam de normale gang van zaken weer op stoom. Bij jou duurde het iets langer, aangezien Tom in hetzelfde jaar zat als jij. Het was jouw idee om een gedenkplaats voor hem in te richten op school. Je vroeg of je de foto die je in de wandelgangen van hem had gemaakt in zijn kluisje mocht hangen. Al snel zetten leerlingen het hele kluisje vol met knuffels en bloemen en werd de hele binnenkant van de locker volgeplakt met snapshots van hem met klasgenoten.

Een paar weken later, vlak voor de zomervakantie, zag ik dat de foto van Tom weer op de gewone plek aan je muur hing, tussen de andere klasgenoten. Het kluisje was leeggeruimd, legde je uit toen ik ernaar vroeg. Blijkbaar was de periode van rouw officieel ten einde. Het was de bedoeling dat iedereen weer verderging. Volgend schooljaar zou het alleen nog een nare herinnering zijn, waar niemand het nog over wilde hebben.

In mijn herinnering zaten we die hele zomer alleen maar binnen. Of jij in ieder geval. Op je kamer, starend, denkend. Je was erg op jezelf toen. Je praatte er nauwelijks over, en we deden niet zo veel samen als anders. Op een gegeven moment vond ik een manier om je gezelschap te houden. Ik had in het schuurtje een set oude walkietalkies gevonden. Ze werkten niet en ik was wekenlang bezig ze helemaal uit elkaar te halen, onderdelen te zoeken, te vervangen en ze weer in elkaar te zetten. Ik nam mijn gereedschap dan mee naar jouw slaapkamer en zat op de grond naast jouw bed te rommelen terwijl jij naar het plafond staarde, boeken las of in je dagboek schreef.

Op een middag kwam Kat kwaad je kamer binnen. Ma had haar binnengelaten. 'Waar wás je?' brieste ze. Ze had een of andere dansuitvoering gehad en jij had haar moeten filmen, maar je was het vergeten en het leek je ook bar weinig te kunnen schelen, wat haar nog woester maakte. 'Waar ben je nou mee bezig?'

'Nergens mee. Ik ben het gewoon vergeten, ja?' Je kwam overeind. 'Zo erg is het niet.'

'Je zou er zijn. Dat had je gezegd.'

'Ja, nou... soms gaan dingen anders, Kat. Wen er maar aan. En doe niet zo moeilijk over zoiets kleins. Er komt wel weer een ander optreden. Of niet, want weet je wat het is? Dingen kunnen zomaar veranderen, er zijn geen garanties, het ene moment ben je op de fiets onderweg naar huis –'

'Niet weer, hè.'

'Niet weer wat? Wil je de realiteit niet horen, prima, ga lekker terug naar je eigen eiland, waar alles om jou draait.'

'Jullie waren niet eens vrienden,' zei ze met een soort verbolgenheid. 'We vinden het allemaal erg, maar niemand –'

'Daar gaat het helemaal niet om, of we vrienden waren. Al was hij een wildvreemde. Eerst was hij er nog en nu niet meer en iedereen doet alsof dat niet meer dan een kwestie van pech is. Hij is even oud als wij, en hij is er niet meer. Wat snap je daar niet aan?'

'Ons leven gaat wel door, Roscoe! Wat snap jij dáár niet aan?' Ze draaide zich om en botste bijna tegen ma aan, die op het geschreeuw af was gekomen. 'Doe wat aan hem, mevrouw Mulder!' droeg ze ma op voor ze de trap af denderde.

'Ze heet Williams,' verbeterde ik, ook al deed het er niet toe. 'Niet Mulder.'

Ma keek verbaasd van de deuropening waar Kat doorheen was gegaan, naar jou. 'Wat is dit allemaal?'

'Niks,' antwoordde je. En daarna: 'Zij is egoïstisch. Ze denkt alleen aan zichzelf en haar plannetjes om beroemd te worden. Wil je weten waar ik aan denk? Hoe lang een uur moet voelen als je hulpeloos en gewond in een berm ligt. En wat er dan door je heen moet gaan.'

Ik zag ma verstarren. 'Die jongen was op slag dood en nu moet je er onderhand eens over ophouden. Je maakt iedereen gek met dat naargeestige gedoe van je. Je jaagt je vrienden nog weg.' Ik zag dat ze een opvallend onopvallend knikje naar mij gaf en zij zag dat ik het doorhad. 'En denk een beetje aan je broertje voor je dat soort akelige dingen zegt. Die hoeft dat allemaal niet te horen.'

'Oké, prima. Laat me met rust dan en vraag me niks. Als je toch het antwoord niet wilt horen.'

Ze stak haar wijsvinger naar je uit. 'Als je zo doorgaat, stuur ik je naar een dokter.'

Je zei niks meer, strekte je weer uit op je bed en vouwde je handen onder je hoofd. Ma liep weg. Ik zette een schakelaar op de walkietalkie om en legde het ding neer toen er niks gebeurde. 'Ik kan er wel tegen als je zulke dingen zegt,' zei ik. 'Ik ben niet klein meer.'

Je liet dat even bezinken, draaide je toen op je zij zodat je me kon aankijken. 'Hoe dan?'

Ik haalde mijn schouders op. 'Gewoon. Ik ben geen baby.'

'Maar hoe kan je er dan tegen? Ik kan er niet tegen. Ik kan er niet tegen om zulke dingen te denken. Ik word er gek van, en dan denk ik: misschien lucht het wel op als ik het hardop zeg, maar dan wordt het nog erger. Niemand snapt het. Dus hoe kan jij ertegen? Als ik dat weet, dan kan ik het misschien ook leren. Om geen baby te zijn.'

'Jij bent geen baby,' antwoordde ik lacherig.

'Hoe kan jij ertegen? Vertel nou, ik wil het weten.'

'Ik weet het niet. Misschien gewoon door aan iets anders te denken.'

'Ja. Dat probeer ik ook steeds.' Je draaide je weer op je rug en zuchtte. Een machteloze zucht.

Misschien besef ik nu pas hoe nutteloos mijn antwoord was, dat het echte antwoord was: ik kan ertegen, omdat mijn empathie ergens stopt waar die van jou nog veel verder gaat. Ik kan ertegen omdat ik stop met nadenken. Omdat andere dingen belangrijker voor me zijn, zoals een fijne dag hebben. Belangrijker dan andermans leed. En dat besef ik nu, omdat ik nu voel hoe het is als je het niet kúnt uitzetten. Omdat jouw leed nu mijn leed is.

Het duurde nog een paar dagen voor ik de walkietalkies eindelijk aan de praat kreeg, en ik legde er eentje op jouw nachtkastje. Zodat je het kon vertellen als je 's nachts wakker lag van nare gedachten. We hebben ze vaak gebruikt om met elkaar te praten als we allang hoorden te slapen. Maar niet over de zware dingen. Het ging langzaam beter met je, leek het. Maar de stiltes, goed of slecht, die kwamen en gingen. En ik maakte lawaai.

Het voelde niet alsof ik had geslapen, maar toch leek het alsof ik wakker werd geschud. Het was een paar uur later. Mijn hoofd voelde zwaar en mijn ogen prikten alsof ik was vergeten ze tijdens het slapen dicht te doen. Ik moest plassen en ging zitten. Toen hoorde ik het geluid in jouw oude kamer. Het licht was aan, zag ik toen ik de gang op liep. De deur stond op een kier en ik hoorde de voetstappen van Liv, zacht geschuifel over het tapijt. En ik hoorde haar ademhaling, rasperig en grillig. Ze was aan het huilen. In plaats van naar de badkamer, liep ik naar haar kamer toe en ik duwde de deur wat verder open.

'Liv, ben je oké?'

Ik hoorde haar naar adem happen van schrik. Een lange teug. Ze was niet oké. Ze stond midden in de kamer, met jouw bedsprei om zich heen geslagen. Ze staarde met grote ogen naar de deuropening waar ik stond. Haar borstkas ging hysterisch op en neer. Op haar wangen zag ik de sporen die haar tranen hadden getrokken. En ze zag er doodsbang uit.

'Wat is er?' vroeg ik. 'Heb je gedroomd? Kun je niet slapen?'

'Rafael?' Ze stootte het meer als klank uit dan dat ze het uitsprak.

'Ja, ik ben het. Kan ik iets doen? Wil je wat water of zo?'

'Ik weet niet waar hij is,' bracht ze huilend uit. 'Wat als hij, w-wat als het daar…'

Ik pakte haar vast. Misschien slaapwandelde ze. Ik probeerde haar aan te kijken, maar ze drukte haar wang tegen mijn borst en ze klampte zich vast aan de stof van mijn shirt.

'Hij is daar, alleen. En ik, wij… Wat moet ik doen?'

Oké, ze was hysterisch en ik had geen idee wat ik hiermee moest. 'Sst,' zei ik daarom maar. 'Het is al goed.'

'Nee, niet waar. Het is nooit meer goed. Ik weet niet waar hij is en hoe het met hem gaat, en wat als het niet goed gaat, wat als hij ons nodig heeft? Hoe moeten we hem dan redden?'

'Liv, dit zijn nogal diepgaande existentiële vraagstukken voor dit tijdstip. Het is twee uur 's nachts.'

Ze pakte mijn shirt nog steviger vast. 'Eerst voelde ik zijn aanwezigheid, maar toen ik wakker werd, was hij weg, en ik weet niet waar hij is.'

'Hier, gewoon hier,' zei ik vlug. 'Waar zou hij anders willen zijn?' Ik aaide over haar haren.

'Je denkt vast dat ik gek ben.'

'Ik vind normale mensen saai, dus dat zou een compliment zijn,' antwoordde ik. Ze bleef huilen. 'Je bent niet gek. Je houdt van mijn broer en je mist hem. En je wilt hem nog steeds beschermen. Het is goed. Ik snap het.' Ik voelde haar trillen in mijn armen.

'Ik mis hem zo,' snikte ze. Het laatste woord één langgerekte kreet.

'Weet ik. Kom mee, even zitten.' Ik draaide haar om en gaf haar een zetje richting het bed. Ze liet zich op het matras zakken en leunde voorover met haar gezicht in haar handen. Ik kwam naast haar zitten en legde mijn hand op haar rug. Ze probeerde haar snikken onder controle te krijgen. 'Huilen is niet erg. Laat het maar gaan.'

Ik voelde haar schokken, sloeg mijn armen weer om haar heen en ze kantelde tegen me aan. Heel even was ik jaloers dat haar pijn zich zo fysiek uitte, terwijl de mijne zich steeds dieper naar binnen vrat. Maar na haar een paar seconden zo vastgehouden te hebben, terwijl ik haar hartslag als een op hol geslagen kudde paarden tegen mijn onderarm voelde bonzen, besefte ik hoe beangstigend het moest zijn om zo verzwolgen te worden door iets buiten je macht. En toen voelde ik tranen opwellen om haar. Om jullie. Dat je een meisje had dat zo veel om je geeft... dat zij je moest verliezen en dat jij haar moest verlaten... dat ik daar zat om haar vast te houden, terwijl jij dat moest zijn. Mijn traan rolde snel langs mijn neus en viel in haar haren.

Ik bleef haar vasthouden, een hele tijd. Ik moest nog steeds naar de wc, maar die aandrang was nu een constante lichamelijke factor waar ik aan gewend was geraakt. Liv was iets gekalmeerd. Ze bibberde nog na. 'Ik dacht even dat je Roscoe was. Toen je binnenkwam. Soms klinkt je stem als de zijne.'

'Sorry. Ik wilde je niet laten schrikken.'

'Dat lag niet aan jou. Ik werd wakker en...' Ik voelde haar verkrampen. '... hij nooit meer. Ik raakte in paniek. Ik stond op en al die foto's aan de muren, al die mensen die hij had gezien en vastgelegd, maar hij was er niet. En het was donker.'

'Over een paar uur is het weer licht,' zei ik. 'Midden in de nacht lijkt alles erger.'

'Het daglicht kan hem niet terugbrengen.'

'Maar misschien voelt hij dan minder ver weg.'

Haar hoofd rustte tegen mijn schouder, we keken elkaar niet aan. 'Soms heb ik bijna het gevoel dat hij me probeert te helpen. Dan lijkt het alsof hij hier nog is. En als hij dat niet kan, dan stuurt hij jou misschien.'

'Denk je?' Ik herinnerde me het rare gevoel van net, wakker worden uit een niet-slaap. Was jij dat geweest? *Ga kijken bij mijn vriendin. Je hebt me zo vaak wakker gehouden vroeger, doe maar eens wat terug.*

'Er is tot nu toe elke dag een moment geweest dat ik dacht dat ik zou stikken en er niet meer uit zou komen en jij was bij ongeveer de helft van die keren aanwezig om me overeind te hijsen. Jij troostte me toen ik instortte bij het mortuarium, toen we het autopsierapport kregen, toen we zijn lichaam in een kist het vliegtuig uit zagen komen.' Ze was even stil. 'En nu weer. Ik weet niet hoe ik je moet bedanken.'

'Luister, als er iemand bedankt moet worden, dan ben jij dat. Ik weet niet hoe ik die eerste dagen in mijn eentje door had moeten komen. Zijn spullen uit het hotel halen, al die mensen die daar de hele tijd stonden, dag en nacht. Beslissen wat hij aan moest, welke stropdas, welke schoenen en toen toch geen stropdas. Tuurlijk geen stropdas, jij snapte dat. En dat jij zijn haar deed zoals hij het altijd zelf deed.

Ik had daar nooit aan gedacht. En je hulp met ma, dat is onbetaalbaar.'

'Dus we staan quitte?'

'Minstens.'

Ze richtte zich een beetje op en keek me aan. 'Ik heb tegen Ruth gezegd dat ik na het weekend naar huis kom. Maar ik weet niet of ik er klaar voor ben om hier weg te gaan. Ik wil in zijn wereld blijven. Ik wil niet terug naar een wereld die doorgaat zonder hem.'

Ik had precies hetzelfde gevoel. Ik kon me er ook geen voorstelling van maken, de wereld zonder jou. Zolang zij hier is, hoef ik dat ook niet. We hebben hier zo'n beetje onze eigen alternatieve realiteit gecreëerd en ik zou ook niet weten hoe ik daarbuiten moet functioneren.

'Misschien is het goed voor je.' Ik overtuigde mezelf niet eens.

'En jij?'

'Ik weet het niet.' Ik trok mijn arm terug, zodat ik haar wat beter aan kon kijken. 'Mijn werk kan wel wachten, en ik weet niet wat ik met mijn moeder aan moet. Ik wil haar niet alleen laten, maar volgens mij heeft ze geen zak aan me. Ze heeft gezegd dat ik weg moet gaan.'

'Misschien is het voor jullie allebei goed om wat ruimte te hebben.'

'Voor mij sowieso.' Ik lachte een beetje, al meende ik het wel. 'Maar ik kan haar zo toch niet alleen laten?'

'Misschien heeft ze dat liever. Ik heb vanmiddag even met haar gesproken en ze is heel erg bezig met schuldgevoelens. Ik denk niet dat iets wat wij zeggen nu verschil maakt.'

Ik zuchtte. 'Iedereen voelt zich maar schuldig. Wat moet ik daarmee? Ze willen horen dat het allemaal niet zo erg is. "Roscoe was zó vergevingsgezind, hij nam je heus niets kwalijk." Maar wat ik echt wil zeggen, is: jij was een klootzak, hij was beter dan jij, *get over it*. Nu is het te laat.'

'Dat klinkt niet erg hoopvol.'

'Ik ben ook niet hoopvol.'

'Dat komt wel weer.'

'Ma heeft het verkloot. Kat heeft het verkloot. Pa heeft het verkloot. Heel veel mensen hebben zich kloterig gedragen, en waarom moest hij het steeds incasseren en oplossen? En waarom nu daarover zeuren? Toen hij leefde zaten ze er ook niet over in. Ik moet pissen.' Ik stond op, maar Liv pakte mijn hand vast. 'Het gaat wel,' zei ik snel.

'Zeker weten?'

'Het maakt me kwaad dat hij altijd de vergevingsgezinde moest zijn. Waarom moest het altijd van zijn kant komen?'

'Geen idee, zo was hij.'

'Zelfs met pa?' Ik trok mijn hand los uit de hare en haakte mijn duim achter de band van mijn joggingbroek. 'Hoe wij dat hebben aangepakt, met de herdenking… dat zou hij anders hebben gedaan. Toch?'

'Ik denk…' begon ze bedachtzaam, 'dat de beslissing om hem uit te nodigen in Roscoes geest was. Jullie hebben het op een nette manier aangepakt.'

'Ja, dat vond ik ook. Netjes. Maar hoe langer ik erover nadenk, hoe minder netjes ik het vind. Hoe we pa daar lieten staan… dat was niet hoe Roscoe het zou willen.'

Ze wist duidelijk niet wat ze daarop moest zeggen.

'Hij zou zich voor ons hebben geschaamd.'

'Nee, dat moet je niet zeggen, Rafael. Hij wist toch hoe moeilijk het voor jullie was! Jullie hebben je best gedaan, en dat is alles wat hij van je zou hebben gevraagd.'

'Ik weet niet hoe hij het deed. Hoe hij die open houding altijd kon volhouden. Je hebt me pijn gedaan, hier heb je een kans om het nóg een keer te doen.'

Ze knikte.

'Toen pa die brief stuurde, zei ik dat ik er niks van wilde weten.

Maar Roscoe ging toch naar hem toe, of we hem nu steunden of niet. En nu heb ik natuurlijk spijt dat we het er nooit echt over gehad hebben. Nu ik het hem niet meer kan vragen. Nu is het weg.'

'Misschien niet helemaal... je kunt het er eens met je vader over hebben. Als je eraan toe bent, bedoel ik.'

'Een gesprek met pa? Denk je dat dat wat oplevert?'

Ze haalde haar schouders op. 'Het is maar wat je ervan verwacht.'

'Het enige wat ik weet over het gesprek tussen hem en Roc, is dat pa hem afscheepte met een verhaal over cadeautjes die hij gestuurd zou hebben. En dat ma die onderschepte en ons op die manier liet denken dat hij nooit meer naar ons om had gekeken. Roscoe werd boos op ma, ma reageerde verongelijkt, en begon huilend uit te leggen dat ze dat alleen had gedaan om ons de teleurstelling te besparen van een vader die het niet in zich had om écht betrokken te zijn. De puinhoop werd alleen maar groter, iedereen voelde zich kut, en pa had makkelijk zijn eigen straatje proberen schoon te vegen, terwijl hij zelf nooit méér moeite deed om contact te krijgen.'

'Tot die brief, dan.'

'Die brief? Ook een makkelijke weg.'

'Ik snap dat je boos bent. Dat Roscoe zich daar overheen probeerde te zetten, betekent niet dat jij dat ook moet, hè. Jullie zijn anders. En wat ik van Roscoe weet, is dat het contact met jullie vader hem ook moeilijk afging. Dat het niet een man is die zich makkelijk verplaatst in een ander, dat het lastig is écht contact te krijgen. Ze hebben elkaar door de jaren heen maar een paar keer gezien. Ik denk dat Roscoe uiteindelijk zijn verwachtingen aan de kant zette en naar zijn kant van het verhaal luisterde. Hij hoopte zijn vader terug te vinden, maar dat is niet gelukt. Roscoe heeft wel eens gezegd dat Ed niet weet hoe hij een vader moet zijn. Maar hij is misschien ook niet de boeman die jij van hem gemaakt hebt. Gewoon een mens met gebreken.'

'Dat kun je wel zeggen, ja.'

'Ik wou dat Roscoe je er meer over kon vertellen. Maar ik weet wel dat hij niet vast wilde houden aan de woede die hij in zijn jeugd voelde. Die brief die Ed geschreven had stelde natuurlijk niets voor, daar heb je helemaal gelijk in. Maar het was een stap en het was niets voor Roscoe om hem dan niet tegemoet te komen.'

'Misschien had ik dat ook moeten doen.'

'Het nummer van Ed staat in zijn telefoon. Als je het wilt hebben. Misschien niet nu, laat het even bezinken.'

'Fucking puinhoop.' Ik maakte aanstalten om weg te lopen, maar bedacht me weer. 'Weet jij waar zijn telefoon is?'

'In zijn tas, denk ik. Hij zal wel leeg zijn, ik heb er nog niet naar durven kijken.'

'Zijn tas...'

'Daar.' Ze wees naar het plekje naast de oude platenspeler waar de antracietkleurige tas van imitatieleer stond die je meestal bij je had als je op reis of aan het werk was.

'Vind je het goed als ik...'

'Ja, tuurlijk. Je hoeft geen toestemming te vragen.'

Ik hurkte voor de tas, deed de flap open en de rits, op zoek naar de mobiele telefoon. Ik keek in de binnenste vakjes.

'Maar ik denk wel dat het beter is om hem pas te bellen als je je wat rustiger voelt,' hoorde ik Liv zeggen. Ik wilde antwoorden dat ik dat ook niet meteen ging doen, maar halverwege mijn zin opende ik een ritsvakje binnen in de tas. Opeens had ik iets vast, en onmiddellijk wist ik wat het was. Zonder het te zien. Ik liet het vallen alsof ik me eraan brandde en pakte het toen opnieuw op. Een kubusje. Klein. Fluwelig. Donkerblauw, zag ik toen ik in mijn hand keek. O shit. Shit, shit, shit. Ik wilde het terugstoppen. Snel. Ik wilde hier niet zijn als Liv dit zag.

'Wat is er?' vroeg ze. Ze had zeker weten nog niet goed in deze tas gekeken. 'Kun je hem niet vinden? Is hij kwijt?'

Ik wipte het kleine doosje in mijn hand open. Ik kon dit niet niét aan haar laten zien. Toch? Ik hoorde dat ze van het bed schoof en opstond. De glinstering van de blauwgroene steen – hoe heet dat, een saffier? – werd nog door mijn lichaam afgeschermd, maar ik voelde dat ze achter me kwam staan. Ik stond op, alsof ik een marionet was en iemand aan mijn touwtjes had getrokken. Ik kon niet zo blijven zitten. Gehurkt. Dat was eng, het leek te veel op knielen. 'Liv...'

'Wat is er?' Ze keek me aan, bezorgd, opgefokt, ongeduldig. 'Wat doe je nou?'

'Ik denk dat hij...' Ik stak mijn hand naar haar uit, met daarin het fluwelen sieradendoosje en daar weer in de ring waarmee je haar ten huwelijk zou gaan vragen. 'Ik denk dat deze voor jou is.'

Livia

Het begin. Was er een begin? Hoorde je niet altijd al bij mij? Jij en ik... toen het eindelijk gebeurde – écht gebeurde – was het zo duidelijk dat het altijd al zo had moeten zijn. Ik wist het. Dat dit het was, voor de rest van mijn leven. En verder. Het was zo goed, zó goed... dat ik niet eens nadacht, geen seconde, over de tijd die we hadden laten liggen door zo lang te wachten. Wat wij hadden, was al dat wachten waard geweest. En zo begon het.

We hadden vakantie gehad. Ik was met vriendinnen naar Hawaï geweest, twee weken op een luxe resort met privéstrand. Daarna nog een week op Ibiza, waar de openluchtfeesten op hippe stranden zich aaneenregen. Het laatste weekend bracht ik op het jacht van Justin door. Stuart en Holly waren er ook. Jij had gezegd dat je er misschien zou zijn. Je was naar huis gegaan om de vakantie met je moeder en je broer door te brengen. Toen Justin zijn jacht aanbood voor een kick-offparty voor het derde seizoen van *High School Heroes*, zei je dat je erover na zou denken. Het was een geweldig feest. Maar jij was er niet. Ik deed of ik het nauwelijks merkte.

Een paar dagen later hadden we de fotoshoot voor de nieuwe castfoto's en namen we de nieuwe leader op. Dat was altijd leuk om te doen. HSH was misschien niet de beste serie uit onze carrière, maar het was een feest om te maken. Weet je nog dat we met z'n zessen – plus Kat – opgepropt op de te kleine bank in jouw flat in downtown New York de pilot keken, totaal zonder verwachtingen? Niemand van ons had toch gedacht dat het zo groot zou worden?

Laat ik maar eerlijk zijn; ik was toen al verliefd op je. Misschien al sinds ik je die drie regels hoorde lezen in de foyer van het castingbureau, al was ik te sceptisch om te geloven in liefde op het eerste gezicht. Maar als ik het toen nog niet was, dan was ik het toch zeker diezelfde dag nog geworden, toen je gehurkt tegenover me zat en me de papieren teruggaf die ik had laten vallen. Of op z'n laatst op de eerste dag dat we met alle acteurs samenkwamen om het scenario van de pilot met elkaar door te nemen en sommige scènes te repeteren. Je had toen al acteerlessen genomen, meteen nadat je te horen had gekregen dat jij het was geworden.

Een hele tijd dacht ik dat jij en Kat een stel waren. Je regelde een rolletje in de serie voor haar toen ze last minute iemand zochten voor een nieuw bedacht bijpersonage. Ik was jaloers op haar, op hoe ze toen naast je op de leuning van de bank zat met haar arm om je heen. Ze was stil die avond, teruggetrokken bijna, zeker vergeleken met hoe uitgelaten de rest van ons was. Toen Holly uitgebreid in beeld kwam tijdens de scène waarvoor ook Kat had geauditeerd, stond ze op om lege blikjes naar de keuken te brengen. Ik kon het haar niet kwalijk nemen. Iedereen in deze ruimte wist wel hoe het voelde om een rol waar je met hart en ziel voor had geknokt, aan je voorbij te zien gaan. Nou ja, jij op dat moment nog niet natuurlijk. Jij was de golden boy, de uitverkorene.

We verwachtten niets, dus toen de kijkcijfers bekend werden en we de best bekeken seizoenspremière van dat jaar bleken te hebben gescoord, waren we compleet verrast. Van de ene op de andere dag, letterlijk eigenlijk, waren we bekend. We werden herkend op straat, in supermarkten, bij het uitgaan. We werden uitgenodigd voor praatprogramma's, latenightshows, voor awarduitreikingen, premières en feesten. We reisden door het hele land om deel te nemen aan meet & greets, panels, radio-interviews, openingen van winkelcentra, signeersessies. De drukte, de strakke opnameschema's, de spanning, het onbekende, dat maakten we allemaal samen mee. Het was surrealistisch, en we wisten de helft van de tijd niet wat ons overkwam en waar we mee bezig waren. Maar tegelijk hadden we de tijd van ons leven, met z'n zessen, in hotelkamers, touringcars en speciaal gehuurde vliegtuigen, op de set, in opnamestudio's, dag en nacht. Zulke dingen wennen nooit.

In die tijd zag ik jou en de andere vier vaker dan mijn eigen familie. Vaker dan mijn beste vrienden. Jullie werden mijn tweede familie op een manier die ik na het eindigen van de serie nooit meer precies zo heb ervaren. Jij had het er soms wel lastig mee, denk ik. Met de plotselinge roem, en de druk die ermee gepaard ging. Je deed er alles aan om je zo snel mogelijk te ontwikkelen als acteur. Je wilde meer zijn dan een van Rina's golden boys, en dat was je zeker.

Je had er ook plezier in. Niemand kon beter met de fans omgaan dan jij. Ze stonden vaak al te gillen en schreeuwen voor we aankwamen, maar zodra jij uit de auto stapte, werden ze uitzinnig. Soms had ik het idee dat wij met z'n vijven gerust thuis hadden kunnen blijven om het aan jou over te laten, want jij deed iets wat wij op een of andere manier allemaal niet konden. Je zorgde ervoor dat iedereen zich gezien voelde. Je zag altijd dat ene papiertje dat vanuit rij vijf werd opgehouden voor een handtekening van jou. Je poseerde niet even snel voor een foto, je leunde over de dranghekken en ging met zo veel mogelijk mensen op de foto. De beveiliging werd gek van je, dat wel. Maar de fans droegen je op handen.

Ik probeerde dat ook, wat jij deed. Maar jou leek het altijd zo makkelijk af te gaan. Alsof je een van hen was. Je kon zien dat je daar plezier in had, die mensen blij maken. Zorgen dat ze niet voor niets uren in de regen hadden gestaan. Zelfs als je geen tijd had om iedereen zijn eigen moment te geven, wat nu eenmaal vaak onmogelijk was, dan zagen ze in ieder geval dat je het probeerde. En je zwaaide altijd nog even voor je door iemand van de beveiliging het gebouw in werd geduwd.

Eén keer heb je met nat haar en regenspatten op je shirt een award moeten uitreiken voor nationale tv, omdat je zo lang in de regen handtekeningen was blijven uitdelen dat de styling geen tijd meer had om je fatsoenlijk op te lappen. Zij waren *not amused*, maar wij des te meer.

Twee jaar is best wel een lange tijd om te blijven ontkennen dat je smoorverliefd op iemand bent, dus in het begin probeerde ik mezelf wijs te maken dat ik dat helemaal niet was. Al was het blijkbaar voor iedereen nogal moeilijk om niet op z'n minst een beetje voor je te vallen. Tijdens jouw scènes met Holly moest er de hele tijd onderbroken worden omdat ze te flirterig tegenspel gaf, terwijl jullie broer en zus behoorden te zijn. 'Stop!' brulde Justin dan als een oude, gefrustreerde leeuw. 'Incest is niet de vibe waar ik voor ging bij het schrijven van deze scène!' Het was grappig, tot het dat niet meer was.

Ik had wel eens een date. Jij ook. Vooral jij. Maar niets serieus, antwoordde je meestal als er naar werd gevraagd. Ik wist zeker dat je niet op die manier in me geïnteresseerd was, vooral omdat je al twee jaar lang alleen maar met je vingers had hoeven knippen om me te krijgen (oké, niet letterlijk, alleen als het een heel respectvolle en charmante vingerknip was geweest) en je geen enkele actie ondernam. Of nou ja. We hadden wel onze momenten, maar het punt was nou net dat je die met iedereen had. Als groepje waren we heel hecht, maar niet iedereen ging met iedereen afzonderlijk even goed om. Ik had met Holly en Trevor niet vaak een-op-eencontact. Maar jij had met iedereen je eigen dingen. Met Jill en Stuart waren het de practical jokes. (Alleen jullie vonden ze leuk.) Met Holly deed je altijd gekke dansjes tussen de opnames door. (Alleen ik vond ze niet leuk.) Met Trevor maakte je grappige filmpjes die jullie online zetten. (Iedereen vond ze leuk.) En wij hadden... Nee. Niet dat. Toen nog niet. Wat hadden wij? Dat had ik me dus al twee jaar lang afgevraagd. Lange gesprekken in de trailer als we moesten wachten tussen scènes door. Meezingen met de radio – keihard – als je me thuisbracht na een lange draaidag. Flirten tijdens interviews, flirten op de rode loper, flirten in de visagie. De slappe lach als die ene zin maar niet op de juiste manier uit onze mond wilde komen. Zoenen. Talloze zoenen. Maar alleen als de camera draaide en dan weer 'Stop!' 'Stop, stop, stop.' Altijd stop als het net leuk werd. Niets sexy's aan. Dat zeggen wij acteurs altijd. Het is gewoon werk, er staat een heel team omheen, je krijgt technische aanwijzingen. Het is totaal niet opwindend. Ik zei dat ook altijd. Maar ik ben een leugenaar.

We hadden dus vakantie gehad. O ja, dat wilde ik vertellen. Ik had je bijna zes weken niet gezien. Ik kwam tegelijk met Holly in de studio aan. We hadden elkaar op het feest van Justin nog gezien, dus we gaven elkaar een halve knuffel voor we naar binnen gingen. De anderen waren er allemaal al en Holly maakte een soort sliding door de deur om iedereen op haar binnenkomst te attenderen. Er ontstond een hectiek van zes mensen die samendromden om elkaar te begroeten, maar o mijn god, ik stond nog bij de deur en ik zag jou, jou, alleen maar jou. Het was alsof ik tegen een onzichtbaar krachtveld aan liep. Je stond met een bekertje jus d'orange bij de tafel waarop het ontbijt voor ons was klaargezet. Je glimlachte toen je Holly en mij zag, of misschien zag je alleen haar, aangezien ik nog maar amper de ruimte binnen was gekomen.

'Liv!' riep Jill en we gaven elkaar een knuffel. 'Wat zie je er goed uit! Zo dun!' Ik weet niet wat het tien jaar geleden was dat we elkaar altijd complimenteerden over hoe mager we waren, maar verknipt of niet, het was de basis van vele vrouwenvriendschappen. Gelukkig veranderen sommige dingen.

'Hoe was je vakantie? Ik hoorde van Holly dat je een nieuwe vriend hebt?'

'Vriend? Verloofde!' Ze liet me een ring zien.

'Binnen zes weken?' Ik gilde omdat ik een stukje van de grond werd getild door Stuart en ik zag nog net hoe Holly helemaal in jou klom voor ik werd rondgezwierd en duizelig tot stilstand kwam. Trevor kwam erbij, en we keken allemaal ongelovig naar de ring van Jill. Toen stortte Holly zich erop, en stond jij ineens pal voor me.

'Hé,' zei je.

'Hé.' Het stelde als begroeting niet veel voor, maar ik was allang blij dat ik niet iets stompzinnigs antwoordde als: 'Ook hé.'

Je had een baardje van een dag of twee waar ik mijn ogen niet vanaf kon houden.

'Kom hier,' zei je en je boog je naar me toe om me te omhelzen. Het ging als in slow motion. Ik voelde elke millimeter huidcontact tussen ons. Je trok me naar je toe en ik kon niets anders dan mijn ogen sluiten en je inademen. De geur van je shirt, van je douchegel, en daaronder, nog beter, de geur van jou. 'Goed je te zien,' zei je.

'Heel goed.' Oké, dat was dus net zo stompzinnig als 'ook hé'. Ik had mezelf niet onder controle. Blijkbaar hadden de afgelopen weken zonder contact de immuniteit verstoord die ik door de jaren heen had opgebouwd en die me in staat stelde om met jou in een ruimte te zijn zonder mijn vermogen te verliezen om te functioneren op het laagst menselijke niveau. Dat schild was nu neergehaald en jij kwam binnen en ik was besmet. Volledig, totaal overgeleverd aan een fataal, ongeneeslijk virus.

Ik wilde je niet loslaten. Ik maakte absoluut geen aanstalten. Jij ook niet, nu ik erover nadenk. Toen was het opeens toch zover. 'Heb je het leuk gehad thuis?' vroeg ik. Ik kón natuurlijk best normaal doen. Ik bedoel, ik kon het maar beter proberen, of anders mijn baan gedag zeggen.

'Ja, prima. Lekker rustgevend: wekenlang alleen met mijn broer in een afgelegen blokhut. En jij?'

'Ook. Prima, bedoel ik. Geen blokhut, wel afgelegen stranden.'

'Ja, dat heb ik gezien.' Een van je mondhoeken schoot een klein stukje omhoog. 'Die foto…'

'O, ja… die eh, van het boek.' Ik wist het al. Toen ik die foto stuurde, wist ik dat ik er spijt van zou krijgen. Ik had op het strand een boek gelezen dat jij me had aangeraden, en ik had mijn vriendin Bobbi een foto laten maken om dat aan je te laten zien. Dat ik mijn bikinitopje net even had uitgedaan, was toeval. We waren immers op een privéstrand en ik wilde geen strepen van alle ingewikkelde bandjes op mijn rug. En bovendien zag je niks, omdat ik op mijn buik lag. Ik bedoel, het was niet pornografisch of zo. Het boek zat ervóór.

'Boek?' Je schudde je hoofd in gemaakte verwarring. 'Stond er ook een boek op?' Je bekeek me expres uitgebreid. 'Ik zag geen boek.'

'Hou op.' Ik ontweek je blik. 'Het was een goed boek.'

'Ik wist wel dat je dat zou vinden.' Je glimlachte. Niet díé lach. Kom op. Geef me een kans.

'Staat je goed, die… look.' Ik gebaarde naar mijn eigen gezicht.

Je moest even nadenken. 'O dat. Gewoon luiheid. Ze zullen het er wel af halen zo meteen.'

'Jammer.'

'Hé, Jones!' De stem van Holly sneed ons onderonsje af. 'Wat is die blush die je op hebt? Die moet ik ook hebben.' Ze lachte. Iedereen zag wel dat ik nog helemaal geen make-up op had.

Vanaf dat moment leek het alsof iedereen het zag, niet alleen degenen met wie ik dagelijks te maken had. De promotiefoto's van die dag werden onophoudelijk online gedeeld met wilde speculaties over onze vermeende off-screen romance. Ik snapte het wel. Ik zag ook wel hoe ik keek en hoe ik lachte op die foto's. Het was ook een beetje de bedoeling geweest dat we op die manier poseerden, maar ergens was het ook vanzelf gegaan.

Aan speculaties waren we wel gewend. Over Rush en Leaf werd verreweg het meest geschreven en de namen van de personages werden samengevoegd tot Rule. Maar mensen vonden ons niet alleen leuk als fictief stel. Naast Rule verzonnen fans de naam Livcoe om ons als koppel aan te duiden. En na het verschijnen van de promofoto's voor seizoen drie, ging de term *Livcoe is real* een eigen leven leiden op internet. Fans postten allerlei foto's van ons als bewijs dat we een echt koppel waren. Het ging ons gemakkelijk af om voor de pr net dat beetje extra te brengen. We kónden goed met elkaar overweg. We wáren goed bevriend. Maar van mijn kant was het altijd meer geweest dan dat, en opeens had ik het gevoel dat iedereen het doorhad.

Na de fotoshoot was ik de hele week zenuwachtig voor onze eerste opnames, meteen ook een grote scène aangezien het tweede seizoen geëindigd was met een cliffhanger tussen Rush en Leaf. Zij heeft hem gered tijdens een groot gevecht waarmee ze haar eigen veiligheid en die van alle anderen op het spel heeft gezet. In de eerste aflevering van het volgende seizoen doet hij precies hetzelfde voor haar. In de slotscène komt Leaf dwars over het sportveld op Rush afgelopen en kussen ze elkaar hartstochtelijk, waarna zij de legendarische woorden spreekt: 'Ik red jou en jij redt mij en zo zal het altijd zijn.'

Omdat het zo'n grote, drukke scène was, met sporters, cheerleaders, leerlingen en de hele cast erbij, deden we eerst de close-ups voor een groen scherm. Alleen wij samen, en de crew.

Ik was zenuwachtig. Heel deze scène draaide om onze chemie. *Het is Rush en Leaf. Rush en Leaf. Rush en Leaf*, bleef ik maar in mezelf herhalen. Ik moest háár zien aan te boren, mezelf buitenspel zetten. Ik had dit al zo vaak gedaan.

Jij was er al toen ik de set op kwam. Je stond iets te bespreken met Justin. Ik hoorde alleen zijn laatste aanwijzing. 'Dus het is de bedoeling dat je met je rug naar haar toe staat en haar aanwezigheid al voelt voor je haar ziet.'

'En dan de indringende blik, *got it*,' antwoordde je.

'Maak het episch!' riep Justin terwijl hij wegliep en ik net naast je stond. Ik wilde iets zeggen, wat dan ook, wat twee collega's op een set tegen elkaar zouden zeggen. Maar er schoot me werkelijk niets te binnen en de stilte werd ongemakkelijk toen ik daar maar een beetje aan mijn outfit stond te friemelen.

'Wil je het, ik weet niet, nog even samen doorlopen of zo?' vroeg je bijna fluisterend. Je zag dat ik mezelf niet was. Ik zag dat jij het zag.

'Zijn jullie klaar?' riep de opnameleider. Je keek me vragend aan.

'Klaar,' antwoordde ik en jij liep naar je plek en ik naar de mijne.

'Episch,' vormden je lippen geluidloos voor je je omdraaide.

Het moest een paar keer opnieuw. Steeds als we een aanzet tot de kus deden, werd er 'stop' geroepen en gingen we terug naar het begin. Jouw indringende blik was met elke take beter geworden, en toen ik weer mijn positie innam, en jij me nog even aankeek voor je je omdraaide, wist ik: dit gaat hem worden.

Er werd 'actie!' geroepen. Ik begon te lopen. Blik op het doel: jij. Als je episch wilt, dan kun je episch krijgen. Je draaide je naar me toe, je keek naar me en toen gebeurde er iets, deed je iets anders dan je daarvoor had gedaan. Ik wist niet precies wat, iets in je blik was anders. Je stopte mijn aanloop door mijn gezicht tussen je handen te nemen en in plaats van te kussen keken we naar elkaar, twee, drie, vier hartslagen. Ik wist dat het Rush was die naar Leaf keek, maar het voelde als jij en ik. Het was alsof je mij zag, naar mij keek, en alsof je mij ging kussen. Of ik jou. Onze lippen vonden elkaar zoals ze al honderden keren hadden gedaan, en ik wist niet waarom het nu zo anders was, maar anders was het. Je trok me tegen je aan en ik liet mijn handen van je borst naar je nek glijden. En voor ik het wist, opende ik mijn lippen onder de jouwe en voelde ik dat jij dat ook deed. Ik hoorde je ademhaling veranderen en mijn tong raakte die van jou. Een beetje. En toen… iets meer.

Ik schrok. Er was een soort van afspraak over zoenen tijdens scènes, zodat het geschikt bleef voor een jonger publiek. We kusten met gesloten mond, dat wilde zeggen: als de lippen van de een van elkaar gingen, bleven die van de ander gesloten. Hoe dan ook géén tongactie. Dat was de richtlijn en de richtlijn was nu van de baan. Ik heb de take verknald, dacht ik nog, maar ik hoorde geen 'stop'. Geen vermoeid gebrul van Justin. Er was geen enkel geluid, we hadden net zo goed de enige twee mensen op de set kunnen zijn. Dus gingen we door. Met lippen én tong. Je handen gingen langs de zijkant van mijn lichaam naar beneden en je tilde me op terwijl we bleven zoenen. Mijn armen om je nek.

Toen het moment voorbij was, leek het oneindig lang geduurd te hebben, en tegelijk veel te kort. Een kleine eeuwigheid, vermomd als een kus.

Het bleef een paar lange tellen stil op de vloer. Ik durfde niemand aan te kijken.

'Ik weet niet wát jullie net deden…' begon Justin met zijn blik nog op het scherm waarop hij onze scène volgde.

'Ik dacht, ik probeer even wat,' antwoordde je.

Jij? Het was toch míjn tong geweest. Toch? Je had je arm nog om me heen en ik voelde je hand laag op mijn rug. Als een soort… geruststelling?

'Opnieuw en precies zo!' riep Justin en hij liep naar de eerste cameraman toe. 'Vanuit deze hoek, dan kan ik haar gezicht zien als hij haar vastpakt.' Hij richtte zich tot jou. 'Dat was mooi met die handen om haar gezicht. Doe dat weer.'

'Precies zo?' vroeg ik.

'Exact zo. De handen, de blikken, de…' Hij gebaarde knippend met zijn vingers tussen ons heen en weer. 'Alles.'

'Vond jij het goed, zo?' vroeg je mij.

Goed? Of ik het goed vond?

'Iedereen op zijn plaats en opnieuw!' riep Justin.

Ik was thuis. Nog maar net. Ik had in mijn trailer mijn make-up van mijn gezicht gehaald, mijn haar in een staart gedaan, een flesje water gedronken en toen was ik snel weggegaan, voor ik iemand zou tegenkomen. Of liever gezegd, voor ik jou zou tegenkomen. Twintig minuten later was ik thuis, in de bungalow die de productiemaatschappij voor me huurde, niet ver van de studio. Vlak bij het strand. Het was een warme avond. Misschien zou ik even naar buiten gaan. Wandelen langs de zee.

Ik verwisselde mijn jurkje voor een short en een wijdvallende top met korte mouwen. Ik moest eigenlijk iets te eten maken, maar ik had geen honger. Ik dacht nu al aan morgen, dan moesten we de scène nogmaals doen met de rest van de cast erbij, en een tribune vol figuranten.

Mijn telefoon ging. Jij was het. We waren de hele dag samen geweest, take na take, kus na kus na kus. Dat laatste was vast waar je me nu over wilde spreken. Met een knoop in mijn maag keek ik naar je naam op het scherm. Ik wilde niet opnemen, maar ik kon je niet negeren. Dat kon ik gewoon niet. Dus ik nam op.

'Hé,' zei je toen je mijn stem hoorde. 'Ben je thuis? Ik dacht: misschien kunnen we samen wat eten. Dan neem ik wat mee.'

'O...' Verzin een smoes, zei mijn eigen stem in mijn hoofd, verzin gewoon een smoes. 'Oké.'

'Mooi, want ik ben er al bijna. Ik heb pizza. Héél lekkere. Je gaat geloven dat je in Italië bent.'

'O. Wauw. Ik ben benieuwd.' Het klonk gemaakt opgewekt. Niets wat ik de afgelopen dagen tegen je had gezegd, was er normaal uit gekomen. Ik leek wel een alien die zich voor wilde doen als mens, maar geen idee had hoe normale menselijke interactie in zijn werk ging.

Binnen vijf minuten nadat we hadden opgehangen, stond je voor de deur. Je had een enorme pizzadoos in je handen. 'Hopelijk heb je honger,' zei je. Je trok me met je vrije arm even naar je toe en kuste mijn slaap voor je binnenkwam. Omdat ik op blote voeten liep, kwam ik niet boven je schouder uit.

Tussen de zithoek en de ronde eettafel bleef je staan en je keek me aan met een blik van: waar wil je me hebben? Ik wees naar de tafel, waar jij de pizzadoos neerzette. Ik pakte twee grote glazen en vulde die met water. In de blender had ik vlak voor ik je binnenliet ijsblokjes gedaan.

'Je was zo snel weg, hoe vond je het gaan vandaag?'

Terwijl jij begon te praten, zette ik net de blender aan en dit leek me wel een goede tactiek voor de rest van dit gesprek. Elke keer als je een lastige vraag stelde kon ik dit doen en dan had ik tienduizend liter gecrusht ijs tegen de tijd dat je naar huis ging.

'Ehm… wel goed?' Ik mompelde het onder het lawaai van het apparaat door. Toen zette ik het uit. 'Als Justin zegt dat het er goed uitziet…'

'Ik heb nog even met hem op de monitor gekeken. Het zag er inderdaad goed uit.'

'Dat was de bedoeling.' Ik haalde de schenkkan van de blender en topte de glazen af met kleine brokjes ijs. Ik vroeg je bijna nooit wat je wilde drinken. Je nam altijd water, en als ik zei dat ik ook wel iets lekkerders in huis had, waarna de meeste mensen een glas wijn, een biertje of iets sterkers wilden hebben, vroeg je om iets als gemberbier of ijsthee. Ik had je hooguit één keer een glas champagne zien drinken bij een toost op een werkfeestje, misschien eens een keer een biertje als iemand het voor je bestelde. Maar vaak liet je het dan onopvallend staan. Of nou ja, mij viel het dus op. Ik heb je er nooit naar gevraagd, maar toen we een keer alleen in mijn trailer zaten tussen opnames door, vertelde je dat je als kind vond dat je ouders te veel dronken. Je hield er zelf niet van, maar je voelde je dubbel erfelijk belast en was bang dat je ooit de smaak te pakken zou krijgen en er geen maat mee zou kunnen houden. 'Deze wereld is al gek genoeg zonder er zelf lazarus bij te lopen,' zei je. En daarna: 'Al is dat waarschijnlijk precies waarom mensen drinken, hè? Een catch 22.'

Ik legde onderzetters neer. Je ging pas zitten toen ik de glazen op tafel zette. Je opende de pizzadoos. 'Kijk dan, perfectie toch?'

Ineens had ik honger. Er was de hele dag catering op de set, maar vandaag had ik er niet veel van gegeten.

'Alleen groente. Fijn.' Ik ging naast je zitten, schoof mijn stoel aan, dicht naar je toe. Mijn knie die de jouwe raakte. Ik strekte mijn benen onder de jouwe langs.

'Ik heb sinds de vakantie geen vlees meer gegeten. Ook geen vis trouwens. Ik mis het nog niet.' Je scheurde een punt los en ik deed hetzelfde. Ik had dit al aan zien komen. Je stelde me regelmatig vragen over mijn vegetarische eetpatroon en niet op die manier van: wat eet je dan eigenlijk wél, mevrouw de wereldverbeteraar? 'Mijn broer vond het eerst wel een beetje jammer dat ik de vis die we hadden gevangen, wilde terugzetten. We zouden forel eten, zelf gevangen, en ik vroeg me ineens af waar we mee bezig waren. Ik denk niet dat we nog eens zullen gaan vissen. Het was uit een soort jeugdsentiment. Vroeger gingen we wel eens kamperen met mijn vader. Toen we heel klein waren. En dan maakten we de vis die we hadden gevangen klaar op het kampvuur. Het was een leuke herinnering, maar nu zag ik alleen maar hoe wreed het was.'

Ik zat naar je te luisteren en pizza te eten, die heerlijk was. En ik kon niet geloven hoe ik na een hele dag praktisch aan je vastgekluisterd te hebben gezeten, zo blij kon zijn dat je hier was. Ik denk dat op dat moment mijn plan veranderde. Mijn plan om te wachten tot mijn lijf weer normaal ging doen als jij in de buurt was, mijn plan om wat ik voelde net zolang te onderdrukken tot het weg was. Ik had een nieuw plan. Ik moest het je vertellen.

Mijn hart miste een slag bij die gedachte. Als je hetzelfde voor mij voelde, was er allang iets gebeurd tussen ons. Twee jaar lang waren we vrienden geweest, niets meer dan dat. Er waren onderlinge flirts en relaties geweest op de set: Stuart en Jill, twee hele weekenden lang. Jill en Trevor tijdens de promotour door Australië. Jill en de jongen van het geluid met wie ze een jaar lang had gedatet. Stuart en Holly, gedurende de tweede helft van het eerste seizoen, als ik het me goed herinner. En Holly hield vol dat ze met jou had gezoend op de afterparty van een awardshow, toen de serie na het eerste jaar de populariteitsaward had gewonnen. Ik wist dat dat niet klopte. Jij en ik waren die avond bijna de hele tijd samen geweest. Na een half uur op de afterparty hadden we het wel gezien en vroeg je: 'Zullen we hier weggaan?' Ik weet niet wat er allemaal door mijn hoofd flitste toen je dat vroeg, maar mijn antwoord was hoe dan ook ja.

We gingen een stukje rijden in jouw auto, en de hele weg raakten we niet uitgepraat. Uiteindelijk, bijna twee uur later, waren we in Santa Barbara uitgekomen. Je reed naar een strand, waar het rond die tijd helemaal verlaten was, en daar liepen we in het donker langs de branding, en gingen we in het zand zitten om nog meer te praten. En hoewel daar alles had kunnen gebeuren, deden we niets meer dan dat. Op de terugweg naar de auto hield je mijn hand vast en ik dacht dat ik het bestierf. Maar je deed niets.

'Hoe was jouw vakantie eigenlijk?' vroeg je. 'Ik heb het gevoel dat we amper hebben gepraat sinds we terug zijn. Je bent stiller dan anders.'

'Ik ben altijd stil als ik een pizza voor mijn neus heb.' Ik had mijn pizzapunt eerder op dan jij en ging al voor een tweede. Jij moest lachen.

'Dus dat is alles? Je hebt het gewoon te druk met kauwen?'

'Precies.'

'Dat wil ik best geloven, alleen het punt is dat dit pas de eerste keer is dat er pizza in het spel is.' Je keek me aan met die eigenwijze klets-je-hier-maar-eens-uit-blik van je. Je Rush-hoofd, noemde ik dat. Soms was je precies als hij. 'Ik denk dat ik weet wat er is.'

Natuurlijk weet je wat er is, dacht ik. Hoe kon je het niet weten, het kon niet duidelijker zijn. En nu ging het komen. Je moest me vertellen dat je me heel leuk en lief vond, maar niet op die manier.

'Je hebt iemand ontmoet,' zei je toen. 'Op vakantie. Toch?'

Iemand ontmoet? Iemand ontmóét? Je nam een tweede stuk, terwijl ik je ontgoocheld boven het mijne langs aankeek.

'Ik weet het van Holly,' zei je.

'En wat weet je dan precies?' Holly, de vuile trut. Wát had ze hem wijsgemaakt?

'Dat je iemand hebt meegenomen naar het feest van Justin. Op zijn jacht. Liv, je kunt het me best vertellen hoor. Ik ben juist blij voor je. En ik snap wel dat je dat gezoen met mij daarom ongemakkelijk vond. Waarom heb je het niet gezegd?'

'Omdat het niet zo is, daarom. En Holly moet zich met haar eigen zaken bemoeien.'

'Oké, sorry, je hoeft me niets te vertellen als je daar geen zin in hebt.'

'Ik was daar niet met iemand. Ik kwam binnen met iemand, dat is alles. We hadden hem de dag ervoor op het strand ontmoet en Bobbi vond hem leuk en nodigde hem uit. Alleen was Bobbi ziek die avond en toen heb ik hem een tijdje gezelschap gehouden en hem aan wat mensen voorgesteld. En dat had Holly kunnen weten als ze het me had gevraagd. Sinds wanneer verzinnen we verhalen over elkaar?' Oké, dat was eigenlijk precies haar stijl, waarom verbaasde dit me? 'En jij bent dus blíj voor me?'

'Als je verliefd bent, tuurlijk. Maar jij ziet er nu niet blij uit, dus ik neem mijn blijdschap terug.'

'Dus jij denkt dat ik zomaar, binnen twee dagen, pats-boem verliefd op iemand word?'

'Dat kan toch? Kijk naar Jill, die komt verloofd terug van vakantie.'

'Ik ben Jill niet.'

'Weet ik. Jij bent Liv. En je bent boos. En ik heb geen idee waarom.'

'Ik ben niet boos. Dit is frustratie.' Ik legde het stukje pizza dat ik nog in mijn hand had neer. Ik kon even niet verder eten. 'Ik ben ooit, maar één keer in mijn leven, pats-boem verliefd geworden. Eén keer, en dat is iets meer dan tweeënhalf jaar geleden. En alles wat daarna kwam, relaties voor zover je ze zo kunt noemen, dat was niks.'

Ik wilde een slokje water nemen, maar ik zat inmiddels zo te trillen, dat ik de halve inhoud van het glas over mezelf heen gekiept zou hebben voor het mijn lippen had bereikt. Jij slikte en veegde je handen af aan een servet. Je keek me blanco aan. Ik begon te denken dat je dit gewoon niet wilde snappen.

'Tweeënhalf jaar geleden,' herhaalde ik, met het idee dat je het rekensommetje wel zou kunnen maken als je het nog een keer hoorde. 'Toen er iemand in een wit T-shirt de auditieruimte in liep en uit de losse pols mijn Rush tot leven toverde. Iemand die me al improviserend redde toen ik er zelf een puinhoop van maakte.'

Jij had nog steeds die lege blik in je ogen en nu begon ik in paniek te raken.

'Jij. Ik heb het over jou. Waarom wil je niet begrijpen dat ik jou bedoel?'

'Bij dat laatste stukje begon me wel iets te dagen.'

Ik stond op en struikelde daarbij bijna over mijn eigen stoel, waarbij die hele auditie-vibe nog eens extra werd benadrukt en ik zag dat je lachte, terwijl ik alleen nog maar kon denken aan hoe ik hier de schade nog enigszins kon beperken. Ik had het gevoel dat ik me aan je had opgedrongen. Dat ik alle grenzen overschreden had. Het voelde niet goed.

'Sorry,' zei ik. 'Sorry voor dit. En sorry voor... vandaag. Met die kus, dat was mijn bedoeling niet. Ik zat er niet goed in, al vanaf het begin van die scène niet. Misschien had ik dat eerder moeten zeggen, maar toen we begonnen dacht ik dat ik de focus terug had. Toen ik naar je toe liep, was ik honderd procent Leaf, en jij was Rush. Maar toen deed je dat met je hand op mijn gezicht en dat bracht me in de war, denk ik. Opeens leek het alsof jij het was, en toen maakte ik die fout, om mijn lippen open te doen toen jij dat ook deed. Ik realiseerde me meteen dat ik het had verkloot, maar toen bleef Justin draaien en wij bleven kussen en even was alles nieuw, en onbekend en eng, maar jij was erbij en dat maakte het...'

Je was helemaal stil. Ik zag je niet eens ademhalen.

'En nu sta ik hier te ratelen als een gek en jij ziet eruit alsof je geen idee hebt waar ik het over heb. Jij, je doet alleen maar je best om je werk goed te doen en aardig te zijn tegen mij en iedereen. Puur vriendschappelijk, en ik –'

Je onderbrak me. 'Weet je dat ik het haat om jou te kussen?'

'O.'

'Ik háát het om jou te kussen,' zei je, langzamer nu, alsof je dacht dat ik het de eerste keer misschien had gemist, 'en dan in het midden te moeten stoppen, terwijl ik nog niet eens ben begonnen met wat ik echt zou willen doen. En weer opnieuw beginnen, en weer stoppen, steeds opnieuw. Soms lijkt het eerder een marteling dan werk. Maar toch kijk ik er elke keer naar uit.'

Nu was ik degene die het niet kon volgen.

'Weet je waar ik ook naar uitkijk? Als ik het regeltje "Rush en Leaf gedragen zich verliefd op de achtergrond" in het script zie staan, want dan kan ik je de hele tijd aanraken, met je haar spelen, je hand vasthouden.' Om eerlijk te zijn: je hield mijn hand niet alleen vast. Soms had jouw hand seks met mijn hand waar iedereen bij was. 'Ik haat het dat het beste gedeelte van mijn dag voorbij is als jij na een draaidag de set af loopt en naar huis gaat.'

'W-waarom zei je dan nooit iets?'

'Waarom jij niet?'

'Ik dacht niet dat je dat voor me voelde.'

'Ik voel het al sinds het begin. Het was er altijd al, toch? Maar ik ben niet goed in relaties. Ik heb geen goed voorbeeld gehad, en ik heb het zelf nooit serieus geprobeerd. Dat wilde ik ook nooit. Behalve met jou. Als jij het een kans wilt geven, dan maak je me doodsbang, maar ik zal er alles aan doen.'

Ik geloof dat ik met mijn handen voor mijn mond stond, als in shock.

'Nu moet jij wel weer wat zeggen,' zei jij.

'Ik wil niks zeggen.'

Je lachte. O mijn god, die lach. 'Kom gewoon hier dan.'

Dat deed ik en je trok me bij je op schoot. Je duwde je gezicht in mijn nek, ik sloeg mijn armen om je heen. We kropen bijna in elkaar.

'Dit zag ik niet aankomen,' fluisterde je. Ik voelde je lippen tegen mijn huid bewegen. 'Toen ik hierheen kwam, dacht ik dat ik je kwijt was aan iemand anders.'

'En dan had je me laten gaan? Waarom?'

'Omdat...' Je richtte je gezicht op zodat je me kon aankijken. 'Omdat ik niet geloof dat ik het beste ben wat jou kan overkomen.'

'Maar dat ben je wel.' Ik legde mijn hand tegen de zijkant van je gezicht en mijn duim streelde je oor terwijl mijn vingers door je haar kroelden. Het was alsof we een scène speelden, maar dit was niet je Rush-gezicht. Dit was jij. Zonder twijfel jij.

Toen onze lippen elkaar raakten was het eerst Rush en Leaf. En dat was fantastisch, het allerleukste, allerliefste, allerfijnste dat ik kende. Althans, dat was het voordat ik dít ontdekte. We denderden zo hard voorbij Rush en Leaf dat het een beetje beangstigend was, en vanaf dat punt was jij het alleen nog maar. Jij die mij kuste. Het was wonderlijk, opwindend, wild, grootser dan alles hiervoor ooit in de geschiedenis van altijd.

Toen zei ik dat ik van je hield, ook al waren we nog geen vijf minuten een stel. Het was nu eenmaal zo, wat had het nog voor zin om het te ontkennen?

Je ging zachtjes met je neus langs de mijne. 'Ik hou ook van jou.'

We keken naar elkaar en lachten, keken en lachten, keken en lachten.

'Wat vind je ervan,' vroeg je, terwijl je opstond met mij nog in je armen, 'als we de pizza even hier laten en straks opwarmen?'

'Fantastisch idee.'

Het begin. Daaraan is onherroepelijk een einde verbonden. Dat is een wetmatigheid. Een einde dat ik nooit heb gewild. Een einde dat altijd te vroeg was gekomen, maar nu, nu zeker. Weet je nog hoe Jill eraan toe was toen haar verloving werd verbroken? Hoe boos, woedend, ziedend ze was? Weet je nog die avond dat we haar dronken in haar trailer vonden na het draaien, en dat we haar thuisbrachten en dat ze huilend op de achterbank riep dat ze wenste dat hij was doodgegaan, in plaats van haar te bedriegen en te verlaten. Weet je nog wat ze zei? Dat ze het haatte om zich zo te voelen. Dat ze uitgeput was van de verontwaardiging, de woede. Dat ze er niet meer door kon functioneren en dat het nog elke minuut erger werd. Dat ze dacht dat ze het nooit zou kunnen accepteren. Ik weet het nog precies. 'Ik wou dat hij dood was. Dan kon ik tenminste nog van hem houden en verdrietig zijn.'

En nu ben jij dood. En ik wou dat je me had bedrogen. Dan kon ik boos op je zijn. Je haten. Je vergeven. Je terugnemen. Alles beter dan dit. In jouw oude slaapkamer staan, met een ring in mijn hand, zonder jou.

‘Wat doe je?’ vroeg Rafael. Ik wist het niet. Mijn brein was buiten bedrijf, mijn hersencellen wisselden enkel nog signalen van storing uit. Mijn oren suisden. Het was alsof ik mijn eigen hartslag hoorde weergalmen in de huls die mijn lichaam was. Ik zat weer op bed en ik zag Rafael in de tas grabbelen, in jouw tas. Toen hij overeind kwam, had hij de ring weer vast. ‘Je kunt zo’n ding niet zomaar in een tas smijten, moet je zien… het moet fucking duur geweest zijn.’

Vast wel. Je hield niet van verspilling, maar je zou me geen goedkope ring hebben gegeven. Ik keek weer even naar de steen. Drieduizend, vierduizend… minimaal.

‘Pak nou aan, hij is van jou.’

‘Dat weet je niet,’ zei ik.

‘Hoe bedoel je: dat weet ik niet? Voor mij is hij zeker niet, denk je wel?’

‘Ik bedoel, dat weet je niet, want je weet het niet en we zullen het nooit weten.’ Ik sloeg mijn armen om mijn knieën en vermeed de aanblik van je broer. En de ring. Ik staarde naar het behang.

‘Liv. Ik begrijp wel dat het een schok is. Maar doe even normaal?’

Hij sprak het uit als een vraag. Het was geen vraag. Dus ik gaf geen antwoord.

‘Oké, dus we weten niet zeker of de ring voor jou bestemd was. Dan had hij dus een geheime scharrel met wie hij de deal wilde bezegelen. Is dat wat je denkt?’

‘Je weet niet wat voor ring het is. En ook niet of hij voor mij is. Misschien had hij hem gevonden.’

‘Waar? Op straat?’ Je broer kan irritant doen. Heel irritant.

‘In de hotelkluis. Weet ik veel. Dat is het nu juist, er zijn duizenden mogelijkheden.’

‘Goed. En wat dacht je van de meest voor de hand liggende? Hij hield zielsveel van een – oké, toegegeven: een tikkeltje raar, maar wel heel lief – meisje met wie hij ooit in een serie heeft gespeeld, hij keek sindsdien niet meer om naar andere vrouwen, en hij was van plan haar te vragen met hem te trouwen.'

'Hou op. Hou alsjeblieft op. Ja?'

'Liv?'

Ik had mijn gezicht inmiddels verstopt in de cirkel die mijn armen en knieën vormden.

'Liv…'

Ik voelde zijn armen om me heen. Hij kuste me op mijn kruin. 'Ik weet dat het kut is op deze manier. En ik snap het wel als je uiteindelijk besluit dat je dit ding niet kunt dragen. Maar wil je er even naar kijken, en – ik weet niet – hem even bij je houden of zo? Want ik denk niet dat hij bedoeld is voor dat vakje in zijn tas. En ook niet voor een scharrel. Oké?'

Ik deed niks. Ik snifte alleen even. Rafael liet me los, pakte mijn hand en drukte de ring in mijn handpalm. Ik sloot mijn vingers eromheen.

'Ik moet nu echt heel erg pissen. Niet weer wegsmijten, goed?'

Ik keek hem aan. Hij lachte en liep de kamer uit. Ik opende mijn hand. Roscoe… Ik heb nog nooit zo'n mooie ring gezien.

Rafael

Je speelde nooit de baas over me, ook al was je mijn grote broer. Je knapte mijn rotklusjes op, behoedde me voor problemen. Je was goed in grote broer zijn. Ik profiteerde van alle voordelen, maar je gaf me nooit het gevoel dat ik 'maar' je kleine broertje was. Dat ik het niet snapte, niet cool genoeg was, niet bij je mocht horen. Ik mocht op je kamer komen spelen terwijl jij zat te lezen. Je deed spelletjes met me waar jij al te oud voor was. Je leerde me dingen waar ik misschien nog te jong voor was. Je stuurde me nooit weg als ik met je wilde rondhangen. Ik dacht altijd dat je me serieus nam. Maar je hebt me niks verteld over de ring en dat steekt.

Het is niet zo dat ik nooit boos op je was, of dat we nooit ruzie hadden. Ik haatte je als jij binnen twee minuten al je spruitjes naar binnen werkte en ik na een half uur nog steeds kokhalzend met die gore – en inmiddels koude – dingen voor mijn neus zat. Ik was boos als jouw kerstcadeau groter was dan het mijne, ook al wilde dat niets zeggen over de inhoud. Ik maakte ruzie met je als jij de laatste pannenkoek kreeg, of meer discodip op je ijs. Ik kon er niet tegen dat je overal beter in was, dat je harder kon rennen, verder kon schoppen, sneller kon fietsen, beter kon tekenen, lezen, rekenen, schrijven.

Maar ik ben nog niet boos op je geweest sinds je dood bent. Wel omdat je dood bent, maar niet boos op jou. En nu ben ik dat wel, en ik weet niet hoe dat precies werkt. Ik kan je geen stomkop of klootzak noemen, je een duw geven of, zoals ik vroeger deed, als een stormram op je af rennen en je omver proberen te werpen en je ondertussen slaan en schoppen, wat er meestal op uitdraaide dat jij mij in de houdgreep hield en ik geen kant meer op kon.

Als je het nou tegen me gezegd had, dan had ik Liv gerust kunnen stellen en dan had ze me misschien geloofd. Je hebt het aan jezelf te danken dat ze nu zulke rare dingen denkt. Met je geheimzinnigheid. Ze is vanochtend via de achterdeur in de taxi geglipt die haar naar het vliegveld zou brengen. Ze is weg en nu lijk jij ook verder weg dan ooit. Misschien maakt dat me ook een beetje pissig. Ik snap wel dat je bij haar moet blijven, maar ik heb dit huis zonder jou altijd verstikkend gevonden. Ik heb de laatste dagen steeds het gevoel gehad dat ik jou via haar een beetje terug kon vinden. Hoe dat vanaf nu moet, heb ik nog niet besloten.

Maar de ring. Man! Waarom zei je er niks over? We hadden het over zo veel serieuze shit. Of dacht je dat ik het je uit je hoofd zou willen praten, omdat ik zelf nooit een echte relatie heb? Ik mag toch hopen dat je tijdens dat lange gesprek in het park wel doorhad dat ik zoiets niet gedaan zou hebben? Dus dan denk ik dat je het daarna hebt bedacht. Maar die ring zag er niet uit alsof je die lukraak uit een vitrine hebt gekozen. Dus dán denk ik weer dat je het gepland moet hebben. En als je dat toen niet met mij hebt gedeeld, wat hield je dan allemaal nog meer voor me achter? Waren we wel zo hecht als ik denk dat we waren, of deed je maar alsof? Liet je me alleen toe waar het makkelijk was? Waar het je uitkwam? Is dat hoe het was?

Had ik al gezegd dat de jaren tussen jouw examenjaar en het mijne de kutste periode uit mijn leven waren? Veel van wat ik nu voel, doet me daaraan denken. En volgens mij was het ook in jouw examenjaar dat ik voor het eerst besefte dat jij echt drie jaar ouder was en dat je dingen zou gaan doen zonder mij. Dat ik wél het kleine broertje was. Je was in die periode non-stop aan het studeren. Het leek alsof je nooit sliep. Als ik ging slapen, zat jij nog beneden met je neus in de boeken. Als ik 's nachts wakker werd, zag ik het licht in jouw kamer nog branden. Als ik beneden kwam, zat je alweer aan de keukentafel, voorovergebogen over je schriften en boeken.

Het was niet je uithoudingsvermogen, de vastberadenheid in je houding, de onverstoorbaarheid of de toewijding aan je werk waardoor je plots zo volwassen op mij overkwam. Het was de koffiemok in je hand, die je langzaam leegdronk, tussen het omslaan van de bladzijden uit je studieboek door. Ik wist niet wanneer je was begonnen koffie te drinken. Volwassenen dronken koffie: leraren op school, ma. Maar wij niet. En al helemaal geen zwarte. We vonden het walgelijk. Het stonk. Ma's koffieadem was de horror. En nu zat jij het te drinken alsof het een aardbeienmilkshake was. Ik had geen idee sinds wanneer je dat deed. Of dat je het nodig had om 's nachts wakker te blijven om te kunnen leren. Misschien lijkt het futiel, maar het was de eerste keer dat ik me buitengesloten voelde. Door die koffie werd het me voor het eerst duidelijk dat jij aan het overstappen was. Van onze eigen wereld met mij erin, naar de volwassen wereld. En dat je mij hier alleen zou achterlaten.

Jij en ik tegen de rest. Zo was het altijd, en eerst kon ik niet geloven dat het niet voor altijd zo zou zijn. Ik hoorde je wel eens met ma ruziën over je plannen na je eindexamen. Zij stond erop dat je zou gaan studeren. Jij had iets anders in gedachten. Door al je extracurriculaire activiteiten had je misschien wel een studiebeurs kunnen krijgen, maar jouw plannen met Kat hadden niets met universiteiten te maken. Of nou ja, zij ging de theateropleiding doen. Jouw plan was minder duidelijk.

Die discussies keerden een tijdlang steeds terug. Soms volgde ik ze een tijdje, terwijl ik een stapel boterhammen wegwerkte of bezig was met een videogame. Soms drongen jullie stemmen mijn kamer binnen en deed ik de deur dicht om ze buiten te sluiten. Soms kon ik niet weg, omdat we net aan tafel gegaan waren, of wilde ik het niet, omdat ik net lekker op de bank hing met mijn discman en een stripboek.

'Je gáát studeren,' zei ma dwingend, keer op keer. En dan zei jij dat je niet wilde, dat we er het geld niet voor hadden, en jouw cijfers niet hoog genoeg waren, dat je andere ambities had. Dat je geld wilde verdienen, zodat ma het makkelijker had en ik over een paar jaar wél kon studeren als ik dat wilde.

'En jij dan? Wat moet je in een vreemde stad vol criminaliteit en drugs? Achter Kat aan lopen? Het is jouw leven, Roscoe, zet niet alles opzij voor haar, of voor ons. Ik wil dat je een opleiding hebt, zodat je een goede baan kunt krijgen later. Ik wil niet dat je wordt zoals ik.'

'Waarom niet? Je werkt in een ziekenhuis. Je helpt mensen.'

'Ik doe het rotwerk. Ik had ook dokter kunnen worden, of anders verpleegster. Maar in plaats daarvan heb ik mijn tijd verspild aan een onbereikbare droom. Als ik alles anders kon doen…'

'Mam, ik probeer het een tijdje.' Je voorkwam dat ze haar zin afmaakte, en toegaf dat er in haar alternatieve realiteit geen plek was geweest voor ons. 'Wat ik wil doen, dat zal ik niet leren op de universiteit. We moeten zorgen dat Rafael kan studeren straks. Hij zal er meer aan hebben dan ik.'

Toen je dat zei, trokken ma's wenkbrauwen samen. Dat betekende dat ze niet van plan was de onzin die je probeerde te verkopen aan te nemen. 'Rafael is slim. Maar geen studiebol. Hij heeft de ambitie niet. Als we het geld voor één van jullie hebben, dan speel ik liever op zeker.'

'Ik wil niet studeren,' riep ik tussendoor, voordat ik het volume van mijn discman harder zette. Het hielp niet, want ik hoorde je nog steeds.

'Hij heeft nu de ambitie niet,' zei je, 'maar dat kan nog veranderen. Hij is gewoon nog op zoek, net als ik.' Je keek naar mij. Ik probeerde je te negeren door mijn blik op mijn stripboek te fixeren. 'Maar ik denk dat jij meer kans maakt het te vinden op de universiteit dan ik.'

'Oké, stel dat je gelijk hebt,' zei ma. 'En dat zeg ik puur hypothetisch. We sparen voor Rafael, hij gaat studeren. En wat ga jij dan doen?'

Je was even stil. 'Vroeger zei je toch altijd dat we alles konden worden wat we maar wilden?'

'Toen was ik jong en heel naïef. New York is duur. Daar wonen is onbetaalbaar.'

'Kat kan via haar opleiding...'

'Kat gaat daar naar school en jij niet. Voor jou zal geen woonruimte geregeld zijn. Je zal keihard moeten werken daar. En voor je het weet, ben je fulltime barman en is dat alles wat je zal zijn. Ik was ook een dromer op jouw leeftijd, Roscoe, en neem van mij aan dat dingen veel moeilijker zijn dan je je nu kunt voorstellen. Dus je kunt maar beter een plan hebben. Ik laat je niet naar New York gaan om daar maar een beetje achter Kat aan te hollen. Je bent niet haar hulpje. Als je gaat, dan moet het jouw droom zijn en niet de hare.'

'Het is ook mijn droom.'

'Overtuig me dan. Vertel me je droom. Als je het niet eens kunt zeggen, hoe ga je het dan waarmaken?'

'Ik wil gewoon...'

'Dromen zijn niet gewoon, Roscoe. Als je gewoon iets wilt, blijf dan maar hier. Dan heb ik nog wat aan je. Voor gewoon hoef je niet naar New York.'

'Ik wil iets maken!' zei je gefrustreerd. 'Misschien weet ik nog niet precies wat, maar ik heb ideeën, en ik weet niet... verhalen. Maar ik weet niet hoe ik ze moet vertellen. Misschien wil ik verdergaan met fotografie en filmmaken. Misschien doe ik via Kat connecties op. Kan ik zo aan de slag als cameraman, ergens achter de schermen.'

'Ik hoor geen droom.' Ma draaide zich om en liep naar de keuken. 'Ik heb nog een afwas te doen, ik hoor het wel als je je zaakjes op orde hebt.'

'Muziek!' riep je. 'Oké? Dat is het. En ik weet dat het belachelijk is.'

'Och, hoezo?' vroeg ze. Het sarcasme droop van haar stem. 'Omdat je buiten een schooloptreden of twee nooit op het podium gestaan hebt?'

Je fronste zoals je deed als iemand je pissig maakte. 'En als ik hier blijf ga ik ook nooit het podium op. Maar dáár. Daar kan ik opnieuw beginnen. Muzieklessen nemen. Zodat ik weet wat ik doe, in plaats van dat ik maar wat aanrommel. En misschien kan ik er wel niks van, of ben ik meer een schrijver dan een artiest. Misschien ga ik wel op mijn bek, maar als ik het niet probeer...' Je haalde je schouders op. 'Wat ben ik dan?'

Ma leunde tegen de deurpost van de keuken. Ik zag iets over haar gezicht glijden. Een blik die ik niet goed kende. 'Kijk. Dat klinkt als een droom.'

Je kreeg haar aan je kant, maar onder de voorwaarde dat je je diploma haalde. Vanaf dat moment was zakken voor je examen geen optie meer. Maar tot mijn puberbrein drong nog lang niet door dat je echt weg zou gaan en wat dat zou betekenen. Het leek allemaal mijlenver weg, niets om me druk over te maken. Het waren de kleine dingen, zoals een kop koffie, die me dwongen om de realiteit onder ogen te zien. Dat je niet kon wachten om hier weg te gaan. Dat je zelfs 's nachts studeerde, bang om onvoldoendes te riskeren. Een jaar langer thuis. Blijkbaar had je er alles voor over om dat te voorkomen.

Tijdens het studeren voor je examens gebeurde het. In een van die nachten, terwijl je weer tot twee, drie uur 's nachts aan het blokken was. Pang, je voelde iets verschieten in je borstkas en je hart sloeg op hol. Je had dat al een paar keer eerder gehad, vertelde je achteraf, maar na een minuutje en een paar keer diep zuchten, of hoesten, ging het weer over. Je wachtte tot het weer normaal voelde, één minuut. Twee. Vijf. Tien. Je werd kortademig. Je spieren verkrampten. Je voelde je licht in je hoofd. Je ging liggen, op de bank. Je duwde een kussen in je rug, instinctief, je rolde op je zij. Je raakte in paniek. Het hielp niet. Je ging weer rechtop zitten. Je hart bonsde alsof je aan het sprinten was. Je wist niet wat je moest doen. *Misschien ga ik dood*, dacht je. Maar een hartaanval duurde niet zó lang, toch? Moest je een dokter bellen? Een ambulance?

Je strompelde de trap op om ma wakker te maken. 'Mam,' zei je, toen je haar kamer in kwam. Je liep naar haar bed, buiten adem van de klim naar boven. Je ging op de rand zitten. 'Mam, hoor je me? Ik voel me niet lekker. Mam?'

Ze snurkte.

Je duwde zacht tegen haar schouder. 'Mam...'

Ze ging harder snurken. Dit kende je. Sinds pa weg was, was er geen avond geweest die ze niet had afgesloten met een borrel of een wijntje. Vaak meer dan één, soms veel meer dan één. Altijd als haar dienst erop zat, en meestal nadat wij al naar boven waren gegaan. Soms stonden de lege bierflesjes, of een wijnfles met nog een klein beetje bezinksel op de bodem, de volgende ochtend nog in de keuken. Als wij haar de volgende dag het stilleven van de vorige avond zagen opruimen, probeerde ze het goed te praten. Ook als wij haar er niet eens naar vroegen. 'Daar zat nog maar een heel klein beetje in,' zei ze zo luchtig mogelijk, terwijl ze de fles in een doos stopte die naar de glasbak gebracht moest worden.

Erger was het toen we geen lege glazen of flessen meer aantroffen, want dat was het moment dat ze begon te verbergen hoeveel ze dronk op zo'n avond, soms in maar een uurtje tijd. Toch wisten we precies wanneer het weer zover was. Dat hoorden we aan haar gesnurk, het lang aanhoudende geronk, steeds gevolgd door een lange pauze. In het begin was ik ervan geschrokken, omdat het leek alsof ze stopte met ademhalen. Maar we wenden eraan. Ik was niet meer bang als ik wakker schrok van haar gesnurk, of als ze niet reageerde als ik aan haar arm trok. Meestal rolde jij haar dan op haar buik, omdat je had gelezen of gehoord dat als ze moest overgeven, ze zou kunnen stikken in haar eigen braaksel. En dan trokken we haar slaapkamerdeur achter ons dicht, én die van ons. De volgende ochtend, na een paar koppen sterke koffie, merkte je niets aan haar.

Ik weet niet hoe lang je die avond had geprobeerd ma wakker te krijgen, of het lang duurde voor je het opgaf. En hoe lang je al op de overloop had gezeten, tegen de deurstijl van haar slaapkamer, met je hoofd achterover. Huilend. Ik kon me niet eens herinneren wanneer ik je voor het laatst had zien huilen. Jij was altijd sterk. Je troostte mij als er iets was. Zelfs toen pa wegging, was jij kalm gebleven. Ik herinner me de rest van die dag amper, maar ik weet nog dat ik in tranen was, en onbedaarlijk stond te schreeuwen, en dat jij me voor de tv zette en zei dat ik niet bang hoefde te zijn. Dat jij überhaupt bang kón zijn, was tot het moment dat ik je zo ineengezakt op de overloop zag zitten misschien niet eens bij me opgekomen. Ik was mijn bed uit gekomen omdat ik dacht dat ma haar slaapkamerdeur weer open had laten staan. Ik was wakker geworden van haar gesnurk. Jij zat daar en ik wist niet wat ik moest denken. Ik schrok zo erg dat ik eerst een paar tellen bewegingloos bleef staan, terwijl jij probeerde me weg te sturen.

'Wat is er?' vroeg ik.

'Ga naar je kamer,' zei jij. 'Er is niks.'

'Is er iets met mama?' Ik hoorde haar nog steeds snurken, maar toch was dat het eerste wat ik dacht.

'Nee, er is niks zei ik toch? Ga naar bed.' Je borst ging hevig op en neer. Je veegde je tranen weg met je T-shirt.

'Heb je gehuild?' Je gaf geen antwoord, en ik bleef even kijken naar hoe zwaar je je adem uitblies. Alsof het je moeite kostte. Er was iets met jou. 'Ik ga mama halen.'

'Niet doen. Ze slaapt.'

'Wat is er nou?' Ik knielde naast je. 'Waarom huil je? Is er iets ergs?'

Je schudde je hoofd. Het was gek om te zien. Je leek uitgeput, ver weg op een bepaalde manier. En tegelijk onrustig. Je wreef over je borstkas.

'Heb je gerend? Of gevochten?' Ik schrok bij die gedachte en tilde je shirt op, op zoek naar zichtbare verwondingen. 'Was er een inbreker? Ben je gewond?'

Je schudde je hoofd.

'Heb je pijn?'

Je haalde je schouders op.

'Waar dan? Praat nou!'

'Ik moet naar bed.'

Ik merkte dat je alleen in korte zinnen sprak, dat je ademhaling onregelmatig was. 'Ik ga mama roepen,' zei ik weer, toen ik je steun zag zoeken tegen de deurstijl.

'Dat heb ik allang geprobeerd, maar ze heeft gedronken. Je weet hoe ze dan is.'

'Maar... wat moet ik dan doen? Roscoe!' Ik volgde je terwijl je strompelend je slaapkamer binnenging. Je liet je op bed vallen. Je trok je benen op, maakte jezelf klein.

'Gaat het?' vroeg ik. En toen je niks zei: 'Maar wat heb je dan, Roscoe? Ik ga mama halen, hoor, als je niks zegt. Ik krijg haar wel wakker. Maakt me niet uit of ik water over haar heen moet gooien.'

'Niet doen. Ze kan toch niks. Mijn hart is op hol geslagen, denk ik.'

Je draaide je op je rug, maakte je rug hol en daarna weer bol. Ik zag je shirt snel op en neer gaan op je borst, ik zág je hart kloppen. Ik ging op je bed zitten. 'Hoe kan dat?'

'Weet niet. Het gebeurde zomaar.' Je draaide je weer op je zij. Je kneep je ogen dicht, je gezicht vertrok helemaal.

'Maar dan moeten we naar de dokter, toch? Of het ziekenhuis?'

'Ik heb het wel eens eerder gehad. Het is altijd zo voorbij. Ik moet gewoon... wachten.'

'Oké... Ben je bang?'

'Nee.' Je loog. 'Als het erg was, zou ik al dood zijn.'

'Je mag niet doodgaan!'

'Ga ik ook niet.'

'Mama moet komen.'

'Ze heeft te veel gedronken om iets te kunnen doen. Ze mag niet eens autorijden. Wacht nou maar even, misschien gaat het zo beter.'

'Ik bel het alarmnummer.'

'Nee, Rafael... luister, als ik naar het ziekenhuis moet, dan moet mama meekomen en...'

Opeens snapte ik het. 'Je wilt niet dat iemand van haar werk ziet dat ze heeft gedronken.'

Je was stil en ik wist dat ik het had geraden. Je probeerde te zuchten, maar het kwam er haperend uit. 'Het is vast omdat ik moe ben. Ik was tot laat met Kat aan het werk op school, en daarna heb ik gewerkt en toen ik thuiskwam...' Je stopte even om op adem te komen. 'Toen wilde ik nog een paar uur leren. Misschien was het te veel. Ik moet slapen. Laat me nou maar even proberen te slapen, goed?'

Ik knikte. 'Dan blijf ik bij je.'

Ik zag dat je iets wilde zeggen, maar in plaats daarvan blies je hard je adem uit en ademde je langzaam weer in. En toen wist ik zeker dat je bang was, anders had je me opnieuw weggestuurd.

Ik stond op, haalde de telefoon van het oplaadstation in de kamer van ma en legde die op jouw nachtkastje. Ik ging naast je zitten. Je lag nu met je rug naar me toe. Ik aarzelde even voor ik voorzichtig mijn hand op je schouder legde. Hoe oud was ik toen? Net vijftien? En jij bijna achttien. De tijd dat ik 's nachts bij je in bed kroop omdat ik bang was, lag toen al jaren achter ons. Sowieso waren we allebei te stoer om nog toe te geven dat we ooit bang konden zijn. Maar die nacht waren we dat wel, allebei, en of het nu stoer was of niet, ik liet mijn hand daar liggen, op je schouder, zodat je wist dat je niet alleen was. 'Rustig maar, ik pas wel op je. Je hoeft niet bang te zijn dat er iets gebeurt, want dan bel ik meteen het alarmnummer. Oké?'

Je knikte. Na een tijdje leek je een beetje weg te doezelen, maar ik voelde je elke keer opschrikken als je in slaap dreigde te vallen. Dan trok je met je arm of schopte met je been – als in een reflex – en hapte je naar adem, alsof je wakker schrok van je eigen hartslag zodra je bijna in slaap was. Ik bleef rechtop zitten, met mijn rug tegen het hoofdeind van je bed, en luisterde naar je ademhaling. Toen het buiten bijna licht was en je al een poosje rustig lag te ademen, ging ik naast je liggen. Met mijn wang tegen je rug voelde ik je hart regelmatig slaan, maar nog steeds sneller dan mij normaal leek voor iemand die sliep. Ik durfde mijn ogen niet dicht te doen.

Ma was boos dat we haar niet hadden geroepen. Toen ik zei dat jij dat wel gedaan had, zei ze dat je het harder had moeten proberen. Dat ze heus niet zó vast sliep. Nu je had geslapen, voelde je je iets beter. Tijdens het douchen en aankleden merkte je niets geks, maar zodra je rustig ging zitten om te ontbijten, zei je dat je hartslag toch nog niet normaal voelde.

'Ik voel het de hele tijd kloppen. Alsof ik aan het sporten ben. Vooral als ik stilzit. Ik word er gek van.'

Ma voelde je polsslag en pakte een stopwatch om te kijken hoeveel slagen per minuut je had. Niet extreem hoog, zei ze. Maar wel best snel voor iemand die rustig aan de ontbijttafel zat.

'Vannacht was het veel erger,' zei ik. 'Ik zag zijn T-shirt trillen door zijn hartslag.'

Ze maakte die ochtend een afspraak bij de huisarts. Die luisterde naar je hartslag en maakte een hartfilmpje, waar niets verontrustends uit kwam. Je hartslag was nog steeds wat aan de hoge kant, maar dat kwam waarschijnlijk door de spanning. 'Dat hebben veel mensen als ze bij de dokter zijn,' zei ze. De klachten die je had, waren goed te verklaren door de examenstress, in combinatie met te veel cafeïne en te weinig slaap. Je had er misschien ook een angstaanval en hyperventilatie bij gehad, wat allemaal onschuldig was, maar wel beangstigend kon zijn. Maak je vooral niet druk, zei de dokter, al die stress is niet goed voor je. Doe het rustig aan. Meld je een dagje ziek op school om bij te komen.

Maar dat deed je dus niet, want hoe rustiger je was, hoe meer last je had van die continu hoge hartslag. Zoals ik het me herinner duurde het onmogelijk lang voor er iets aan die klachten werd gedaan. Wekenlang liep je ermee. Je kreeg wel een doorverwijzing naar een cardioloog, maar na een hele reeks testen keurde die je ook helemaal goed. Toch kwamen ze steeds terug, die hartkloppingen. Steeds als je probeerde te rusten, gebeurde het opnieuw. Steeds weer zeiden de artsen dat er niets was. Stress. Te veel stress.

'Ik heb alleen stress omdat jullie steeds zeggen dat het alleen maar stress is,' had je op een keer geantwoord, toen ma je midden in de nacht naar de eerstehulppost had gebracht nadat ze je gezien had in zo'n aanval. Je werd aan een monitor gelegd en er werd een paar keer een hartfilmpje gemaakt. Na ongeveer twee uur was de aanval over zijn hoogtepunt heen en mocht – of moest – je weer naar huis. Een dag later gebeurde het weer, en weer.

Ik weet niet meer precies hoe lang het duurde voor je de bètablokkers voorgeschreven kreeg. Uiteindelijk lukte het daarmee om het probleem onder controle te krijgen. De oorzaak was daarmee niet gevonden, maar van de symptomen had je sindsdien minder last. Het zou maar tijdelijk zijn, zei de arts, tot je eindexamens achter de rug waren. Zo kon je lijf de kans krijgen zich te herstellen. Maar je bent ze blijven gebruiken. Het werd het nieuwe normaal om eens in de zo veel tijd, meestal zonder enige aanleiding, zo'n aanval te krijgen. En toch wende het nooit echt, want je durfde niet naar bed te gaan als je er last van had. Dan bleef je wakker, om te lezen, te schrijven en te werken. Het werd een kip-eiverhaal. Bleef je nou wakker om te werken omdat je hartkloppingen had? Of kreeg je die hartkloppingen omdat je zo lang wakker bleef om te werken? Ik heb het je dokter gevraagd toen zij het autopsierapport met ons doornam. Ze had er nog steeds geen antwoord op.

Ma was voor het eerst aangekleed, niet in haar ochtendjas, of in jouw trui, maar echt aangekleed. Ze droeg een spijkerbroek en had een gestreepte blouse aangetrokken, openhangend over een wit T-shirt. Ze stond voor het raam toen ik beneden kwam, en ze tuurde langs het gordijn heen naar buiten.

'Het gaat regenen, denk ik,' zei ze.

'Zou kunnen.'

'Er is koffie.' Ze bleef daar staan, starend naar de wolken. Ik ging naar de keuken en duwde twee oude boterhammen in de broodrooster. Ik schonk de koffie in een mok en hoorde de stem van ma vanuit de kamer. 'Ik wilde een paar boodschappen doen. Maar met dit weer...'

Ze was het huis nog niet uit geweest. Ik keek door het keukenraam naar buiten. De lucht was grijs, maar het was droog. 'Ik kan met je meegaan,' stelde ik voor.

'Hm.'

'Misschien is het wel goed voor je,' zei ik, leunend in de deuropening.

'Ach, we hebben ook eigenlijk niks nodig, toch?' Ze deinsde terug voor een voorbijganger aan de overkant van de straat die naar ons huis keek. Ze trok het gordijn een paar centimeter verder dicht. 'Al dat gestaar.'

'We kunnen de auto nemen. En naar een winkel buiten de stad rijden. Je hoeft met niemand te praten als je dat niet wilt.'

Ze schudde haar hoofd. 'Ze bezorgen ook thuis.'

'Oké, maar... ooit zal je weer naar buiten moeten, toch? Je moet toch ergens beginnen, en nu ben ik er nog.'

'Als je nu even aan Liv vraagt wat ze wil eten vanavond, en een lijstje maakt, dan kan ik dat vanavond voor jullie maken.'

'Ma...' De boterhammen schoten uit de broodrooster omhoog. 'Liv is naar huis, dat weet je.'

'O ja. Dat wist ik.'

Ik legde de toast op een bordje. In de koelkast stond nog een potje met een restje jam. Ik smeerde het erop.

'Heeft ze nog iets laten weten? Is ze veilig aangekomen?'

'Ja, ze is in orde. Er was een samenkomst met haar collega's afgelopen weekend. Dat vond ze zwaar.'

'Zwaar, ja.' Ma frunnikte aan de mouw van haar blouse. 'Dat is het ook.'

'Ze gaat in ieder geval weer aan het werk vandaag, hopelijk zal dat haar goeddoen.' Ik zette het bordje en de koffiemok op tafel en ging zitten.

'Nu jij nog,' zei ma.

Ik keek haar aan. Het huis was afbetaald na jouw doorbraak en je stuurde ma maandelijks een bedrag om in haar onderhoud te voorzien. Ze hoefde niet meer te werken en dat deed ze dan ook niet. Nu vroeg ik me af of dat wel zo handig was. Een baan zou haar nu tenminste nog iets van een vangnet hebben geboden. Verantwoordelijkheden, verplichtingen, een sociale kring. Ze hoeft nu niets. En ik gun het haar ook om niets te hoeven, om hier in alle rust alles te verwerken op een manier die voor haar goed voelt. Maar wat als ze daar niet toe in staat is?

'Toen Roscoe wegging... toen zei hij: "Mam, ik ga alleen als jij je zaken op orde krijgt." Dat zei hij. Tegen mij.' Ze keek me aan, gaf een knikje, haar lippen op elkaar geperst. 'Hij zei: "Ik laat je niet alleen met Rafael als je blijft drinken. Als jullie hier met z'n tweeën zijn, dan moeten jullie op elkaar kunnen rekenen." En toen heeft hij me die avond naar een bijeenkomst gebracht. Van de AA. Daar ben ik een tijdje naartoe gegaan. Wist je dat?'

'Nee,' antwoordde ik.

'Ik ben geen alcoholist, maar er zijn wel tijden geweest dat ik meer dronk dan goed voor me was. Toch heb ik altijd het gevoel gehad dat ik er controle over had, dat ik ermee kon stoppen. En dat was ook zo. Ik stopte toen Roscoe wegging. Bijna drie jaar lang heb ik amper gedronken. Misschien af en toe een glas of twee, en dat ging prima. Dat is niet hetzelfde als nu, want nu gaat het niet prima. En ik kan niet beloven dat ik niet zal drinken – dat heb ik al gedaan. Je kunt niet van me verwachten dat ik de dag doorkom in het volle besef, het vólle besef dat –'

'Dat verwacht ik ook niet.'

'Ik ben niet perfect, maar ik ben je moeder. En daarin ben ik misschien tekortgeschoten. Ik heb jullie niet altijd het gevoel gegeven dat ik de zorg voor jullie aankon. Maar wat ik wel kan, is voor mezelf zorgen. Dus dat hoef jij niet te doen.'

'Ma, ik snap heus wel waar je op uit bent. Denk je niet dat ik zelf ook om de vijf minuten denk: fuck alles, en me wil bezatten? Maar het lost niets op. En jij wilt alleen maar dat ik de deur achter me dichttrek en jou alleen laat zodat je ongestoord kunt ontsporen.'

'Dat is het helemaal niet.'

'Oké, als jij het zegt.'

'Luister heel goed; jij en Roscoe zijn niet verantwoordelijk voor mij. Het is andersom. En ja, het is te laat nu. In ieder geval voor een van jullie. Maar het is niet jouw taak om over mij te waken.'

'Zou je dat nu ook tegen Roc zeggen?'

'Dat had ik wel moeten doen.'

'Alsof het iets had uitgemaakt. Hij zou zich niet weg laten sturen.

Maar ja, ik ben hem niet, zeker? Misschien lijk ik meer op pa? Wegwezen zodra ik de kans krijg?' Ik moest oppassen, dat voelde ik. Ik was een haartje verwijderd van dingen zeggen die ik niet meer terug kon nemen, dingen die ik nooit tegen haar zou mogen zeggen, en zeker nu niet. 'Ik kan niet weggaan als ik denk dat jij hier aan de drank raakt.'

'Zelfs als dat zo is, dan is dat niet jouw probleem.'

'Oké. Jouw langzame zelfmoord is niet mijn probleem. Mooi, dan is dat ook weer opgelost. Hele opluchting. Zullen we dan ook meteen constateren dat de plotselinge dood van mijn broer niet mijn probleem is, want hé, dan heb ik lekker geen problemen meer en kan ik op vakantie of zo.'

'Rafael, alsjeblieft zeg.'

'Je vindt het misschien niet leuk, ma, maar we zitten aan elkaar vast. Jij aan mij, ik aan jou. En raad eens? Ik vind het ook helemaal niks, maar het is zo. Ik zie verder namelijk helemaal niemand om ons hierdoorheen te slepen, en als Roscoe het verdomme kon toen hij tien jaar was, dan moet ik het nu als volwassene toch zeker wel een paar weken kunnen volhouden, of niet?'

'Ik had dat helemaal nooit mogen toestaan. Hij maakte het me zó makkelijk om op hem te leunen en ik heb dat gedaan, en nu schaam ik me kapot.'

'Nou, dat is ook een beetje overdreven. Hij wilde je helpen. En mij.'

'Jij was een hulpeloos kind, maar ik had beter moeten weten. Hij nam al die verantwoordelijkheid op zich, omdat ik het toeliet. En dat was al bezig voor we met z'n drieën waren. En nu is hij er niet meer –'

'En dat staat daar volkomen los van.'

'Ook al staat het er los van, dan nog is het mijn grootste fout als moeder geweest, en vergeef het me als ik die niet wens te herhalen met mijn enig overgebleven kind.' Haar stem brak bij de laatste woorden, dus ik stond op om haar vast te houden en ze huilde en huilde. Na een tijdje maakte ze zich los en trok ze een stoel van de eettafel naar zich toe, zodat ze kon zitten. 'We moeten dit allebei zelf doen, hoe dan ook.'

'En hoe zie je dat dan voor je?'

'Er is een rouwgroep waar ik naartoe kan. Wekelijks.'

'En? Dat zou je willen?'

'Misschien.' Ze balde haar vuist samen op haar schoot en ontspande haar vingers weer. 'Ik weet het niet. Ik kan het proberen. Misschien moet jij ook zoiets doen.'

'Ik denk niet dat zoiets voor mij werkt.'

'Je zou het moeten overwegen. Dit is een trauma en... tegen die mensen kun je misschien dingen zeggen die je liever niet deelt met mij, of met mensen die je goed kent.'

'Ik zal erover nadenken.' Ik zei maar wat. Zij wist dat. Het kon ons allebei niets schelen. Ze wees naar het bord aan de andere kant van de eettafel.

'Je moet nog eten.'

Ik ging zitten en nam een hap. De toast was slap geworden, waardoor ik een excuus had om buiten de deur te gaan ontbijten.

Ik moest denken aan die donuts waar we vroeger zo gek op waren. Weet je dat nog? Die met dat dikke glazuur erop, die we van ma nooit mochten hebben. Op een gegeven moment hadden we een keer genoeg geld voor een hele doos en toen bleek dat ik zo'n ding helemaal niet op kon.

De bakker was er nog steeds. Ik kocht brood en nam twee donuts. Want eentje kon niet. Er moest er ook een voor jou zijn. Het begon te regenen toen ik naar de supermarkt liep. Onderweg at ik een donut. Ik werd er nog steeds misselijk van, maar toch at ik hem nu helemaal op. Ik moest denken aan hoe je me ze toen liet weggeven en hoe stom ik dat vond, tot op het laatst, bij die man met de harmonica die in het park woonde. We gaven hem alle donuts die we nog overhadden en ik weet nog dat ik op de terugweg naar huis tegen je zei dat hij nu al zijn vrienden kon trakteren op donuts. En ik had niet in de gaten dat je er wat lauw op reageerde. Het liefst had ik thuis meteen alles aan ma verteld, zo vol was ik van mijn goede daad, maar jij droeg me op niks te zeggen. We hadden dat geld immers zomaar gepakt, en daar zou ze boos over worden. Maar toen we terugkwamen, was zij aan het schoonmaken en nadat ze had opgemerkt dat we er als schooiers bij liepen, besteedde ze niet veel aandacht meer aan ons.

Jij werd die middag steeds stiller. Je had niet zo veel zin meer om iets met mij te doen. Ik probeerde het met de spelletjesdoos, het legopiratenschip dat we samen voor onze verjaardagen hadden gekregen en waar we al ons spaargeld bij hadden moeten leggen, een puzzel van vijfhonderd stukjes die nog veel te moeilijk voor me was. Je wilde ook niet basketballen in de achtertuin, dus uiteindelijk keken we tekenfilms, of nou ja… ik zat te grinniken om Tom en Jerry, jij pulkte aan je nagelriemen.

Toen het donker werd buiten, werd het alleen maar erger. Ma gaf ons soep en een broodje voor de tv en je at het maar half op, voor je naar boven ging. Snel pikte ik het stukje brood in dat je had laten liggen. Na de donut hadden we niks meer gegeten.

'Chagrijnig jong,' mompelde ma achter je rug, terwijl ze je soepkom naar de keuken bracht. 'Eet jij het wel op, of ga je ook ondankbaar doen?'

Ik doopte jouw halve broodje in mijn soep en at verder. Toen ik je iets later boven opzocht, vond ik je in je slaapkamer, op bed, met je gezicht naar de muur.

'Roc, ben je boos op mij?' Ik durfde niet verder je kamer in te komen en bleef op de drempel staan.

Het duurde even voor je me leek te horen. Je tilde je hoofd iets op. 'Nee.' Je rolde je om. 'Hoezo?'

'Omdat je niet meer wilde spelen. En je zegt helemaal niks.'

'O. Dat komt omdat ik aan het nadenken ben.'

'Waarom moet je zo lang nadenken? Is het iets moeilijks? Een som?'

'Wel iets moeilijks. Geen som.'

'Is het omdat je de soep vies vond en wou dat we de donuts nog hadden?'

'Nee... Ik vind het zo zielig voor die man. Snap je? Dat wij een bed hebben en speelgoed en alles. En hij heeft niks.'

'Maar ik dacht dat je zei dat we iedereen juist blij gemaakt hadden?'

'Ja, is ook zo.' Je perste een lach op je gezicht. 'Maak je er maar geen zorgen over. Ga maar wat leuks doen, voor mama zegt dat het bedtijd is.'

'Samen?'

'Ik heb niet zo veel zin.'

'O. Ik ook niet. Ik vind het ook zo zielig.' Ik wachtte even. 'Maar hij heeft nu wel heel veel donuts, toch? En misschien... ik weet het al... hij heeft net als ik een grote broer en dan mag hij toch zeker in zijn bed slapen? Net als ik van jou mag. Dan is het niet zielig, toch?'

'Nee, dan niet.'

'Zullen we nog even met het piratenschip?'

Ik kocht wat spullen voor een simpele pasta, aangezien ma had aangeboden om te koken vanavond. Misschien zat ze inmiddels alweer ineengedoken op de bank en had ze er geen puf meer voor, maar ik kon haar in ieder geval een beetje aanmoedigen.

Het regende nog harder toen ik langs ons oude schooltje terug naar huis liep. Ik had de kraag van mijn jas opgezet, maar voelde straaltjes regenwater mijn nek in lopen. Ik keek naar het plekje bij het hek waar het gedenkplaatsje voor jou was ontstaan. Er lagen nog meer bloemen nu. Een kaarsje was door de regen uitgegaan en het dichtgevouwen briefje dat ik eerder had zien liggen, was weg. Misschien was het weggewaaid, weggegooid, of meegenomen. En nu had ik er spijt van dat ik het de vorige keer had laten liggen. Ik wilde niet dat het ergens in de goot lag, of bij het afval tussen lege drankblikjes, snoepwikkels en andere zooi. Dat het door anderen gelezen zou worden, en er lacherig over zou worden gedaan, of dat het ergens tot pulp lag te vergaan in de regen. Toen zag ik het toch. Het briefje aan jou. Een klein hoekje stak onder het plastic van een ingepakt bosje bloemen uit. Ik pakte het op. Het papier was nat geworden, maar nog niet helemaal verregend. Ik veegde het een beetje droog met mijn mouw en stak het in mijn jaszak. Als het droog was, zou ik terugkomen om het kaarsje opnieuw aan te steken.

Ik was drijfnat toen ik onze straat weer in liep. Net als de gozer aan de overkant van de straat, die in een gele regenjas – lekker onopvallend – voor ons huis stond te posten. Hij probeerde te schuilen onder een sprietig boompje aan de overkant, zonder veel succes. Ik stak over en wat ik al dacht bleek waar te zijn. Het was dezelfde vent die ik een paar dagen geleden bijna de bosjes in had geschopt. 'Gast!' riep ik toen ik bijna bij hem was. 'Wat dóé je nou? Ze is al dagen geleden vertrokken, man. Accepteer het nou maar, je hebt je kans gemist.'

'Niet waar,' zei hij, alsof hij zichzelf wilde overtuigen. 'Dat had ik zeker gezien.'

'Je lag te slapen.' Ik knikte naar het busje verderop in de straat. 'Daar. Je sliep als een baby terwijl Livia Jones met haar koffers in een taxi stapte en naar het vliegveld vertrok. Maar je moet de hartelijke groeten van haar hebben en ze bedankt je voor je barmhartige medeleven.'

Hij keek beteuterd. Ik weet niet of ik hem kwetste. Ik neem aan dat hij gewoon baalde dat hij Liv had gemist.

'Hier,' zei ik, en ik stak hem het papieren zakje toe met de extra donut die ik had gekocht. 'Deze krijg je namens mijn broer en Livia. Laat het je smaken.'

Ik ging naar binnen. Nadat ik mijn jas en schoenen had uitgedaan, de boodschappen in de keuken had gezet en een handdoek had gepakt om mijn haar af te drogen, keek ik naar buiten. Het busje was verdwenen.

Livia

‘Hey Liv, we gaan met een paar man nog wat drinken bij WET DECK. Zin om mee te gaan?’

Ik zat in de spiegel naar het gezicht van Millie Artella te kijken. Iets hield me tegen om mijn make-up eraf te halen, want dan was ik Millie niet meer.

Het geeft een bepaalde rust om haar te zijn, al heb ik geen van mijn scènes goed gespeeld. Die in het park waren niet al te best, maar wat ik tijdens de mortuariumscène heb gedaan, kan ik me niet eens meer voor de geest halen. Ik weet niet eens zeker of ik het wel zelf was die daar stond. Ik heb de scène gespeeld. Mijn tekst opgezegd. Of nou ja, min of meer. Ik was me er nauwelijks van bewust waar de scène over ging en direct na afloop wist ik me mijn eigen regels al niet meer te herinneren. Ik had al mijn energie nodig gehad om niet aan jou te denken toen het laken van ons slachtoffer werd getrokken en de patholoog-anatoom vertelde over het stompe voorwerp waarmee deze persoon om het leven gebracht moest zijn.

‘Liv?’ herhaalde Malik. Hij had me een paar keer gered vandaag door stukken tekst van me over te nemen als ik er mijn hoofd niet bij had. Zo doen partners dat.

‘O, ehm, nee sorry. Ik kan niet. Ik eh…’ Ik gaf een knikje naar het script voor morgen dat voor de spiegel lag. 'Ik zit nog met mijn teksten voor morgen, ik moet er nog wat aan doen.'

'Als je hulp nodig hebt, kan ik wel even blijven. Geena is zelf niet voor tien uur klaar, dus ik heb nog een paar uur voor ze me thuis verwacht. Ik kan tegenlezen als je nog even samen wilt oefenen.'

'Dank je, maar... ik denk dat ik naar huis ga en met het script mijn bed in duik.'

'Oké. Wat voor jou het beste werkt.'

'Hé Malik, sorry voor vandaag. Ik was niet op mijn best en dat heb je een paar keer voor me opgelost. Ik zal zorgen dat ik het morgen onder de knie heb.'

'Joh, je deed het prima. En ik vond het zelfs logischer, die tekstregels die ik overnam. Het pakte juist goed uit zo. Iedereen is tevreden.'

Ik zuchtte.

'Gun jezelf de tijd om er weer een beetje in te komen. Oké?'

'Yep.' Ik knikte, probeerde opgewekt te kijken. 'Komt goed. Tot morgen.'

Malik ging weg en ik begon mijn make-up eraf te halen. Toen ik klaar was haalde ik de ketting onder mijn shirtje uit. Ik draag je ring nu zo. Ik weet niet goed hoe het anders moet. Rafael zal wel gelijk hebben: dat je hem voor mij hebt gekocht, is de meest logische verklaring. Maar hoe kan ik hem dragen als je hem nooit aan me hebt kunnen geven? Tegelijk ben ik bang om hem ergens te laten liggen, thuis, in mijn tas, in mijn trailer... het voelt allemaal niet goed. Dus ik heb hem aan een lange ketting gedaan die ik kan dragen onder mijn kleding. Je ziet het niet onder het uniform van Millie. Soms, als ik alleen ben, doe ik hem om mijn vinger en dan vraag ik me af hoe je het had gepland. Of we nu eigenlijk verloofd zouden zijn. Wachtte je op een speciaal moment, moest je het nog regelen, had je het al helemaal uitgedacht? Zou het met grootse gebaren zijn, of klein en intiem? Ja, dat laatste. Dat voel ik.

Ik moet mijn ouders weer eens terugbellen. Ik had me voorgenomen het na mijn draaidag te doen, maar ik ben er nu te moe voor. Er is nog een hele lijst met mensen die ik moet terugbellen. Ruth heeft vandaag weer een paar voicemailberichten ingesproken, nadat ik haar afgelopen weekend de hele tijd heb afgewimpeld wanneer ze over jouw scenario begon.

Ik had een lief berichtje van Bobbi. Ze probeert vrij te nemen om naar me toe te komen, volgende week misschien, of anders in het weekend, maar het is nu maandag en aankomend weekend zou net zo goed over een jaar of in een ander melkwegstelsel kunnen zijn. Ik kan niet verder kijken dan morgen. En dat kost al moeite.

Hoe zijn de maandagen daar eigenlijk? Hebben ze die ook waar jij nu bent? Of is het een verzinsel van hier? Waarschijnlijk dat laatste, hè? Ik dacht vannacht na over tijd, omdat ik niet kon slapen. En toen bedacht ik dat tijd aan jouw kant misschien heel anders loopt dan aan die van mij. Ergens voelt het alsof ik je al een eeuwigheid niet heb gezien. Nu al. En als ik dan denk aan hoe lang ik hier nog moet, voordat ik jou weer zie… dan word ik daar een beetje moedeloos van. Of heel erg moedeloos eigenlijk. Dus toen dacht ik, misschien puur om mezelf een beetje op te peppen, dat het voor jou misschien anders is. En dat als we elkaar ooit weer in een andere dimensie ontmoeten, het voor jou voelt alsof we nooit uit elkaar zijn geweest. Alsof we elkaar gisteren nog hebben gezien.

Misschien zijn al die jaren die ik nog zonder jou zal moeten doorkomen niet meer dan een oogwenk aan de andere kant van de medaille. Gek genoeg troost dat me een beetje, maar tegelijk bedacht ik dat ik helemaal nooit heb geloofd in een leven na de dood, of iets als de hemel of zo. En het zal wel hypocriet zijn dat ik me jou daar nu voorstel, wachtend op mij. Maar ik moet er wel in geloven nu jij daar bent. Je kan niet nergens zijn.

Gloria heeft ook nog gebeld. Ze had iets ingesproken. 'Schatje, we hebben de opnames voor het nieuwe seizoen opgeschort tot we weten hoe we verdergaan, dus ik ben nu thuis. Laat het weten als je naar de oostkust komt, ik heb de komende week vrij, dan spreken we af.' Ik dacht dat ze alleen jou schatje noemde, maar blijkbaar ben ik nu gepromoveerd. 'En als je een plek nodig hebt om te slapen, laat het dan weten. Het is nog steeds een gekkenhuis bij het gebouw van Ros.'

Het schijnt dus een gekkenhuis te zijn bij het appartement in New York. Eigenlijk zou ik het liefst daar zijn, waar jij je altijd het meest thuis leek te voelen. Maar tegelijk durf ik niet, omdat ik daar bijna nooit alleen was. Dat maakt het misschien een fractie makkelijker voor me om in LA te zijn, waar ik het afgelopen jaar vaak doordeweeks alleen thuis was. In New York was ik altijd samen met jou en ik kan daar niet zijn zonder jou. Hier ook niet trouwens. Misschien kan ik simpelweg niet zijn zonder jou.

Ik weet niet of ik al heb geslapen sinds ik thuis ben gekomen. Ik was uitgeput toen ik aankwam. Ik heb mijn koffer laten staan, ben de douche in gelopen en daarna in bed gekropen, allemaal op de tast. Ik wilde het licht niet aandoen en zien hoe ik dingen had achtergelaten. Het huis ademde nog de sfeer van vóór. En ik denk dat ik daar ook bang voor was. Ik had nog getwijfeld om een hotel te nemen in plaats van naar huis te gaan. Maar een hotel... een hotel. Ik zal er vast niet lang aan kunnen ontkomen, maar ik denk niet dat ik snel weer voor mijn plezier in een hotel zal gaan overnachten. Dus toch naar huis.

En daar lag ik in het donker, en opeens vroeg ik me af of ik het beddengoed nog had verwisseld sinds jij thuis was geweest. Ik wist het niet meer. Dus ik rolde naar jouw kant en ik duwde mijn gezicht helemaal in het kussen, maar natuurlijk was het te lang geleden. Na de afgelopen weken bij Hattie en Rafael en daarvoor... de laatste zes dagen van je leven... jij daar en ik hier. Het was dáárvoor geweest. De laatste keer dat ik je zag, was hier. Maar het was te lang geleden, en ik begon te huilen om dat stomme beddengoed dat jouw geur niet had kunnen vasthouden. Huilen in je kussen. Ik draaide mijn gezicht om lucht te kunnen happen en daar was het, een heel klein plekje onder aan je kussen dat nog rook naar jou. Ik had het gevonden. Het plekje tussen je nek en schouder waar ik tegenaan kroop als ik moe was, chagrijnig, zielig, verdrietig. Dan sloeg jij je arm om me heen en ademde ik, ademde ik, ademde ik. Jouw geur in. Jou in. Dan werd het altijd beter. Wat er ook was.

Ik heb zo hard gehuild op dat plekje op jouw kussen en nu is de geur weg. Echt weg. En ik heb mijn koffer nog steeds niet uitgepakt. Als ik straks thuiskom, loop ik er weer in het donker voorbij, en neem ik zonder het licht aan te doen een douche, en dan zoek ik opnieuw dat plekje op het kussen. Zodra het licht wordt, pak ik mijn script en oefen ik al mijn tekst nog eens en nog eens, en nog eens. Ik maak een smoothie en drink die zonder onnodig van mijn papieren op te kijken. En dan vertrek ik weer, voordat ik alle dingen zie die het huis tot ons thuis maakten. Want ik weet het. Ik weet dat jouw muziekboek er ligt, het dikke schrift waarin je notities maakte voor melodieën en liedteksten. Ik weet dat er dingen in staan die ik nog niet ken, en dus kan ik er niet naar kijken, want als ik het eenmaal heb gezien, dan is dat de laatste keer geweest dat ik een nieuwe tekstregel van jou heb gelezen. Ik kan niet nooit meer iets nieuws van jou lezen, dus ik moet het bewaren.

Ik denk ook bijna zeker te weten welke kleding van jou in de kast ligt. Naast de simpele basisstukken zoals spijkerbroeken en T-shirts. Dat overhemd, je weet wel welk, dat ik je zo mooi vond staan. En je trui, die fijne donkergrijze. De joggingbroek waar je nooit in hebt gejogd. Die zwarte broek.

Een van je gitaren. Niet de Gibson. En ook niet Wasbeer. Die andere. En je duurste cameralens. Je baalde zo toen je een paar uur vrij had om te fotograferen en er toen achter kwam dat je hem was vergeten mee te nemen. Je was het niet met me eens dat de foto's die je met de andere lens had gemaakt, net zo mooi waren. Een gemiste kans, zei je. En ik zei dat er nieuwe kansen zouden komen.

Ik belde Rafael vanuit de auto, terwijl ik naar huis werd gereden. Ik vroeg hoe het met hem ging en weet je wat hij antwoordde? 'Fantastisch. De veeleisende diva in de kamer tegenover me is weg en de paparazzi zijn ook meteen uit de straat verdwenen, dus hier kan het niet beter. En bij jou?'

Ik weet niet hoe dat zit met het sarcasme van Rafael. Was dat nou altijd al zijn ding, of is het iets van de laatste tijd? Ik zou het je wel willen vragen, maar het maakt ook eigenlijk niet uit. Sarcasme is net zo'n goede verwerkingsstrategie als alle andere. Er is er toch geen een die werkt.

'Ook fantastisch. Mijn eerste scène was er eentje in het mortuarium en ik heb mijn rol in een totale black-out gespeeld. Mijn tegenspeler nam de helft van mijn tekst over, zodat we er heel misschien nog iets van kunnen gebruiken. En ik heb de afgelopen dagen alles bij elkaar hooguit zes uur geslapen, niet per dag, maar in totaal... dus, nou ja... we kunnen wel stellen dat we goed bezig zijn.'

'Toppers zijn we.' Hij zuchtte. 'Ma wil misschien naar een praatgroep. Voor rouwverwerking.'

'O. Oké. Je zegt het alsof het je geen goed idee lijkt, maar soms helpt het.'

'Ik weet het. Het lijkt of ze wat meer zichzelf is, maar ik heb het idee dat ze me iets te graag weg wil hebben. En eerlijk gezegd zou ik de kans graag grijpen. Het is niet dat we zo veel aan elkaar hebben. We zijn een perpetuum mobile van verdriet.'

'Het is moeilijk om elkaars verdriet te zien. Ik stel het steeds uit om mijn ouders terug te bellen. Ze willen me troosten, maar ik wil niet dat ze me zo zien. Als ze wisten hoeveel pijn het écht doet...'

'Waarschijnlijk hebben ze dat toch wel door.'

'Ja, maar dan hoeven ze het nog niet te zien.'

'Je hebt wat tijd nodig om te wennen. Je gaat wel weer plezier in je werk krijgen en dan zal je merken dat het beter gaat.'

'Ik hoop het,' zei ik. 'Op dit moment heb ik zin om Millie Artella een tijdje bureaudienst te geven, of haar een maandenlange undercoveroperatie uit te laten voeren. De verhaallijn boeit me niet, als het zich maar buiten beeld afspeelt.'

'Kom op, dit is waar je goed in bent. Je houdt van je werk. Je moet blij zijn dat je zoiets hebt. Elk uurtje, of elke minuut die je gefocust bent op iets constructiefs, is meegenomen.'

'Ja, je zal wel gelijk hebben. Maar het is zo moeilijk. Het voelt alsof ik hem al zó lang niet heb gezien. We zijn wel eerder lange periodes apart geweest, maar dan nog sprak ik hem elke dag. Meerdere keren zelfs, als dat lukte. Ik wist waar hij mee bezig was, en ik besprak mijn dag met hem. Hij stuurde me berichtjes als...'

'Hé, voor je te veel in detail treedt, ik hoef niet álles te weten over jullie... correspondentie.'

'Niet zúlke berichtjes. Nou ja, soms wel natuurlijk.' Ik moest lachen om de kreet van afschuw die je broer slaakte. Toen hij tot bedaren was gekomen, vervolgde ik: 'Ik durf er niet meer naar te kijken. Ik durf zijn berichtjes niet te lezen, of door de foto's op mijn telefoon te scrollen. Ik kan het niet aan om zijn spullen te zien in mijn huis, hoe hij ze daar heeft achtergelaten, alsof hij zo weer terug zou komen. Het voelt allemaal alsof er een vreselijke, vreselijke fout is gemaakt. Alsof hij zo weer door de deur kan komen. Ik wacht maar tot er iemand komt zeggen: oeps, sorry, dit was niet de bedoeling. En dat het dan allemaal wordt teruggedraaid.'

'Ja, was dat maar zo.'

'Het moet toch een fout zijn? Niets aan dit alles klopt. Helemaal niets.'

'Als er een groter plan achter zit, dan lukt het mij in ieder geval niet om het te zien.'

'En dan zeggen sommige mensen: *je komt er wel overheen. Je bent nog jong.* Ik weet wel dat ze het goed bedoelen, maar dat wil ik helemaal niet. Ik wil niet over hem heen komen. Ik zou niet eens weten hoe dat moet. Ik wil hem terug. En dat ik jong ben, dat ik misschien wel het grootste stuk van mijn leven zonder hem zal moeten doorbrengen, dat maakt het toch alleen maar erger? Ik bedoel: hoe is dat een troost?'

'Wie zegt zoiets?'

'Gewoon, iemand. Op de set. Had ik haar moeten slaan?'

'Nou ja, moeten. Ik had het je niet kwalijk genomen.'

'Ik had het moeten doen. Nu kom ik nog weg met zulke dingen. Over een paar weken verwacht iedereen dat ik alles weer op een rijtje heb. Nu we toch bezig zijn: wat is het stomste dat iemand tegen jou heeft gezegd?'

'Ik weet niet,' antwoordde Rafael. 'Ik spreek niemand.'

'O. Misschien is dat de oplossing.'

'Ik ben er nog niet uit of dat nu aan te raden is, of juist niet. Mijn oordeel wisselt per uur.'

'Zijn er geen mensen met wie je wilt praten?'

'Jawel. Maar hij neemt niet op als ik bel.'

'Aha. Dat probleem heb ik ook.'

'Weet ik.'

'Nou goed,' zei ik. 'Nu je toch met mij praat. Zal ik je een verhaal vertellen?'

'Wat voor verhaal?'

'Over Roscoe. Ik moest er net aan denken, want het regent hier keihard en we reden langs een boekhandel en... oké, wacht even, zo verpest ik het. Opnieuw. Roscoe en ik waren in New York voor een interview in een latenightshow. Het was in het eerste jaar van *High School Heroes*, dus we waren nog helemaal geen stel. De volgende dag hadden we nog een paar uur voor we terug zouden vliegen en Roscoe nam me mee naar een tentje voor het ontbijt. Het heette Books and Coffee. Of andersom: Coffee and Books, dat weet ik niet precies meer. We zaten daar een tijdje voor het raam, waar de regen eerst zachtjes tegenaan tikte en daarna steeds harder naar beneden stroomde. Hoewel het rotweer was, vond ik het een perfect begin van de dag. Daar zijn, samen met hem, kijkend naar hoe iedereen zich voorbij haastte, zo diep mogelijk weggedoken in jassen en kragen, hun gezichten op onweer. Buiten was het grijs en iedereen was chagrijnig, maar wij zaten daar te praten en te lachen en lekkere koffie te drinken. En toen we klaar waren, wilden we nog wat te lezen uitzoeken voor de terugreis...'

Ik koos iets leuks en vrolijks uit om te lezen. Jij stond bij de biografieën met een paperback in je handen, het levensverhaal van een gekwelde kunstenaar die op het eind van zijn leven krankzinnig werd van waandenkbeelden.

'Hm,' zei ik nadat ik de cover had bekeken. 'Is dat niet een beetje zwaar?'

'Mja,' antwoordde je bedachtzaam. 'Wel een beetje, ja.'

'Een beetje? De man is gek geworden van zijn eigen talent?'

'Soms word ik gek van jóúw talent. Misschien schrijf ik daar wel een keer een boek over.' Je las nog iets op de achterkant van het boek en keek toen naar het papieren zakje in mijn hand. 'Heb je al iets gekocht?'

'Ja. En het meisje achter de kassa zei dat ik een heel goede keuze had gemaakt. Zal ik dat talent nog een keer inzetten en je helpen iets luchtigs te vinden of hou je het bij genialiteit grenzend aan waanzin?'

'Ik denk dat ik hiervoor ga.'

We gingen naar de kassa en ik keek toe hoe je iets van vijf paraplu's uit het schap naast de toonbank haalde. *Het regent woorden*, stond erop, onder een tekening van een wolk waar allemaal letters uit kwamen. Je legde de paraplu's naast het boek op de toonbank.

'Vind je ze zo leuk dat je er vijf neemt?'

'We gaan ze uitdelen,' zei je. 'Aan mensen die van huis gegaan zijn zonder paraplu.'

'Ah, mensen zoals wijzelf,' antwoordde ik. Het meisje achter de kassa begon de artikelen te scannen. Ze deed het zonder oogcontact te maken, en aan de blos op haar wangen zag ik dat ze je niet durfde aan te kijken omdat ze je herkend had. Van mij was ze niet zo onder de indruk geweest. Toch vatte ze de moed om iets tegen je te zeggen terwijl ze het boek in een papieren zakje schoof. 'Dit boek is een aanrader, misschien wel het beste boek uit de hele winkel.'

'Dank je wel,' antwoordde jij en je keek me arrogant grijnzend aan.

Ik voelde me een beetje bedrogen, nu ze jou precies hetzelfde compliment gaf als mij een paar minuten geleden. 'Maar niet zo goed als mijn boek, toch?' probeerde ik nog.

Het meisje keek me zonder enige uitdrukking aan, alsof ze me voor het eerst zag. Ik hield het verpakte boek op ter illustratie van mijn opmerking.

'Ik weet niet welk boek u gekocht heeft,' zei ze met een glimlach. En toen had ik het door, dat dit een ander meisje was dan dat mij geholpen had. Zij was nu ongeveer een meter bij de kassa vandaan bezig een paar boeken in een kast te herschikken. Ze hadden eenzelfde soort haarkleur, halflang haar samengebonden in een paardenstaartje. Een T-shirt met het logo van de winkel. Ongeveer even groot. Nu zag ik dat hun gezichten verder niet veel op elkaar leken, maar toch had ik ze door elkaar gehaald.

'Geen *High School Heroes*-fan,' zei jij terwijl we de winkel uitliepen, de straat op, waar de regen langs de luifels naar beneden stortte.

'Blijkbaar niet.'

Je duwde twee paraplu's in mijn handen. 'Uitdelen maar.' Jij stak de straat over naar een oudere man die in zijn kraag gedoken beschutting zocht bij de gevels aan de overkant. Daarna gaf je er een aan een vrouw die duidelijk vreesde voor haar kapsel. Ondertussen stak ik een van de paraplu's zelf op. Toen je terugkwam, was je de jouwe al kwijt.

'Je hebt ze niet weggegeven,' constateerde je teleurgesteld.

Ik hield de paraplu hoger, zodat je eronder kon komen. 'Die mensen kijken je aan alsof je niet goed bij je hoofd bent.'

'Tuurlijk. Iedereen wantrouwt het als je iets aardigs wilt doen. En daarna zijn ze blij.'

De regen kletterde langs onze paraplu naar beneden. Ik keek je aan.

'Probeer nou,' drong je aan.

Ik keek rond. Iemand mét een paraplu botste tegen me aan en keek boos omdat ik in de weg stond. Ik zette een stap opzij. Iedereen keek chagrijnig en onbenaderbaar. Wat jij er ook aan vond, dit was niet mijn ding. Toen zag ik een moeder. Ze hield een kind tegen zich aan gedrukt met de ene hand, en probeerde met de andere een stuk krantenpapier boven hun hoofd te houden. Ik aarzelde even omdat ze onder de luifel van de boekhandel stopte om te schuilen. Er stonden al een hoop mensen en ze paste er niet helemaal bij. Met veel moeite wist ze haar kind tussen de andere mensen te persen, en toen stak ik de paraplu naar haar toe. Ze keek verbaasd. Toen zei ze dat ze geen geld bij zich had. Ik antwoordde dat ze hem mocht hebben, dat we hem overhadden. Ze lachte, nam de paraplu aan en liep snel verder met het kind. Jij gaf de laatste paraplu, die we eigenlijk zelf nodig hadden, aan een studentikoze jongen die ook onder de luifel stond, en toen hij wegliep nam je zijn plek in en trok je mij naar je toe.

'En? Dat voelde goed, toch?'

'Ik denk het wel.' Ik stond tegen je aangedrukt, samen op een stoeptegel. Ik hield me aan de kraag van je jas vast om mijn evenwicht te bewaren. Op zich voelde dát best goed. Als ik daar een paar paraplutjes voor moest uitdelen, vond ik het best. 'Ik stap niet zo héél makkelijk op vreemden af, denk ik.'

‘Waarom niet? Je kunt toch spelen dat je iemand bent die graag op vreemden afstapt?’

‘Ja, oké. Maar als ik dat in de verkeerde wijk probeer, word ik misschien vermoord.’

‘Misschien moet je er dan toch een beetje selectief mee omgaan.’

Ik lachte. ‘Misschien wel.’ Ik ontweek je blik even. ‘Dat meisje net bij de kassa, ik had niet bij haar afgerekend, maar bij haar collega. Ik had niet gezien dat ze haar plaats had ingenomen.’

‘O. Vandaar dat ze je niet begreep.’

‘Ik had eerst niet door dat er twee meisjes waren. Ze leken dezelfde persoon voor mij.’

‘Ze zijn wel een beetje hetzelfde type.’

‘Ja, maar het ligt vooral aan mij. Ik kan soms moeilijk gezichten herkennen. Ik heb een beetje last van gezichtsblindheid.’

‘Gezichtsblindheid?’ herhaalde je.

‘Dat is een aandoening. Prosopagnosie. Ik heb het niet in ernstige mate. Sommige mensen herkennen hun eigen gezicht niet, of kunnen niet onthouden hoe hun familie of vrienden eruitzien.’

‘Huh? Dus… hoe werkt dat dan?’

‘Nou, als ik iemand niet al te goed ken, dan kan ik zijn gezicht vaak niet thuisbrengen als ik hem weer tegenkom. Ik let meer op iemands stem en intonatie, bewegingen, de kleding die ze aanhebben. Heb je dat nooit gemerkt? Soms heb ik het als ik mensen buiten de situatie tegenkom waarin ik hen ken. Of als twee mensen hetzelfde aanhebben, zoals met die shirtjes van die meiden achter de kassa.’

Het leek alsof je iets te binnen schoot. ‘Laatst met de vrouw van de catering… op de parkeerplaats.’

‘Ik herkende haar niet zonder die witte kleding die ze normaal draagt. Jij groette haar en ik had geen idee wie ze was. Pas toen je iets over de lunch zei, had ik het door.’

‘Ooooh.’ Je moest lachen. ‘Ik dacht dat je een beetje arrogant was.’

'Wat? Arrogant?'

'Ja, omdat je productieassistenten soms een beetje negeert, en er is zo'n groepje trouwe fans die overal waar we zijn vooraan in de rij staan, journalisten langs de rode loper... Niet dat je onaardig doet, maar je erkent nooit dat je ze vaker hebt gezien.'

'Dus... interviewers langs de rode loper... dat zijn steeds dezelfde wil je zeggen?'

'Vaak wel.' Je grinnikte. 'Je meent dit echt, toch? Hou je me voor de gek?'

'Nee, ik ben bloedserieus.'

'Hoe herken je mij dan?'

'O, ik heb de hele tijd geen idee wie je bent. Ik heb al een paar keer een klacht ingediend omdat je me steeds begint te zoenen op de set.' Jouw grip om mijn middel verslapte, ook al maakte ik maar een grapje. Ik wankelde op de stoeptegel waar we samen op stonden en greep je onderarm vast om mijn evenwicht te bewaren. 'Bij jou heb ik er geen last van. Ik heb het vooral bij mensen die ik niet ken, en zeker als ze weinig opvallende trekken hebben. Daarom zijn symmetrische, knappe gezichten, zoals van die meisjes, moeilijker om te onthouden voor mij.'

'Oké. Thanks babe. Bij knappe mensen heb je er last van, en bij mij niet zei je net.'

'Jou herken ik nog met mijn ogen dicht,' zei ik voor ik mezelf kon tegenhouden. De regen kletterde onophoudelijk naar beneden, er was lawaai van verkeer, auto's die plassen water deden opspatten, geroezemoes van mensen die in hun telefoon praatten. Het leek allemaal heel ver weg. Ik hoorde het wel, maar tegelijk leek het stil terwijl we daar zo stonden en jij naar me keek.

Later heb je me eens verteld dat je me had willen kussen, toen, en dat je het gedaan zou hebben, als ik op dat moment geen vriend had gehad. En toen moest ik heel hard nadenken over met wie ik dan samen was geweest. Ik wist het pas toen ik me de foto herinnerde. We hadden de camera niet gezien, de flits niet opgemerkt. Maar hij moet aan de overkant hebben gestaan, de fotograaf. Een paar dagen later ontstond het eerste *Livcoe is real*-relletje op internet. Fans die hysterisch reageerden op de foto's van ons schuilend voor de regen, jouw armen om mijn middel en mijn handen op jouw onderarmen.

Ik had iets met Arthur destijds, een jongen die ik via via kende. Iemand die niet in het vak zat, wat me eerst verfrissend leek, maar later vooral problemen bleek op te leveren. Arthur was niet zo blij met die foto, en hoe ik het hem ook probeerde uit te leggen – dat het werk van acteurs nu eenmaal een stuk fysieker is dan bijvoorbeeld tussen twee collega's bij een verzekeringsmaatschappij, dat we zulke lange draaidagen hadden en meer tijd met elkaar doorbrachten dan met wie dan ook en dat je dan óf een gruwelijke hekel aan elkaar, óf een vriendschap voor het leven ontwikkelde – hij kon het gewoon niet écht begrijpen. Het duurde niet lang voor we erop stukliepen, en achteraf is het altijd makkelijk praten, maar ik had al veel eerder kunnen weten dat het niets zou worden. Toen al, samen met jou in de regen, omdat ik nooit tegen Arthur of wie dan ook had kunnen zeggen wat ik daar zo makkelijk tegen jou zei. Makkelijk omdat het waar was. Ik kende jouw gezicht vanaf de eerste keer dat ik het zag. Ik kon het voor me zien met gesloten ogen. En ik hoefde je niet te zien om te voelen wat ik voelde als je in mijn buurt was. Ik zou je altijd en overal herkennen, omdat niemand anders me dat gevoel ooit had gegeven.

Misschien zag ik de fotograaf niet omdat ik al die dingen dacht en naar jou keek, terwijl jij naar mij keek. Misschien zag jij hem niet omdat je dacht: deze meid is gek en toch wil ik haar kussen, wat is er mis met mij? Misschien waren we allebei nog naïef genoeg om te denken dat we op konden gaan in de massa, in een miljoenenstad, waar de regen met bakken uit de hemel viel. Hij moet net op tijd zijn geweest, die fotograaf, want toen viel de vrouw ons op, die met het kind, die we een paar minuten eerder een paraplu hadden gegeven. Iedereen die in dit weer op straat liep, was onderweg ergens naartoe. Ze renden naar de metro, glipten winkels in, haastten zich over straat, naar huis, naar een volgende afspraak, naar een taxi die vlak voor hun neus wegreed. Ze zaten niet in de plenzende regen op een bankje, zoals deze vrouw. Het krantenpapier dat ze bij zich had lag op het bankje uitgespreid. Ze was erop gaan zitten, had haar kind op schoot genomen en de paraplu opgestoken en zo zat ze te staren naar de gebouwen aan de overkant. Alleen haar bovenlijf vond beschutting onder de paraplu. Haar broekspijpen waren bijna tot kniehoogte verzadigd van de regen. Het was een raar gezicht, iemand die nergens naartoe hoeft in de regen.

Jij zei: 'Misschien kán ze nergens naartoe.' En toen liep je naar het bankje, en we hadden geen paraplu, maar toch liep ik met je mee. Ik weet niet meer wat je nou precies zei. Je vroeg of we iets voor haar konden doen, geloof ik. Eerst deed ze een beetje afwerend. Ze had die paraplu natuurlijk al van ons aangenomen. Misschien dacht ze wel dat je hem terug kwam vragen. Wat had ik gedacht als ik haar was? Laat me met rust, wat moet je van me? Maar jij was het. Niemand zei zomaar *Laat me met rust* tegen jou, al sprak dat wel een beetje uit haar ogen toen ze uiteindelijk vertelde dat ze daar zat te wachten tot de daklozenopvang openging. Die was vlakbij. Ze had precies zicht op de ingang en ze moest en zou op tijd zijn vandaag. Ze was de dag ervoor niet op tijd geweest. Ze had in de rij gestaan, met haar dochtertje aan de hand, dat moe was en huilerig, en hongerig. Ze had gewacht en gewacht. Toen ze bijna aan de beurt waren, werden ze weggestuurd. De daklozenopvang was vol. Ze werden gewezen op een andere, verderop in de stad, maar ze had geen geld voor de metro of de bus. Voor een taxi al helemaal niet. Dus liepen ze erheen. Tevergeefs, want ook daar waren alle bedden al vergeven toen ze aankwam. En toen waren ze nog vermoeider, was het nog later, en kouder, en had ze geen idee wat ze moest doen.

'Je moet er op tijd zijn,' zei de vrouw, 'maar niet te vroeg, want dan word je weggestuurd. Ze willen natuurlijk niet de hele dag de stoep vol hebben staan met wachtende zwervers. Dus ik blijf hier zitten, en zodra het kan, ga ik in de rij staan. Ik kan niet nog een nacht op straat slapen met haar.'

'Kom mee,' zei jij toen.

En zij vroeg: 'Waarnaartoe?'

'Ergens waar je kunt slapen,' antwoordde je en je hield een taxi aan.

Ze zag er niet dakloos uit, die vrouw. Het was wat moeilijk te zien nu ze totaal verregend was, maar ze droeg normale kleding. Het haar van het kind was verzorgd en haar jas leek schoon en nieuw. Ik kon zelfs nog een zweempje lippenstift op haar lippen ontdekken, al leek het even geleden dat ze die had opgebracht.

'Dit is tijdelijk,' benadrukte ze dan ook toen we in de taxi zaten. 'Ik heb sollicitaties lopen. Er hoeft er maar eentje te lukken.' Er waren een paar dingen misgegaan, achter elkaar, dingen die ze niet had zien aankomen en die ze niet kon bijbenen. Binnen een paar weken stortte alles in. Haar relatie was stukgelopen. Ze werd gekort op uren op haar werk. De rekeningen stapelden zich op en toen bleek haar ex het geld van de huur al een paar maanden in zijn eigen zak te hebben gestoken. Het spaarpotje voor noodgevallen bleek ook leeg toen hij vertrokken was. Er was geen familie om op terug te vallen. De huisbaas was strikt. Ze had een paar persoonlijke bezittingen bij haar voormalige buren mogen onderbrengen, omdat ze geen opslag kon betalen. Een koffer met kleding. Een paar speelgoedjes van haar dochter. Alles van waarde had ze al verkocht om haar huurschuld af te lossen.

We gingen naar een hotel en terwijl de vrouw en haar kind naar boven gingen om te douchen en iets warms aan te trekken, betaalde jij bij de receptie hun verblijf voor een maand vooruit, inclusief drie keer per dag een maaltijd via roomservice. Je stopte je eigen metrokaart, waar genoeg saldo voor een paar weken op stond, in een envelop en gaf deze aan de receptioniste. Ze zou hem door roomservice op de kamer laten afleveren. *Succes met je sollicitaties*, schreef je op de achterkant van de envelop.

De vrouw huilde toen je haar een hotelkamer voor de nacht aanbood. Ze zei niet veel. Ik denk dat de tranen niet alleen van dankbaarheid waren, al was ze wel dankbaar. Het waren net zo goed tranen van vernedering. Ik denk dat je daarom wachtte tot ze boven was om de rest van de maand vooruit te betalen. Ik vraag me nog wel eens af wat er door haar heen gegaan moet zijn toen ze er na één nacht achter kwam dat ze langer kon blijven. Dat ze een veilige plek had voor haar kind en zichzelf om te slapen, dat ze een plek had om te douchen en zich voor te bereiden op de sollicitaties. We weten niet of het haar is gelukt, maar ik geloof van wel. Soms hoeven er maar een paar dingen mis te gaan om je hele wereld te laten instorten. Maar soms heb je ook maar een klein gelukje nodig om je leven weer op de rit te krijgen. Jij was zo'n gelukje.

Het ging over Schumann. Het boek dat je toen kocht over de gekwelde kunstenaar. Een componist. Aan het eind van zijn leven werd hij geplaagd door gehoorhallucinaties: hoge tonen, zelfs hele composities hielden hem 's nachts uit zijn slaap. Hij werd er zo door gekweld dat hij er depressief van werd, een angststoornis ontwikkelde en een zelfmoordpoging deed, waarna hij werd opgenomen in een kliniek voor geestesziekten waar hij verbleef tot zijn dood, twee jaar later. Ik wist het niet meer, over wie het boek ging, maar ik had het zo gevonden in de boekenkast. Je kunt nog zien dat we er lang mee in de regen hebben gestaan. De kaft staat bol, de bladzijden zijn omgekruld van het vocht. Op de hoeken van de cover is een doorzichtig beschermlaagje losgekomen van het dikkere papier daaronder. Ik probeerde het terug te wrijven met mijn duim, maar het laagje rolde zich op zodra ik losliet.

Het boek ziet er gehavend uit. Nog erger dan je andere boeken. Je sloeg ze open (en met sloeg bedoel ik slóég), boog de kaften door, maakte er aantekeningen in, onderstreepte passages, propte ze in te krappe vakken van je bagage. Jouw boeken zijn meteen te herkennen tussen de nette, onbeschadigde ruggen van mijn exemplaren. Bij sommige van mijn boeken kun je niet eens zien dat ze gelezen zijn. Stom vond jij dat.

Ik zocht het boek dat ik toen had gekocht. Ik wilde ze naast elkaar zetten, ook al hadden ze qua thematiek niets met elkaar te maken. Welke was het? Ik liep de roze en rode ruggen na die in de kast stonden, ik had er nogal wat van op de planken staan.

Mijn boek was niet verregend. Ik had geprobeerd het papieren zakje onder de panden van mijn jas te beschermen toen we daar een hele tijd met de dakloze vrouw en haar kind stonden te praten. Jij had de moeite niet eens genomen. Nu leek het belachelijk dat ik het zo belangrijk vond om dat boek netjes te houden, terwijl ik niet eens meer wist welke het was. Misschien had ik het weggegeven, of uitgeleend, of naar de kringloop gebracht. Ik keek naar het boek over Schumann in mijn hand en het stemde me zo triest dat ik het niet terug kon zetten naast dat van mij, dat de tranen me in de ogen sprongen. Ik opende het boek op de titelpagina en daar stond in jouw handschrift geschreven: *Flipping a coin. Heads or tails. This is a lottery you didn't know you entered, lost the game before you played. This is your life.* De openingsregels van wat later de eerste track op je album zou worden.

Ik liet mijn vinger langs de woorden gaan en in gedachten zag ik ons weer zitten, in het vliegtuig. Door alles wat er die ochtend was gebeurd, hadden we de check-in maar net gehaald. Het was niet de eerste keer dat we businessclass vlogen, maar het was ook nog niet gewoon voor me: de luxe stoelen, al die beenruimte, de privacy, de relatieve rust en de goede bediening. We waren nog niet zo lang onderweg, ik begon me na dat ellendige opstijgen net een beetje te ontspannen. Voor zover je kunt ontspannen als je op tien kilometer hoogte met 900 kilometer per uur door de lucht zoeft. Dat we al twee keer een drankje hadden gekregen hielp wel iets. Jij had alleen een flesje water genomen, en ik dacht dat je moe was, want je zakte een beetje onderuit en was zo stil dat ik dacht dat je in slaap was gevallen. Maar elke keer als ik van mijn boek opkeek, opzij, naar jou, dan zag ik dat je ogen open waren. Ik was deze manier van stil zijn nog niet van je gewend. Na een tijdje ging je rechtop zitten, haalde een pen uit je tas en, bij gebrek aan iets anders, begon je te schrijven op de eerste bladzijde van het boek.

'Duister,' zei ik, meelezend over je schouder. 'Waar is het van?'

'Ehm –' Je keek niet op. 'Van mij.'

Ik legde mijn eigen boek waar ik net in was begonnen op mijn schoot. 'Mag ik eens kijken?'

'Oké, maar het is niet...'

Ik hield mijn hand op en je legde het boek erin. Ik las de regels nogmaals. Hardop, maar niet zo hard dat anderen het konden horen. *Flipping a coin. Heads or tails. This is a lottery you didn't know you entered, lost the game before you played. This is your life.* Ik gaf het boek weer aan je terug. 'Heb je dat net bedacht?'

'Niet bedacht. Het is maar... een gedachte.' Je wierp het boek nonchalant op het uitgeklapte tafeltje.

'Ik vind het mooi. Donker, maar mooi.'

'Nee,' antwoordde je langzaam, 'dat is het niet. Het is alleen wáár. En daarom is het lelijk. Het leven is lelijk, maar soms is er zo veel licht dat je het niet ziet, of vergeet. Dan lijkt alles mooi, tot je ziet hoe het echt is. Hoe oneerlijk.'

'Gaat het over vanochtend? Die vrouw die je hebt geholpen?'

'Ik heb haar niet geholpen,' zei je lacherig, maar er zat iets achter het lacherige. Frustratie. Woede. Meer donkerte.

'Wel waar. Ze heeft nu een kans. Ze is veilig, warm, heeft een slaapplek voor haar kind, eten.'

'Wat als het niet genoeg was? Ik heb een paar weken vooruitbetaald, maar misschien heeft ze meer nodig. Ik ben weggegaan zonder te vragen wat ze echt nodig had. Ik heb geen gegevens achtergelaten.'

'Roscoe...' Ik legde mijn hand op je arm. 'Je hebt meer gedaan dan iemand anders zou doen.'

'Het is zó willekeurig allemaal. Waar slaat het op? Ik loop een auditieruimte in en ik krijg een rol, zomaar, waar iedereen in die ruimte keihard voor had gewerkt. Iedereen behalve ik.'

'Ik ken niemand die harder werkt dan jij.'

'Er zijn zo veel mensen die het meer verdienen, Liv. Kijk hoe graag Kat het wil, en haar lukt het niet. En die vrouw. Misschien heb ik haar geholpen, even, maar hoe gaat het verder? Hoe gaat het verder met haar en al die andere mensen die de pech hadden om ergens te zijn op het verkeerde moment? Die de pech hadden om... gewoon maar geboren te worden.' Toen schrok je van je eigen woorden. 'Laat maar, ik weet niet waarom ik dit zeg.'

'Hé, het geeft niet. Je kunt alles tegen me zeggen.'

'Nee. Juist niet.' Ik voelde de spieren in je onderarm verstrakken terwijl je je hand tot een vuist balde. 'Sorry.' Het woord ontsnapte toen je je vingers weer ontspande.

Ik liet mijn hand naar de jouwe glijden en vlocht mijn vingers door die van jou. Ik keek je aan. 'Geen sorry zeggen.'

Je ontweek mijn blik. Je stem klonk fluisterend toen je sprak. 'Het leven mag dan donker zijn. Maar jij bent het licht.'

Nee, had ik moeten zeggen. Nee, jij bent dat. Jij bent al het licht. En ook een beetje donker, maar dat is niet erg, want zonder duisternis kan er geen licht zijn. Ik zei het niet. Ik wist niet wat ik moest zeggen. Dat het goed was, dat alles wat je deed verschil maakte, licht bracht, omdat jij het was en ik niemand kende die mooier was. Ik kon het niet zeggen toen, nog niet, en ik heb er misschien nog steeds de woorden niet voor. Maar ik legde mijn hoofd op je schouder en kneep in je hand. Zo wilde ik het zeggen. Toen vielen we allebei in slaap, uitgeput van de lange dagen.

Later zou ik het doorkrijgen. Dat je vatbaarder was voor het donkere als je moe was. Toen we wakker werden, een of twee uur later, was je weer vrolijk en opgewekt.

'Wat doe je?' vroeg je een tijdje later, toen ik mijn boek weer had gepakt om verder te lezen. Rare vraag vond ik, ik zat namelijk met een boek in mijn handen, dus ik gaf het voor de hand liggende antwoord. 'Lezen.'

'Lezen?' Je pakte je eigen boek, het arme, mishandelde ding. Je opende het boek op een willekeurige pagina, of nou ja, opende... je maakte een kiertje en gluurde naar binnen. 'Dit noem jij lezen? Hoe dan? Je ziet drie woorden en de rest van de zin vul je op gevoel in?'

Ik snapte je niet, tot je je eigen boek met geweld opensloeg, slóég inderdaad ja, en met je hand ook nog de vouw in het midden helemaal aandrukte. Ik kon de rug hóren breken. Nee, ik voelde het zelfs.

'Je moet een boek opendoen om het te lezen. Dít is lezen, Liv, ik weet niet eens hoe ik wat jij doet moet noemen.'

Ik keek naar de manier waarop ik mijn eigen boek vasthield en oké, ik was – en ben – dus zo'n lezer die de rug van een paperback niet doormidden wil knakken, wat normaal is. Zo zijn veel mensen. Ik zal wel uitgelegd hebben dat ik wilde dat het netjes bleef en dat ik niet kon aanzien wat je nu al met jouw boek had gedaan. Het was nieuw en het zag er al uit als een vod uit een doos op een rommelmarkt.

'Het is mijn boek,' zei je. 'Ik lees het, ik maak er aantekeningen in, ik vouw het open zoals ik dat wil, ik bedoel –' Je pakte mijn boek af en hield het vast zoals ik dat deed. 'Hoe werkt dit eigenlijk? Hoe hou je dit langer dan vijf minuten vol?'

'Soms krijg ik een beetje kramp in mijn hand,' gaf ik toe.

Je liet het boek zakken. 'Waarom doe je het dan?'

'Zodat het mooi blijft, voor in mijn boekenkast. Ik hou van boeken, oké? Ik wil dat ze mooi blijven.'

'Ik hou ook van boeken. Daarom wil ik dat ze leven.'

Je had altijd wel zoiets achter de hand, hè? Gewoon één zin, een opmerking, die je ter plekke bedacht en er achteloos uit gooide en die dan iedereen de mond snoerde.

'Je moet een boek inwerken, dat is de helft van de pret bij een vers boek. Wacht, ik laat je zien hoe je dat voorzichtig doet. Ook al is voorzichtig natuurlijk minder leuk dan hoe ik het net deed.' Je zette het boek met de rug naar beneden op het tafeltje, en drukte eerst de achterflap en daarna de cover plat op het oppervlak van het tafelblad. Helemaal plat, als in een hoek van negentig graden. 'Zo rek je de rug van het boek wat op. Dan wordt het soepeler, kun je het makkelijker openhouden en komen de bladzijden niet los.' Voorzichtig drukte je ook de pagina's naar beneden, steeds een paar tegelijk, tot je ze allemaal gehad had en het boek openlag. Daarna klapte je het boek dicht en gaf het terug. 'Kijk, de rug is niet geknakt.'

Ik ging met mijn vingertoppen over de rug van het boek, die nog glad voelde, zonder die gevreesde kreukellijn die je krijgt als je het boek te ver opendoet. Ik bekeek het kritisch.

'Het staat iets boller,' zei je. 'Een millimeter of twee hooguit. Maar nu gaat het soepeler open, probeer maar.'

Het klopte, ik kon het boek veel makkelijker en verder openen. 'Wauw,' zei ik. 'Ik kan het eind van de regel zien.'

Je lachte. 'Ik heb de komende uren zo'n vijfenzeventig procent comfortabeler voor je gemaakt.'

'Waarom heb je dat niet bij jouw boek gedaan?'

Je haalde je schouders op. 'Ik doe het wel eens bij dure edities. Vooral bij hardcovers, om te voorkomen dat de bladzijden eruit vallen als je er vaker in bladert. Maar verder… ik hou er juist wel van als boeken er doorleefd uitzien. Het zijn gebruiksvoorwerpen. En kijk, de schrijver heeft dit boek gemaakt, ik bedoel, dat is logisch, maar de lezer maakt het óók. Geen twee mensen lezen een boek precies hetzelfde, toch? Jou zouden andere dingen opvallen dan mij, we zouden op andere momenten in het verhaal stoppen met lezen, op verschillende momenten lachen, we zouden andere associaties hebben. Dus dan is het toch ook logisch dat je aan het boek ziet dat het van jou is? Dit is nu jouw exemplaar, en niemand anders heeft jouw exemplaar, dus waarom moet het eruitzien zoals het was toen het in de winkel lag en het nog van niemand was?'

Ik geef het toe. Je had me wel een beetje om, daarna. Ik heb er misschien de vrijheid niet voor om een pen te pakken en iets in de kantlijn te zetten, maar ik hou ervan dat jij die wel had. Sinds dat gesprek in het vliegtuig kijk ik anders naar jouw beduimelde boeken. Je had ze niet onzorgvuldig behandeld, juist niet; je had er leven in geblazen.

Ik zag het levendig voor me, jij en ik in het vliegtuig. Licht en donker. Pratend over de willekeur van het leven, grappend over onze verschillende manieren van lezen. En daardoor wist ik het weer. Het boek dat ik toen had. Mijn fluffy roman, voor naast jouw zware biografie. De tekening op de cover, de titel en de naam van de auteur. Ik wist het nu precies en kon het zo uit de kast pakken. Ik hield het vast en liet mijn vingers langs de bladzijden glijden die jij allemaal had aangeraakt om de rug op te rekken. En toen het briefje eruit viel, was ik ongeveer net zo verrast als de eerste keer dat ik het had gevonden.

Ik had het boek niet uitgekregen tijdens de vlucht en had er af en toe in mijn trailer in verder gelezen, tussen de opnames door. En ergens op driekwart van het boek kwam ik jouw briefje tegen, gekrabbeld op een hoekje papier dat je van een script had gescheurd. LEES ALS EEN NORMAAL MENS, had je met hoofdletters geschreven en daaronder, kleiner: (ik vond dat je een reminder nodig had). Die briefjes!

Ik legde de twee boeken neer en pakte lukraak een ander boek van mij uit de kast, bladerde het door, pakte er nog een omdat ik niks tegenkwam en toen weer een ander. En bij het vierde boek vond ik weer een briefje met LEES ALS EEN NORMAAL MENS erop. Ik weet niet wanneer je ze ertussen stopte. Het was altijd een verrassing als ze er tijdens het lezen ineens uit vielen. Soms geschreven op een kassabonnetje, een stuk papier uit een van je notitieboeken, een post-it. Ze zaten in oude boeken en ook in nieuwe boeken. Ik vond er drie in de volgende tien boeken die ik uit de kast pakte en ik stopte ze allemaal zorgvuldig terug. Ik wilde nu meteen al die boeken lezen, of herlezen, en verrast worden door een briefje met de boodschap dat ik dat als een normaal mens moest doen.

Ik zat op de grond met al die boeken met briefjes erin om me heen, en ik hield dat eerste briefje, dat hoekje van een script, tegen me aan. Het ene moment glimlachte ik om de herinnering en het andere huilde, huilde, huilde ik. Vijf minuten lang. Heel hard, met heel veel tranen. Tot ze opeens op waren. Ik had nog niet eerder gemerkt dat ze op konden zijn, maar zo leek het wel, alsof ik ineens de bodem had bereikt. En ik zat daar wezenloos. Met briefjes en boeken. En het was stil. Zo stil, nu ik ophield met huilen. Gek stil. Ik luisterde er goed naar, naar die stilte. Zonder te bewegen, met gesloten ogen. Het was mijn eigen stem die de stilte doorbrak.

'Ik weet dat je er bent. Ik hoef je niet te zien, weet je nog?' Stilte. Nog meer stilte. 'Jou herken ik nog met mijn ogen dicht.'

Toen ging de deurbel.

Ik was niet van plan open te doen. Wie het ook was, ze mochten weer gaan. Het kon me niet eens schelen dat ik zichtbaar was op de plek waar ik zat. Stomme Hollywoodbungalows, met hun grote raampartijen en weergaloze lichtinval. Ik verlangde plots intens naar ons appartement in New York, waar ik me zou kunnen verschansen zonder ramen waarop iemand onophoudelijk kon gaan staan bonzen. Tenzij ze met een hoogwerker eenendertig verdiepingen de lucht in zouden gaan. Dan wel.

Ik negeerde de bel en het geklop dat erop volgde. Ik zat met mijn rug naar de deur toe en deed alsof het er niet was. Ik kon dit langer volhouden dan wie het ook was die daar buiten stond. Dat dacht ik natuurlijk omdat ik geen idee had wie daar buiten stond. Als ik dat had geweten, had ik net zo goed bij de eerste keer aanbellen kunnen opstaan om open te doen, want jij weet net zo goed als ik dat Holly Halliwell zich niet laat wegsturen.

Dat het Holly was, wist ik zodra haar stemgeluid dwars door het polycarbonaat glas van de voorgevel van het huis heen drong. Iets wat gemaakt is om kogels tegen te houden, is niet bestand tegen Holly, en ik weet dat je nu zou zeggen: tja, logisch. Ik deed uiteindelijk toch open, want ze stond allerlei gênante dingen te roepen, zoals: 'Liv Jones! Liv Jones van *High School Heroes* en LAPD *Special Operations*. Ik zie je daar zitten, dus kom met die sexy kont van de vloer en doe die deur eens open. En ik zou maar opschieten, want ik sta enorm publiek te trekken hier!'

Ik deed dus open en toen stonden we tegenover elkaar, voor het eerst in, wat zal het zijn, zeven jaar? Vanuit een gevoel van overwinning omdat ik me gewonnen had gegeven, grijnsde ze naar me, want winnen is Holly's ding. Holly kan niet anders dan blij zijn als ze wint. Maar het duurde niet lang voor ze registreerde hoe verrot ik eruitzag, waardoor de lach van haar gezicht smolt en er tranen in haar ogen opwelden. 'Liv,' zei ze, zuchtte ze, 'ik moest gewoon naar je toe komen.'

Om een lang verhaal kort te maken: door jou logeert Holly nu bij me. Ze stond met haar variatie op een weekendtas – twee middelgrote trolleys – voor de deur en ze was van plan te blijven. Je zult wel begrijpen, Roscoe, dat opgescheept zitten met Holly een van de laatste dingen is waar ik nu op zit te wachten. Maar Holly wil winnen en op dit moment staat winnen voor haar gelijk aan bij mij logeren, dus logeert ze bij mij en zaten we als twee oude vriendinnen de hele avond thee te drinken en herinneringen op te halen. Van alle personen van wie ik had verwacht dat ze met hun trolleys op de stoep zouden staan, stond Holly onderaan, ver, ver, ver onderaan op mijn lijstje. Mijn ouders hebben mijn wens om alleen te zijn gerespecteerd, mijn vriendinnen doen dat ook, maar Holly… Holly heeft niet eens gevráágd of het wel uitkwam. Of ik überhaupt wel toe ben aan gezelschap, laat staan het hare. Holly heeft haar trolleys volgeladen en een vlucht geboekt. En ze zegt dingen als: 'Weet je nog dat hij drijfnat die awardshow presenteerde?' 'Die imitatie van Justin die hij deed: *Incest is niet de vibe waar ik voor ging!*' 'Die keer dat hij een feest gaf voor de hele cast en crew en zelf na een uur verdwenen was?' 'Die kleermaker die hem altijd Mr. Humble noemde?'

'Ik herinner me die coming-out van jullie nog alsof het gisteren gebeurde,' zei ze toen ze haar tweede gember-citroenthee op had. 'Die scène op het sportveld, met ons op de tribune. Je kon letterlijk een speld horen vallen toen jij hem besprong. Volgens mij hebben ze die eerste take ook gebruikt, omdat we allemaal verbijsterd waren. Zoiets kun je niet spelen. We moesten juichen, maar ik vergat het door al dat getong van jullie. Wie stond er naast me, Jill toch? Ik keek haar aan, zo van: staat dit in het script? En toen beseften we dat we moesten juichen, dus we schoten allemaal tegelijk in onze rol. Het was hilarisch. Justin vroeg ons die vertraging in onze reactie erin te houden, maar die eerste take, die konden we niet meer evenaren. Eigenlijk best gek dat we zo verbaasd waren, want zo verrassend was het niet. Het was eerder verbazingwekkend dat het zo lang had geduurd, maar toen de aap eenmaal uit de mouw kwam, was hij er ook écht hartstikke uit. Hoe lang was het toen eigenlijk al gaande?'

'Net,' antwoordde ik, waarop ze me aankeek alsof ze wilde zeggen: geloof je het zelf? 'En tegelijk altijd al...'

'Ik wist het!' riep ze, en daarna berustend: 'Ik wist het gewoon. Weet je wat hij tegen mij zei? Ik heb natuurlijk geprobeerd hem te versieren. Na Stuart. Toen het uit was met hem, ik bedoel, dat stelde amper wat voor, maar ik had hem wat betaald te zetten en nou ja, Roscoe... eigenlijk had ik mijn oog al op dag één op hem laten vallen. Dus ik begon hem te zoenen op een of andere afterparty en toen zei hij dat hij niet met collega's wilde daten. Ik zei dat dat stom was, omdat hij binnenkort zo veel werk zou hebben dat collega's daten de enige manier was om nog iets van een liefdesleven te hebben. En luister, ik heb het écht geprobeerd die avond, maar hij hapte niet. Dus ik was behoorlijk pissig toen hij ineens een uitzondering maakte voor jou. De vuile leugenaar.' Die laatste woorden mompelde ze bijna onverstaanbaar, voor ze er gedecideerd aan toevoegde: 'Ja, hoor eens, we hoeven nu niet te doen alsof hij perfect was. Daar doe ik niet aan mee. Meneer ik-date-geen-collega's.'

'Dat deed hij toen ook niet.'

'Nee, maar hallo, mijn uitnodiging stond ook nog, hè. Hij had naar mij toe kunnen komen toen hij van gedachten veranderde, in plaats van naar jou. Maar geen zorgen, ik neem je niks meer kwalijk.'

'Niet meer? Dus dat deed je wel?'

'Tja, kijk, we hadden niet de hechtste band op de set. En we hebben geen contact gehouden na *High School Heroes*. Dat lag natuurlijk wel een beetje aan mijn ego.'

'Misschien lag het aan ons allebei.'

'O please, je wilde dolgraag vriendinnen met me zijn. En dat snap ik wel. Ik ben een supercool persoon. Maar we waren jong en egoïstisch en bla, bla, bla, eigenlijk gewoon stom. Dus je denkt misschien: wat doet zij hier, we zijn niet eens vriendinnen. En dat weet ik wel. Maar sinds ik het hoorde van Roscoe...'

Ze begon wat sneller te knipperen.

'Ik zit hier wel grappig te doen, maar sinds ik het hoorde, lijkt het wel alsof ik terug in de tijd ben gegaan. Ik ben weer dat jonge meisje, voor het eerst op de set van een grote productie, met vijf anderen die het ook bijna allemaal voor het eerst deden. En ik denk de hele tijd aan alles wat we hebben meegemaakt. En aan hem. Hoe onzeker hij was in het begin, en hoe beleefd. En dat hij alles zo verdomd perfect wilde doen. En de lol die we hebben gehad. Zo veel lol. En ik dacht aan hoe lang we elkaar al niet hadden gezien of gesproken, maar dat het eigenlijk helemaal niet zo voelt. Misschien dat ik het daarom niet kan bevatten. Dat hij er niet meer is… dat is…'

Ze bracht haar vuisten vlak bij haar hoofd en opende ze in een ontploffingsgebaar. 'Dat kán ik niet bevatten. En als ík me al zo voel, zo vreemd, verslagen… alsof het niet echt is… dan wil ik me niet voorstellen hoe dat voor jou moet zijn. Dus daarom ben ik hier, ook al waren we geen vriendinnen, want in situaties als dit ben je er voor familie. Ik wil dat je weet dat ik zo over je denk, en dat ik het vreselijk, echt heel vreselijk vind dat je dit moet doormaken.'

'Dank je. Dat is –'

Ze stak haar armen naar me uit. 'Knuffel?'

En je gelooft het vast niet, maar zo gebeurde het dus dat ik uithuilde in Holly's armen.

Rafael

Jarenlang was mijn wereld gewoon mijn wereld, en die was zoals hij was. Ik keek er niet van op. Misschien is dat voor iedereen wel zo. Je eigen leven, je eigen thuis, dat is de nulmeting. En heel lang neem je aan dat de dingen zo gaan omdat dat normaal is. Natuurlijk waren er de feestjes, ma's wispelturigheid – het ene moment stond ze popcorn te poffen voor een gezellige filmavond tussen jou en mij in op de bank, en het andere stond ze zich snel in een paillettenjurk te hijsen omdat iemand had gebeld over een optreden in een café, waar iemand niet was komen opdagen en waar zij dan kon inspringen als ze nú kon komen. Natuurlijk ging ze dan, ook al was de film net leuk aan het worden en zette pa die zodra ze de deur uit was af omdat hij iets van sport wilde kijken, en vergat hij ons vervolgens naar bed te sturen, waardoor ma ons bij thuiskomst alle drie slapend voor de tv aantrof. Of erger nog: pa ronkend in zijn luie stoel en ons twee klaarwakker terwijl we in de keuken een fort aan het bouwen waren van lege soep- en bierblikken. Of het normaal was om zo veel soep uit blik te eten en zo veel bier te drinken dat je er een heel bouwwerk van kon maken, vroeg ik me toen niet af.

Dat voorbijgangers ons aanstaarden als wij het glaswerk van die week naar de glasbak brachten, was in mijn beleving omdat iedereen het net zo grappig vond als wij als we de lege wijnflessen zo hard mogelijk lieten vallen, zodat je ze uit elkaar kon horen spatten bij het neerkomen.

Als ik op het schoolplein kinderen uitgelaten hoorde vertellen over een kinderfeestje dat de dag ervoor had plaatsgevonden, dan vroeg ik me meestal niet eens af waarom ik daar als enige niet bij was geweest. Waarom ik alleen maar vriendjes had om mee buiten te spelen, en ik nooit binnen werd gevraagd en dat wij op onze beurt nooit vriendjes bij ons thuis uitnodigden, daar dacht ik ook niet over na. En dat moet deels wel door jou komen. Thuis was het jij en ik.

Op een dag stond de gitaar er. Achtergebleven na weer zo'n spontaan feestje. Het gitaarspel had ons uren uit onze slaap gehouden en daarna was het instrument tegen de achterkant van de bank gezet. Daar stond hij nog toen jij de volgende ochtend beneden kwam. Je zat er in kleermakerszit voor en stak af en toe je hand uit naar de snaren, waarop ma riep: 'Afblijven, die is van Beer.'

We kenden geen Beer, maar uit de toon waarop ze het zei, konden we wel afleiden dat er met Beer niet te sollen viel. Dus de gitaar bleef daar staan, precies op die plek, tegen de bank geleund. En soms ging jij ervoor zitten en bestudeerde je het instrument zonder het aan te raken. Na een paar dagen kwam je thuis met een bibliotheekboek over gitaarspelen. Je las het boek terwijl je voor de gitaar van Beer zat. Elke dag deed je dat. Toen je het boek uit had, begon je opnieuw. En nadat je dat boek helemaal had uitgeplozen, haalde je een nieuw boek. Voor je verjaardag, die pas over vier maanden was, vroeg je een videoband met tien gitaarlessen om thuis te oefenen.

'Die gitaar is niet van jou,' antwoordde ma toen je je wens kenbaar maakte. 'Beer komt hem ophalen.' Maar Beer kwam niet, en jij bleef boeken over gitaarspelen lezen.

Ik weet niet zo goed hoe je het flikte. Wat je nou precies deed, met dat boek en die gitaar voor je neus, die je leek te bespelen zonder het ding aan te raken. Je had het over riff en tablatuur. Je leerde wat de topkam is, de fretten, slagplaat en de stemmechanieken. Je legde me onderweg van school naar huis het verschil uit tussen glissando, vibrato en *two-hand tapping*. Ik heb het verschil niet onthouden.

Toen de gitaar een week of twee bij ons in huis stond, pakte je hem af en toe even op. Of dat probeerde je en dan stond ma meteen weer achter je te roepen: 'Wat zei ik nou? Die is van Beer! Afblijven!' Dan zette je hem terug, wachtte tot ze uit de buurt was en pakte hem weer. Je deed niets anders dan hem vasthouden en je vingers op de snaren leggen zonder ze te laten trillen.

De eerste keer dat ik geluid uit de gitaar van Beer hoorde komen, waren we alleen thuis. Ma deed boodschappen en toen ik vroeg wat je deed, zei je dat de gitaar gestemd moest worden.

'Maar hij is van Beer,' zei ik.

Je knikte en volgde met je vinger een snaar helemaal tot aan de stemknopjes waar je voorzichtig aan draaide. 'Anders klinkt hij vals.'

'Hoe weet je hoe hij moet klinken?'

'Ik ken de noten,' antwoordde je.

'Hoe dan?'

'Van muziekles. Op school.'

Onze klas kreeg ook muziekles, iedere week een uurtje. Ik beschouwde het als een uur lang legitiem lawaai maken met elkaar, en ik had er geen flauw benul van de klank van muzieknoten aan overgehouden.

'Hoe weet je het verschil?'

'Weet ik niet. Dat hoor ik gewoon, denk ik.'

Het is niet normaal dat een beginnend gitarist op gehoor een gitaar kan stemmen. Zeker niet een beginnend gitarist die in zijn leven nog geen akkoord gespeeld heeft. Een week later had je, nadat je elke dag was gebleven om het schoolbord te wissen en de vloer aan te vegen, een stemapparaat mogen lenen van de muziekleraar. Je bleek elke snaar nagenoeg perfect gestemd te hebben, puur op gehoor. Ma stond ernaar te kijken, zonder iets te zeggen. Ik hing over de rugleuning van de bank om te kunnen zien wat je deed en zei de woorden die zij normaal sprak. 'Die is van Beer.'

'Hij wás van Beer,' verbeterde je me. Voorzichtig keek je over je schouder naar ma, die nog steeds niets zei. Ze schudde haar hoofd, niet zozeer afkeurend, eerder berustend. Ze liep de kamer uit.

'Was van Beer.' Ik liet een hoog giechelend lachje horen. 'Wasbeer.'

En zo kwam je aan je eerste gitaar, die we Wasbeer bleven noemen, zonder te weten wie die Beer nu eigenlijk was.

Dat met die gitaar was ook zoiets dat in mijn beleving onder de noemer 'normaal' viel. Een paar jaar geleden, toen ik een tijdje bij je in New York was en jij me meenam naar de opnamestudio, begon het me te dagen. Je zong een nummer dat je zelf had geschreven en begeleidde jezelf op de gitaar. Ik keek naar je vanaf de andere kant van het glas en tegelijk zag ik een jongetje achter de bank zitten, met een boek en een oude Wasbeer. Toen begon het me te dagen dat je iets nagenoeg onmogelijks had gedaan.

Er als volwassene op terugkijken heeft iets bevreemdends. Ik weet niet beter dan dat jij alles kon. Alles. Misschien hebben kleine broertjes die met een oudere broer opgroeien dat allemaal. Het idee dat die broer net zo goed een superheld kon zijn. En tegelijk was dat de normaalste zaak van de wereld, iets waar ik nauwelijks aandacht voor had. Zelfs superkrachten krijgen iets alledaags over zich, als je er de hele tijd met je neus bovenop zit.

Het ongemak dat je voelde toen je me vertelde dat je auditie voor *Nova* had gedaan… Het idee alleen al, dat je jezelf als leider van een politiekorps in de ruimte kon zien… Je kon de woorden niet uitgesproken krijgen zonder een heleboel aarzeling, wegkijken en die halve grijns op je gezicht die je had als iets bijna te gênant was om nog grappig genoemd te worden. We hebben er samen om gelachen, en misschien heb ik je ook wel een beetje belachelijk gemaakt. Maar een superheld was je altijd al. Ook voor er special effects en een flitsend kostuum aan werden toegevoegd.

Als ik ruzie had om knikkers die ik bij een spel overmoedig had ingezet en verloren, dan hoefde je maar een stap in de richting van mijn vijanden te zetten of ze gaven zich over en renden weg. Die ene keer dat iemand het had gewaagd om ons aso's te noemen, sloeg je die gast snoeihard op zijn neus. En ook al waren zij met z'n vijven en wij maar met z'n tweeën, na die klap bleef er niet eens iemand achter om de jongen met zijn gebroken neus van de grond te rapen. Toen ik een jaar of dertien was, en soms verzeild raakte in stomme plannen met een stel oudere jongens die als voornaamste interesse drank en joints hadden, leek je altijd precies te weten waar we uithingen. Als je me dan vond, gaf je me een tik tegen mijn achterhoofd en sleurde je me aan de kraag van mijn jas het park of het winkelcentrum uit.

Misschien zocht ik ze daarom jaren later weer op, alsof ik je zo kon dwingen om weer onverwachts achter me op te duiken als ik van een afstandje toekeek hoe de anderen stukken baksteen door het glas van een bushokje gooiden, tot het volledig aan gruzelementen lag. Ergens rekende ik erop dat je me ervan zou weerhouden om mee te doen, ook al zat je in New York met Kat en Wasbeer. De hele beestenbende. Maar zonder mij.

En je kwam ook niet terug, al gooide ik alle stenen die in het dorp te vinden waren. Er was een vreemd soort wisselwerking geweest vlak na jouw vertrek. Jij was met Wasbeer de deur uit gelopen, en een paar maanden later kwam Beer erdoor naar binnen, om vervolgens niet meer weg te gaan. Beer was groot en nogal dik. Hij had een tekort aan shirts, óf een kapotte lichaamsthermostaat, want hij liep meestal in zijn blote bast rond, en bij uitzondering in een onderhemd dat vast ooit wit was geweest. In gedachten noemde ik dat altijd zijn chique dagen. Beer had geen werk, dus hing hij rond in ons huis, de hele dag, zeven dagen per week. Wat ma in hem zag, kan ik met geen mogelijkheid verzinnen. Vergeleken met de lamlendigheid van deze Beer was pa een modelechtgenoot geweest. Maar hij bleef, twee jaar lang, en ik werd langzaam gek.

Als ik een beetje mijn best doe, of eigenlijk hoef ik dat niet eens, kan ik me jouw gezicht toen je de deur opendeed en mij daar zag staan nog precies voor de geest halen. De voordeur van het flatgebouw waar je woonde was kapot. Ik kon hem zo openduwen en naar de vijfde verdieping lopen, waar de flat van jou en Kat was. Er was ook een lift. Zo eentje met een metalen traliedeur die je zelf dicht moest trekken. Ik nam de trap.

Op de vierde etage werd ik gepasseerd door een kerel met een trui die meer uit metalen studs dan uit stof bestond. Hij keek niet op terwijl hij naar beneden dribbelde, dus zag hij niet dat ik bijna vijf tellen stilstond om hem na te kijken tot hij uit het zicht verdwenen was. Ik liep door. De bel leek het niet te doen, dus bonsde ik op de deur. Toen pas bedacht ik dat je er misschien niet was. Daar had ik nog niet over nagedacht toen ik met alleen een versleten rugtas met daarin drie setjes kleding en een tandenborstel de Greyhound in was gestapt. Maar voor ik me kon afvragen wat ik dan zou doen, klonk er gestommel aan de andere kant van de deur en deed je al open.

En toen dat gezicht van je. Alsof je niet helemaal geloofde wat je zag. Het zou kunnen dat ik ongeveer hetzelfde gezicht trok, want ik wees over mijn schouder in de richting van het trapgat, nog steeds onder de indruk. 'Er liep een man met een spin op zijn hoofd.'

'What the fuck doe jij hier?'

Ik zat met mijn gedachten nog steeds bij de spin en balde mijn vuist om het formaat aan te geven. 'Zo groot.'

Jij keek op je horloge, schudde je hoofd. Daarna: je hand in mijn kraag, een klemvaste greep waarmee je me naar binnen dirigeerde. De greep die hoorde bij rondhangen in parken en bushokjes slopen, en – blijkbaar – bij weglopen van huis, op de nachtbus stappen, spijbelen van school en onverwachts voor jouw deur opduiken.

'Dat is Tarantula Pete,' zei je. 'En dat is geen echte spin, het is zijn haar. In de vorm van een spin. Hij heeft ook een web op zijn schedel getatoeëerd, zag je dat niet?'

'Jawel, maar –' Ik probeerde nog te bevatten hoe je je haar in de vorm van een tarantula kon laten groeien, maar voor ik dat uitgedokterd had, was jij alweer terug bij de kern.

'Wat doe je hier? Weet ma dat je hier bent?'

'Ja,' zei ik lacherig. 'Ze heeft me afgezet.'

Even werd je blik nog glaziger.

'Natuurlijk niet. Ik ben weggeglipt vannacht. Wat dacht je dan? Dat ze me op een roadtrip gestuurd heeft?'

Weer een blik op je horloge. 'Je zou op school moeten zitten.'

'Hm, ja… dat ga ik niet meer redden vandaag.'

'Doe niet zo stom.' Je gaf me een tik tegen mijn achterhoofd en liep meteen naar je telefoon om ma te bellen. Terwijl je wachtte tot ze opnam, zei ik nog dat je geen moeite hoefde te doen. Ze had vast nog niet eens in de gaten dat ik hem gesmeerd was. Ze had waarschijnlijk aangenomen dat we elkaar die ochtend waren misgelopen, wat wel vaker gebeurde gezien haar wisselende diensten, en dat ik nu op school zat.

'Ze is aan het werk,' zei ik nog, maar op dat moment nam ze op en ik hoorde je zeggen: 'Rafael is hier.' En: 'Ja, hij is in orde.'

Je was even stil, hield je blik strak op mij gericht, alsof er ontploffingsgevaar dreigde. Ik had nog steeds mijn rugzak om en stond met mijn handen in mijn zakken rustig rond te kijken. Er viel niet veel te bekijken aan deze flat. Er stonden weinig meubels. Wat er stond, zag er een beetje afgeleefd uit. Het voelde als thuis.

Na een tijdje liep je met de telefoon aan je oor naar een aangrenzende kamer en deed je de deur dicht, waarna ik mijn rugzak afdeed en mijn jas op een van de krukken aan het smalle ontbijtbarretje legde. Er stonden twee krukken, maar je kon er niet met goed fatsoen naast elkaar zitten zonder met elkaars ellebogen in gevecht te raken. Ik zette een stap en belandde van het woongedeelte in het kookgedeelte. Je kon het nauwelijks een keuken noemen. Er was een klein stukje aanrecht met een gootsteen ernaast. Erboven hing een keukenkastje en een plankje met een magnetron erop. En er was een koelkast.

Gelukkig had ik gewacht met langskomen tot jij en Kat allebei werk hadden waar jullie in ieder geval genoeg voor werden betaald om meer boodschappen te kunnen kopen dan alleen noedels. Ik had niet meer gegeten sinds de avond voor mijn ontsnapping, dus ik was blij dat ik een bak met een restje pasta zag staan. Koude pastasalade. Heerlijk. Ik nam ook een blikje cola en maakte het me gemakkelijk op het ingezakte bankje in de woonkamer.

'Ik hoop dat het smaakt,' zei je nogal afgemeten toen je terug de kamer in kwam. Je legde je telefoon op de keukenbar neer.

'Ze was vast erg bezorgd,' mompelde ik.

'Ze is niet blij, dat is zeker.'

Ik schoof een volle vork in mijn mond. 'Ze wist niet eens dat ik weg was.' Het klonk bijna onverstaanbaar.

'Natuurlijk wel.' Je loog. Dat zag ik. Je trok de kruk waar ik mijn jas niet overheen had gegooid naar je toe en ging zitten. 'Maar waar het om gaat, is dat je niet zomaar van school weg kunt blijven. Wat is je plan?'

'Jij had ook geen plan.'

'Dat had ik wel. Dat héb ik. En je kent mijn plan, dat is terug naar huis komen met genoeg geld, zodat jij als je je school hebt afgemaakt, kunt gaan doen wat je wilt. Ná school. Niet nu al.'

Ik proestte even, tussen twee happen door. 'Je komt niet meer terug. Denk je dat ik dat niet weet?'

'Waar heb je het over? Natuurlijk kom ik terug.'

Ik liet mijn vork even door de ruimte zweven voor ik er weer een stuk penne op prikte. 'En dit allemaal achterlaten?'

'Is dat sarcastisch bedoeld?'

'Nee.' Ik propte mijn mond nog een keer vol, kauwde en slikte terwijl ik de bak met pasta op de zitting naast me neerzette. 'Niet eens. Ik zou er een moord voor doen om hier te kunnen wonen. Ik wil niet meer terug, Roc. Ik gá niet terug. En je kan me niet dwingen.'

'Kom op. Je weet best dat dit niet kan. Je bent pas zeventien, man. Je kunt niet midden in de nacht gaan ronddolen en –' Je gebaarde lukraak. 'Gewoon de brui geven aan alles. Dat kán niet.'

'Je weet niet hoe het daar is!' Ik schreeuwde nog net niet, maar het scheelde weinig. 'Jij bent weggegaan. Lekker makkelijk. Maar ik hou het niet vol daar. Het was met ma alleen al een ramp, maar die Beer heeft het nog erger gemaakt.'

'Hoezo?' vroeg je, plotseling alert. 'Wat is er met hem? Heeft hij iets gedaan?'

'Hij doet helemaal niks, hij is er gewoon altijd en ik kan niet... ik kan niet ademen daar. Ik heb helemaal niets meer, Roscoe. Thuis is klote. En school is klote. Ik heb geen vrienden. En weet je? Het is jouw schuld.'

'Mijn schuld?'

'Ja. Jij hebt me alleen maar geleerd om... je hebt me helemaal niks geleerd, je hebt altijd alles voor me geregeld en nu ben je weggegaan en blijk ik zelf niks te kunnen.'

'Doe niet zo stom met je "niks kunnen". Jij bent prima in staat je te redden. Je kunt best zonder mij. En er is ook geen reden om het zo te verpesten op school.'

'Je bent mijn vader niet,' mompelde ik. 'Dus je hoeft ook niet te doen alsof.'

'Doe dan niet zo kinderachtig. Denk je soms dat het hier zo leuk is?'

'Ja. Leuker dan thuis.'

'Nou...' Je dacht even na. 'Dan moet je maar even blijven.'

Ik keek je ongelovig aan en na een korte stilte legde je je hand weer op je telefoon.

'Ik ga de school bellen om te vertellen dat je er een tijdje niet bent. Familieomstandigheden of zo. Ik verzin wel iets.'

Ik zuchtte van opluchting. 'Echt?'

'Tijdelijk. Zie het als een adempauze. Maar we gaan dit wel oplossen. Dat gedoe, met die onvoldoendes en zo, dat moet afgelopen zijn. Begrepen?'

Ik reikte weer naar de pastasalade.

'Ik wil eerst horen dat we een deal hebben,' zei je.

Ik nam weer een grote hap. 'Kee. Deal.'

Halverwege de middag kwam Kat thuis. Ze leek niet verbaasd over mijn aanwezigheid, stak een warrig verhaal af over iets wat gebeurd was op school, en waar ze nogal gefrustreerd over leek, en ze liep door naar de badkamer. Ik hoorde de douche aan gaan en vroeg: 'Hebben jullie nou iets?'

Je keek raar op. 'We zijn huisgenoten.'

'Nou? Wat wil dat zeggen?'

'Je doet het niet met je huisgenoot. Dat is... onhandig.'

'Lijkt mij juist heel handig.'

'We hebben niks.'

'Maar zij is nu daar.' Ik knikte naar waar het geluid van stromend water vandaan kwam. 'Naakt.' Ik wachtte tot je iets zou zeggen, maar dat deed je niet. 'Denk je daar dan nooit over na?'

'Ja, nu wel. Dankzij jou.' Je stond op, alsof je het beeld van je af wilde schudden. 'We zijn al een eeuwigheid bevriend. Zo zien we elkaar niet.'

‘Ze is anders best knap, toch?’

‘Wil je soms zelf een date met haar?’ Je deed de koelkast open en pakte iets uit het vriesvak bovenin.

‘Ik praat maar wat.’ Ik stond op van de bank en ging aan de piepkleine bar hangen. ‘Andere vriendinnen dan?’

‘Hoe zit het met jou eigenlijk? Zullen we het over jouw vriendinnen hebben?’ Je trok een kartonnen wikkel van de verpakking en haalde een vork uit het laatje onder het aanrecht.

‘Ik heb niemand. Dat zei ik al.’ Het kwam er snel uit. Te snel? Niet dat het gelogen was. Ik hád niemand. Maar er was een meisje uit mijn klas en er was een feestje, waar ik eigenlijk niet eens voor uitgenodigd was, maar ik had een rotavond en ging toch. Ik wist dat zij me wel zag zitten, dus die avond zocht ik haar op, ook al was het niet wederzijds. We glipten weg en we hadden seks in de auto van haar vriendin. Na afloop merkte ik dat het echt iets voor haar betekend had, terwijl ik het alleen gedaan had om me eventjes wat beter te voelen. De volgende dag deed ik alsof er niets gebeurd was. Ik negeerde haar. De rest van de week zag ik de sporen van haar tranen nog op haar gezicht. Maar die negeerde ik ook. Op een gegeven moment keek ik helemaal niet meer naar haar, en in plaats van beter was ik me door het hele gebeuren alleen maar slechter gaan voelen. Maar dat ging ik jou niet vertellen, want ik wilde niet dat jij ooit zou weten dat ik zo kon zijn. Dus ik zei niks. Maar hier is het, nu weet je het. Nu zijn er toch geen geheimen meer. Behalve de jouwe misschien. De jouwe blijven.

‘Nou, mam zegt anders dat je heel hecht bent met een groepje vrienden waar je allemaal leuke dingen mee doet.’ Je stem klonk cynisch. Met een paar snelle bewegingen prikte je met de vork gaatjes in het plasticfolie van de bevroren maaltijd die je op het aanrecht had gezet. Daarna trok je de magnetron open, zette het bakje erin en drukte op een paar knopjes waarna het ding begon te zoemen.

‘Ik weet niet wat ze allemaal over me te klagen had, maar ik was niet dronken. Niet echt. En dat met die bushokjes was een incident. Ik deed niet eens mee. O, en ze zijn mijn vrienden niet.'

'Dat weet ik maar al te goed. Waarom hang je überhaupt met ze rond? Zo ben je niet.'

'Wat moet ik dan? Iedereen daar is...' Ik haalde mijn schouders op. 'Het is nu anders op school dan toen jij er zat. Mensen zijn niet zoals Kat of jij...'

'Weirdo's bedoel je?'

'Het auditorium wordt niet eens gebruikt door mensen van mijn jaar. Laatst werd er een jongen uit mijn klas in elkaar geslagen omdat ze zijn sneakers stom vonden. Leraren raken overspannen.'

'Bij mij was het ook heus niet alleen maar leuk. Je moet je eigen plan trekken. Maak er iets van. Nog een jaar en dan kun je gaan doen wat je maar wilt.'

Ik keek naar het ronddraaiende bakje aan de andere kant van het glas in de magnetron. 'Ik weet niet wat ik wil.'

'Je hebt nog genoeg tijd om dat te bedenken. En je hoeft het niet precies te weten. Er zijn genoeg dingen waar je goed in bent, dus je moet zien te ontdekken wat je leuk vindt.'

'Er zijn helemaal niet genoeg dingen waar ik goed in ben. Jij denkt dat iedereen is zoals jij. Jij hoeft maar naar iets te kijken en dan kun je het al.'

'Je bent hartstikke goed in technische dingen. Dingen uit elkaar halen en weer in elkaar zetten, dingen bouwen.'

'Dingen bouwen? Wat ben ik, tien jaar oud?'

'Lijkt het je niet juist slim om te kijken naar de dingen die je vroeger leuk vond om te doen? Je moet ergens beginnen.'

'Kunnen we het niet even over iets anders hebben? Ik ben niet weggelopen om door jou geanalyseerd te worden. Ik wil eigenlijk wel even naar buiten of zo, is het Empire State Building hier in de buurt?'

'Het is New York, alles is in de buurt. Zeker als je de metro pakt.'

'Nou, ik wil wel even rondkijken. Er is hier een gebouw in de vorm van een taartpunt, heb ik gelezen. Dat wil ik wel zien. En kunnen we niet even ergens wat gaan eten, straks? In plaats van wat je nu aan het opwarmen bent, dat er toch veel te klein uitziet voor ons tweeën.'

Je keek achterom naar de magnetron, waar de timer nog ruim twee minuten aangaf. 'Je mag blij zijn dat we überhaupt eten in huis hebben. Een paar weken geleden...'

'Ja, ja, de noedels, ik weet het. Jullie moesten nog een maand rondkomen met een paar tientjes en toen heb je die uitgegeven aan pakken havermout en bekertjes noedels, omdat je daar alleen maar kokend water voor nodig had. En toen hebben jullie tweeëntwintig dagen alleen op die shit geleefd. Dat heb je elke keer gezegd als je belde.'

'Ja, nou? Mag ik? Weet je wel hoeveel honger ik heb gehad?'

'Kun jij je ma's kookkunst nog herinneren? Er zijn dagen dat ik een moord doe voor instantnoedels.'

Je moest even lachen. 'Dit is trouwens niet voor ons, maar voor Kat. Ze moet zo meteen door naar haar werk. Ze werkt in een ensemble voor een dinnershow. Ken je dat? Allemaal mensen aan lange tafels die luxe zitten te eten en zij verzorgt dan het entertainment. Ze doen acts: toneel, zang en dans...'

'Kun je niet beter tóch met haar naar bed gaan? Je zit al onder de plak. Dan kun je maar beter ook de lusten hebben.'

'Onder de plak?'

'Ja. Je staat haar eten te maken. Strijken en stofzuigen doe je zeker ook?' Ik keek om me heen in de flat. 'Het is hier nog best netjes voor twee mensen die alleen maar met hun carrière bezig zijn. Ik weet vrij zeker dat zij haar tijd en talent er niet aan verspilt.'

'Oké, luister even goed. Ik maak eten voor haar klaar omdat iemand...' Je pauzeerde even voor het effect. '... haar pasta uit de koelkast heeft gehaald en opgegeten. Ja? Dus óf ze rukt dadelijk je hoofd eraf, óf ik maak even wat anders voor haar. Nog commentaar?'

De magnetron pingelde.

'Je had toch kunnen zeggen dat het haar eten was?'

'Je was al een aardig eind op weg toen ik binnenkwam.' Je trok de magnetron open en zette het bakje op het aanrecht voor je er het plasticfolie vanaf trok. Een wolk damp ontsnapte eronder vandaan. Een paar tellen later kwam Kat de douche uit. Ze had een pluizige ochtendjas aan, met een print van tientallen kleine banaantjes erop. Een beetje een raar ding. Ze liep recht op de koelkast af, maar jij schoof het bakje al haar kant op. 'Tadaa!'

'Ik heb nog pasta.'

'Ja, maar die rook raar. Ik heb het weggegooid.'

'Rook ráár? Die was vers. Ik heb het gisteren klaargemaakt.'

Je duwde het bakje verder in haar richting. 'Lasagne. Lekker.'

'Jij dóét raar.' Ze pakte de vork die je op het aanrecht had laten liggen en duwde die in het dampende bakje. Ze keek naar mij, terwijl ze de zijkant van de vork met prakkende bewegingen door de lasagnebladen probeerde te werken om een stukje los te krijgen. 'En jij, je komt even op bezoek of zo?'

'Mja,' antwoordde ik. 'Even kijken wat mijn broer allemaal uitspookt hier.'

'Hij neemt zangles. Heeft hij dat al verteld?'

'Zángles?' Ik probeerde een proestend geluid tegen te houden, wat half lukte. 'Sinds wanneer doe je dat?'

'Nog niet lang.' Je keek Kat aan met een blik die duidelijk betekende dat ze die informatie niet had hoeven delen.

'Oké, zing eens wat,' zei ik.

'Hoe verleidelijk dat ook is na jouw aanmoedigende –' Je deed mijn proestende geluid na. 'Ik sla toch even over.'

'Nee, doe. Ik zal niet lachen.' Ik zat nu al te lachen.

'Het is zomaar iets wat ik probeer.' Je liep achter Kat langs en ging op de bank zitten.

‘Is hij goed?’ vroeg ik aan haar.

Ze was net bezig een gesmolten kaasdraad die aan haar vork hing naar binnen te werken. Ze haalde haar schouders op, maar haar blik verraadde wat ik al dacht.

‘Ah, kom op, je kunt toch wel even iets voor me zingen? Een toonladdertje of zo? Hoeft niet eens een lied te zijn.’

‘Rafael...’ Meestal klonk je zo voor je me je kamer uit trapte. Ik kon me dat nu niet veroorloven, want dan stond ik midden in Tribeca op straat.

‘Zij vindt je goed,’ zei ik met een knikje naar Kat.

‘Tuurlijk is hij goed. Waar is hij niet goed in? Aaah!’ Ze legde haar vork terug en bracht haar vingertoppen naar haar bovenlip. ‘Dit is veel te heet, ik ga me eerst even aankleden.’

Je zat me aan te kijken met een blik die zei: als je weer over het zingen begint, krijg je een klap voor je kop. Ik wees naar het bakje dat Kat had laten staan. ‘Zal ik het weer opeten?’

‘Waar het eigenlijk op neerkomt,’ zei je – we zaten in een klein restaurantje in Little Italy, waar je makkelijk voorbij gelopen zou zijn als je niet had geweten dat het er zat. We hadden een paar uur door de stad gewandeld, ik had het Empire State Building en het Flatiron Building gezien (de taartpunt bleek een strijkijzer te zijn) en daarna waren we hier gekomen om te eten – ‘je verknalt het thuis, loopt dan weg, komt hier en je verwacht dan van mij dat ik je beloon voor dat kutgedrag van je.’

Ik wilde dat eigenlijk ontkennen, van die beloning, maar er was net een groot stuk Mississippi Mud Pie voor me neergezet met sticky toffeesaus, en ik had zojuist mijn eerste hap genomen, dus tja, mijn mond zat vol en... ik kon het inderdaad slechter treffen.

Jij zat al aan de koffie. Ik kon van tevoren nooit goed inschatten of je een toetje zou bestellen of niet. Je was er niet per se een liefhebber van, maar het stond je ook niet tegen. Soms nam je het, soms niet. Maar sowieso was je altijd al minder met eten bezig dan ik. Alsof je meer op je eigen energie leefde. En ik had er nooit problemen mee om alleen te eten.

'Hoezo belonen?' zei ik uiteindelijk toch, gewoon, om te protesteren.

'Nou, ik noem maar wat: New York City, een tour langs beroemde gebouwen, de beste chocoladetaart van de stad, sommige mensen zouden dit vakantie noemen.'

'Ja, sommigen wel.' Ik grijnsde. Mijn bovenlip bleef aan mijn voortanden plakken door alle chocoladekleverigheid.

'Luister, je kunt hier een tijdje blijven...'

'Voor je verdergaat: definieer "een tijdje".'

'Een week. Hooguit twee. Ik heb gezegd dat er iets met pa is.'

'Met pa? Pff. En dat geloofden ze? Alsof ik dan wél naar hem toe zou gaan!' Ik schudde mijn hoofd.

Even was je stil. Best lang, denk ik achteraf, maar ik pikte het toen niet op. 'Ik kon moeilijk zeggen dat het om mam ging. Iedereen kent elkaar.'

'Oké, ik ben dus superbezorgd om pa, begrepen. Dus ik kan hier een tijdje blijven?'

'Je moet wel wat taken maken voor school. Je docenten mailen opdrachten door.'

'Wat? Ik ben in New York en ik moet mijn húíswerk maken?' Ik schepte een extra grote hap taart op mijn vork. 'Lekker dan.'

'Je kunt natuurlijk ook thuis je huiswerk doen, als je dat liever hebt.'

We hadden het de afgelopen uren best leuk gehad, maar ik voelde mijn humeur nu flink kelderen. 'Je bent niet meer zoals vroeger.'

'Vroeger deed jij ook geen illegale dingen.'

'Illegaal? Heb je het weer over dat stomme bushokje?'

Je dronk van je koffie. 'Leerplicht is bij wet geregeld, weet je wel?'

'Ik ben oud genoeg. Ik kan doen wat ik wil.'

'Waarom zou je zonder diploma van school willen, man? Denk na. Daar ga je spijt van krijgen bij alles wat ook maar een beetje de moeite waard is. Doen wat je maar wilt? Dan blijf je op school. Dan kun je straks echt alles doen.'

'Ja, ja. Ik weet het nu wel. En wat moet ik in de tussentijd? Jij hebt makkelijk praten als oudste. Jij bent niet degene die is achtergebleven.'

'Ik heb het ook niet altijd makkelijk hier. Zeker niet in het begin. Ik miste jou en mam, en Kat had meteen helemaal haar ding gevonden. Ik liep maar een beetje achter haar aan te draven met mijn camera. Ik had stomme baantjes. En dat was al een verbetering, want daarvoor had ik niet eens werk. En ik weet óók niet wat ik wil. Ik ben aan het schrijven. Vooral muziek. Maar ook, ik weet niet, een soort verhaal. Ik weet nog niet wat het moet worden.'

'Waar gaat het over?'

'Ik weet het niet. Eerste liefde? Maar dan later. Als ze ouder zijn, en je weet wel… teleurgesteld.'

'O. Hm.'

'Klinkt zwaar, maar het is niet alleen treurig. Ik weet niet, ik moet het nog uitzoeken, maar ik wil het hele verhaal vertellen, heden en verleden met elkaar verweven, maar ik wil het hoopvol maken. Ze moeten eruit kunnen komen.'

'Dus eigenlijk werk je aan een boek?'

'Nee. Ja. Misschien. Ik heb alleen nog flarden geschreven. Ik moet nog zien of het überhaupt iets kan worden.'

'En die zangles? Wil je dan je eigen nummers gaan opnemen?'

'Ben ik mee bezig,' antwoordde je voor je nog een slok nam. 'Als je wilt kunnen we dadelijk even langs de studio gaan. Ik heb vanavond een sessie geboekt. Maar ik kan je eerst thuisbrengen als je geen zin hebt.'

'Hoor ik je dan zingen?'

'Helaas wel.' Je keek er nogal zuur bij.

'Ik ga je niet uitlachen, echt niet.' Dit keer hield ik mijn gezicht in de plooi.

'Wat ik wilde zeggen is: ik doe ook maar wat. En dat ik overal goed in ben, zoals jij denkt, is onzin. Ik moet de hele tijd werken om beter te worden. In alles. Ik zit te klooien met de montage van die documentaire over Kat, heel vaak zie ik achteraf dat ik allemaal dingen fout heb gedaan, waardoor het meeste materiaal dat ik heb gemaakt waardeloos is. Ik zit in een muziekklas met drie megatalenten en ik voel me net als vroeger als kind, toen ik probeerde die verdomde videolessen bij te houden op die gitaar en dat ik oefende tot mijn vingers bloedden en nog steeds alle noten miste.'

'Kat zegt dat je goed bent. Kat vindt alleen zichzelf goed, dus dat betekent wel wat.'

'Nee,' zei je peinzend. 'Bij alles wat ik doe is het… alsof ik in mijn hoofd zie of hoor wat het moet worden, maar het wordt altijd wat anders. Snap je dat? Ik maak nooit wat ik wilde maken.'

'Misschien maak je iets beters?' opperde ik.

'Nou… ooit misschien. Dat zou het ultieme doel zijn, maar nu…' Je schudde je hoofd. 'Weet je wat ik doe? Ik speel het gewoon. Als ik in die studio sta, met allemaal professionals achter de knoppen die wachten tot ik mijn mond opendoe, dan durf ik geen noot te zingen. De eerste keren stond ik elke keer aan de grond genageld, compleet voor lul.'

'Man, echt? Waarom? Ik bedoel, ik snap dat zoiets de eerste paar keer misschien intimiderend is, maar jij kan het gewoon. Je weet dat je goed bent.'

'Ik speel dat ik goed ben. Als ik ernaartoe ga, dan trek ik de deur achter me dicht en laat ik de echte ik thuis. Onderweg tune ik helemaal in op een versie van mezelf die ik in mijn hoofd heb gemaakt. Iemand die het allemaal kan en durft, iemand met talent, een echte muzikant. En als ik dan de studio binnenga als hém, dan –'

'Dan lukt het?'

'Nee. Was dat maar zo. Maar dan probeer ik het in elk geval.'

'Stelletje mislukkelingen zijn we dus.'

Je knikte. 'Blijkbaar.'

'Deze mislukkeling heeft tenminste wel taart. Dat is iets.' Ik kwam op een idee. 'Kan ik niet hierheen komen en spélen dat ik mijn diploma al heb? Ben ik gelijk overal vanaf!'

'Zo werkt het niet. Je moet er wel voor werken, man. En kom op, ik snap dat het allemaal heel cool lijkt hier, dat is het ook. Maar niet nu. Mam had gelijk. Je moet eerst weten wat je wilt.' Je dacht even na voor je verderging. 'Toen ik het eerder over bouwen had, en jij dat belachelijk vond... is het je opgevallen hoe enthousiast je wordt van de gebouwen hier?'

'Ja, hallo! Tuurlijk! Het Empire State Building.'

'Oké, goed punt. Maar je hebt me misschien wel op twintig andere gebouwen gewezen voor we hier terechtkwamen.'

'Nogmaals: we zijn in New York.'

'Misschien wil je iets in de constructie gaan doen?'

Ik trok mijn neus op. 'Veel te hard werken.'

'Ontwerpen dan. Architectuur?'

'Dat kán ik helemaal niet.'

'Dat zou je dan kunnen leren, slimmerd.'

Ik zuchtte. 'Ik heb geen zin om nog zo lang op school te zitten, Roc. Ik wil dat niet. Ik wil geen lange studie, en geen... zwaar werk. Misschien is dat lui, en ik weet dat jij een en al ambitie bent, maar ik... ik wil veel geld verdienen en zo makkelijk mogelijk, denk ik. Dat is alles. Sorry als ik je teleurstel.'

Je tikte een paar keer met je lepeltje tegen het kopje, schijnbaar diep in gedachten. 'Verkoop dan? Vastgoed?'

Zwijgend at ik mijn taart verder op.

De stiltes die je soms liet vallen als pa ter sprake kwam, achteraf zie ik dat je er toen al anders in stond dan ik. Al vóór die brief van pa kwam. Dat ik zei dat ik niet bij hem langs zou gaan, ook al was hij ziek, of hulpbehoevend, ging er bij jou niet in. Misschien dacht je wel dat ik het niet zo meende, maar ik meende het wél en misschien zou ik er nog steeds zo in staan als jij er nog was om alle tekortkomingen in mijn karakter uit te balanceren. Jij als de goede van ons twee. De beste zoon. De beste broer. Je kunt makkelijk af en toe iets laten liggen als je weet dat er iemand dicht bij je staat om al die dingen recht te trekken en weer goed te maken. Nu moet ik het zelf beter gaan doen.

Ik zag ma niet toen ik vanochtend beneden kwam, wat betekende dat ze misschien niet de hele nacht wakend op de bank had doorgebracht. Of, als dat toch wel zo was, dat ze zich tenminste genoeg bij elkaar had geraapt om zich op te frissen en zich door een nieuwe dag heen te slaan.

In de keuken zag ik dat de buitendeur openstond. Ze stond in de tuin.

'Hé ma…' zei ik.

'Ik heb gedroomd van je broer.'

'O, echt? Was het een mooie droom?'

Ze lachte een beetje. Het leek bijna haar echte glimlach. 'Heel mooi.' Ze zweeg even, alsof ze nog met één voet in die droomwereld stond. 'Weet je nog dat jullie hier speelden?'

'Ja. Lang geleden hè?'

'Het voelt voor mij als gisteren. Jij op dat fietsje met zijwieltjes. Herinner je je dat nog? Je wilde zo graag op de grote fiets van Roscoe, maar je viel elke keer om. Heeft hij je leren fietsen?'

'Weet ik niet meer. Waarschijnlijk wel.'

'Ik was het in elk geval niet. En je vader ook niet toch?'

'Ik denk het niet, nee.' Het was alsof ze het aanvoelde. Het bruggetje werd me zo in de schoot geworpen. 'Ma, ik eh... nu je het toch over pa hebt...' Ondanks het perfecte bruggetje wist ik het alsnog stroef te maken. 'Dat hebben we niet goed gedaan, hè?'

'Wat niet?'

'Nou, toen hij naar ons toe kwam, na de herdenkingsdienst. Dat we zo afwijzend waren.'

Ze zei niets, maar haar wenkbrauwen trokken samen en er verscheen een rimpel in haar voorhoofd die daar bleef.

'Het zit me niet lekker.'

'Wat hadden we dan moeten doen? Je denkt toch niet dat hij verwacht had met open armen ontvangen te worden?'

'Nee, pa niet. Maar... denk je niet dat Roscoe iets meer van ons zou verwachten?'

'We hebben hem uitgenodigd, en ik vind dat gezien de omstandigheden al heel wat; meer dan hij verdiende, als je het mij vraagt.' Ze liep langs me heen naar binnen. 'Hij verdiende jullie geen van beiden.'

Ik wachtte een paar tellen voor ik achter haar aan ging. Inmiddels zat ze aan de eettafel. Gebogen hoofd. Haar voorhoofd steunend op haar handpalm, haar elleboog op tafel.

'Ik weet dat Roscoe het me kwalijk nam. Dat ik hem bij jullie weggehouden heb. En nu lijkt Ed de zielenpiet.' Ze keek op, strijdlustig. 'Hoe hij daar stond, als een kwetsbare oude man. En ik de kwaaie pier die zijn zoons tegen hem opgezet heeft. Maar zo zit het niet!'

'Dat denkt ook helemaal niemand.'

'Wel waar. Soms denk ik het zelf ook.' De energie leek uit haar weg te sijpelen, om vervolgens weer op te komen zetten. 'Je moet snappen waarom ik het deed. Hij deed niet eens zijn best! Die paar prullen die hij opstuurde als jullie jarig waren? Moest ik die dan aan jullie geven, zodat jullie weer aan hem zouden denken, naar hem zouden vragen, weer hoop zouden krijgen? Ik heb het Roscoe uitgelegd toen hij naar me toe kwam, en ik zeg het nu weer tegen jou: Ed was nooit bereid een echte rol in jullie leven te spelen. En ik wilde jullie beschermen. Dat was mijn taak. Neem het me maar kwalijk!'

'Dat doe ik helemaal niet. Het is zoals het is, ma.'

Ze ademde hoorbaar in en zei daarna zo zacht dat ik het maar net kon verstaan: 'Roscoe was heel boos.'

'Roscoe kon onmenselijke standaarden hebben. En niet alleen voor zichzelf.' Ik leunde met mijn schouder tegen het kozijn van de keukendeur. 'Of het nu de juiste beslissing was of niet, daaraan valt niks te veranderen. Maar we kunnen wel veranderen hoe we verdergaan. Als Roscoe het kon, dan kunnen wij het toch ook proberen?'

'Hem weer toelaten in ons leven? Wat voor goeds moet daarvan komen?'

'Dat weet ik zelf ook nog niet precies. Maar ik heb wel spijt dat ik nooit echt met Roscoe gesproken heb over zijn contact met pa. Ik kan het hem nu niet meer vragen, maar pa is er nog en... ik weet niet, misschien word ik er wijzer van.'

Ze zuchtte. 'Als dat is wat je wilt... Verwacht gewoon niet te veel. Goed?'

'Ik verwacht niks.'

'Dat is misschien al te veel.' Ze aarzelde even voor ze opstond en naar het oude dressoir liep. Ze opende een deurtje en tussen het glaswerk dat ze in geen jaren heeft gebruikt – ik zag oma's antieke vaas die bij haar altijd naast de voordeur stond – en ordners vol administratie van de afgelopen decennia, haalde ze een fotoalbum tevoorschijn. 'Het was niet altijd alleen maar slecht,' zei ma terwijl ze met het album naar me toe liep. Ze gaf me het boek. 'Kijk maar.'

De eerste foto is er een van de rode pick-uptruck. Tweedehands gekocht, met hier en daar een kras en de lak al wat verweerd, maar pa staat erbij alsof hij de hoofdprijs in een loterij heeft gewonnen. Trots laat hij de autosleutel in zijn hand bungelen. Naast hem staat ma, al net zo trots. Met jou als baby op haar arm. Een paar bladzijden verder ben je al iets groter, een peuter, en zit je bij pa op schoot achter het stuur.

De truck heeft hij nog. Nu met wat meer deuken, het rood wat doffer, maar met aan de binnenspiegel nog dezelfde veter waaraan een bruin veertje hangt. Ik herinner me dat dat veertje in mijn ooghoek op en neer bewoog als ik bij hem op schoot mocht zitten terwijl hij autoreed. Op de rechte stukken liet hij me dan sturen.

Er was die keer dat we ons hadden verslapen op een schooldag, omdat pa en ma de wekker niet hadden gezet. Het was niet dat we een béétje te laat kwamen, nee, we hadden ons zo gigantisch verslapen dat we nog maar net voor lunchtijd op school aankwamen. De nacht ervoor hadden pa en ma weer zo'n feestje gehad en het was er eentje waar we niet doorheen hadden kunnen slapen. Ik had al vogels horen fluiten voor ik eindelijk in slaap was gevallen en we waren nog steeds niet helemaal wakker toen pa ons de truck in loodste. We kregen allebei een banaan als ontbijt-slash-lunch, die we in de auto pelden en opaten. Jij zat op de passagiersstoel en ik mocht bij pa op schoot. Ik hielp sturen en jij moest schakelen op de momenten dat hij het zei. Dat vonden we leuk, en we hadden grote lol, tot we bij school aankwamen. Jij trok aan mijn arm en zei dat ik vlug naast je moest komen zitten. Ik wist niet waarom. Je werd boos omdat ik niet naar je luisterde. Pa duwde het portier open. 'Hup, eruit jullie!'

Ik klom van zijn schoot en sprong op de grond, maar jij bleef zitten, zonder hem aan te kijken. Je zei dat je niet durfde. Opeens schaamde ik me ook. In de klaslokalen die uitkeken op het schoolplein, waaronder mijn klas, waren alle kinderen voor het raam gaan staan. Mijn leraar kwam naar buiten. Toen voelde ik het voor het eerst. Het anders zijn. Voor het eerst merkte ik dat mijn nulmeting misschien niet helemaal klopte.

Jij was ondertussen toch uitgestapt, de leraar stuurde ons naar binnen en zei dat we naar onze klassen moesten gaan, en dat hij pa nog heel even moest spreken. 'Krijgen we op onze kop?' vroeg ik toen we naar binnen gingen. Ik weet niet meer wat jouw antwoord was. Ik weet wel dat de hele klas raar naar me keek toen ik binnenkwam en op mijn plek ging zitten. En dat ze allemaal voor het raam bleven kijken naar mijn druk gebarende pa, die de truck niet uit was gekomen. Het duurde vast maar een paar minuten, maar het voelde als uren. Toen iedereen weer naar zijn eigen plek toe snelde, wist ik dat de leraar in aantocht was. Hij maakte er geen woorden meer aan vuil toen hij terug het lokaal in kwam. Hij schraapte zijn keel en zei: 'Goed, allemaal weer aan het werk.'

Veel van mijn herinneringen aan vroeger, aan de eerste zeven jaar van mijn leven, spelen zich af in een vast stramien. Pa kwam uit zijn werk, en ma had dan het eten meestal al op tafel. Hij schoof aan en at zijn bord leeg. Dan schepte hij meestal een tweede keer op, at verder tot ook dat op was en liep daarna drie stappen van de stoel naar de bank. Daar viel hij bijna meteen in slaap. Hij sliep minstens een uur, meestal twee. Als ma wegging om ergens in een achterafcafeetje op te treden, maakte ze hem wakker. Dan stond hij kreunend op van de bank, greep als in een reflex onder in zijn rug en als het dan nog geen bedtijd voor ons was, sommeerde hij ons naar buiten te gaan.

Als we met z'n drieën in onze achtertuin stonden, dan kon je wel stellen dat die vol was. Erg veel ruimte om over te gooien hadden we dus niet, maar dat deden we dan wel, tussen jou, pa en mij. We speelden tot een van ons de bal liet vallen, en het was altijd pa die de bal liet vallen. Nooit jij of ik, terwijl ik op mijn zevende echt niet de beste motoriek had. Daarna speelden we nog een partijtje basketbal, wat pa altijd won, aangezien de basketbalring zo laag aan de gammele schutting bevestigd was dat hij de bal niet eens hoefde te gooien. Hij kon hem zo door de ring laten vallen. Dan was het over en moesten we naar bed, en hoewel we er waarschijnlijk de klok op gelijk hadden kunnen zetten, kwam dat moment voor ons altijd onverwachts. Pa nam de bal mee naar binnen en stuurde ons zonder verder oogcontact naar boven om onze tanden te poetsen. Hij liet geen ruimte voor discussie, terwijl jij die wel altijd probeerde aan te gaan. Maar al stond je daar nog een half uur 'Alsjeblieft pap, nog héél even' te smeken, het had geen enkele zin meer, want pa had zich dan alweer voor de tv geïnstalleerd en zei geen woord meer. Blijkbaar vond hij dan dat hij in voldoende mate aan zijn verplichtingen had voldaan en dus was jij het die elke avond controleerde of ik mijn tanden had gepoetst, en jij zong het slaapliedje in plaats van ma.

Ik kan me pa niet anders voor de geest halen dan als de man van de minimale inspanningen. Maar achteraf kun je denk ik makkelijk vaststellen dat hij niet gelukkig was met ons. Of gewoon, met hoe zijn leven er toen uitzag. Maar op de foto's is een andere kant van hem te zien. Een man die het leuk vond om tijd met zijn zoons door te brengen.

Er is een foto van hem en mij in het schuurtje. We zijn iets aan het timmeren. Ik heb een hamer vast die bijna te zwaar voor me is om te tillen. Op de volgende foto is te zien hoe pa een vogelhuisje aan de schutting hangt, terwijl ik er wijzend naast sta. En vakantiefoto's. We zaten in bomen, hingen aan touwschommels, aten geroosterde marshmallows. We zagen er tevreden uit. Nee, blij. We waren blije kinderen toen. Er was een foto waarop we met bewonderende blikken naar pa opkeken, die een grote vis in de lucht hield. Ik hield de hengel vast waarmee we de vis hadden gevangen. Jij had je armen omhoog, juichend. Onvoorwaardelijke, kritiekloze liefde. Ik weet niet of ik het mooi vind of manipulatief. Zou je dat als ouders beseffen, hoezeer je kinderen naar je opkijken? Je zou denken van wel, aangezien iedereen ooit kind is geweest. Maar misschien vergeet je het zodra je zelf kinderen krijgt. Een soort auto-immuunreactie van het lichaam? Ik bedoel, het lijkt me totaal verlammend om je daar bewust van te zijn.

Dat elke handeling, de kleinste dingen die je doet of zegt, zo veel gewicht kunnen hebben. Wie zou nog kunnen functioneren in dat volle besef? Misschien zijn het niet de ouders die tekortschieten. Misschien zijn het de eisen die we stellen, en het beeld dat we van ze hebben, die ervoor zorgen dat ze het nooit goed kunnen doen.

Misschien hadden we het wel gered als gezin als we in dat bos waren gebleven. Niet dat het zo werkt in het echte leven, maar ik denk dat pa in al die eenvoud beter had kunnen functioneren. Gewoon vissen vangen en vuurtjes stoken. Alleen was ma dan bij ons weggelopen. Ze hield een kampeertrip met ons nooit langer dan twee dagen vol. Ik denk dat we onder ogen moeten zien dat ons gezin uit een onmogelijke combinatie van persoonlijkheden bestond, en de gedachte dat dingen anders hadden kunnen lopen is een utopie.

Op de laatste pagina van het album staat een foto van jou en mij. Ik ben nog heel klein, jij zeker twee koppen groter dan ik. We zitten bij een kampvuurtje en eten iets wat het meest weg heeft van bonen uit blik. Onze wangen zijn rood van de tomatensaus en ik kijk naar jou met een grote open lach, terwijl jij recht in de camera kijkt. We hebben onze armen kameraadschappelijk om elkaars schouders geslagen. Ik herinner me het specifieke moment niet, maar door de jaren heen hebben we nog talloze keren op die manier bij een zelfgestookt kampvuurtje gezeten. Soms gingen er uren voorbij zonder dat we iets zeiden. Soms zaten we er flauwe grappen te maken en te praten over de zin en onzin van het leven. Misschien is dat wat pa ons heeft gegeven, en moeten we hem daarvoor bedanken en het verder laten voor wat het is.

Ik weet nog dat we samen op kampeertrip waren in Killarney, tijdens de zomerstop van *High School Heroes*. Het was vlak voor jij en Liv een stel werden. De serie liep al een tijd, en de populariteit was bijna op het hoogtepunt. Jullie werden uitgenodigd voor alle evenementen, de mafste feesten, en je kon overal de meest luxe vakanties vieren die je maar wilde. Maar je besloot twee weken in een blokhut te gaan zitten met mij. En met Liv. Want ze was er dan wel niet fysiek bij, ze was er toch de hele tijd.

Ik herinner me nog precies hoe hard ik moest werken om iets over haar los te krijgen, hoewel je het toch de hele tijd over haar had. Haar naam glipte overal tussendoor, in bijna elke anekdote die je vertelde over werk, reisjes, feesten, wat dan ook. Dat was logisch, omdat jullie bijna non-stop aan het werk waren, maar Livs naam noemde je een stuk vaker dan die van je andere collega's. En wat vooral opviel, was dat ze de hele tijd volkomen willekeurig ter sprake kwam, maar dat je dan weer heel stil werd als iemand iets over haar vroeg. Behalve in interviews, dan kon je juist niet ophouden over hoe talentvol en geweldig ze was. Je hoefde mij niet te vertellen wat je voor haar voelde, want dat wist ik al. Maar toch zat ik te wachten tot je het eindelijk zou toegeven, niet aan mij, maar aan jezelf. Volgens mij pestte ik je er zelfs een beetje mee, of nou ja, een beetje… zo veel als ik kon. Maar daar zijn jongere broertjes nu eenmaal voor, toch? En als je nu eerlijk bent, moet je ook toegeven dat het allemaal wel erg lang duurde. Heel, heel, héél erg lang. Je kan het me niet kwalijk nemen, dat ik de waarheid uiteindelijk uit je wrong alsof het het laatste restje in een tube tandpasta was.

Ik dumpte een stapel droge houtjes naast je zodat je het vuur waar je mee bezig was verder kon opstoken. 'Heb je het nog een beetje in de vingers, bro?' vroeg ik. 'Of moeten we hier je assistent even voor bellen?'

'Waarom zou ik een assistent in dienst nemen als ik een vervelend broertje heb dat ik alles kan laten doen waar ik zelf geen zin in heb.' Je grijnsde. 'Ga eens een blik soep halen.'

'Jij dénkt alleen maar dat je mij alles kan laten doen,' zei ik terwijl ik me omdraaide in de richting van de blokhut. 'Maar toevallig heb ik nu zelf zin om die soep te gaan halen omdat ik enorme honger heb.'

We konden ons eten in de blokhut klaarmaken en het opeten aan de relatief comfortabele eettafel in de keuken. Maar ja, we konden zo veel. We hadden de zomer ook aan de rand van het zwembad van een vijfsterrenhotel kunnen doorbrengen, en in onze badjassen culinaire hoogstandjes bestellen bij de roomservice en die bij onze suite laten bezorgen. In plaats daarvan zaten we blijkbaar liever met een steelpannetje te hannesen boven een slecht brandend kampvuurtje.

Toen ik met het blik soep en een blikopener terugkwam, had jij het vuur genoeg opgestookt. Ik ging naast je op mijn visserskrukje zitten. 'Nooit gedacht dat mijn leven zo zou veranderen sinds jouw doorbraak. De glitter. De glamour. De koude soep uit blik.' Met een laatste draai aan de blikopener schoot ik door de deksel van het blik heen. Het was een familieblik. In de normale maat zat niet genoeg voor ons tweeën. Met iets te veel enthousiasme stortte ik het blik leeg in het pannetje. We moesten de spetters van onze onderarmen vegen.

'Je bent er nog steeds niet overheen dat we niet naar het feest op Justins jacht gaan?'

'Jij wel?' vroeg ik.

Je haalde je schouders op. 'Op en neer vliegen voor een feestje? Kom op. Wie doet zoiets?'

'Nou, ik weet niet. Mensen die in een hitserie spelen? Mensen die in een hitserie spelen en hun broer een pleziertje gunnen?'

'Kijk om je heen. We zijn in de natuur, mijlenver verwijderd van andere mensen, geen verplichtingen, geen gedoe en over een paar minuten is er soep. Wat wil je nog meer?'

'Niet veel. Maar een paar supermodellen op een boot zou leuk zijn.'

Je gooide een tak mijn kant op, die ik probeerde te ontwijken zonder te veel soep over de rand van de pan te laten klotsen. 'Hé, kijk uit. Niet aan ons eten komen.'

Je grinnikte en keek op toen er van verderop een geluidje klonk. Je strekte je arm om een rugzak naar je toe te hengelen en haalde eerst een boek, en daarna je mobieltje uit een van de vakken. De lach op je gezicht werd breder en terwijl je iets begon te typen, bekeek ik het boek dat nu tussen ons in lag. Het was een biografie van Marilyn Monroe. Ik las de tekst achterop. 'Waarom lees je altijd van die zware verhalen?'

'Ik vind het niet zwaar,' antwoordde je zonder van je telefoon op te kijken. Je had dat ding de hele tijd bij je, wat ik niet van je kende. Als je thuis was, probeerde je juist zo onbereikbaar mogelijk te zijn. Meestal kwam je er na een week pas achter dat je je telefoon helemaal niet meer had opgeladen. Iets was anders nu.

'Het is niet bepaald een vrolijk verhaal.'

'Ik lees het ook niet om vrolijk te worden.'

Blijkbaar had je daar je telefoon voor, want er klonk weer een piepje en je gezicht lichtte op. Ik wachtte even tot je het inkomende bericht had gelezen, maar het leek wel alsof je het tien keer achter elkaar aan het lezen was. Je kon je niet van het scherm losmaken.

'Ik dacht dat je back to basics wilde,' zei ik.

'Zijn we toch ook?' Nog steeds keek je niet op.

'Zeker. Jij, ik en je telefoon.'

Je reageerde niet. Je typte nog iets met die stomme glimlach op je gezicht en toen legde je je telefoon neer. Je oog viel op Marilyns biografie. Je pakte het boek op. 'Liv zegt ook altijd dat ik iets vrolijkers moet lezen. Soms legt ze een boek van haar in mijn trailer. Liefst iets met roze kaften en zwierige letters. En dan vindt ze het hilarisch om de jongens erop te wijzen als we met z'n allen in mijn trailer hangen.' De glimlach was terug. Die van de telefoonberichtjes.

'Goh, die Livia,' zei ik een beetje sullig. 'Maar misschien moet je eens een van haar boeken meenemen op vakantie. De meeste mensen lezen dan iets voor hun ontspanning.'

'Dat doe ik ook wel. Soms. En natuurlijk is het verhaal van Marilyn tragisch, maar ik lees dit om het te begrijpen. Wist je dat ze dichteres was? Ze was ontzettend eenzaam als kind, had een heel moeilijke jeugd maar ze overwon dat allemaal. Ze wordt een vrouw die alles heeft, die door iedereen bewonderd wordt, met een enorm talent. En toch... toch ontglipt het haar allemaal. Na alles wat ze heeft bereikt, kan ze toch niet gelukkig zijn.'

'Jij hebt ook alles. Ben jij nu gelukkiger dan je was?'

'Op dit moment? Ik denk het wel.'

'Hm, dat ligt dan zeker aan die berichtjes die je krijgt.'

Ik zag aan je gezicht dat je je van de domme probeerde te houden. De soep begon blazende geluiden te maken in de pan en ik nam een lepel uit een van de soepkommen die naast het kampvuur stonden en begon te roeren.

'Het is niet de roem die gelukkig maakt. Juist niet.'

'O, je vindt het vervelend om bejubeld te worden? Zielig voor je dat iedereen van je houdt, Roc. Ik leef met je mee, dat weet je.'

'De aandacht, de complimenten, dat is maar even leuk. Ze houden niet van míj. Het is projectie. Een beeld dat ze zelf creëren in hun hoofd, maar dat niets te maken heeft met wie ik ben. In het begin kon ik niet eens acteren. Toen ik lessen begon te nemen, merkte ik hoezeer ik op Liv leunde. Ik weet zeker dat ik zonder haar niet eens zou zijn overwogen voor die rol. Ik speelde in op wat zij me in een scène gaf en ik denk dat ik nu pas begin te leren hoe ik hetzelfde kan doen voor mijn tegenspeler. Maar mensen zien niet hoe hard ik werk, hoe ik probeer om beter te worden, ze houden gewoon van Rush en... Weet je, dat is ook prima zo. Maar als je daar je eigenwaarde aan ophangt...'

'Dan wordt het gevaarlijk,' concludeerde ik.

'Mensen juichen voor je, maar ze zien je niet. Niet echt.' Je knikte naar het boek. 'En voor haar moet het nog moeilijker geweest zijn. Ze veranderde niet alleen haar naam. Ze werd letterlijk iemand anders, Marilyn Monroe, en niemand zag nog wie ze echt was.'

'Misschien wil ik het boek wel lezen als jij het uit hebt.'

'Echt? Niet liever iets vrolijks?'

'Ik ben wel benieuwd nu. Misschien leer ik jouw wereld dan ook beter begrijpen. Het blijft toch iets raars. Kijk naar Marilyn. Er zijn mensen vóór haar zo beroemd geweest, en nog velen na haar. Ze was niet de eerste met zulke problemen en ze zal zeker niet de laatste zijn. En toch is er niemand die kan zeggen hoe je er nou goed mee om kunt leren gaan, met die keerzijde, weet je wel?' Ik keek in het pannetje, waar nu kleine belletjes aan de oppervlakte verschenen. Ik zag ze langzaam opkomen en beurtelings uit elkaar spatten. 'Maar jij wordt niet een van hen. Als je dat maar weet.'

'Tuurlijk niet, ik heb jou toch om me te herinneren aan wie ik ben?'

'Precies. Laten we een pact sluiten.'

'Wat voor pact?'

'Dat we dit altijd blijven doen. Kamperen in het bos, soep opwarmen in de buitenlucht. Vissen... of misschien dat juist niet meer, maar wel dat soort dingen. Gewoon simpel. Alleen wij tweeën. Hoeveel uitnodigingen voor feesten op jachten er dan ook nog zullen volgen.'

'Deal.'

'Maar ik vind het ook niet erg als je haar de volgende keer een paar daagjes mee wilt nemen, hoor. Houdt ze een beetje van het buitenleven?'

'Over wie heb je het?' Je trok het pannetje uit mijn handen. 'Volgens mij is dit wel warm. Pak die kommen eens.'

'Ik heb geturfd, eergisteren stond de teller op tweeëntwintig.'

'Ik heb geen idee waar je het over hebt. Geef nou eens een soepkom aan.'

Ik reikte naar de emaillen kommen. Ik kon er net bij zonder me te hoeven verplaatsen. 'Het aantal keer dat je haar naam hebt genoemd. Gisteren kwamen we uit op drieënvijftig. En vandaag zit je al op het record tot nu toe: achtduizendzevenhonderdzesenveertig.'

Je gaf me een zet terwijl ik naar je toe leunde met de soepkommen.

'Geef het toe, man. Je loopt de hele dag met je telefoon op zak, wat níks voor jou is. En je hebt de hele tijd zo'n gek lachje op je gezicht. Vooral als je op je telefoon kijkt. En in elk gesprek moet je op een bepaald moment de totale geweldigheid van Livia Jones benoemen.'

Je trok je wenkbrauwen samen. 'Je lult uit je nek.'

'En jij bent verliefd.' Ik knikte naar de kom en gebaarde naar de pan in je hand. 'Nou, kom op, ik ben geen uithangbord.'

Je schonk een plens soep in de ene en daarna in de andere kom. Door de manier waarop je mijn blik ontweek, wist ik dat ik op het juiste spoor zat. Normaal deed je niet zo moeilijk over dit soort gesprekken. We hadden het wel vaker over vrouwen. Toegegeven: iets vaker over de vrouwen in mijn leven dan in dat van jou, maar toch. Dat je zo gesloten was, wilde iets zeggen. Dit was serieuze shit.

Je had je een van de kommen toegeëigend en begon te eten.

'Hoe lang hebben jullie al iets?' begon ik toen ik doorkreeg dat je niet van plan was nog te gaan praten.

'Je leest te veel van die goedkope blaadjes. Liv en ik zijn vrienden. We hebben niks.'

'Met wie zit je dan steeds te sms'en?'

'Er is niemand. Ik ben niet eens casual aan het daten op het moment.'

Ik nam een paar happen. 'Dat is nu juist zo vreemd. Je kunt daten wie je maar wilt. En je doet het niet. Eerst kwam je nog wel eens met een verhaal over een sexy scharrel thuis, maar daar hoor ik helemaal niks meer over. En op alle foto's van premières en feestjes zie ik je met Liv aan je arm. En volgens mij is er hier nog geen uur voorbijgegaan dat je niet aan haar hebt gedacht.'

'Ze is een belangrijk deel van mijn leven.' Je keek betrapt. 'Omdat we zo intens samenwerken.'

'Dat is niet alles wat intens is tussen jullie, gast.'

'Ik denk dat ik dit gesprek maar opvat als een compliment voor mijn acteertalent.'

'Wauw,' zei ik.

'Wat wauw?'

'Wauw dat je gewoon glashard tegen mij zit te liegen. Ik vertel jou alles.'

Je wierp me een meewarige blik toe.

'Goed dan, bijna alles.'

'Er valt niets te vertellen. Zodra dat verandert, ben je de eerste die het hoort.'

'Dus het zou kúnnen veranderen?' Ik stak mijn lepel jouw kant op in een – toegegeven – nogal wijsneuzerig gebaar. Je keek me aan alsof je het ding wilde afpakken om me er daarna mee te folteren. Ik trok mijn hand snel terug en we aten een paar happen in stilte. Af en toe keek ik op tussen mijn soep en jou terwijl ik steeds meer overtuigd raakte van mijn gelijk. Jij deed je uiterste best me te negeren. Ik kuchte even. 'Oké, ik denk dat we kunnen constateren dat het misverstand hier ligt bij het feit dat ík weet dat je gek bent op Liv, en dat met mij de hele wéreld weet dat je gek bent op Liv, en dat er maar twee mensen zijn die nog niet precies weten hoe gek jij bent op Liv en dat zijn jij en Liv zelf.'

Er verscheen een rimpel in je voorhoofd en nog steeds zei je niks.

'Gast! Zie het onder ogen! Het is niets ergs of zo. Nou ja, misschien wel een beetje gezien de omvang van je verliefdheid, maar over het algemeen zien we liefde op deze planeet als iets goeds.'

Weer stilte.

'Ik zit je niet te sarren. Je kunt toch eerlijk tegen me zijn! Misschien kan ik je helpen. Wat is het probleem? Ziet ze jou niet zitten?' Ik zat al een beetje te rekenen op een hoek van je elleboog, of een klap tegen mijn achterhoofd. Maar het feit dat je me niet met een knal voor mijn kop of juist lacherig afwimpelde, en dat je hier tegenover me zat met een blik alsof we hier een vredesoverleg op Camp David aan het voeren waren, maakte dat ik niet kon ophouden je het vuur na aan de schenen te leggen. Het was voor je eigen bestwil.

Ik besloot er nog een grapje tegenaan te gooien. 'Kom op. Ik ben misschien je kleine broertje, maar toevallig begeven we ons hier binnen mijn expertiseveld. Ik heb ervaring. Veel ervaring. Laat me mijn kennis met je delen.'

Je pakte het pannetje en goot mijn kom nog eens vol, ook al had ik hem nog niet helemaal leeg. Je eigen kom, die wel leeg was, zette je op de grond. Het leek erop dat ik je met mijn gezeur genezen had van een tweede portie. Ik deed mijn mond weer open om iets te zeggen, maar voor ik dat kon doen, zei jij: 'Eet je soep op en laat me nadenken. Oké?'

Ik durfde alleen nog te knikken en lepelde soep naar binnen terwijl ik jouw innerlijke proces van acceptatie zat te aanschouwen. Je leek bijna zover om de laatste puntjes met elkaar te verbinden.

'De berichtjes zijn van Livia. Maar we zijn alleen vrienden en er is niks gebeurd.'

'Maar?' vroeg ik, waarna ik mijn ongeduld weer probeerde in te tomen.

'Niks.' Er leek weer een gordijn neer te gaan. Je was er zo dichtbij geweest, maar je trok je weer terug. Ik schoot naar voren, morste wat soep over mijn spijkerbroek, zette de kom neer.

'Kom op nou, Roscoe. Met je "niks". Dit is niet hoe niks eruitziet. Niks is niet... dit.' Ik gebaarde naar je, of liever gezegd naar het aura om je heen. Het aura van geheimen en niet toegeven en weet ik veel, angst. 'Waar ben je nou zo bang voor?'

'Ik denk dat ik van haar hou.'

Ik schreeuwde iets, zoals je zou doen als je team onverwachts een doelpunt scoort of zo. 'Je hóúdt van haar? Ik had het over verliefdheid. Of lust? En nu kom jij meteen met houden van? Kan je nooit eens iets met mate doen? En hoe weet je nou of je van haar houdt als er nooit iets is gebeurd?'

'Gewoon. Zoiets voel je toch? Als ik bij haar ben, dan weet ik dat het zo is. Ze is...' Heel je gezicht veranderde weer, het gordijn werd opgetrokken. 'Maar ik weet niet of zij... Ik bedoel, er is wel iets. Dat denk ik althans. Maar... als het misgaat, zijn we genaaid. Ik kan het niet riskeren. Ik heb geen idee hoe... Relaties lopen nu eenmaal stuk. Op een gegeven moment.'

'Niet altijd.'

Je wierp me een blik toe. *Geloof je het zelf?*

'Niet altijd,' herhaalde ik, dringender nu.

'Je hebt niet bepaald een staat van dienst op relatiegebied die me overtuigt.'

'Nee, nou ja... nog niet misschien, maar niet alle relaties gaan kapot.'

'Tuurlijk wel. Uiteindelijk wel. Ik bedoel...' Je dacht even na. 'Niets is voor eeuwig.'

'Dus dan is het het proberen niet waard? Wauw, dat jij zoiets zegt, dat verbaast me. Ben jij niet de hoopvolle van ons twee?'

'Geen idee. Ben ik dat?'

'Ja. Tuurlijk! Kom op, als jij er zo over denkt, dan is er voor mij al helemaal geen hoop meer. Jij gelooft toch in het goede van de mens? En dat een aardig gebaar iemands leven kan veranderen? En in de liefde geloof je dan weer niet? Wat is dat voor bullshit?'

'Ik zeg niet dat ik er niet in geloof.' Je pakte een takje en duwde ermee in het zand. 'Ik weet wat ik voel. Maar wat als het niet blijvend is? Of... wat als ik het verknal?'

'Goede vragen, maar is het niet al te laat? Je bént al verliefd, toch?

Dus wat doet het er nog toe? Ja, misschien gaat het kapot. Ja, misschien verkloot je alles. Maar helpt het om het niet te proberen? Neem je dan niet een voorschot op ellende die misschien niet eens gaat gebeuren?'

Je maakte een kiezeltje los uit het zand en wipte het mijn kant op. 'Sinds wanneer ben jij zo slim?'

'Sinds wanneer ben jij zo'n angsthaas?'

'Niet te ver gaan,' zei je voor je het stokje naar me toe smeet.

'Nou. Die berichtjes die ze je stuurt. Laat zien.'

Je schudde je hoofd.

'Laat zien!'

'Nee. Dat is privé.'

'Niks privé. Broers delen die dingen. Je wilt toch weten of het wederzijds is?'

Je zuchtte, reikte naar je telefoon, nog steeds in twijfel. Je scrolde even, leek het toestel weer weg te willen leggen, bedacht je weer en stak het mijn kant op. 'Eén lullige opmerking en ik vertel je nooit meer iets.'

'Vertellen? Ik moet het eruit trekken. Geef op.' Ik las de laatste berichtjes. Braaf gedoe allemaal. Of je naar het feest van Justin kwam. Zou leuk zijn. Het boek was inderdaad een aanrader. Een of ander insidersgrapje dat ik niet snapte. Ik ging verder naar boven, oudere berichtjes, en toen ontdekte ik de foto. 'Man. Serieus?' Ik keek op. Draaide het scherm naar je toe.

'Dat stuurde ze me vanwege het boek. Ik heb haar dat gegeven en –'

'Roc...' Ik keek nog een keertje. Je weet wel, nu ik de kans had. Niet dat je iets zag. Livia Jones op het strand. Zonder topje. Met een boek, strategisch geplaatst. No big deal. 'Deze foto gaat niet over dat boek.'

Je pakte de telefoon af. 'Weet ik. Ik denk er al drie dagen aan.'

Dat verklaarde die stomme glimlach in ieder geval. Je stopte je telefoon in je broekzak, pakte de steelpan en goot het restant van de soep in je kom. 'Dus. Je vindt dat ik er werk van moet maken?'

'Lijkt me wel, ja.'

'Het is alleen... zij is zó...' Je hief je handen in een hulpeloos gebaar. Geen woorden voor hoe wát ze was. 'Wat moet ze met mij?'

Ik stond op het punt een geintje te maken. Te zeggen dat ik me dat ook ernstig afvroeg, maar ik wist op tijd bij te sturen. 'Je zit gebeiteld, Roc. Zij vindt jou ook leuk.'

Liv en jij. Het was bijna alsof iedereen het eerder zag dan jullie zelf, en het kon niet duidelijker zijn. Ik bedoel maar: ik snap niks van de liefde en zelfs ik kon je advies geven. En ik weet eigenlijk niet precies of ik dankzij jullie nu eindelijk begrijp hoe zoiets als echte liefde ongeveer moet voelen. Of dat jullie de lat zo hoog hebben gelegd dat het voor altijd onhaalbaar voor me zal blijven.

De brieven

Laatste album Roscoe Mulder breekt records. Al wekenlang staat *OWN* bovenaan de lijst van meest verkochte albums van iTunes en het eind is nog niet in zicht.

Productiemaatschappijen vechten om laatste werk Roscoe Mulder. De pilot die hij schreef voor de dramedy met actrice – en levenspartner – Livia Jones in de hoofdrol heeft als werktitel *You and Me*. Jones, die als rechthebbende voor het werk is aangewezen, weet nog niet of de serie ooit zal verschijnen. 'Op dit moment overheerst het gemis en is het verdriet te vers om zoiets te beslissen.' Mulder overleed onverwachts na een onopzettelijke overdosis van voorgeschreven medicijnen gemengd met alcohol.

Afzender: Hattie Williams
Je denkt al snel aan alles wat je anders had moeten doen. Als moeder doe je dat. Er gebeurt iets met je als je negen maanden lang een kind in je draagt. Het zal wel cliché klinken, maar zo is het gewoon. Ik weet nog zo goed hoe het voelde als je in mijn buik bewoog. Gek hè. Het is zo lang geleden. Zo lang dat ik niet meer wist dat ik die herinnering nog had, maar die gaat nooit weg. Ik moet er steeds aan denken nu, aan hoe levend je

voelde: jij als baby, trappelend met je voetjes, jij die in mijn buik de hik had, jij als je je uitrekte. Geen moeder zou haar kind ooit zo stil moeten zien. Zo vreselijk, vreselijk stil.

De gedachte aan wat voor me ligt – verder leven zonder mijn kind – is onverdraaglijk. Het is mijn grootste angst geweest vanaf het moment dat je werd geboren. Dat jou of je broer iets zou overkomen. En nu... wat nu?

Alles wat ik anders had kunnen doen, gaat eindeloos door mijn hoofd. De keren dat ik je liet huilen in je bedje, omdat ik te moe was om voor de zoveelste keer naar je toe te gaan die nacht. Dat ik tegen je snauwde als je iets aan me kwam vragen, omdat ik het druk had; ruzie met je vader, stress voor een optreden of problemen op het werk. Dat ik geen tijd voor je had voor je ging slapen, omdat ik weg moest naar een optreden. Dat ik niet eens mijn best deed om na afloop weer snel naar jullie terug te keren, maar toegift op toegift gaf en daarna uren aan de bar bleef hangen, omdat ik geen genoeg kon krijgen van de aandacht. Dat ik mezelf voorhield dat ik dit verdiende, mijn avond, mijn moment.

Dat ik je niet genoeg aanmoedigde om je creativiteit te volgen en je vertelde dat je alleen teleurgesteld zou raken in jezelf en je dromen. Dat ik je niet vertelde hoe bijzonder je talenten waren. Hoe bijzonder jij was. Dat de manier waarop je naar een gitaar kéék al meer muzikaliteit bevatte dan ik ooit in mijn hele wezen heb gehad.

Als ik een betere moeder was geweest, had ik ervoor kunnen zorgen dat het contact met je vader niet verloren was gegaan. Dan had ik je verteld over onze eerste tijd samen en dat die niet te rijmen was met wat daarna kwam. Jij, je vader en ik. Samen. Alle wensen, hoop en liefde die we voor je hadden. Ed die opbleef om jou je laatste flesje te geven. Je hebt nooit geweten hoe trots hij aan iedereen vertelde dat hij een zoon had. Hoe hij je de eerste weken niet eens durfde vast te pakken, bang als hij was om je te bezeren. Misschien waren we te jong om het goed te doen. Maar ik kan je zeggen dat we het wel hebben geprobeerd. Alleen niet genoeg.

Al was het maar het kleinste krasje op je ziel geweest dat ik je had kunnen besparen, dan was dat het waard geweest. En ik denk dat het een heel grote kras was. We weten niet of het iets veranderd zou hebben, maar dat is het nu juist. We weten het niet. Dus misschien wel.

Elke moeder vindt haar eigen kinderen bijzonder. Dat is ook zo'n cliché. Maar ik wist het zeker toen ik je aankeek, de allereerste keer dat ik je in mijn armen hield. Ik zag in je ogen dat er al zo veel omging in jouw kleine wezentje. Een oude ziel, zei de verpleegster vlak na jouw geboorte. En dat was zo. Dat was echt zo.

Misschien zat die schaduwkant toen al in je. Misschien heeft talent altijd zijn prijs. Je inlevingsvermogen was je grootste troef, maar je kon niet kiezen voor welke gevoelens je openstond en voor welke niet. Ik wist dat het spelen van Vincent veel bij je zou losmaken. Maar net als altijd zou je er weer uit komen. Je zou weer thuiskomen. Met die mooie glimlach van je op me af lopen en je armen om me heen slaan. Mijn knappe, lieve jongen. Mijn kleine jongen. Ik had je moeten beschermen. Ik weet niet hoe, maar ik weet dat het mijn taak was, meer dan van wie ook.

Laatst droomde ik van je. Het was een mooie droom. Het gevoel ervan bleef de hele dag bij me, alsof je me wilde zeggen dat het goed met je gaat, waar je ook bent. Als er een manier is waarop je ons nog in de gaten kan houden, vanuit de hemel, dan wil ik niet dat je me hier ziet wegkwijnen. Dus ik beloof dat ik mijn best zal doen. Om beter te zijn. Voor jou. En voor je broer. Ik zal het allemaal beter doen. Sorry dat het te laat is voor jou, mijn engel.

Afzender: Justin March, producent, regisseur, vriend

Ik was bepaald geen nieuwkomer. Al vijftien jaar timmerde ik aan de weg, met wat bescheiden successen. Die ene grote doorbraak was uitgebleven, en ik was op een punt in mijn leven en carrière waarop het er niet zo meer toe deed, zolang ik maar kon doen wat ik leuk vond en kon maken wat ik wilde maken. Toen kwam *High School Heroes*, een projectje waar ik al een tijdje aan werkte, en waar ik een aantal vrienden uit het vak zo gek voor had gekregen zich eraan te committeren. Een van hen was de prachtige, getalenteerde Livia Jones. Door sommigen ook wel mijn muze genoemd, wat ik niet geheel kan ontkennen. Maar het exacte moment waarop ik wist dat dit projectje, mijn geheime baby, wel eens écht zou kunnen slagen, kwam toen ik een jonge nieuwkomer zonder enige acteerervaring genaamd Roscoe Mulder voor het eerst binnen zag stappen.

Ik beleefde een van die voor de meeste filmmakers zeldzame momenten waarbij ik voor mijn ogen pure magie zag ontstaan en ik wist: ik moet die jongen hebben en hij wordt een hele grote. Ik heb het privilege gehad om vele jaren met Roscoe te mogen werken en daarbij heb ik gemerkt dat hij niet alleen beschikte over de juiste looks en een aangeboren charisma, maar belangrijker nog: over doorzettingsvermogen, leergierigheid, lef en een warm, zachtaardig en vrijgevig karakter. En hoewel het een eer was met hem te werken, en ik nog vele, vele projecten samen met hem had willen doen, was het echte privilege dat ik hem mijn vriend mocht noemen.

Afzender: Jake

Je kwam regelmatig bij ons in de koffiebar en bestelde dan een caffè Americano, altijd twee en altijd om mee te nemen. Ik wist wie je was, maar durfde nooit iets tegen je te zeggen. Raar eigenlijk, want het viel me op dat je ontzettend aardig was. Ik vond het leuk dat je je koffie in ons tentje haalde in plaats van bij de hippe tent verderop met een groter assortiment, luxere inrichting en betere muziek.

Ik was benieuwd voor wie die tweede koffie was. Ik lette altijd goed op of Livia Jones toevallig bij je in de buurt was. Maar ik zag haar nooit. Op een dag ben ik achter je aan gelopen toen je met je bestelling onze zaak verliet, een klein stukje maar, gewoon om te kijken of er toch stiekem iemand bij je was. En toen zag ik dat je de tweede koffie weggaf aan de straatmuzikant op de hoek van onze straat. Het was een klein gebaar, maar zo aardig.

Ik kan het idee maar niet loslaten dat we door jouw dood niet alleen een talentvolle ster verliezen, maar dat we ook zo veel vriendelijkheid in deze wereld zijn kwijtgeraakt. Ik probeer in mijn kleine koffiecorner op mijn manier jouw nalatenschap nog levend te houden. Sinds vandaag staat de special Roscoffee op het menu, 'buy one and give one'. Het is nu al een bestseller.

Afzender: Fiona, foodblogger, vegan chef

Roscoe, we hebben elkaar een aantal keer gesproken, maar ik heb je vast nooit verteld hoe ik op de opnameset terecht ben gekomen. Ik ben eigenlijk geen cateraar, ik blog en vlog over een veganistische levensstijl en daaruit is mijn kookboek voortgekomen.

Op een dag werd ik door een productieassistente gebeld met de vraag of ik tijdens de filmopnames van *Starry Night* de catering wilde verzorgen. Het zou om zestig draaidagen gaan en het mocht hun sterspeler die vegan was aan niets ontbreken. Ik wist toen nog niet dat jij die sterspeler was en ik wist ook niet om welke film het ging. Alles bleef tot het laatst geheim.

Ondanks mijn gebrek aan ervaring nam ik de klus meteen aan. Ik zat laatst online interviews met jou terug te lezen en bij jouw eerste filmklus bleek het ook ongeveer zo gegaan te zijn. 'Leap and the net will appear,' zei je in dat interview. En dat is wat ik ook heb gedaan. Ik geef dat advies nu aan iedereen die bang is om groot te dromen. Als ik op zeker had gespeeld, had ik deze geweldige ervaring gemist.

Ik vind het jammer dat ik niet de moed heb gehad om langer met je te praten. Ik kende je vooral als Nova en was te zeer onder de indruk van je superheldenimago. Maar ik moet zeggen dat je in het echt niet teleurstelde. Je was niet alleen knap, maar ook vriendelijk, oprecht en attent, ook al werd op de set soms het onmogelijke van je gevraagd. Ik heb geteld en van de zestig dagen dat ik een maaltijd voor je heb bereid, heb je slechts zeven keer de tijd gekregen om je bord leeg te eten. De andere keren trok er altijd wel iemand aan je mouw met de vraag of ze je heel even mochten storen. Al die keren heb ik je niet meer terug zien aanschuiven bij je verlaten bord. Ik vond dat wel raar, want aan de ene kant had ik duidelijke instructies dat het je aan niets mocht ontbreken, maar tegelijk gunden ze je de tijd niet om te eten.

Ik heb nog een briefje van je met een bedankje dat je had geschreven toen ik een schaal met eten had achtergelaten in je trailer. Ik bewaar het bij de foto die ik van ons samen heb, bij de trailer van de catering. Ik zal het altijd bewaren.

Afzender: Roscoes buurvrouw van 14d

Mijn naam is Marigold Devereaux, ik ben zevenentachtig jaar oud en ik woon in appartement 14d in hetzelfde appartementencomplex als Roscoe. Ik beschouw hem niet alleen als buurman, maar vooral als een van mijn dierbaarste vrienden. Dat klinkt u misschien wat vreemd in de oren. Zo'n jonge man bevriend met een bejaarde buurvrouw. Maar ik zal uitleggen hoe dat zo is gekomen.

Acht maanden geleden overleed mijn man David op drieënnegentigjarige leeftijd. Op onze leeftijd wordt je wereld behoorlijk klein, begrijpt u. David en ik hebben nooit kinderen gekregen en we hebben allebei veel aandacht besteed aan ons werk. We hadden vroeger een restaurant en daar speelde ook ons sociale leven zich af. Op het moment dat onze gezondheid het niet langer toeliet om ons werk naar behoren te doen, hebben wij ons restaurant moeten verkopen en daarmee verdween ook een groot deel van de sociale contacten die we hadden. We kennen veel mensen in deze buurt, maar de laatste jaren kom ik niet zo veel meer buiten, en dan merk je hoe snel een mens in een isolement kan raken.

Mijn man deed de boodschappen en alle andere klusjes buitenshuis. Daar hoorde een dagelijks rondje door ons appartementencomplex bij. Hij bracht elke dag ons afval naar de stortkoker en het oud papier naar de container. Recyclen is heel belangrijk, dat vond hij ook. Dus elke dag verzamelde ik het oud papier in ons huis en dat legde ik buiten in een doosje bij onze voordeur, zodat David dat tijdens zijn dagelijkse rondje kon meenemen.

Onderweg kletste hij dan wat met buren die hij tegenkwam. Ik kookte en zorgde dat het thuis netjes bleef. Zo hadden we allebei onze bezigheden.

Af en toen kwam mijn man onderweg naar de supermarkt een oude bekende tegen, en die bracht hij dan mee naar huis voor een bakje koffie. Heel gezellig was dat. Maar sinds Davids overlijden kwam er niemand meer bij mij op bezoek. Ik had daar wel rekening mee gehouden, en ik kan best goed alleen zijn. Mijn boodschappen – dat zijn er niet eens veel – bestel ik nu via internet. De apotheek brengt mijn medicijnen aan huis. Ik red me best. Maar de dagen duren lang zonder mijn man. Soms vraag ik me af wat het nut is van opstaan 's ochtends, me wassen en aankleden. Ik blijf wel eens liggen, heel obstinaat, maar dat gaat na een poosje zo vervelen, en daar heb ik alleen mezelf mee, dus dan kom ik toch mijn bed maar weer uit. Enfin. Een paar weken na het overlijden van mijn man ontving ik een brief. Van Roscoe. Ik ken hem van tv natuurlijk, maar ik had geen idee dat hij in hetzelfde gebouw woonde als ik. Laat staan dat hij van mijn bestaan wist of mijn man kende. Maar dat was dus wel zo. Tijdens een van de dagelijkse rondes van mijn echtgenoot hebben Roscoe en hij elkaar ontmoet. Dat schreef Roscoe in zijn brief.

Roscoe stond bij de lift te wachten toen David met zijn afvalzak op de rollator aan kwam wandelen. Natuurlijk ging dat niet zo snel. Roscoe wachtte en hield de liftdeuren voor hem open. Hij had daar verder niet bij stilgestaan als David hem niet had verteld dat de meeste mensen in het gebouw op zo'n moment juist deden alsof ze hem niet zagen als hij aangehobbeld kwam. Ze drukten dan snel op het knopje om de liftdeuren te sluiten, bang dat hij hen zou ophouden met een praatje of met zijn trage tred. Een helpende hand was tegenwoordig ver te zoeken, zei David. Iedereen had maar haast, altijd bezig met hun telefoon, zonder oog te hebben voor hun omgeving.

Roscoe nam de volledige schuld op zich voor het plan dat hij en mijn man daar in de lift hadden gesmeed, maar hij vertelde dat hij wel een erg gedreven compagnon had gevonden in mijn echtgenoot. Samen besloten ze de boel een beetje op te schudden door steeds als iemand zich onbeleefd gedroeg in de lift alle knoppen van het bedieningspaneel in te drukken, zodat de lift op elke verdieping van ons tweeëndertig etages tellende complex stopte. Het maakte onze buren gek, vooral die met drukke banen en heel veel haast (dat kan ik me best voorstellen), maar Roscoe en mijn man haalden hier veel voldoening uit.

Het heeft me enorm geraakt dat Roscoe me dit heeft geschreven. Weet u waarom? Na het overlijden van David zijn de herinneringen die we delen alles wat ik nog heb. Ons leven samen hebben we geleefd en daar moet ik het mee doen. Nieuwe herinneringen kunnen niet meer gemaakt worden. Dus toen ik die brief kreeg van uw geliefde Roscoe, maakte hij het onmogelijke mogelijk. Hij schonk mij een nieuwe herinnering aan mijn echtgenoot. Het beeld van mijn drieënnegentigjarige David met een grijns als die van een dertienjarige op zijn gerimpelde gezicht, terwijl hij alle knoppen van de lift indrukt. Ik zie die lach zó voor me, want mijn man hield van zulke ongein. Het was typisch iets voor hem om te doen, maar zonder Roscoe zou ik van dit verhaal geen weet hebben gehad.

Ik heb de afgelopen maanden erg moeten wennen aan een leven zonder mijn man. Het is niet meer zoals het was en dat zal het ook nooit meer worden. Kort na het overlijden van David verzamelde ik zoals gewoonlijk het oud papier en zonder erbij na te denken zette ik het samen met een volle vuilniszak buiten bij de voordeur. Na een paar uur realiseerde ik me pas dat er niemand meer was die het voor me zou wegbrengen en ik schaamde me een beetje voor mijn stommiteit. Ik liep naar de voordeur om het afval weer binnen te zetten en trof het kartonnen doosje leeg aan. Ook de vuilniszak was weg. Niet lang daarna vond ik de brief van Roscoe op mijn deurmat, en daardoor begreep ik dat hij het was die zonder morren deze taak van mijn man had overgenomen. En dat is hij blijven doen zolang hij kon. Waarschijnlijk heeft hij zelf nooit beseft hoe hij op deze manier een gapende leegte voor een klein stukje wist op te vullen. Ik hoop dat er iemand is die dat ook bij u zal doen, al is het maar voor een moment. Misschien gebeurt het bij het lezen van deze brief, met daarin een nieuwe herinnering aan uw dierbare Roscoe.

Afzender: Joseph Blissford, Blissford Jewelry, NY

Beste mevrouw Jones,

Enkele maanden geleden verscheen de heer Roscoe Mulder in onze winkel aan Bleecker Street, New York. Onze winkel bestaat al drie generaties lang en we zijn gespecialiseerd in het op maat ontwerpen en vervaardigen van sieraden. De ring die de heer Mulder voor u heeft uitgekozen, is een uniek ontwerp dat op zijn verzoek en volledig naar zijn wens door ons is gemaakt. Met veel plezier vertel ik u iets over deze voor u op maat gemaakte verlovingsring.

Op een 18 karaat witgouden band hebben wij een tealkleurige emerald cut saffier geplaatst van 2.25 karaat. Deze steen deed hem denken aan de kleur van uw ogen. De steen wordt omlijst door marquise geslepen diamanten, die op verzoek van de heer Mulder gegroepeerd zijn geplaatst. De diamanten hebben een helderheidsgraad VVS1 en kleurgraad F. Door de ovale vorm van de diamantjes en de plaatsing in groepjes van drie, ontstaat de vorm van een kroon. Dit vormt, in combinatie met de grote saffier in het midden, een schitterende blikvanger. Toen ik de heer Mulder de ring presenteerde en hem erop wees hoe prachtig de kroontjes de steen accentueerden, corrigeerde hij me. Het waren geen kroontjes, zei hij, de diamanten vormden aan weerszijden van de ring een blad.

Ik moet bekennen dat ik de serie waar hij en u elkaar hebben ontmoet, niet ken. Maar de heer Mulder vertelde dat het karakter dat u voor uw rekening nam de naam Leaf draagt, en dat is de reden dat hij de marquise diamanten in de betreffende vorm geplaatst wenste te hebben. Wij zijn er trots op deze prachtige ring voor hem – en u – te hebben mogen vervaardigen. Ons is ter ore gekomen dat hij door zijn vroegtijdige heengaan de ring nooit aan u heeft kunnen geven en dat het daardoor moeilijk voor u is om deze te aanvaarden. Daarom heeft de heer Rafael Mulder mij verzocht u deze brief te schrijven. Hopelijk neemt dit schrijven deze twijfel bij u weg.

Wij wensen u toe dat de ring de pijn van uw verlies enigszins kan verzachten en verzekeren u ervan dat het sieraad voor u bestemd en met liefde gemaakt is. Ik sluit deze brief af met mijn innige deelneming.

Afzender: Kat

Hoi vriend, Kat hier. Stom hè, dat je begint te schrijven en dat je dan niet meer kunt stoppen? Het komt doordat ik had gedacht dat we nog alle tijd hadden om ooit weer bij elkaar te komen en al die dingen door te spreken. Al die 'weet je nog die keer dat'-jes. Al die audities, de onzekerheid, de mislukkingen, het sappelen, de mensen die we leerden kennen, met wie we werkten, uitgingen, gedatet hebben.

Ik heb me afgevraagd of je boos zou zijn, vanwege dat incidentje tussen je broer en mij. Ik maak mezelf wijs van wel, omdat dat zou betekenen dat je mij op een of andere manier nog... ik weet het niet. Het klinkt te raar om op te schrijven. Goed, jij zal dit nooit meer lezen, maar ik zit met al die gedachten en herinneringen. En misschien leest niemand dit ooit nog, maar dat weerhield me er niet van de eerste brief te schrijven. Het zou kunnen dat ik deze niet verstuur. Of wel, en zoals de eerste brief dan meer voor je moeder bestemd was dan voor jou, schrijf ik deze brief voor jou, maar ook een beetje voor Rafael. En ik hoop dat dat je stiekem een beetje boos maakt, waar je ook bent.

Het blijft een stom iets, dat ik dacht dat jij een zekerheid was in mijn leven. Dat ik aannam dat ik het moment kon kiezen waarop ik weer contact zou zoeken en dat jij er dan zou zijn zoals ik je had achtergelaten, om me met open armen te ontvangen. Er zijn geen zekerheden, en dat leer ik nu pas, halverwege de dertig. Wat een dombo hè? Het is zo'n levenswijsheid die je denkt te begrijpen, maar dat doe je dus niet, niet echt. Tot het je recht in je gezicht slaat en je uitlacht en je wezenloos achterlaat, terwijl je denkt: hoe kon ik zo dom en achteloos zijn? Achteloos met mijn tijd, met vrienden, échte vrienden? Het is niet alsof ik zo veel echte vriendschappen heb in mijn leven. Als ik erover nadenk, had ik er één. En die vriendschap heb ik vreselijk verkwanseld.

Nu ben ik hier dus, met een hoofd vol 'weet je nog die keer dat?' Alsof jij erop zit te wachten om herinneringen met mij op te halen. Alsof ik ze zomaar bij je kwijt kan. Maar ja, weet je, dat is ook het lullige. Je kan er niets meer tegen doen. Ik kan gewoon tegen je praten, in mijn hoofd, in mijn brieven, alsof jij hier nog bent, alsof ik onze vriendschap niet heb behandeld zoals ik deed, alsof we nog Kat en Ros zijn, zoals vroeger op school, vroeger in onze flat, vroeger met jou als mijn allerbeste vriend.

Ik moest dus denken aan die keer dat je thuiskwam met boodschappen voor een hele maand. Het zat allemaal in één grote papieren zak, die je op het ontbijtbarretje neerplantte terwijl je verkondigde: 'Hier moeten we een hele maand mee doen, Kat.'

Er stond op dat moment niks meer op onze bankrekeningen. We hadden geen rooie rotcent, ook al werkte jij in de avonduren als barman en verdiende je af en toe bij met straatoptredens. Alles wat je daarmee verdiende, ging meteen op aan openstaande rekeningen en daarmee hield je mij uit de wind, want ik was ervan overtuigd dat mijn opleiding al mijn tijd en aandacht verdiende. Mijn kostbare energie moest ik spenderen aan mijn talent en ik kon haar niet verspillen aan rottige bijbaantjes als dat betekende dat er daardoor minder tijd overbleef voor het acteren.

'Dat kan niet,' zei ik toen ik die bruine zak zag staan. Een maand? Hoe kon er voor een maand eten in die ene zak zitten? Toen liet je me twee items zien. Havermout en pakjes kant-en-klaarnoedels. De zak zat tot de rand volgestouwd met alleen die twee producten.

Je zei: 'Ik heb al het geld uit mijn broekzakken verzameld en dit kon ik er nog van kopen.

We hebben alleen water nodig om dit klaar te maken en die rekening hebben we tenminste betaald. Als we twee maaltijden per dag eten, redden we het hier een maand mee. Heb ik uitgerekend.'

Ik raakte enigszins in paniek, maar zag er tevens de charme van in. Leven van de kunst alleen. Dit was een ultieme opoffering. Het zou ooit een prachtig verhaal opleveren voor mijn biografie. Ik dacht aan mijn voorbeelden, grote filmsterren die hun carrière ook op deze manier waren begonnen. De ontberingen hadden hen toch alleen maar sterker gemaakt? Dit was de prijs voor onze roem, en we betaalden die met liefde.

Nou, na die maand hadden we allebei wel genoeg van de opoffering, hè? Ik denk dat ik binnen drie weken die baan bij de dinnershows had. Eerst voelde ik me er te goed voor, maar jij zei dat ik het moest zien als leerschool, en leren deed ik er. Meer dan ik ooit had kunnen denken. Achteraf snap ik niet dat je nooit van mij hebt geëist dat ik werk zou zoeken. Je accepteerde het maar, dat ik me door jou liet onderhouden. Alsof zorgen voor een dak boven mijn hoofd en eten op mijn bord te min voor me was. En ik vond dat ook weer normaal; we deden dit immers samen en ooit zouden we samen succesvol zijn.

High School Heroes kwam. Weet je nog dat we met zijn allen de eerste aflevering zouden kijken? Er zou een luxe hotelkamer gehuurd worden, nee: een penthouse. Er zou roomservice en champagne zijn. *The Network* zou het wel betalen. Het zou de avond van het jaar worden, en het duurde even voor ik doorhad dat dit feestje alleen voor jullie zessen bedoeld was. De grote zes, de echte hoofdrolspelers. Ik stond perplex toen tot me doordrong dat ik 'maar' het meisje in de bijrol was. Ik had toen nog de overtuiging dat mijn karakter de spil van de groep zou gaan vormen. Dat ik erbij hoorde.

Ik deed mijn best om blij voor jou te zijn. Toch? Of maak ik dat mezelf nu wijs? Ik was teleurgesteld, dat geef ik toe, maar ik glimlachte en wenste je veel plezier.

Toen bleek dat jullie rond die tijd allemaal in New York zouden zijn voor optredens in alle belangrijke latenightshows, opperde jij het plan om bij ons thuis in de flat te kijken. We zaten na afloop van een van die talkshows in een chique bar wat te eten, drinken en na te praten – ik was alleen binnengelaten omdat jij me bij de ingang tegemoetgekomen was – toen jij je arm om mijn schouders sloeg. 'Jongens, even over het feestje. Ik weet dat jullie wilde plannen hebben, maar Kat en ik zouden het super vinden als jullie bij ons komen kijken.'

Niemand leek enthousiast. Iedereen zag zich al met champagne in een bubbelbad op het dakterras van een vijfsterrenhotel zitten. Of dat nu in LA of New York was, maakte niemand uit. Maar ons flatje riep niet veel enthousiasme op. Dankzij bijval van Livia ging de rest uiteindelijk akkoord en wij moesten razendsnel bier, sterke drank, chips, snacks en pizza's bestellen. We hadden net wat geld apart kunnen zetten van onze eerste salarissen en dat jaagden we er meteen doorheen. De rest van de maand moesten we weer op rantsoen met noedels en havermout, maar gelukkig konden we het wel aanvullen met bier en chips die we nog overhadden. Die avond voelde ik me onderdeel van de groep. Dankzij jou.

En weet je nog, die aftandse Volvo van Tarantula Pete die we mochten lenen voor audities buiten de stad, en om naar die opnamestudio in Brooklyn te gaan waar jij je muziek opnam? Op een dag nam je een omweg en kwamen we langs een leegstaand pand. Je zette de auto langs de kant van de weg en vertelde dat je broer je erop had gewezen toen hij een paar weken bij ons logeerde en een paar keer met jou mee was gegaan naar de studio. Je zette de motor van de Volvo uit, wat riskant was, omdat we nooit wisten hoe snel we het ding weer aan de praat zouden krijgen, en je stapte uit. Je wilde het gebouw van dichtbij bekijken. Ik zag alleen een bouwval, dus ik bleef ongeïnteresseerd bij de auto hangen. Je riep me. Eén keer, twee keer. Uiteindelijk stak ik de weg over.

'Zullen we doorrijden? Je bent al aan de late kant.'

Je stond met je rug naar me toe. 'Kijk nou even.'

'Het is een vervallen pand, Ros. Wat valt er te zien?'

'Potentie.'

'Hm...' Ik kneep mijn ogen dicht. 'Nou ja, misschien als je heel erg door je wimpers heen kijkt...' Ik meende er niks van, natuurlijk. Ik trok je aan de mouw van je jasje weg bij het gebouw.

'Het kan alles worden, hè? Echt alles. Kantoren. Een studio. Ateliers voor kunstenaars. Een hotel.'

'Een spookhuis?' opperde ik. Ik liet mijn blik langs de overwoekerde omgeving gaan. 'Niet bepaald een toeristische trekpleister hier, Ros. Bovendien: we kunnen ons eindelijk nét de huur van onze flat én de maandelijkse boodschappen veroorloven, dus misschien even geen hypotheek van een miljoentriljoen om een bouwval in de middle of nowhere op te knappen?'

'Je weet toch wel wat dromen zijn, Kat? Of ben je dat nu al verleerd?'

'Nu al? Ik werk al zes jaar keihard aan mijn dromen. En ik weet niet of je het in de gaten hebt, maar mijn teksten worden met de aflevering korter. Voor ik het weet doe ik helemaal niet meer mee.'

Je reageerde amper. Na een korte stilte zei je: 'Rafael zou hier wat van kunnen maken.'

Ik liep naar het grote raam, dat half overgroeid was door klimop en vol zat met spinrag. Binnen was het donker. Toen ik me omdraaide, zag ik aan jouw blik dat je je dingen voorstelde die ik nu niet eens kon bevatten. 'Als ik genoeg geld had, dan kocht ik het voor hem. We zouden er samen iets van maken. Een bar of restaurant waar het superrelaxed is. Een goede lunchkaart en lekkere koffie voor overdag. En misschien iets met lezingen of exposities. 's Avonds doen we open mic en poetry slams. Het zou een plek kunnen worden waar mensen zoals wij op afkomen. Mensen met dromen en ambities. Kunstenaars, muzikanten, performers.' Je was even stil en nam het in je op. 'Daarboven maken we appartementen zodat we ieder een eigen huis hebben. Er is zelfs zo veel ruimte dat mijn moeder en Rafael hier ook kunnen komen wonen. Perfect toch?'

'Als we ooit heel veel geld hebben, tuurlijk. Maar nu wachten er mensen op je in de studio, en misschien moet je je eerst even focussen op je eigen dromen vóór je die van je broer gaat verwezenlijken.'

Je humde. Ik trok je aan je arm uit je trance. Je liet je met tegenzin meevoeren en ik zag dat het beeld dat je had geschetst je niet meer los wilde laten. Elke keer als ik met je meeging naar de studio, reed je langs dat pand en begon je er weer over. Dan had je de plannen iets aangescherpt of iets bedacht voor de financiering. Je hield er pas over op toen het gebouw van de markt was. Er kwam een club in. Een ordinaire, gewone club en je was diep teleurgesteld in het gebrek aan visie van mensen.

Ik heb geen idee wanneer je dat pand had kunnen kopen. In het tweede jaar van de serie? Of het derde? Toch zeker na de eerste Nova-film. Op het laatst had je vast genoeg geld om iedereen uit te kopen als je vastgoed op het oog had.

Ik ben op dit moment in New York, om een paar verschillende redenen. Ik had er behoefte aan om terug te gaan naar de plek waar we al die jaren zo intens hebben gewerkt aan onze droom. Ik wil ook weer een paar audities doen. Afwijzingen verzamelen, want ik ga ervan uit dat het niets wordt. Ik ben er te lang uit geweest. Maar ik heb de laatste weken zo enorm veel spijt dat ik het heb opgegeven. Ik wil weer iets doen, stappen zetten, hoe klein ook. Gisteren huurde ik een auto en reed ik naar de opnamestudio waar jij je album hebt opgenomen en daarom dacht ik dus weer aan die droom van je. Ik vraag me af of je dromen in de afgelopen jaren zijn veranderd. Misschien trok het hele plan je niet langer aan. Of misschien hing de aantrekkingskracht samen met dit specifieke pand. Als dat zo is, kan je droom alsnog uitkomen, Ros. Het gebouw staat namelijk weer te koop. Ik vraag me af of Rafael dat weet.

Afzender: Ed Mulder

Beste Rafael,

Bedankt voor jouw brief. Een heel aardig gebaar. Ik had het niet verwacht, en je bent me ook niks verplicht. Maar daarom waardeer ik het des te meer. Ze zeggen altijd dat je als ouders je kinderen dingen moet leren, maar vaak is het andersom. Ik heb van jou en je broer meer geleerd dan andersom. Ik ben geen schrijver, bepaald niet. Dus het zal lastig zijn om alles goed op papier te krijgen. Maar een prater ben ik al helemaal niet, dus dan zit er niks anders op dan het maar gewoon te proberen.

Ik zal proberen zo eerlijk mogelijk te zijn, zoals jij ook eerlijk bent geweest. Je schreef dat je mij niet als vader ziet, maar als de man die je heeft geleerd dat weglopen een optie is in het leven, dat zelfs minimale inspanningen een mens te veel kunnen worden en dat geen enkele verplichting een échte verplichting is. En je wilde weten wat het met een mens doet om alle schepen achter zich te verbranden. Of je dan net zo makkelijk verdergaat, of dagelijks last hebt van je geweten. Dat zijn pittige vraagstukken.

Ik heb niet dagelijks last van mijn geweten gehad. Maar ik kan ook niet zeggen dat ik makkelijk verdergegaan ben. Ik ben tien jaar lang jullie vader geweest, en hoewel ik snap dat Roscoe en jij dat anders zien, ben en blijf ik dat. Daar is nooit iets aan veranderd, ook al was ik afwezig. Ik ben mezelf als vader van twee jongens blijven zien.

Waarom ik bij jullie weg ben gegaan, is dan ook niet de juiste vraag. Je kunt me beter vragen hoe het kwam dat ik er überhaupt was. Daarvoor moeten we terug naar het begin.

Ik was achttien toen ik Nederland achterliet en naar Canada emigreerde. Ik wilde weg van alles en Canada trok mij aan. Veel ruimte, weinig mensen om me heen en een veel beter belastingstelsel dan in Nederland. Ik kon niet uit de voeten met mijn eigen ouwelui. Status was alles voor ze. Mijn pa was huisarts. Mijn moeder de perfecte huisvrouw. Alles moest perfect lijken voor de buitenwereld en voor mij hadden ze dus ook een plaatje in hun hoofd waar ik aan moest voldoen. Nou, dat wilde ik niet. Ik had geen zin in een uitgestippeld leven, elke dag van vroeg tot laat aan het werk en die Hollandse burgerlijkheid. Op een dag dacht ik: bekijk het maar. En ik kon de overtocht maken door aan boord van een vrachtschip te gaan werken.

Toen ik in Canada kwam, voelde het alsof ik ontsnapt was. Al was het op z'n tijd best lastig om me aan te passen aan nieuwe gewoonten en een andere leefomgeving. Dat is ook waarom ik Roscoe die brief schreef, toen ik hem ineens overal zag opduiken. Op tv, in de kranten, in de tv-gids. Ik las in een interview dat hij verhuisd was naar New York en dat deed me denken aan de periode toen ik net geëmigreerd was. Ik wilde eens weten hoe hij het maakte. Ik was niet uit op zijn geld en het ging me er ook niet om dat hij beroemd was. Er zaten geen bijbedoelingen aan vast. Ik wilde hem een hart onder de riem steken. Ik schreef dat jullie wereldkinderen zijn, en dat jullie het in je hebben om het overal te redden. Ja, ik was trots.

Terug naar het verhaal dat ik je wilde vertellen. Ik was ergens begin twintig toen ik tijdens de ochtendspits in een bus vol met forenzen terechtkwam, allemaal beschaafde mensen met verantwoordelijkheidsgevoel en een negen-tot-vijfbaan. Ik had mezelf al twee jaar weten te redden in dat vreemde land, maar ik had nog helemaal niks opgebouwd. Ik zat niet in die bus om naar mijn werk toe te gaan. Ik was tegen de ochtend de discotheek uit gerold, had op de eerste bus gewacht en ik lag op de achterste rij mijn roes uit te slapen. Ik probeerde het wel, hoor. Te leven zoals het hoort, met een echte baan en zo. Ik was er niet goed in. Als ik al een baantje had dan zat ik de klok vooruit te kijken. Het was niks voor mij, stomme orders opvolgen van mensen die vonden dat ze meer voorstelden dan ik. Ik hield een baan daarom nooit langer dan een paar weken vol. Dan gaf ik het weer op. Ik voelde me niet thuis bij de club van gehoorzame burgers. De club waar ik bij hoorde, was die van de lui die hun bed pas in rolden tegen de tijd dat de rest aan het werk ging. En dat beviel me prima. Ik keek nergens naar om, tot er op een keer een mooi meisje met groenbruine ogen naast me kwam zitten in die bus. Dat meisje was je moeder.

Je moet weten dat die nette pakken altijd ver uit mijn buurt bleven. Ik had die achterbank altijd lekker voor mezelf alleen. Maar Hattie vroeg of ze naast me mocht zitten en toen moest ik mijn benen van die bank halen. Ze lachte naar me toen ze ging zitten en we raakten aan de praat. Volgens mij dacht ze dat ik mijn halte gemist had. Ze vroeg waar ik heen moest – nergens natuurlijk. En... het is lang geleden. Ik weet niet hoe het zo kwam, maar het idee om geen plannen te hebben stond haar aan. Ze was pittig, hoor, je ma. Toen al. En toen ik zei dat ik eruit moest, wilde ze met me mee. We liepen naar een telefooncel en daar belde ze haar baas, ze had een of ander lullig bijbaantje toen, als telefoniste of zo. Dat deed ze om haar zangcarrière te kunnen bekostigen. Ik dacht nog: die meid, dat is er eentje naar mijn hart.

Ze gaf er niks om dat ik naar bier en sigaretten stonk, dat mijn shirt vaal was, mijn spijkerbroek versleten. We deden helemaal niks bijzonders verder die dag. Ze trakteerde me eerst op nog een biertje, tegen de kater. En daarna dronken we koffie, bestelden we ontbijt en gingen we nog een beetje door de stad slenteren. Die dag was goed, precies zoals het moest zijn, niks geen plannen of verantwoordelijkheid. Niet eens een doel.

Ik was niet op zoek naar iets blijvends. Maar mensen zijn simpelweg te stom om te weten wanneer ze ergens mee moeten kappen. Als iets bevalt, wil je er meer van. Dat werkt zo met drank en sigaretten en ook met vrouwen. Ik belde haar elke keer als ik wat lol wilde maken of gezelschap zocht. En Hattie vroeg op een gegeven moment: ben ik nou je vriendin of niet? Het vrijblijvende stond mij wel aan, maar zij wilde het een naam geven. Ik wilde die meid niet kwijt, dus toen werden we een stel. En daarna... nou... toen raakte ze in verwachting.

Ergens wist ik wel dat ik er niet geschikt voor was. Maar ik was gek op je moeder en... ik dacht: misschien lukt het wel. En het ging ook goed. In het begin. Luister: ik had geen spijt van jullie. Die eerste jaren heb ik zelfs gedacht dat Hattie het goed had gezien. Dat ik het toch best voor elkaar had. Dat het me wél zou lukken. Maar op een gegeven moment gaan mensen zich ermee bemoeien. Het op tijd op school komen, ouderavonden, lunchpakketten, huiswerk, en je moeder... die veranderde ook. Ik ga niet proberen de schuld op haar af te schuiven, zo moet je het niet zien. Maar de lol die we samen hadden, ging in rook op. Constant gezeik dat er meer geld verdiend moest worden. Ik nam een rottige opzichtersbaan, omdat die meer opbracht dan het werk op de bouwplaats. Maar nog steeds vond ze het niet genoeg, terwijl ik kapotging in die stomme keet, met dat papierwerk. Ik hield dat niet vol, jongen. Ik was er klaar mee. Ik ben niet weggegaan bij jullie, maar bij dat leven. Het was niet mijn bedoeling dat ik jullie niet meer zou zien, maar na een tijdje dacht ik dat het misschien ook maar beter was. Voor jullie. Misschien makkelijk gedacht.

De eerste keer dat Roscoe bij me op bezoek kwam, heb ik hem dit ook allemaal verteld. En ik zei dat de wereld volledig is ingericht op mensen die binnen een bepaald plaatje passen. Pas je daar niet in, dan heb je het moeilijk. En dan heb je twee keuzes: of je blijft het moeilijk hebben, of je verandert je omgeving. En dat laatste heb ik gedaan.

Waar je dan niet aan denkt, waar je als ouder nooit aan wilt denken, is dat je dan een kind overleeft. Dat ik op zo'n harde manier met mezelf en mijn eigen falen geconfronteerd zou worden, had ik me nooit kunnen voorstellen. Ik denk niet dat er iets bestaat dat meer zeer doet dan een vreemdeling te zijn op de afscheidsdienst van je eigen zoon.

Ik had het vaderschap niet op de planning staan. Maar ik moet je toch iets vertellen over wat er gebeurt als je kinderen krijgt. Op dat moment is je betekenis vervuld. Klinkt wel diep voor een simpele kerel als ik, hè jongen? Maar het is zo. Op het moment dat je je eigen kind in je handen houdt, heeft je eigen leven betekenis gekregen. Je geeft wat door. Laat wat achter. Mensen zonder kinderen zijn vaak hun hele leven bezig om op andere manieren betekenis te geven. Als je kinderen hebt, ben je al klaar. Die doen het harde werk voor je.

Ik heb nooit de intentie gehad om iets van mezelf achter te laten, omdat ik nooit had kunnen denken dat er uit mij iets moois kon voortkomen. Maar of ik de credits nou verdien of niet, jij en je broer geven betekenis aan mijn leven. Jullie maken me trots. Tot mijn laatste snik.

Je pa

DEEL 3

DE CLIMAX

Livia

Sommige trappen zijn moeilijker te beklimmen dan andere. Zelfs al hebben ze hetzelfde aantal treden. Audities zijn daar een voorbeeld van. Je kunt er honderden gedaan hebben, duizenden, maar af en toe zit die ene ertussen. Die ene waar je met lood in je schoenen naartoe gaat, met het angstzweet in je handen, die je onderweg wel tien keer bijna doet besluiten om om te keren, uit te stappen bij een andere halte, het af te blazen. Gewoon niet op te komen dagen. En het irritante is: dat zijn nu juist die audities waar het om gaat. Eigenlijk weet je het dan al, als je dát voelt, dat dit een rol is die iets voor je gaat betekenen. Die je uit je comfortzone zal halen. Die je zal dwingen aan te boren wat jij nog niet eens weet dat je in je hebt. Die audities. Dat zijn de écht belangrijke.

Jaren geleden stond jij rond half tien op een donderdagochtend op een trapje van een herenhuis aan de Upper East Side met uitzicht op Central Park. Ik was in LA, had opnames met Stu en Holly, jij had twee of drie dagen tussen opnames vrij kunnen plannen om die auditie te doen. En je wilde het. Het was misschien wel de eerste keer dat ik je iets zó had zien willen. Het was nog vóór *Nova*. Of nou ja, dat aanbod lag er, maar je twijfelde. Weer een superheld. Weer actie. Je wilde iets anders, ook al vond Ruth het heel onverstandig. Er was nu momentum om je in een gigantische kaskraker te krijgen. Ze hadden jou gevráágd. Dit was niet het juiste moment voor iets kleins. Jouw overstap naar het grote doek moest monumentaal zijn. Niet met een arthousefilm waar een paar honderdduizend mensen naartoe zouden gaan. Nee, een miljoenenpubliek. *Nova* moest het worden. Maar jij wilde arthouse. Je regelde dat Justin je een paar dagen vrij plande en je ging. Je was in het vliegtuig gestapt, naar een hotel gegaan, je had je voorbereid, eindeloos voorbereid, was bij de juiste haltes uitgestapt en niet de andere kant op gelopen, had niet je toevlucht genomen tot een koffiehuis of kroeg, was niet het park in gelopen om de rest van de dag voor je uit starend op een bankje door te brengen. Je was gegaan. Je was er gekomen en je hoefde alleen nog dat trapje op, de deur te openen en te wachten tot je naam werd geroepen. En toen… bevroor je.

Hoe lang heb jij toen op dat trapje gestaan? Een paar treden tussen jou en een nieuwe toekomst. Hoeveel? Tien? Elf? Makkelijk te overbruggen en tegelijk onneembaar, want op die elf treden zou je al je onzekerheden tegenkomen en moeten verslaan. Iedereen die ooit tegen je gezegd heeft dat je het nooit gaat redden, dat je talent niet groot genoeg is, je persoonlijkheid niet sterk genoeg, jij niet goed genoeg. Elke afwijzing die je hebt moeten incasseren gaat door je hoofd. Alle redenen daarvoor. Alle redenen die je daar zelf bij hebt bedacht. Niet genoeg ervaring (nóóit genoeg ervaring). Je stem die je raar vindt klinken. Je gezichtsuitdrukkingen die je niet beheerst zoals je zou willen. Dat je niet tekstvast bent. Dat je lelijk stáát en dat het je niet lukt je lichaamshouding te verbeteren. Dat rimpeltje daar, dat ene trekje rond je mond, die sproeten, die moedervlek, te dun, te dik, niet sexy, te sexy, niet intellectueel genoeg, té intellectueel, alles, alles, alles wat mis is. Alles wat mis is, blokkeert die trap. Je zult door de mand vallen. Ze zullen je doorzien. Iedereen zal weten dat jij het niet in je hebt.

Eerste voicemail: 'Hey… ik eh… ik ben er. Ik ga zo naar binnen. Het is in zo'n herenhuis, aan de Upper East Side, uitkijkend op het park. Nogal chic. [korte stilte] Dit pand moet een godsvermogen kosten. Hoe dan ook. Ik weet dat je me nu niet hoort, en dat je druk aan het werk bent, maar het helpt altijd om met je te praten, ook al zeg je niets terug. Oké. Ik moet gaan. Shit.'

Tweede voicemail: 'Ik zei net dat ik nu echt zou gaan... dat heb ik nu al drie keer gezegd of zo, maar... ik denk niet dat ik het kan, Liv. Er lopen steeds mensen langs me heen naar binnen en naar buiten en ik sta hier maar, als een gek. Ik weet dat jij vertrouwen in mij hebt, maar wat als Ruth gelijk heeft? Dit is geen *High School Heroes*. En er zijn geen stunts en decors die afleiden. Geen masker, geen kostuum. Alleen ik voor de camera. Alleen ik. [stilte]'

Derde voicemail: 'Maar ik kan niet thuiskomen zonder het geprobeerd te hebben. Hoe moet ik jou dan onder ogen komen? Oké. Ik ga naar binnen, en dan zie ik wel wat er gebeurt. Als ik het verknal, dan is dat maar zo. Toch?'

Vierde voicemail: 'Volgens mij ben ik mijn tekst kwijt. Ik weet niks meer. Alles wat we hebben geoefend, is weg. Ik weet niet wat ik moet doen. Als ik nu naar binnen ga, zet ik mezelf voor schut. Dan maak ik nooit meer een kans bij deze mensen. Shit, shit, shit. Ik heb te hard gewerkt om het te verknallen. Maar ik kan het niet waarmaken. Nu komt het erop aan, en ik kan het niet. Ik kan het niet, Liv, het spijt me. Ik weet dat ik je teleurstel.'

Vijfde voicemail: 'Ik ga toch terug. Ik ben nu in het park, maar ik keer om en ik ga terug. Dit is belachelijk. Ik ben hierheen gevlogen. Ik heb Justin het opnameschema laten omgooien. Ik heb jou er wekenlang over aan je kop gezeurd. Dus nu kan ik het niet afblazen. Ik moet het op z'n minst proberen, toch? Ik denk dat ik de tekst weer heb. Ongeveer.'

Zesde voicemail: 'Ik wil gewoon nog even zeggen: hoe dit ook loopt, zonder jou was ik hier nooit gekomen. Ik doe dit alleen omdat jij in me gelooft. Maar... ik weet niet of ik het kan zonder jou. Als jij er niet was geweest, had ik de rol van Rush niet gekregen. Jij hebt me door die eerste maanden heen geholpen en jij bent het die me aanmoedigt om beter te willen worden… Ik doe dit voor jou. Ik wil dat je trots op me bent.'

'Hé, eindelijk! Ik ben zo blij dat je belt. Waar was je, hoe ging het?' Het was ongeveer tien uur 's avonds, één uur 's nachts bij jou, en ik had je al zeker zo vaak teruggebeld als dat jij een bericht had achtergelaten, maar je had niet opgenomen. Je had ook niets meer van je laten horen sinds het laatste voicemailbericht dat je ingesproken had. Ik hoorde je ademen aan de andere kant van de lijn, maar je zei niets. 'Roscoe? Hoor je me?'

'Ja, sorry. Ik –'

'Waar ben je?'

'In een hotel. Ik vlieg morgen terug, oké? Ik moest even…'

'Oké, tuurlijk. Gaat het wel met je? Je klinkt niet als jezelf en je berichtjes…'

'O ja, sorry daarvoor. Ik had je niet zo vaak moeten bellen.'

'Jawel. Ik vind het alleen zo rot dat ik er niet was om met je te praten. Vertel me hoe het ging. Je bent gegaan, toch?'

'Nou…'

'Niet?'

Je ademde hoorbaar uit. 'Ik wist dat je teleurgesteld zou zijn.'

'Nee, helemaal niet. Het gaat niet om mij, Roscoe, maar om jou. Je zei dat je terugging, dus ik dacht dat je was gegaan.'

'Ik ging ook. Ik ben naar binnen gegaan, heb me aangemeld, en toen zat ik daar.'

Het duurde lang voor je verderging. 'En?'

'Toen ben ik weer weggegaan.'

'Roscoe…'

'Je begrijpt het niet.'

'Natuurlijk wel. Denk je dat ik nooit duizend doden gestorven ben voor een auditie? Of dat ik nooit door het ijs ben gezakt? Tuurlijk snap ik het.'

'Maar je hebt het altijd geprobeerd, toch? Heb je het wel eens opgegeven zonder te proberen?'

Ik wachtte even en zei toen: 'Nog niet.'

'Nou, ik dus wel. En ik kan je zeggen: voelt niet goed. Geen aanrader.'

'Roscoe...'

'Wat? Zeg het nou maar gewoon: je bent een sukkel. Je had moeten doorzetten. Je hebt het verpest.'

'Ik vind het rot voor je, wilde ik zeggen.'

'Tja, ik ook.' Je stem klonk verwrongen, verstikt. Ik weet niet of je huilde, of had gehuild, of het gevoel had geen lucht meer te krijgen. 'Ik werd herkend door een gast daar. Hij zat tegenover me te wachten en hij riep: "Hé, ben jij die ene van," en toen begon iedereen zich ermee te bemoeien, dat ze wel konden opstappen omdat ik daar zat en dat ze geen kans meer maakten. En ik probeerde te focussen, wat amper lukte. Iemand anders zei toen dat we sowieso geen van allen kans maakten omdat ze Leonardo hadden gezien voor die rol. Leonardo! Toen ben ik opgestapt.'

'Maar...'

'Leonardo, Liv! Ik bedoel: waarom dan nog audities houden?'

'Nou... ten eerste weet je niet of het waar is.'

'Natuurlijk is het waar. Als ik die film zou maken, zou ik ook hem willen voor die rol.'

'Je weet niet waar ze naar op zoek zijn. Soms brengt iemand op een auditie iets in een rol, waarvan je niet wist dat je het wilde hebben. Je weet dat het gebeurt, jij hebt dat gedáán.'

'Nee, jij hebt mij die rol gegeven. Dat was jij, niet ik.'

'Roscoe, je bent moe en teleurgesteld –'

'Dat kun je wel zeggen, ja!' schreeuwde je voor ik mijn zin kon afmaken. 'Of nee, ik ben niet teleurgesteld, dit is een realitycheck. Ik ben een mislukkeling. Ik ben helemaal niets!'

'Hou op! Je hebt er niks aan om zo over jezelf te praten. Iedereen heeft wel eens –'

En toen was de verbinding verbroken. Je had opgehangen. Zomaar. Dat had je nooit, echt nooit eerder gedaan, dus eerst dacht ik dat het per ongeluk was, of een storing. Ik belde je terug. Een paar keer. Bij de derde keer ging de telefoon direct naar voicemail, dus toen wist ik dat je hem had uitgezet. Ik stuurde je een berichtje, waarvan ik wist dat je dat niet zou lezen.

Ik wil je alleen maar helpen. Praat met me, Roscoe, bel me terug als je dit leest. Ik maak me zorgen.

De volgende avond kwam je direct van het vliegveld naar de set. Je was opgewekt als altijd, je kende je tekst en je speelde je scènes zonder dat iemand iets aan je merkte. Alleen ik was uit mijn doen, dus na de zoveelste take vroeg ik om vijf minuten pauze en ging ik naar mijn trailer om me te herpakken. Nog voor de deur achter me dicht kon vallen, trok jij hem weer open en stond je achter me. 'Sorry,' zei je simpelweg.

'Weet je hoe ongerust ik was?'

'Ja. Sorry.'

'Je had toch terug kunnen bellen? Toen je afgekoeld was?'

'Dat had ik moeten doen, maar ik voelde me zo klote. En toen deed ik ook nog kloterig tegen jou en voelde ik me nog slechter. Het spijt me, echt.'

'Eerst verdwijn je urenlang van de radar, en als je me dan eindelijk terugbelt, druk je me weg? Sinds wanneer doen we dat? Weet je dat ik amper heb geslapen? En nu verknal ik ook nog mijn scènes dankzij jou!' De tranen sprongen me in de ogen. Ik probeerde ze terug te dringen, maar zij wonnen.

Je stond daar maar, schuldbewust te kijken.

'Luister,' zei ik, een traan van mijn wang vegend. 'Het kan me niet schelen wat voor rotdag we hebben, wij blijven wel praten, hoor je? Ik snap dat je je kut voelde. En ook dat je het er misschien niet over wilde hebben, tijd voor jezelf nodig had of wat dan ook. Maar zég dat dan, zonder me compleet buiten te sluiten. Want... zo ken ik je niet.'

'Ik weet het. Ik ook niet. Ik was mezelf niet. Ik was op een donkere plek, en ik wilde je niet meesleuren. Maar dat heb ik nu juist wel gedaan.'

'Ik ben niet bang voor jouw donkere kant, Roscoe. Als jij daar bent, wil ik er ook zijn.'

'Sorry dat ik je buitensloot. Het lag niet aan jou. Ik... ik kon het niet tegenhouden.'

'Het is al goed.'

'Nee, dat is het niet. Ik reageerde me af op jou en... dat zal ik nooit meer doen. Dat beloof ik.'

Ik legde mijn wang tegen je borstkas en voelde je hartslag. Krachtig, regelmatig. Snel.

'Blijf je bij me?' vroeg je.

Ik keek op. 'Dacht je dat ik hierom weg zou gaan?'

'Weet ik niet. Misschien.' Je veegde met je duim een traan van mijn jukbeen. 'Wat ik ook verpest in mijn leven, als het maar niet dit is, met jou.'

Ik schudde mijn hoofd. 'Ik ga nergens heen.' Ik wilde je naar me toe trekken, maar we hadden allebei ons superheldenpakje aan, en de gladde stof bood me geen enkele grip.

Jij boog je naar me toe, fluisterde nogmaals 'Het spijt me', en we kusten elkaar, kusten alle afstand die ik had gevoeld weg, je was weer hier, bij mij.

'Ik wou dat ik bij je was geweest,' zei ik daarna, met mijn voorhoofd nog tegen het jouwe. 'Om je te zeggen dat je de beste bent, en dat je alles wat je bedenkt waar kan maken.'

'Liv...' Je schudde je hoofd. Alsof ik het verkeerd zag.

'Dat is zo. Wacht maar, Roscoe, dit... was niks. Er komt iets beters, iets mooiers, iets groters. En weet je? Ruth had je daar nooit zo naar binnen mogen sturen. Ze had een privéauditie voor je moeten regelen. En dat zal ik haar zeggen ook.'

'Je bent lief. Maar...'

'Misschien kan het alsnog. Die audities waren gisteren, er is vast nog tijd. Bel haar, Roscoe. Of wacht, zal ik het doen?'

'Ik heb haar al gebeld. Voor ik vanochtend aan boord ging, heb ik haar gesproken. En ik heb ja gezegd op *Nova*.'

'O.'

'Ik denk dat dat toch het beste is. Het is een enorme kans en het zou stom zijn om die mis te lopen. Die andere rol was geweldig, maar de timing is niet juist.'

'Vind jij dat? Of Ruth?'

'Wij allebei.'

Ik knikte. 'Ik wil dat je doet wat jíj wilt. Volg je instinct, Roscoe.'

'Dat doe ik.'

Ik hoorde niet de opwinding in je stem die ik had gehoord als je het over de arthousefilm had. Ik zag niet dezelfde twinkeling in je ogen. Maar ik had het gevoel dat je besluit vaststond en ik wilde je steunen. 'Dan wordt het *Nova*. En het wordt fantastisch.'

Roscoe Mulder, 2015, *Inside the Actors Studio*, als antwoord op de vraag van een student uit het publiek: 'Heb je wel eens een rol niet gekregen die je heel graag wilde? Hoe ga je daarmee om?':

'Mensen zijn van nature bang voor mislukking, dat was ik ook. Maar mislukking is niets anders dan een kans om iets te leren. En daarom is mislukken altijd duizend keer beter dan het niet proberen. Nu raad ik iedereen aan, zeker jullie, die aan het begin staan van wat hopelijk een lange en succesvolle carrière zal zijn, om mislukkingen te verzamelen. Als je dat een raar advies vindt, denk hier dan over na: als je mislukkingen spaart, kun je niet falen. Óf je behaalt je doel, en dat is prachtig, óf je hebt een mislukking om aan je collectie toe te voegen, en dat is je subdoel. Win-win.'

Rafael

De normale wereld bestaat niet meer.

De wereld van boodschappen doen, berichten beantwoorden, wekkers zetten, uit eten gaan, telefoontjes plegen, in de file staan, opruimen, afspreken met anderen, lachen om onzinnige dingen, wachten in welke rij dan ook voor wat voor boodschap, service of afspraak dan ook, die wereld is weg. Of eigenlijk, hij bestaat alleen nog voor anderen. Ik ben hier nog wel, navigeer mijn weg tussen alle mensen door die hier nog op hun plaats lijken. Maar mijn plaats kan ik niet meer vinden. Ik hoor hier niet meer tussen.

Drie maanden geleden ging ik het mortuarium binnen als de Rafael die ik altijd was geweest. Al een beetje gedeukt, een beetje kapot, maar nog functionerend. Zo goed en zo kwaad als het ging nog functionerend. Maar zo kwam ik niet naar buiten. Toen ik het gebouw verliet, was ik Rafael in een cocon. Binnen in een cocon gebeurt van alles. Een hele transformatie vindt er plaats en als de cocon openbreekt, komt de imago naar buiten, volgroeid, in zijn ultieme vorm. Maar dat is niet waar mijn cocon voor dient. In die van mij groeit niets. Deze cocon werkt verdovend. Hij houdt dingen buiten. Hij zette onmiddellijk een demper op alle prikkels: het verdriet van anderen, de tranen van Liv, het huilen van ma, het zingen van jouw fans. Alle geluid werd gesmoord, vervangen door een soort ruis in mijn hoofd, zoals je zou verwachten bij een tijdelijke storing, een kortsluiting.

Ik hielp de cocon intact te houden door thuis bij ma te blijven en mijn telefoon uit te laten. Geen contact met mijn werk of met mijn vrienden, geen berichtjes, telefoontjes, social media. Want al die dingen beuken in op de veilige bubbel om me heen. Dit kwetsbare, fragiele omhulsel dat niet bestaat om mij te transformeren naar mijn echte ik, maar alleen om de gebroken stukken waaruit ik nu besta bij elkaar te houden. Een flinterdun vliesje is alles wat ik heb om me bij elkaar te houden. En dan is het ook nog eens alleen metaforisch.

Ik was op weg naar jouw appartement. Ik stond voor het gebouw, op het punt om naar binnen te gaan. Maar toch liep ik door. Snel, alsof iets me op de hielen zat. Ik liep de straat uit, sloeg de hoek om, kwam bij het koffiezaakje waar jij vaak kwam, waar je me ook wel eens mee naartoe genomen had. Weer een beuk op de cocon. Weer een haarscheurtje erbij.

In de rij checkte ik de naambordjes van de mensen achter de counter. Op zoek naar Jake, van de brief. Elke brief een beuk. Die van hem een bijzonder harde.

Ik ging er niet heen om hem te vertellen dat ik je broer ben en dat ik zijn brief had gelezen. Denk ik. Waarom was ik er dan wel? Geen idee. Het hielp het moment uit te stellen dat ik jouw appartement binnen moest gaan. Want ik wist dat geen cocon bestand is tegen het moment waarop ik jouw wereld zou binnenstappen en jou daar niet zou aantreffen.

Ik zette mijn rugzak op een stoel, schoof mijn weekendtas onder het piepkleine tafeltje en ging zitten. Ik moest wat bestellen, maar ook dat stelde ik nog even uit. Er staan dus geen namen op de tags van het personeel. Waarom dragen ze ze dan? Kijkend naar de twee mannelijke barista's kon ik niet beslissen wie van hen er het meest als een Jake uitzag.

Ik staarde voor me uit en stelde me voor dat jij tegenover me zat op de plaats van de rugzak, zoals we ergens begin dit jaar hadden gezeten, vóór mensen doorkregen dat jij het was en er binnen een paar minuten dertig tieners tegen het raam geplakt stonden om foto's van je te maken. We moesten via de keuken naar buiten vluchten. Dat vond ik best beroemd van je. Misschien iets té.

'Hij is het, die rechtse gast,' zou je dan tegen me zeggen, met een bullshitargument, bijvoorbeeld omdat hij nonchalant krullerig haar heeft, en die ander een veel te moeilijke lok en dat dat geen look is voor een Jake. Jake klinkt als een nuchtere kerel, met normaal haar en misschien een hond, maar verder geen gedoe.

En dan zou ik moeite doen om een Jake te bedenken met moeilijk haar en tot de conclusie komen dat ik te weinig Jakes kende om deze discussie te winnen. Zo zou je dan gelijk krijgen over de krullenbol.

'Wil je iets bestellen?'

Ik schrok op uit mijn denkbeeldige conversatie en keek naar het meisje dat naast me was komen staan. 'Eh ja... ik dacht nog even na. Ik zal iets bestellen. Daar toch?' Ik knikte naar de counter.

'Mag ook bij mij.' Ze glimlachte zoals alleen een meisje zonder cocon dat kan.

'O, ik dacht dat hier geen bediening was.'

'Soms maak ik uitzonderingen.'

Ergens registreerde ik misschien wel dat ze met me aan het flirten was. Of misschien nu pas, achteraf. Ik had geen idee hoe ik erop moest reageren. Een reflex die voorheen vanzelf in werking trad, maar nu dienst weigerde. Ik probeerde terug te lachen, vanuit de afgrond. 'Doe maar... dit.' Ik gebaarde naar het kartonnetje op tafel waar de weekaanbieding op stond.

'De Roscoffee, komt eraan!' Ze draaide zich om en kwam binnen een paar minuten met mijn Americano terug, die ze zwierig voor me neerzette.

'Loopt het een beetje, die koffie?' vroeg ik. 'Ik bedoel, bestellen veel mensen dit?'

'Ja, best wel. We turven de bestellingen en aan het eind van de dag delen we de extra koffie op straat uit. Soms hebben we er zo veel dat we meerdere uitdeelrondjes doen.'

'Mooi,' zei ik.

'Ja hè? Laat het je smaken.'

Ik hield de rij een tijdje in de gaten terwijl ik mijn koffie dronk, en probeerde te tellen hoeveel mensen jouw special bestelden. Twee. En er waren zeker dertig mensen geweest die een enkele koffie bestelden. Afgetopt met slagroom en allerlei andere troep was dat ene drankje duurder dan de twee koffies van de Roscoffee. Automatisch speelde er zich in mijn hoofd weer een gesprek tussen ons af waarin ik me beklaagde over het egoïsme van de mensheid. Dan zou jij je op de winst focussen en zeggen: 'Twee bestellingen in een kwartier, denk je in hoeveel dat er per dag zijn. Het effect lijkt misschien klein, maar het is er wel.'

'Je bent er niet meer en nog steeds probeer je het verschil te maken.'

'Misschien ben ik er dus nog wel.'

'Hm. Ja, misschien w————————————————

Ruis. Oorverdovende ruis. Gescheur. De laatste beuk die mijn cocon aankon voor hij brak, daar in een koffiezaakje, boven mijn Roscoffee. Moet ik nog uitleggen wat er gebeurde? Je was erbij. En je zult je wel afvragen wat er plotseling in me was gevaren dat me zo deed opspringen, mijn koffie – en bijna het hele tafeltje in dezelfde beweging – deed omstoten. Ik moet mijn spullen nog bij elkaar hebben geraapt, maar dat herinner ik me niet. Ik wist alleen nog dat ik weg moest daar. Alsof mijn leven ervan afhing, ook al was dat niet zo: het was jouw leven. Op dat moment werd ik geteleporteerd naar het moment vóór Rafael in de cocon, het laatste moment als mezelf, en dat was alles wat er nodig was om die hele kutcocon te kraken. Ik voelde hem breken, van me af vallen, en alles kwam binnen. Alles wat buiten had moeten blijven. Een telefoon die overging. Dezelfde ringtone als ik had. Een paar tafeltjes achter me. Het ene moment zat ik daar verzonken in een denkbeeldig gesprek tussen jou en mij, en het volgende was ik weer dáár. Beantwoordde ik het telefoontje dat ik nooit had willen krijgen. Het telefoontje waardoor alleen al de aanblik van mijn telefoon me sindsdien misselijk maakt. De reden waarom ik het ding op stil heb gezet, zodat ik dat geluid niet nog eens hoef te horen. Nooit weer. Maar lui als ik ben, had ik nooit de moeite genomen een speciale beltoon te kiezen. Ik had die van de basisinstellingen, die iedere luie klootviool gebruikt. Die ik dus met een beetje pech nog heel vaak onverwachts ga horen, in supermarkten, op straat, en een paar tafeltjes achter me in een koffietentje.

Het leek of ik de vrouw die bij die ringtone hoorde in slow motion waarnam. Ik zag haar rommelen in haar handtas, zonder het ding te pakken te krijgen. Ondertussen zette ze lachend het gesprek voort met degene tegenover haar, alsof dat geluid niet stond voor het slechtste nieuws dat een mens ooit kon krijgen. Alsof het gewoon maar een telefoontje was, dat ze kon laten overgaan zonder dat de hele wereld in scherven uiteenviel.

Toen ik buiten stond, voelde ik die verdomde ringtone nog navibreren onder mijn huid, in mijn zenuwen, in mijn botten. Mijn maag kromp samen, alsof ik er keihard gestompt was. Ik rende die straat door. Op de vlucht voor iets wat steeds nieuwe manieren wist te vinden om me in te halen. Wat ik eerder had geprobeerd te mijden, leek nu de enige plek waar ik naartoe kon. Was ik daar nou maar gelijk naartoe gegaan, toen ik mezelf nog een beetje onder controle had. Want nu kwam ik het gebouw in, om vervolgens oog in oog te staan met de portier, die natuurlijk iedereen in het appartementencomplex kende, maar mij niet. En ik had geen lucht om iets te zeggen of uit te leggen. Die man moest me drie keer vragen voor wie ik kwam, voor ik iets kon uitbrengen wat in de verte leek op 'Mulder' en ik hem mijn sleutel liet zien. Toen daagde hem iets, of misschien zag hij enige gelijkenis. Hij kwam achter zijn desk vandaan, begon me de hand te schudden en vertelde wat een fijne vent jij was en hoe erg hij het vond en dat ik het maar moest laten weten als ik iets nodig had en of hij even mee moest lopen, dat was geen enkel probleem.

Ik stond daar maar te knikken en te schudden, want mijn cocon hing in flarden om me heen, en dit was alle communicatie die ik in me had. Uiteindelijk werd het zo ongemakkelijk dat hij me naar de lift bracht en het knopje voor de op één na hoogste verdieping in drukte. De laatste keer dat ik hier stond, was samen met jou, voorovergebogen van het lachen nadat we ontsnapt waren aan de meute bij het koffietentje. Nu zag ik mijn eigen gezicht in de spiegels en ik herkende het amper. Ik weet niet wie dat was, ik heb geen idee. Ik hoopte maar dat er onderweg naar boven niet nog iemand in zou stappen, want ik stond hier uit elkaar te vallen, bij elke verdieping die ik steeg iets verder. Ik kwam niemand meer tegen. De liftdeuren gingen op de juiste verdieping open. Er waren slechts twee appartementen op deze etage, heel beroemd van je. Links dat van jou. Ik liet mezelf met jouw sleutel binnen en zodra ik de deur achter me sloot, was ik klaar. Ik liet de weekendtas vallen, de rugzak ook. En daar gingen ook de losse flarden van de cocon. Het was stil en donker in de gang. Er was hier niemand om 'normaal' tegen te doen. Ik hoefde niet te praten, te knikken, te doen alsof. Daar was geen reden voor. Voor het eerst in maanden was ik alleen, zonder doel, zonder ergens naartoe te moeten, zonder iets te doen te hebben. Ik liet me door mijn knieën zakken en ging daar liggen, naast de tassen. Gewoon in de hal, twee passen vanaf de voordeur. En voor mijn part bleef ik daar.

Roscoe Mulder, 2016, rode-loperinterview:

'We doen vaak lacherig over aardig zijn. Alsof het niks is, niets betekent. Maar aardig zijn... weet je, eigenlijk is het een superkracht. Als je ervoor kunt zorgen dat iemands dag een beetje beter wordt, dat diegene zich gezien voelt, niet langer buitengesloten... Als je iemand even kunt laten lachen, of hoop kunt geven dat iets beter wordt, en dat kost je ook nog eens helemaal niets, waarom zou je dat dan niet doen? Ik weet zeker dat een klein gebaar iemands leven kan veranderen. En zelfs als dat niet zo is, dan verandert het jou. Aardig zijn is alles.'

Livia

Een herinnering: je notitieboek lag opengeslagen naast me in bed toen ik wakker werd, maar jij was al uit bed. Eventjes wist ik niet of je überhaupt naar bed was gekomen vannacht, maar het boek was daar het bewijs van. Je was hier geweest. Ook had ik een vage herinnering van tegen je aan liggen vannacht. Te kort. Altijd te kort.

Aan dat moment dacht ik terug toen ik vanochtend wakker werd. Je begint me te ontglippen. Dat denk ik de afgelopen dagen steeds vaker. Het is anders dan de eerste dagen, weken. Misschien is het omdat ik in LA ben. Je was hier nooit thuis zoals je dat in ons appartement in New York was. Ik weet niet precies waaraan ik het merk. Het is een diep gevoel van verwijdering. Maar dan herinner ik me momenten uit ons leven samen, en dan denk ik dat je me al aan het ontglippen was vanaf onze eerste ontmoeting. Dat je nooit helemaal hier was, nooit echt helemaal bij mij. Ik weet dat dat niet klopt. Ik bedoel, die herinneringen heb ik óók. Als je er was, dan wás je er. En als je er niet was, als ik weer eens wakker werd naast jouw in het donker neergekrabbelde hersenspinsels, met jou nergens te bekennen, dan was er altijd nog een soort verbinding. Een connectie tussen ons, een onzichtbare, oneindig uitrekbare band. Soms kostte het moeite, maar ik voelde je altijd. En nu, nu weet ik het niet zeker.

Er zijn dagen dat ik wakker word en een minuut, of langer, denk dat jij in een hoekje van de kamer aan het lezen bent, onder de douche staat, of aan de eettafel zit te werken. Andere keren weet ik het al voor ik mijn ogen opendoe, nog voor het ontwaken. Dat je weg bent. Echt heel, héél ver weg. Niet Roscoe-is-aan-het-werk ver weg. Niet Roscoe-verdiept-zich-in-een-rol ver weg. Niet Roscoe-is-ontevreden-over-zijn-prestaties ver weg. Maar echt, écht weg op een manier die voor een mens niet te bevatten is.

Ik dacht dus terug aan die ochtend, een van de vele in die periode, dat ik wakker werd naast een lege plek. We hadden het allebei druk en ik weet nog precies waarmee, want ik herinner me de aantekeningen in het notitieboek dat je op bed had laten liggen.

In 2050 zullen de oceanen meer plastic dan vissen bevatten. Eerst kon ik het niet plaatsen. Het leek een lugubere voorspelling, een enge gedachte die je in het holst van de nacht van je af had geschreven, maar toen ik verder las, zag ik cijfers en bronvermeldingen. Het was research.

De acht rijkste mensen ter wereld bezitten net zo veel als de 3,6 miljard armsten. Acht. Acht mensen tegenover 3,6 miljard anderen. Het is het soort gedachte dat je hoofd doet tollen. Niet gek dat je daarvan wakker ligt.

Earth Overshoot Day: de dag waarop de mensheid alle natuurlijke bronnen heeft opgemaakt die de planeet in één jaar tijd kan genereren. In 2020 zal Earth Overshoot Day al in de maand juli plaatsvinden, wat betekent dat we 75% meer planeet nodig hebben om onze huidige levensstijl te kunnen bijbenen. Helaas hebben we er maar één, en die groeit niet mee met ons almaar stijgende verbruik. We nemen voorschotten die we nooit kunnen terugbetalen. We stelen van onze kinderen en kleinkinderen. En het doet ons niets.

Wereldwijd worden alleen al op het land dagelijks 200 miljoen dieren gedood voor vleesconsumptie. Inclusief vis en wild komt het dagto-

taal nabij 3 miljard dode dieren. We produceren dieren alsof het goederen zijn, behandelen ze alsof ze ons eigendom zijn, en na een leven vol gruwelijkheden slachten we ze voor ons eigen gewin.

Ik sloeg het boek dicht, legde het op het nachtkastje, en toen ik de slaapkamerdeur opendeed, hoorde ik je stem vanuit de huiskamer komen. Je voetstappen verplaatsten zich door de ruimte terwijl je, zo te horen, een serie voicemails aan het inspreken was. Ik sprong onder de douche en toen ik terugkwam, zat je verwoed op je laptop te typen. Je leek pas door te hebben dat ik er was toen ik voor je stond en 'Hé jij...' zei.

Je keek op, knipperde even. 'Hé... heb ik je wakker gemaakt? Hoe laat is het?'

'Negen uur. Heb je wel geslapen?'

'Een beetje.' Je typte alweer verder. 'Ik moet dit uitwerken. Over een maand ga ik filmen. En Ruth wil per se dat ik *Nova III* doe...' Je maakte je gedachte niet verder af. Ik liep naar de keuken, maakte voor jou een smoothie van komkommer, spinazie, ananas, basilicum en limoensap en voor mezelf een kom havermout. Ik begreep nooit waarom je altijd een vies gezicht trok als je mij havermout zag eten, tot ik van Rafael hoorde over de rantsoenmaand van jou en Kat. Toen snapte ik het. Net als je afkeer van noedels.

Toen ik je de smoothie bracht, trok je me bij je op schoot. Ik liet mijn hand door je haar dwalen en je liet je hoofd tegen mijn borst rusten, waarbij het eventjes leek alsof je onmiddellijk in slaap viel. Het duurde maar een paar seconden voor je je ogen weer opensperde.

'Je bent moe,' zei ik. 'Ga even rusten.'

'Straks. Nog even dit.' Op het scherm stond een mailwisseling open tussen jou en James, en zo te zien waren jullie al uren bezig. In de onderwerpregel stond: de documentaire die iedereen moet zien. Je stak je arm uit om langs me heen een bestand als bijlage toe te voegen aan je mail.

'Werkt hij ook 's nachts?' vroeg ik.

'Jamie zit in Amsterdam. Het is daar nu... weet ik veel, negen uur later.' Je ontweek mijn blik, waar je anders in had kunnen lezen: *dus jij zit hier de hele nacht door te werken, zodat hij alles binnen kantooruren kan doen?* Je zag het niet, maar toch antwoordde je: 'Ik kon toch niet slapen.'

Ik gaf je de smoothie aan. 'Drink dan in ieder geval dit.'

Je nam een slok, gaf me een kus en gooide me nog net niet van je schoot. Je drukte op verzenden, pakte je telefoon en terwijl ik naar boven liep hoorde ik je zeggen: 'Jamie, ik weet dat je zo stopt, maar kijk nog héél even naar wat ik je net heb gestuurd...'

Misschien dacht je wel dat ik je niet helemaal steunde bij dit soort projecten. Dat ik het niet voor de volle honderd procent kon begrijpen, en misschien kon ik dat ook niet. Ik kwam wel een heel eind, denk ik. Maar de passie die jij had, dat onmetelijk gedrevene, ik weet niet of ik dat écht kende. Niet zoals jij.

Misschien zag je me als een stoorzender als ik tussendoor kwam met mijn smoothies en mijn gezeur. Als ik weer eens een fles water bij je neerzette en mopperde: 'Je moet wel iets drinken, Roscoe! Hoe doe je dat als ik er niet ben? Kom je dan überhaupt van je plek?' Maar weet je, ik bewonderde het in je. Dat je dit kon, dat je bereid was zo ver te gaan voor iets waar je in geloofde. Dat je zo gegrepen kon worden door een project. En dat je er ook het tegenovergestelde voor overhad. Het dagenlang broeden zonder resultaat. Nee, dat klopt niet. Altijd met resultaat, maar het kon uren, dagen, weken of nog langer duren voor het zichtbaar was. Soms dreef het je tot wanhoop, maar dan nog ging je door.

Soms gooide je werk waar je uren, zelfs dagen in had gestoken zonder pardon weg. Dan was je een hele dag aan het fotograferen geweest, en beschreef je de beelden die je had gemaakt zo mooi dat ik ze helemaal voor me zag. De zacht fladderende vleugels van een vlinder, de kleuren van de lucht toen de zon onderging, de fietser die precies op het juiste moment door het beeld kwam, de lichtval tussen de bladeren op het bospad. En dan bekeek je de foto's op de computer en zag ik je ogen doffer worden, je enthousiasme vervliegen. Hoe mooi ik de foto's dan ook vond, jij had niet gevangen wat je op dat moment had beleefd en die teleurstelling, die kon in één klap alle lucht en alle energie uit de ruimte zuigen.

Soms had je een hele dag gewerkt aan een songtekst en zodra je me de eerste regels voorspeelde, walgde je van je woorden en scheurde je de vellen met geweld uit je notitieboek. Je scenario waar je al jarenlang aan werkte, had je al een paar keer bijna af gehad, tot je het hele bestand weer van je laptop gooide en opnieuw begon. Ik heb nooit iemand gezien die meer teleurgesteld in zijn eigen werk kon zijn dan jij. Maar die teleurstelling vond je niet eens het ergste.

Ik kwam wel eens thuis – nadat ik een draaidag had gehad was ik gaan sporten en had ik een paar boodschappen gedaan voor het avondeten – en dan zat jij nog precies zoals ik je die ochtend had achtergelaten. De restjes van een ontbijt naast je en verder helemaal niets wat erop wees dat je daarna nog iets had gegeten. Dan zat je te staren naar een scherm, haalde je vermoeid je handen over je gezicht en door je haar en vroeg je: 'Is het al zo laat?'

Ik zag dan meteen al aan je wat voor dag je had gehad. Soms probeerde ik je op te vrolijken door te zeggen dat je het even moest laten liggen, even iets anders doen: naar buiten, bewegen, frisse lucht. Seks. Dat je dan vanzelf weer in een goede flow zou komen en dat je je ideeen niet kon forceren. Maar soms wilde je zoiets helemaal niet horen. 'Ik héb geen ideeën!' riep je dan gefrustreerd uit. 'Ik heb helemaal niks.' Dan duwde je je laptop van je af, veegde je je notitieboek opzij. 'Leeg, leeg, leeg! Er komt helemaal niets uit mijn handen, zelfs niets slechts! Ik heb niet eens iets om op te proppen!'

Dát vond je het ergste. Niets maken. En daar dan weer doorheen zien te breken. Soms kreeg ik je toch mee naar buiten, lukte het me je te dwingen met me te gaan eten. Andere keren rolde je je mokkend op de bank op tot je in slaap viel. Maar die luxe had je lang niet altijd. Soms moest je binnen een uur omschakelen omdat we ergens moesten zijn, op een event, bij een talkshow, een fotoshoot of nachtelijke opnames. Dan stond je op de rode loper complimenten van een interviewer in ontvangst te nemen waarvan ik wist dat jij vond dat je ze niet verdiende. Je maakte grapjes alsof je die dag niet overliep van zelfhaat. Je gaf de mensen de Roscoe die ze wilden zien, voor wie ze hadden betaald, op wie ze recht hadden.

Dat lukte je altijd. Ook al putte het je uit. Hoe moe je ook was, hoe gefrustreerd, hoe onuitstaanbaar soms voor je omgeving en nog meer voor jezelf... Nooit heb ik je zien opgeven. Je had je moeilijke momenten, maar uiteindelijk kwam er altijd een omslagpunt, waarna je helemaal opging in wat je aan het doen was. Dan overtuigde je iedereen om je heen ervan dat je het beste, belangrijkste idee ooit had.

Die docu over klimaatverandering kwam er. Meteen na de release zetten jullie de hele film online om een zo groot mogelijk publiek te bereiken. Datzelfde jaar maakte je ook een kleine film, met een onbekende regisseur, over een alleenstaande vader die wraak wil nemen op de mensen die hem hebben ontslagen. Eindelijk arthouse, iets wat je al wilde doen sinds die ene auditie waarvan je was weggelopen. Uiteindelijk was het niet Leonardo geweest die de rol bemachtigde, maar een nieuweling met minder ervaring dan jij.

En je werkte ook aan je album, zat maandenlang dag in dag uit in de studio, besteedde elke minuut die je had aan het schrijven van nummers. Het was een jaar van keuzes die Ruth tot op het bot frustreerden. Elke week hadden jullie tot vervelens toe telefonische discussies over *Nova III*, waarbij zij volhield dat je dat móést doen.

'Je wist dat het een trilogie zou worden, dat was altijd het plan.' Ruth had het soort stem dat niet op de speaker hoefde om duidelijk hoorbaar te zijn. Als jij aan de eettafel zat en ik op de bank een script zat door te nemen, kon ik de conversatie meestal toch moeiteloos volgen. 'Je hebt nu al die kleine projecten lopen. Prima, zo laat je je veelzijdigheid zien, maar je moet ook aan het grote publiek denken, Roscoe. Die willen je ook zien. Je weet dat je fans op je rekenen.'

Dat was makkelijk scoren, over je fans beginnen zodat je je schuldig voelde. Als ik een bingokaart zou maken, met voor alle manipulerende trucjes van Ruth een vakje, dan had je haast bij elk gesprek een volle kaart.

'Ik heb niets getekend.'

'Ze rékenen op je.'

Sommige vakjes kon je zelfs twee keer afvinken.

'Ruth, ik wil andere dingen doen.'

'Die doe je toch ook? Je kunt het naast elkaar doen. Luister, doe gerust een beetje afwerend, dan komen ze met een beter bod. En je weet dat er uiteindelijk iets komt wat je niet kunt weigeren.'

'Het gaat me niet om het geld.'

'Tuurlijk niet.' Dat klonk sarcastisch.

'Als ik er geen plezier meer in heb, Ruth, dan stop ik ermee. Net zo makkelijk. Ik geef niks om die kaskrakers. Ik wil maken wat ik leuk vind. En dat is niet tien keer dezelfde film.'

'Er komt een moment dat je de rollen niet meer voor het uitkiezen hebt, Roscoe. Je kunt er maar beter uit halen wat erin zit. Er staat een nieuwe garde te trappelen om je in te halen.'

'Nou, dan zit daar vast een geschikte nieuwe Nova bij. Zeg maar dat ik niet meedoe.'

'Ik doe alsof ik dat niet heb gehoord.'

'Je weet dat ik aan een album werk. Ik denk dat ik bijna klaar ben om een eerste nummer uit te brengen. Nova past daar nu helemaal niet bij. Het is ongeloofwaardig. Een singer-songwriter in een lycra bodysuit?'

'Denk aan de publiciteit die zo'n film met zich meebrengt. Je hebt dit jaar niks gedaan, Roscoe. Je hebt het nodig.'

'Niks gedaan?'

'Niets voor je fans. Je hebt ze getrakteerd op een zwartgallig lesje over de ondergang van de wereld. En die andere film was al net zo zwaarmoedig. Geef ze Nova. Gun het ze. En eerlijk gezegd: ik denk dat je jezelf er het grootste plezier mee doet, want je bent slechts zo goed als je laatste succes en dát is alweer even geleden. O! Ik krijg net een lijstje met aanvragen voor tv-optredens voor de komende weken binnen. Ik mail het je nu door. De geel gemarkeerde zijn al bevestigd, laat even weten wat je van de rest vindt.'

De talkshow met de beroemde croissantbank. De avond waarop je volgens velen je eigen carrière om zeep had geholpen. De avond waarop je over de tien miljoen volgers op Instagram ging.

Jij en nog drie andere gasten zouden die avond op de beroemde bank – de gimmick van het programma – plaatsnemen en iedereen kreeg vijf minuten om te praten over lopende projecten. De rest van de tijd werd gevuld met gekke vragen en invallen van de host. Jij zou het hebben over je docu en de arthousefilm. Naast je zat een van de grootste producenten van dat moment. Toen hij aan het woord was onderbrak je zijn verhaal door te zeggen: 'Je zou wat beter op je woorden moeten letten.' Het werd stil op de bank. 'Een man in jouw positie zou beter moeten weten,' voegde je er in die stilte aan toe.

Ik keek backstage toe en ook ik hield mijn adem in toen je dat zei. Maar ik had je al ongemakkelijk zien bewegen sinds die man was begonnen zijn punt te maken. Het gesprek was natuurlijk heel anders verlopen dan eerder tijdens de doorloop. Vlak voor de show live ging was het nieuws naar buiten gekomen over Faith. Iedereen had het erover, iedereen was in shock. Zo'n jong talent, en de gruwelijke wijze waarop ze haar leven had beëindigd. Het onderwerp moest wel besproken worden.

Een van de gasten op de bank was last minute opgeroepen. Een radio-dj die compleet overdonderd was door het nieuws en met tranen in zijn ogen vertelde over het waanzinnige talent van Faith, over zijn persoonlijke ontmoeting met haar, de documentaire waarin ze openlijk sprak over haar verslavingen en de druk die de showbusiness met zich meebracht. Over hoe ze probeerde de balans te bewaren tussen haar muzikale creativiteit en daartegenover de gekmakende werkschema's, wereldtours en de onrealistische eisen die aan artiesten worden gesteld. En haar gevoel daar continu in te falen. De radio-dj sloot zijn relaas af met de woorden: 'Maar laten we niet vergeten wie deze vrouw was. Een pionier op haar vakgebied, een muzikaal genie, een groot artiest.'

Ik zag jou instemmend knikken, en de presentator concludeerde dat er een groot en onvervangbaar talent van ons was heengegaan.

'Nou, dat zeg jij nu wel,' kwam de man naast jou tussenbeide, de producent die de hele industrie regeerde, met de jacquard geweven sjaal waarmee hij uit te tekenen was en zijn immer gladgeschoren hoofd. 'Dat zeg jij nu, maar als ze een ware artieste was geweest, dan zou het niet zover gekomen zijn. Een artiest gaat niet ten onder in de spotlight, die lééft voor dat moment. Mensen die onder dat soort druk bezwijken, zijn niet in de wieg gelegd voor het vak.'

Dat was het moment waarop jij ingreep. Als enige. De presentator zweeg en de dj, die zichzelf zojuist tot de grootste fan van Faith had uitgeroepen, humde inschikkelijk. Je kon zien dat er een soort vanzelfsprekendheid heerste om het eens te zijn met iemand met zo'n staat van dienst. Zijn waarheid was dé waarheid. Maar niet voor jou. Na jouw woorden viel er een gespannen stilte, die jij meteen benutte om verder te praten.

'Jij hebt de macht om de héle showbusiness te veranderen, maar toch kies je ervoor om de onnoemelijke prestatiedruk te verdedigen die haar te veel geworden is. Haar talent maakte Faith tot een artiest, niet het aantal boekingen dat ze per week aankon.' De felheid in je ogen was onmiskenbaar. Je dacht niet aan het feit dat je misschien je eigen positie in gevaar bracht. Dat deze man je voortaan zou kunnen tegenwerken bij alles wat je wilde doen.

'Als je niet kunt omgaan met de nadelige kanten van beroemd zijn, dan hoor je niet in deze wereld thuis.'

'Dit is zo gevaarlijk. Het is niet menselijk wat er van sterren zoals Faith wordt gevraagd. En dan beweren dat zij niet capabel genoeg was? Daar klopt helemaal niets van. Ik kende haar niet persoonlijk, en wie weet wat er allemaal in haar leven speelde wat hiertoe geleid kan hebben, maar feit is dat zij keer op keer duidelijk aangaf dat ze worstelde met de druk van haar roem. En niemand wilde het horen.'

De producent bleef snuivend volhouden dat een volbloed artiest nooit zo ver zou afglijden, waarop jij voorbeelden noemde van de grootste artiesten ter wereld die veel te jong gestorven waren: Elvis Presley, Marilyn Monroe, Kurt Cobain, Amy Winehouse, Heath Ledger, Whitney Houston, hoeveel voorbeelden wilde hij hebben? Dat was het moment dat er een muziekje klonk en er een reclameblokje werd ingelast.

'Je hebt geen vrienden gemaakt vanavond,' zei de host na afloop van de uitzending in de kleedkamer tegen je. Nou... dat had hij niet helemaal goed gezien, want de fans van Faith begonnen je die avond en de dagen erna massaal te volgen en dat bleven ze doen. Tot ze weer een held verloren.

Roscoe Mulder, 2015, backstage camera-interview naar aanleiding van de talkshowdiscussie over Faith:

'Het was onzin wat hij beweerde. Er zijn talloze artiesten met podiumvrees. Artiesten die een alter ego bedenken om het podium op te

durven. Zo veel aandacht voor één persoon is menselijkerwijs niet te bevatten. Zo veel mensen die naar je kijken, iets van je vinden, voor je juichen, je afkraken, van je houden, je haten. Het gaat niet om jou. Het is een beeld van jezelf dat je creëert en dat groter en groter wordt, tot het helemaal los lijkt te staan van wie je zelf eigenlijk bent. Het is niet menselijk. Echt niet.

Weet je, iemand vertelde me ooit dat je twee keuzes hebt als je voor een moeilijke situatie komt te staan: jezelf aan de situatie aanpassen of van de situatie weglopen. Maar er bestaat ook nog een derde optie en dat is vechten om de situatie te verbeteren. In dit geval: vechten voor een betere omgeving, een betere wereld. Deze man is in de positie om de hele entertainmentbranche te veranderen en hij kiest ervoor om juist aan dit ongezonde klimaat bij te dragen. Iemand had Faith optie drie moeten bieden.'

Rafael

Ze blijven maar schrijven dat je het opzettelijk hebt gedaan. Dat het zelfdoding was. Een overdosis. Steeds in andere bewoordingen, steeds andere scenario's. Ze verzinnen elke keer iets nieuws. Dan is er weer een hotelmedewerker uit de school geklapt, dan weer een hulpverlener, een getuige ter plaatse, een piccolo, of als ze niet eens de moeite nemen om het concreet te maken: 'een persoon uit Roscoes inner circle die in deze laatste periode van zijn leven dicht bij hem stond'. Of ze hebben een stuk uit het autopsierapport bemachtigd, altijd 'uit betrouwbare bron' verkregen. En dan staat er vervolgens allemaal onzin in, zoals dat je harddrugs in je systeem had, dat je stomdronken was, of dronken én high. Sommige artikelen beweren dat het een ongelukkig gevolg was van een verslaving die je verborgen hield. Dan lees ik weer dat je expres alle middelen die je binnen handbereik had tegelijk innam om er een eind aan te maken.

De woorden die je sprak na het overlijden van Faith worden overal herhaald en door de rioolpers tegen je gebruikt. Je kon het alleen maar zo begrijpen en verwoorden als je dezelfde gedachten had. Tuurlijk. Want empathie is blijkbaar een compleet ongrijpbaar concept voor de schrijvers van die stukjes. Stel je voor dat iemand zich zomaar kan inleven in de gevoelens van een ander? In wat voor wereld zouden we dan leven?

Een overdosis. Ja, de sulligste overdosis ooit. Of de best gecalculeerde. Net te weinig, maar toch exact genoeg. NASA-waardig exact. Neem me niet kwalijk, maar zo slim was je nou ook weer niet.

Ik heb een paar van die mensen benaderd die op social media verhalen over je schreven. Over wat je gezegd en gedaan zou hebben op die laatste avond. Als je even doorvraagt, kom je er al snel achter dat ze je maar drie tellen hebben gesproken, alleen om snel een selfie met je te kunnen maken. De een zegt dat je keihard aan het feesten was, de ander beweert dat je depressief leek. Ik begin te begrijpen hoe het geweest moet zijn voor je. Hoe dat moet voelen als anderen het steeds maar over je hebben. Elke stap die je zet en elk woord dat je zegt onder een vergrootglas. Overal ogen. Ik weet niet hoe je het uithield om altijd maar aardig te doen tegen die mensen.

Vond je het daarom zo fijn om hier te zijn? Eenendertig verdiepingen hoog, verheven boven en neerkijkend op alles. De mensen op de stoep lijken vanaf hier niets anders dan krioelende mieren. Je ziet nog wel onderscheid, dat wel. Tussen de fietskoeriers en de voetgangers, tussen volwassenen en kinderen, honden aan de lijn. Jij ziet hen, maar zij jou niet. Je bent er geen onderdeel van. Je zweeft er een beetje boven. Het heeft wel iets relativerends ook, want je kan je niet voorstellen dat dat daar beneden wezens zijn met zorgen, gevoelens, echte levens. En als hun zorgen niet bestaan, waarom die van jezelf dan wel?

Dat ik dat waarneem betekent dus dat ik mezelf uiteindelijk van de vloer bij jouw voordeur heb geraapt. Met moeite. Ergens wist ik natuurlijk wel dat ik daar niet zou blijven liggen tot alles ophield te bestaan. Toch verbaasde het me nog. De overlevingsdrang. Dat ik er nog iets van voelde. Het was geen grootse, allesoverheersende impuls, maar als het me écht niets meer had kunnen schelen, dan had ik daar nog gelegen. Het duurde wel lang. Ik weet niet hoe lang precies. Maar lang. Het was donker geworden. Niet schemerig, compleet donker. Alles deed pijn, maar na een paar uur deed het me niks meer. De verstijving in al mijn ledematen, de volle blaas, de droge mond, de spierkrampen en de schrijnende gewrichten deden me niks. Het was de kou. Die trok langzaam door me heen, beginnend bij mijn vingertoppen, en toen die gevoelloos waren langzaam verder, tot ik lag te rillen en schokken alsof ik een epileptische aanval had. Dat schokken deed me denken aan huilbuien die ik vroeger als kind soms had. Weet je wel? Zo hard huilen dat je geen lucht meer krijgt, alleen nog maar geknepen keelklanken. Raspend, schurend. En dan af en toe, op een goede ademteug: huhuhu. Het triggerde, dat geschok. En het huilen begon vanuit mijn strot, droog en hard. Ik duwde me een stuk op en mijn gevoelloze arm begon meteen te branden en tintelen, zo erg dat ik erdoorheen zakte. Half kruipend wist ik mezelf vooruit te bewegen.

Na een meter of twee kon ik bij de deurstijl. Ik dwong mezelf op mijn knieën en van daaruit verder overeind. Recht genoeg om strompelend en slepend de badkamer te bereiken. De douche. Kleren uit. Struikelen met een van mijn broekspijpen nog binnenstebuiten aan mijn voet. Het water zo heet mogelijk. Nog steeds trillend en schokkend, en jammerend als een gewond beest. Mijn hoofd onder het water dat uit de stortdouche kletterde, stromend over mijn gezicht. Bijna geen adem. Steunend met mijn hand tegen de beslagen tegels en met gebogen hoofd onder die regendouche kwamen er tranen. Eindelijk? Had ik al gehuild? Ik wist het niet. Ik had spullen gesloopt. Ik had gescholden, gekotst en geneukt. Maar gehuild? Ik dacht aan de tranen van Liv en dat het me verscheurde om ze te zien, terwijl het me tegelijk zo'n opluchting leek om alles zo los te kunnen laten. En nu was het bij mij los. Een opluchting? Misschien. Ik huilde tot ik er geen kracht meer voor had.

Het ding met huilen is wel dat als je er eenmaal mee begint, je aan de gang blijft. Alleen eraan terugdenken maakt al dat mijn ogen opnieuw gaan branden en mijn keel verkrampt. Ik zit in de logeerkamer, trouwens. Op de stoel tussen het bed en het raam. Veel verder ben ik nog niet gekomen. Ik heb thee gemaakt. En toen ik er net aan dacht om iets te eten, lukte het me niet om het pak crackers open te maken dat ik in de keuken vond. Dat bedoel ik niet klungelig: ik bedoel, ik was er fysiek wel toe in staat. Maar het is jouw huis, met jouw crackers. Jij hebt ze gekocht, ooit, niet zo lang geleden. Of wel lang geleden, want die dingen zijn oneindig lang houdbaar, zag ik. Maar het punt is dat jij ze ooit hebt uitgekozen, in een mandje gegooid, afgerekend en ingepakt en hier weer in de kast gezet, met de bedoeling ze een keertje te besmeren met de eveneens oneindig houdbare hummus in je koelkast en ze op te eten. Jij had ze moeten opeten, niet ik. Ik kan je crackers niet pakken. Of de blikjes cola uit de koelkast, het diepvriesfruit, de chips. De thee wel, want dat is typisch iets wat je bezoek aanbiedt. Niet dat je me geen cracker zou gunnen. Dat is weer de andere kant van het verhaal, waardoor ik me ook weer rot voel over het feit dat ik de crackers niet eet. Ik weet dat je zou zeggen: 'Neem verdomme een cracker, man.' Ik weet dat ik jouw crackers mag hebben. Maar ze zijn van jou. Net als jouw bed jouw bed is en jouw bank jouw bank. Ik kan niet zomaar jouw ruimte innemen, jouw spullen gebruiken, jouw plek innemen.

Liv belde me net. Ik had haar oproep eerst gemist, want het ding staat nog steeds op stil. Maar ik pakte mijn mobiel omdat ik dacht dat ik ma misschien moest bellen, even checken hoe het gaat – jouw taak. En toen zag ik dat Liv had gebeld, een paar minuten geleden nog maar. Ik denk dat ze mij belt als ze jou nodig heeft. Of nee, dan zou ze me de hele tijd bellen. Maar op een of andere manier zien we elkaar als luikje naar jou, als dat ook maar enigszins zinnig klinkt. Misschien heb ik te lang op de vloer gelegen en crackers geweigerd om mezelf nog als zinnig te bestempelen. Er is een bepaalde vreemde dynamiek aan de gang tussen Liv en mij. Ik wil dat je dat weet en als je dan besluit dat je terug moet komen om mij in elkaar te stampen, dan accepteer ik dat.

Nee? Niet? Wauw, dan moet het wel heel gaaf zijn daar, hè? Dan zal ik maar even toelichten wat ik bedoel. Liv is het dichtst bij jou dat ik kan komen. Je zou denken dat ma dat is. Maar dat is niet zo, het is Liv. Het is alsof haar versie van jou, mijn versie van jou compleet maakt. Alsof ik je door haar nog beter leer kennen. En misschien voelt zij dat ook zo. Het maakt haar in ieder geval tot de enige persoon in deze wereld die me het gevoel geeft dat ik niet totaal alleen ben, terwijl – tegelijkertijd, dat is nu het rare – ze het gemis van jou groter maakt, als een alle materie aanzuigend, onmetelijk groot zwart gat. Alleen al door het lezen van haar naam op mijn telefoonscherm voelde ik mezelf dat gat in donderen, maar ik weet ook dat als ik haar terugbel, ik me niet alleen zal voelen daar. Dus ik ga haar bellen.

Oké, we hebben gebeld. En zij deed een beetje gek. Ze vroeg of ik op Instagram zit.

'Ja,' antwoordde ik. 'Ik volg je toch?'

'O.'

'Wacht even? Jij mij niet?' Ze begon een beetje omslachtig te doen, dus zei ik maar: 'Ik ben er niet zo actief op. Maar wat doet het ertoe?'

'Ik wilde weten of je de foto van Roscoe kent. Zijn laatste. Met de kat?'

'Ja.'

'Oké. Dan stuur ik je nu een foto en wil ik graag weten of dit dezelfde kat is.'

Het duurde een paar tellen voor de foto binnenkwam. Ik opende het bestand. 'Zelfde kat.' Hij was mooi. Dikke vacht. Wit met bruin. Op jouw foto zat hij op een laag muurtje, nu op een bed. Maar de parmantige houding, met het kopje ietwat schuin, was hetzelfde.

'Dat is mijn bed,' zei Liv. 'Die kat zit bij mij in huis, en hij zit me recht aan te kijken, alsof–' Ze slikte het laatste woord een beetje in.

'Ben je bang voor katten?' vroeg ik verwonderd. 'Ik bedoel, ik wil hem wel voor je buiten komen zetten, maar het duurt even voor ik er ben. Ik denk dat hij tegen de tijd dat ik de eerste vlucht heb genomen, allang de baas in huis is.'

'Ik ben niet bang. Verbaasd ben ik.'

'Oké, maar zo gek is het niet. Het is de buurkat toch? En katten lopen graag bij mensen binnen. Hij was vast een strandwandeling aan het maken. Het zou me niks verbazen als Roscoe hem altijd stiekem veganistische makreel voerde of zo. Bestaat dat? Want dan geef je hem zijn snack en dan zal hij daarna wel weer vertrekken.'

'Nee. Vegan tonijn wel. Misschien heb ik nog wat, maar ik weet niet of een kat dat eet. Maar luister, de deuren zijn dicht. De ramen ook.'

'Wil je zeggen dat de kat een sleutel heeft?'

'Nee! Maar luister, ik ben al uren thuis en toen ik thuiskwam was die kat er niet. Ik ben gaan douchen, en ik kom net de slaapkamer in en hij zit daar opeens, op het bed, naar me te kijken.'

'Oké...'

'Dus wat nu?'

'Nou... dan moet je het hem maar vragen.'

'Wat vragen?'

'Ja, wat denk je?' Ik aarzelde even. 'Vraag of hij het is.'

'Of hij het is?'

'Ja, kom op, we denken nu allebei hetzelfde, toch?'

'Ik eh...'

'Vraag of het Roscoe is.'

'En dan? Denk je dat dat beest dan ineens gaat praten of zo? Het is een kat, Rafael!'

'Vraag het. Kijk wat er gebeurt.'

'Ik ga geen gesprek voeren met een kat.' Haar stem klonk wat weggemoffeld. Alsof ze bang was dat iemand zou horen dat ze het alleen al overwoog.

'Je zult wel moeten, anders worden we niks wijzer.'

Ze was even stil.

'Luister, ik wil het ook best vragen, maar dan moet je de telefoon bij zijn oor houden en dan lijk je nog gekker dan als je het gewoon zelf even vraagt, niet dan?'

Ze zuchtte. 'We draaien door.'

'We? Jij belt mij met een gek verhaal. Ik zou hier niets mee te maken hebben, als – O, wacht... neeneenee, nee, nee...' Ik pakte het schrift waarin ik net heel slordig, maar voor mij toch leesbaar genoeg had opgeschreven: 'Als je dan besluit dat je terug moet komen om mij in elkaar te stampen, dan accepteer ik dat.'

'Wat?' vroeg Liv, omdat ik een beetje raar en onsamenhangend zat te murmelen. 'Draai je nu door?'

'Een beetje wel, ja. Ik had verteld dat ik hem soms schrijf, toch?'

Ze humde bevestigend.

'Doe jij dat ook nog?'

'O... zo af en toe.'

'Ik zat hem net een beetje uit te dagen. Dat ik jou ging bellen, en dat hij maar terug moest komen om me tegen te houden.'

'Serieus?'

'Ja, nou, ik dacht: als hij nou jaloers wordt...'

'Serieus!'

'Ik verwachtte niet dat hij het zou doen! En bovendien moest hij dan hier zijn en niet bij jou. Je hebt helemaal gelijk: we zijn aan het doordraaien. Totaal. We moeten waarschijnlijk hulp zoeken.'

Het bleef even stil en toen hoorde ik haar zacht jouw naam zeggen. Wat aarzelend. De laatste lettergreep schoot omhoog, eindigend in een vraagteken. En het klonk ver weg, alsof ze de telefoon wat had laten zakken.

'En?' vroeg ik. 'Wat gebeurt er?'

'Niks. Hij zit daar maar.' Ze sprak je naam opnieuw uit, op die vragende, onzekere manier.

'Kun je hem eigenlijk wel aanraken? Want misschien heeft hij de vorm aangenomen van de kat, maar is hij niet echt een kat. Snap je? Als je hem kunt aaien...'

'Natuurlijk ga ik hem niet aaien nu je dat hebt gezegd. Wat als hij dan verdwijnt? O god, ik ben gek.'

'Goed, laten we de zaak realistisch bekijken: de kans dat mijn broer in de gedaante van een kat bij jou verschijnt, is zo goed als nihil. Er heeft ergens een raam op een kier gestaan, de kat is naar binnen geglipt en het raam is dichtgevallen. Dat is de verklaring. En daar houden we het op.'

Ze begon te lachen. 'Ik kan niet geloven dat we dit gesprek voeren.'

'Ik ben vrij labiel op het moment, dus mij verbaast het niet. Ik ben laatst ingestort in een koffietentje en nu heb ik een Roscoffee gestolen.'

'Een wat?'

'Ja, dat is een leuk verhaal eigenlijk. Er is een koffiezaak waar Roscoe vaak kwam, vlak bij jullie appartement. Een straat verder. Hij kocht daar twee koffie en een daarvan gaf hij dan weg aan een straatmuzikant of zo. Daar hebben ze nu een ding van gemaakt: als je de Roscoffee bestelt, reken je een extra koffie af en die delen zij dan uit aan mensen die het kunnen gebruiken. Ik ging er op mijn eerste dag in New York heen en bestelde zo'n koffie, maar, nou ja... ik verloor mijn shit nogal en toen ben ik weggelopen zonder te betalen. Mijn broer probeert de wereld een betere plek te maken, en dan kom ik –'

'Om te stelen van de armen,' maakte ze mijn zin voor me af.

Ik proestte het uit. 'Ja. Ik besmeur zijn nalatenschap.'

'Je kunt natuurlijk teruggaan om de rekening alsnog te betalen.'

'Mja... ik weet niet of ik het koffiemeisje nog onder ogen durf te komen, daar. Maar ik zal wel een gift overmaken, voor een weeklang Roscoffees of zo.'

'Een week?' herhaalde ze meewarig. 'Koffie voor een hele week?

Pfoe, niet te heldhaftig, hè? Je hoeft de wereld niet in je eentje te redden. Laat nog wat werk voor anderen over.'

'Nou zeg, fijn dat je me een goed gevoel probeert te geven.'

'Je bent niet totaal nutteloos.'

'Weet je het zeker?'

'Ik geloof dat ik jou moet bedanken voor het feit dat ik Roscoes ring nu aan mijn vinger durf te dragen.'

'Ah, echt? Ik ben blij dat te horen. Ik denk dat hij dat heel graag zo zou willen. Waar hij ook is, hij is nu apetrots.'

'Het voelt nog steeds een beetje raar.'

'Dat begrijp ik. Geheime verlovingen zijn niet zo vreemd voor jullie filmsterren, maar dat het zelfs voor jou nog geheim was, is wel een beetje apart.'

Ze lachte halfslachtig. 'Maar echt: bedankt. Dat je die moeite hebt gedaan, en de juwelier zover hebt gekregen om me te schrijven.'

'Dat bood hij zelf aan. Hij snapte meteen hoe belangrijk het was dat je precies zou weten met hoeveel zorg Roscoe die ring had gekozen.'

'Tja, half werk is niet zijn stijl, hè?'

'Nope. Hoe gaat het verder met je? Afgezien van de kathallucinaties?'

'Mwah. Ik ben mezelf niet en ik weet ook niet of ik ooit weer de oude word. Ik moet nog een paar afleveringen opnemen voor dit seizoen en mijn verhaallijn is al zo ver mogelijk teruggeschroefd, maar in de laatste aflevering gaat Millie weg voor een undercoveroperatie en je weet nooit hoe lang zoiets duurt.'

'Bedoel je dat je misschien niet meer terugkomt in de serie?'

'Geen idee. Ik weet niet of ik nog kan werken. Het is de ideale ontsnapping, ik kan letterlijk de hele dag iemand anders zijn, maar ik kom maar niet uit mijn eigen hoofd. Ik kan het niet van me afzetten. Het lukt nog niet.'

'Dat heeft tijd nodig. Je hebt het geprobeerd, maar het was te vroeg.

Neem even pauze, je voelt vanzelf wel wanneer je er weer klaar voor bent.'

'Denk je? Ik dacht dat mijn werk me juist zou helpen om mezelf weer op de rit te krijgen. Van niets doen word ik ook gek. Letterlijk, aangezien ik nog steeds oog in oog zit met een al dan niet stoffelijke kat. Ik denk dat ik dit weekend mijn ouders maar eens een bezoekje breng. Ze willen me graag zien, en Bobbi en nog wat andere vriendinnen ook. En ik heb een mail van George...'

'George? Een van Roscoes producenten?'

'Ja, van *High Five*. Hij was ook bij de herdenking aanwezig. Ze hebben de opnames voor onbepaalde tijd uitgesteld en ze hebben me nu gevraagd om te komen praten. Over hoe verder.'

'O, dat is... Ik weet het eigenlijk niet, vind je dat fijn om over na te denken?'

'Geen idee eigenlijk. Ik waardeer het dat ze het hebben gevraagd. Maar ja, hoe weet ik wat Roscoe zou willen?'

'Dit is wel je kans om hem Gloria harteloos te laten dumpen. Laat hem off-screen een nieuw leven beginnen.'

'Ik denk dat het haar idee was om mij erbij te vragen. Ze wil graag een aflevering maken als eerbetoon aan Roscoe. Ze is eigenlijk heel aardig, hoor. Iedereen denkt dat we elkaar haten –'

'Niet zo gek. Ze heeft hem "haar heetste tegenspeler ooit" genoemd of zoiets.'

'Ja. Maar dat is...' Ik hoorde haar struikelen over de tegenwoordige tijd, maar ze verbeterde het niet. 'Dat is hij toch ook? Fans vinden het leuk om zoiets te horen, dus dat was slim van haar. Bij ons ging het ook zo, mensen willen geloven dat wat ze zien echt is.'

'Bij jullie wás het ook echt.'

'Ja, en met Gloria was hij bevriend, maar ze wisten het wel echt te laten lijken. En nu vraag ik me dus af wat hun fans zouden willen.'

'Hun fans? Dat zijn degenen die hele complottheorieën bedachten over hoe jullie relatie alleen maar schijn was, en dat hij eigenlijk in het geheim met haar verloofd zou zijn.'

'Tja, het zijn ook maar mensen.'

'We hebben het over team Rosglo. Dat zijn monsters, geen gewone mensen.'

'Rafael, even eerlijk, ben jij een Livcoe-shipper?'

'Tuurlijk. Ik shipte jullie als eerste. Ik heb hem gezegd dat hij achter je aan moest gaan en aan het eind van die zomer waren jullie een stel, dus graag gedaan.'

'Ah…' Ze zuchtte. 'Nou, we weten dus nog niet hoe het zit met de kat, en ook niet hoe het verder moet met Roscoes karakter in *High Five*. Ik denk dat ik ze zo meteen maar ga bellen om een afspraak te maken.'

'Eerst even vragen wat kat-Roscoe ervan vindt, oké?'

'Ik laat het je weten.'

De laatste keer dat ik je zag, had je de hele nacht doorgereden, ook al hadden we eigenlijk halverwege afgesproken. Je zei dat je niet moe was, maar toen ik terug de kamer in kwam nadat ik snel onder de douche was gesprongen, was je op mijn bank in slaap gevallen. Je werd niet wakker toen ik binnenkwam, dus liet ik je liggen. Een paar uurtjes. Tot je uit jezelf wakker werd, verschrikt dat je überhaupt in slaap was gevallen. 'Sliep ik? Ja hè? Shit, dat was niet de bedoeling, hoe laat is het?'

'Maak je niet druk,' antwoordde ik. 'Nog vroeg.'

Je kwam overeind en wreef over je gezicht. Toen je hand je baard bereikte, keek je alsof het de eerste keer was dat je daar haar voelde, alsof je heel even vergeten was dat je eruitzag als Vincent van Gogh.

'We kunnen nog gaan ontbijten,' zei ik. Het zou eerder lunch worden, maar ik zag dat je nu al baalde van de tijd die je had verspild door in slaap te vallen. En als ik toen had geweten dat het de laatste keer was dat we elkaar zouden zien, dan was ik dat met je eens geweest, maar ik wist het niet. Gelukkig niet. Want nu hebben we die dag tenminste nog gehad. Die laatste waarop alles nog was zoals het hoorde en we de luxe hadden dat voor lief te nemen en tijd te verlummelen.

'Kom mee,' zei je.

Ik bood nog aan te rijden, maar jij sprong achter het stuur. Je zag er anders uit. Heel anders, maar mensen kenden je nieuwe look van Instagram of ze zagen jou dwars door het rode haar van Vincent heen. Je was afgevallen ook. Een lijdend kunstenaar heeft niet de spiermassa van een superheld. Maar we waren de auto nog niet uit op de parkeerplaats voor de lunchroom of er verzamelde zich al een groepje mensen om ons heen. Het begon met één gillend meisje dat het uitschreeuwde zodra jij een been uit de auto stak. Ze vroeg hyperventilerend of je met haar op de foto wilde, dus dat deed je, en daarna maakte je nog selfies met een stuk of tien andere mensen. Daarna haalde je een petje van de achterbank en trok de klep zo ver mogelijk omlaag voor we naar binnen gingen.

We gingen zitten aan een klein tafeltje, zo veel mogelijk uit het zicht. Twee meisjes van buiten waren ons gevolgd en gingen je op een afstandje zitten filmen. Dat trok ook weer aandacht.

'Hij heeft in zijn hele leven maar één schilderij verkocht.' Je had het over Vincent. Net als in de auto. Je had alles gedaan om die rol te krijgen. Nee, om zelfs maar op auditie te mogen. Bijna een half jaar was je ermee bezig geweest, vanaf het moment dat je hoorde dat deze film gemaakt zou worden. Je moest en zou het script krijgen, en dat lukte maar niet omdat Ruth het geen geschikte film voor je vond en de castingbureaus naar een ander type acteur op zoek waren. Je had ervoor gevochten. Het scenario uit je hoofd geleerd, alles wat je in handen kon krijgen over Van Gogh stukgelezen, talloze musea bezocht waar werk van hem hing, soms urenlang starend naar één doek, om maar te snappen wat het betekende, wat het wilde zeggen, waarom hij juist dát had geschilderd. Elke penseelstreek, elk stipje, elke toets verf had je bestudeerd. Je wist alles wat er te weten viel. De onbeantwoorde liefde, de turbulente jeugd, de vriendschappen en vetes met andere kunstenaars. De mislukking.

'Eentje maar,' herhaalde je. 'Aan de zus van een vriend. *De rode wijngaard*, zo heet het doek. Het bracht vierhonderd Franse francs op. Dat was het.'

Ik knikte.

'Kun je je dat voorstellen? Een van de grootste kunstenaars ter wereld, nu bejubeld door iedereen, maar hij stierf als een mislukkeling. Hij wist het niet eens. Hij wist niet hoe goed hij was, hij wist niet dat hij *Van Gogh* was.'

We schrokken allebei omdat er ineens iemand tussen ons in dook met een telefoon op jou gericht die recht in je gezicht flitste. De vrouw giechelde toen ze onze ontsteltenis registreerde, al was het een zeer minimale registratie. 'Mag wel even toch? Ik vind je zo leuk. Je moet met Gloria gaan, ik kijk altijd naar jullie. Hou je dat haar zo, nee toch?'

'Het is voor een film,' antwoordde je. 'Luister, ik denk niet dat die foto van net erg geslaagd is. Zullen we even een goede maken, zodat ik daarna rustig iets kan eten met mijn broer?'

'Is dat je broer?'

Je ging staan, hield haar telefoon een armlengte van jullie vandaan, trok een leuke kop en drukte af. 'Alsjeblieft. Fijne dag.'

'Dank je wel! Echt gaaf!' De vrouw bleef staan. Ze keek van jou naar mij en toen weer heel lang naar jou.

'We waren eigenlijk in gesprek,' zei ik toen, zodat jij de aardige filmster kon blijven, en ik desnoods de gemenerik die mensen wegstuurt. 'Dus als je ons wilt excuseren.'

'Mijn vriendin wil ook een foto, snap je? Maar ze durft niet. Kijk, daar zit ze.'

Je draaide je om, en ergens verderop in de zaak dook een vrouw met donkerblond haar kreunend van schaamte in elkaar.

De vrouw aan ons tafeltje wenkte haar. ‘Kom dan. Het mag. Schiet op dan!’

We wisselden een blik, jij stond weer op, wachtte tot de andere vrouw kalm genoeg was om naar je toe te komen. En terwijl je met haar op de foto ging, ontstond er een rijtje van steeds nieuwe mensen die ook wilden. Jij werkte ze allemaal rustig en vriendelijk af, je lachte, maakte grapjes, bedankte hén voor het kijken naar je film, of het volgen van de serie. Je signeerde servetten, allerlei andere losse papiertjes en stukken huid. Het duurde bijna een half uur voor ik de spontane meet & greet onderbrak en jou wegtrok met de mededeling dat we naar je volgende optreden moesten. In mijn andere hand had ik twee papieren zakken met koffie, sapjes en vegan bagels die ik tijdens het hele spektakel had besteld en laten inpakken om mee te nemen.

‘Jij bent géén Van Gogh,’ zei ik even later, toen we een plekje in het gras in het park vlak bij mijn huis hadden gevonden. ‘Qua succes.’

Je was een bagel met avocado en paprikaspread aan het uitpakken. Je gezicht stond bedenkelijk.

‘Omdat je zo populair bent, bedoel ik.’

‘Ik snap wat je bedoelt. En het is ook zo. Tuurlijk, ik bedoel… al die aandacht en zo.’

‘Je krijgt in ieder geval erkenning.’

‘Maar ook niet echt, toch?’ Je stopte met het uitpakken van de bagel en nam een slok koffie. ‘Ze erkennen mij niet echt.’

‘Wat je maakt.’

‘Maar niet wat ik wil maken. Alleen de makkelijke dingen.’

‘Ik dacht dat je *High Five* leuk vond om te doen.’

‘Vind ik ook. Het is fris en grappig. En een uitdaging voor mij, dat komische.’

‘Vertel mij wat, meneertje Serieus.’

‘Maar ik heb soms het gevoel dat hoe belangrijker ik iets vind, hoe minder mensen geïnteresseerd zijn.’ Je zette de koffie neer en pakte de bagel op. Je kreeg even iets zelfgenoegzaams. 'Maar Vincent wordt anders. Dat wordt een kaskraker.' Je nam een grote hap en begon te kauwen.

'Alles wat je doet is een succes, Roc.'

Je slikte genoeg van je hap door om te kunnen praten. 'Mijn muziek niet.'

'Hoezo? De kritieken waren lovend.'

'Niet alle.'

'Wel de kritieken die ertoe doen. En op iTunes kwam je in de top drie binnen.'

'En daar bleef ik drie hele dagen...'

'Kom op. Je weet wat je kunt. En ja, sommige fans kijken niet verder dan het Nova-pak, maar dankzij hen kun je nu andere dingen maken. Je gaat nog zo veel gave dingen doen. Mensen zullen heus wel zien wie je echt bent, en wat je kunt. Heel veel mensen zien dat nu al, hè?'

'Jij en mam, bedoel je zeker? Dat telt niet.'

'Ma telt misschien niet, maar ik wel. Ik ben kritisch. En objectief.'

Je lachte, en we aten door. Toen je bagel op was, plantte je je handen achter je in het gras, leunde wat achterover en ademde in alsof het de eerste keer was in lange tijd. 'Nou, vertel maar eens hoe het met jou is.'

'Gewoon, z'n gangetje.'

'Niks wat het vermelden waard is?'

'Neuh. Werk is...' Ik dacht even na. '... redelijk oké, maar ik weet niet of ik het altijd wil blijven doen. Of in ieder geval niet zo. Op zich zit ik goed waar ik nu zit, klanten weten me te vinden, en ik heb een professionele werkplek. Maar dat betekent ook dat ik elke maand een heleboel opdrachten moet aannemen alleen om het geld dat ze binnenbrengen. Niet omdat ik ze leuk vind. Ik betaal me scheel aan commissie en de huur van een bureau daar.'

'Dus je zou voor jezelf willen beginnen?'

'Nou, in principe ben ik natuurlijk eigen baas.'

'Jawel, maar je zegt zelf dat je opdrachten moet aannemen waar je geen zin in hebt.'

'In ruil voor een werkplek bij een vooraanstaand makelaarscollectief, ja. Maar goed, als ik wil ben ik daar zo weg en dan betrek ik ergens een vervallen pand in een obscuur gedeelte van de stad. En dan? Wat verandert er dan echt?'

'Wat wil je dat er verandert?'

'Weet ik veel.' Ik dronk mijn koffie op, die nog net warm genoeg was. 'Je zou denken dat ik daar onderhand wel een idee van zou hebben. Over een paar maanden ben ik tweeëndertig, fucking oud.'

'Doe normaal. Je bent niet oud. Niemand is ooit te oud om ergens mee te beginnen. Harrison Ford was timmerman tot zijn dertigste. Samuel Jackson was drieënveertig toen hij zijn grote rol in *Jungle Fever* kreeg. Darwin publiceerde *On the Origin of Species* pas rond zijn vijftigste.'

'Hoe weet je dat allemaal?'

'Ik lees veel. En als ik wat research doe, vind ik vast genoeg mensen die op hun zestigste of zeventigste nog ergens mee begonnen en daar een succes van maakten. Dus nogmaals: doe normaal. Je bent eenendertig, je kan letterlijk alles nog doen wat je maar wilt.'

'Nou, als ik hersenchirurg zou willen worden –'

'Niet alleen zou dat nog prima kunnen, je zou zelfs tijd genoeg hebben om de allerbeste ter wereld te worden. Alleen, en dat is vooral jouw probleem, moet je het graag genoeg willen om er een *shitload* werk in te steken.'

'Voor jou is dat normaal, om die drive te voelen. Maar ik heb dat niet. Soms wou ik dat het zo was, zodat ik me niet zo...'

'Zo wat?' vroeg je.

'Ik zou wel eens zeker van iets willen zijn. Zoals jij.'

'Ik? Gast, ik ben nergens zeker van.'

'Ga weg, man. Jij hebt zo'n focus. Je hebt altijd al zeker geweten wat je wilde. Misschien kwamen er onderweg andere dingen op je pad, maar je wist dat je voor de muziek wilde gaan en dat doe je, en acteren heeft dan wel jou gekozen in plaats van andersom, maar zodra je voor die camera stond, wist je dat je beter wilde worden en heb je daar alles aan gedaan. En met Liv… Oké het duurde een driedubbele eeuwigheid, maar als je eerlijk bent wist je het allang. Zo ben je. Over belangrijke dingen twijfel jij niet.'

'Dat zie je verkeerd.' Je keek uit over het glooiende gras dat zich voor ons uitstrekte. Een paar meter bij ons vandaan landde een vogel, een supermooie, met blauwe veren en een kuif.

'Wauw, wat is dat voor beest?' vroeg ik, en jij was al opgeveerd en hurkte met je telefoon in de hand om een foto te maken.

'Kut dat ik mijn camera niet heb,' zei je. 'Een blauwe gaai, denk ik.'

'Die kleuren…' Het dier spreidde zijn vleugels om weer op te stijgen. 'Heb je dat? Dat-ie wegvloog?'

Je knikte en kwam weer naast me zitten. Je liet me het scherm zien. 'Slechte kwaliteit.'

'Maakt niet uit, toch? Het gaat om het moment. Dat-ie precies hier kwam zitten.' Na een tijdje vroeg ik: 'Waar ben je niet zeker van dan?'

'Van zo veel dingen. Weet je dat kinderen van alcoholisten zelf vaak óf zware drinkers óf geheelonthouders worden?'

'Verbaast me niet. Jij bent in ieder geval het laatste en je weet wat ik ben.'

'Vraag je je wel eens af hoeveel van hen we in ons hebben?'

'Nou… wat ik me van pa herinner is niet veel goeds. Vooral dat hij nooit ergens zin in had, en dat strookt wel met mijn gebrek aan ambitie of doelen.'

Je schudde je hoofd. 'Zo ben je niet. Je lijkt daarin niet op hem. Jij zou nooit weglopen als iemand op je rekent.'

‘Hoe weet je dát nu weer? Ik heb nul verantwoordelijkheden. Ja, mijn werk, maar ik kan er vandaag nog mee kappen als ik dat wil.’

‘Ik weet hoe je bent, en dat is niet zoals hij.’

‘Goed, dan weet je meer dan ik. Maar om je vraag te beantwoorden: ik neem aan dat we allebei dingen van pa en ma hebben, maar ik denk dat we meer zijn dan onze opvoeding, of een zooitje doorgegeven genen. Zeker jij.’

‘Waarom zeker ik?’

‘Omdat je leven zo is veranderd,’ zei ik. ‘Je bent weggegaan en je hebt zo veel gedaan en geleerd. En de mensen met wie je omgaat. Het is bijna een compleet andere wereld waarin jij leeft.’

‘Ja, dat is wel zo.’

‘Waarom is het belangrijk? Wat we van hen hebben? Het gaat erom wat je doet, toch? Wie je bent, dat kun je voor het grootste deel zelf kiezen.’

‘Ik hoop dat dat zo is.’ Je was een tijdlang stil. Een groot en serieus soort stil. Toen zei je: ‘Het is belangrijk vanwege Liv. Vanwege hoe zij onze toekomst ziet, dromen die zij heeft.’

‘O, je bedoelt… serieuze dingen.’

‘Kinderen.’

‘Bedoel je dat jullie in verwachting zijn?’

‘Nee. Maar ik weet dat zij dat wil, ooit. En ik wil dat zij alles heeft wat ze maar wenst.’

‘Maar jij wil ze juist niet. Of althans, zo dacht je er toch over?’

‘Het is niet zozeer een kwestie van niet willen. Het is meer dat ik geen enkele logische reden kan bedenken om een kind op deze wereld te zetten. We maken hem kapot. Niemand maakt zich zorgen over wat we achterlaten voor toekomstige generaties. En daar zet ik dan een nietsvermoedend kind op, dat nergens om heeft gevraagd, terwijl er ook nog miljoenen kinderen zijn die geen toekomst hebben, niemand die om ze geeft. En dat zijn alleen nog de mondiale issues. Als ik naar mezelf kijk, de achtergrond die ik heb... Weet je, het leven is mooi en meestal voel ik dat ook zo. Maar als ik nadenk over de totale willekeur van alles, de onmetelijkheid van het heelal, dat we allemaal maar een nietszeggend spikkeltje zijn en onze tijd hier maar een miniem bliepje op de radar... dan vraag ik me af waar het allemaal goed voor is. En dat gevoel wil ik niet doorgeven aan een kind, want het is eng om dat te voelen.'

'En weet Liv dat?'

'Ja. Alleen het punt is dat alles lichter lijkt als ik bij haar ben. Dus als ik er met haar over praat, vergeet ik soms heel even al die redenen en blijft er eigenlijk maar één ding over, de enige totaal niet-logische reden om het wél te doen.'

'En dat is?'

'Liefde. Vertrouwen.'

'Heftige shit.'

'Ja.'

'Het mogen dan geen logische redenen zijn, maar op zich zijn ze wel redelijk zwaarwegend.'

'Zeg maar gerust obees.'

'Ik zie mezelf niet direct als de aangewezen persoon om hier advies over te geven, maar ik ben hier nu toch, en ik zie niemand anders, dus dan moet het maar. Vind je niet dat je jezelf nogal zwaar straft?'

'Het is geen straf,' zei je. 'Ik neem mijn verantwoordelijkheid.'

'Jezelf een kans op geluk ontzeggen, noem ik een straf. Een behoorlijk zware straf ook nog. Je hebt echte liefde in je leven. Je bent in staat om het te geven, en je krijgt het terug. Dat is waar alles om gaat, toch?'

'Dat klopt wel ongeveer.'

'Precies. Dus je moet ophouden met denken dat je het niet waard bent, of dat het niet blijvend is, of dat je het gaat verkloten. Niemand kan garanderen dat zijn kind gelukkig opgroeit, of dat het altijd veilig zal zijn. Het feit dat je erover nadenkt, maakt je al een betere vader dan de meeste die ik in mijn eigen omgeving heb gezien. En wij hadden er niet eens een, maar we zijn er nog, en het kon slechter met ons gesteld zijn, toch?'

'Jij bent best goed gelukt,' zei je half glimlachend.

'Weet ik. En wie heeft me voor de helft opgevoed?' Ik legde mijn arm om je schouders. 'Als je maar half zo'n goede vader zult zijn als dat je grote broer bent, dan doe je het al heel fatsoenlijk.'

Je keek me aan. Je wenkbrauwen trokken een beetje samen. 'Als je nou niks positiefs meer uit je werk haalt, hè? Kom dan een tijdje onze kant op. Een paar weken bijkomen aan het strand. Lekker surfen en zo. Dan kun je Liv wat beter leren kennen. Ik weet zeker dat jullie vrienden zouden kunnen zijn. En in New York is er sowieso genoeg te doen voor je. Misschien kunnen we wel samen een projectje opstarten.'

'Zoals wat? Dat ik je roadie word of zo? Of ontsla je Ruth dan?'

'Nee joh, niet ondersteunend aan mij. Samen, als gelijkwaardige partners. Ik heb wel wat ideeën. We kunnen een eigen zaak beginnen, een hang-out voor creatieve geesten. Mensen zoals wij, die zich nergens thuis voelen.'

'Zou je dat willen? Met mij samenwerken?'

'Ja, man! Daar denk ik al jaren over na. Alleen was jij je eigen koers aan het varen, en dat ging goed. Maar als je toe bent aan iets nieuws...'

'Wel een beetje, ja.'

'Nou. Denk erover na.'

Ik had er niet meer over nagedacht eigenlijk. Alsof jij tijd had voor nóg een project naast alles wat je al deed. Niet dat ik eraan twijfelde of je het wel meende. Ik wéét dat je het meende. Maar realistisch leek het me niet. Nu denk ik er weer aan, en aan de brief van Kat, die half aan mij gericht was. Iets over een pand in Brooklyn, waar je langskwam onderweg naar de studio. Blijkbaar had ik het aangewezen, maar dat is jaren geleden, en wat me is bijgebleven zijn de beroemde gebouwen die ik toen voor het eerst zag. Geen vervallen pakhuis. Ik bedoel, daar stond het toen vast vol mee onderweg naar die opnamestudio. In die tijd was het nog geen *up-and-coming* wijk.

Ik heb via Google Maps eerst de omgeving gescand. Ik zag wel een paar clubs die aan de beschrijving van Kat voldeden, maar geen een die iets van herkenning bij me opriep. Maar het was te toevallig. Dat jij een samenwerking met mij opperde tijdens ons laatste gesprek en dat er volgens Kat nu een pand te koop stond waar jij jaren geleden verknocht aan was geraakt. Ik ben in je papieren gaan snuffelen. Of eerst in je laptop eigenlijk. Voor je wachtwoord had ik een paar pogingen nodig. Meestal had het iets te maken met je laatste project, en *starrystarrynight* was de juiste gok. Toegegeven: die tweede 'starry' was een beetje lastig om te raden.

Ik voelde je bijna over mijn schouder meekijken terwijl ik al je mails, je concepten, je documenten zat door te nemen. Ik kon je horen zeggen: 'Dus mijn crackers zijn heilig, maar mijn privacy kun je zonder gewetensbezwaren schenden?' Daar had je een punt. Maar ik heb hier ook niet voor gekozen, hè? Jij hebt me dit allemaal in de schoenen geschoven, dus nu niet gaan klagen.

Ik vond uiteindelijk die mail van je, die nog in 'concepten' stond. Met een belachelijk bod. Wat dacht je nou, man? Gelijkwaardige partners, had je gezegd. Maar het kwam niet in je op om mij eerst even te bellen om te vragen of het bod dat je op dat pand wilde doen ook maar een beetje realistisch was. Nee, want het is niet alsof ik iets van vastgoed weet, hè? Dat ik er al bijna tien jaar mijn brood mee verdien, zegt natuurlijk niets. Bied gerust een halve ton extra, waarom niet? Het is ook trouwens typisch iets voor jou. Het maakte je geen bal uit wat het kostte. Je wilde het hebben en zo snel mogelijk, en meteen iedereen overbieden die mogelijk al in de race was. Lekker zakelijk, man. Goed, ik ga maar eens even rondbellen. Want zo te zien heb je de mail met het bod nooit verzonden. Ik kan het in ieder geval niet vinden. En nu wil ik natuurlijk weten hoe het zit met dat pand, of je zaakwaarnemers er iets van wisten. Liv misschien? En dan moet ik natuurlijk zien te beslissen of ik er iets mee moet.

Oké. Dat was verhelderend. Blijkbaar vond ma het niet nodig om me te vertellen dat ze naar de notaris is geweest. Je weet zelf natuurlijk wel wat ze daar te horen gekregen heeft. Of misschien ook niet, want als er iets duidelijk is, dan is het wel dat administratie niet jouw ding was. O, en om het nog mooier te maken: Liv is boos op me. Wat inderdaad superonredelijk is. Heb jij enig idee hoe lang dat gaat duren? Is ze het type dat nooit meer tegen je praat, of meer iemand die ontploft en het daarna weer snel vergeet? Want ze ontplofte – zeg maar – wel een beetje. Maar laten we eerlijk zijn: ik heb gelijk, en haar reactie was overdreven en volkomen onterecht. Als jij erbij was geweest, zou je dat zelf tegen haar hebben gezegd. *Liv, kalmeer, Rafael heeft gelijk. Ik ben dom geweest.* Want dat is alles wat ik heb gezegd, dat het dom van je was. Gewoon ongelooflijk dom. En dat kon Liv dus niet waarderen.

Maar man, wat een stomkop was je. Je hebt dus helemaal niks geregeld. Echt geen zak. Je zou toch zeggen dat je na die eerste ton op je bankrekening een beetje zou zijn gaan nadenken over wat je met dat geld zou willen doen, mocht er iets gebeuren. Liv flipte dus toen ik dat zei. Dat was helemaal niet dom, schreeuwde ze door de telefoon, terwijl ik haar juist had gebeld omdat ik dacht dat zij het zou begrijpen. Dat er 'iets' gebeurd was, was dom! Dat was onbegrijpelijk. En daar zou je niet mee bezig hoeven zijn als je verdomme nog maar net vijfendertig bent. Oké, allemaal mee eens. Ik heb mijn zaken zelf ook niet goed geregeld. Dat vroeg ze namelijk meteen daarna, die verloofde van je. Of ik het dan allemaal op orde heb. Nee, natuurlijk niet. Ik heb niks geregeld, maar er is één verschil: ik heb ook niks om te regelen. Maar jij wel. Jij had heel veel te regelen en ik kan niet geloven dat je dat niet hebt gedaan. Nu denk je misschien: ach joh, maak je niet druk broertje, jullie komen er toch allemaal wel uit samen? Maar dan vergeet je denk ik iets cruciaals.

Want weet je wat het geval is? Alles wat van jou is, moet nu verdeeld worden over ma en pa. Je hoort het goed... ma en pá. Onze nietsnut van een vader is jouw erfgenaam en er blijft nog geen snaar van je gitaar over voor Liv. Juridisch gezien zou ik zelfs die ring van haar vinger moeten halen omdat ma de rechthebbende is. Of pa. Nou, vertel me even, vind je dat niet dom?

Natuurlijk heb ik dat over die ring niet tegen Liv gezegd. Ik ben niet gek. Ze heeft dus geen reden om boos op mij te zijn. Ik ben hier namelijk niet de sukkel, want dat ben jij.

Oké, nu dat van mijn hart is, kan ik je ook wel vertellen dat ik inmiddels met een advocaat heb gesproken en dat de kans klein is dat pa de helft zal opstrijken, omdat hij zich al vanaf je tiende aan de zorg heeft onttrokken. En ma is ook niet de beroerdste, die weet niet eens wat ze met al dat geld zou moeten. Dus Liv mag haar ring houden en ik zal pa een nieuwe set spijkerbroeken en een paar blikjes wax voor zijn ouwe truck toesturen, en dan is iedereen weer blij. Maar godsamme, Roscoe. Wat een oen ben je toch ook. Zo slim, maar toch zo'n oen. Man, man, man.

Livia

Vind jij dat ik overdreven reageerde? Nee toch? Ik bedoel, hij ging te ver. Als het niet was met wat hij zei, dan in ieder geval met de manier waarop. Jij kent je broer beter dan ik, en misschien heb ik de laatste tijd, gezien de omstandigheden waaronder ik hem heb leren kennen, een beeld van hem gekregen dat niet helemaal reëel is. Waar het op neerkomt is dat ik hem nog nooit zo over je had horen spreken, en ik vind het niet eerlijk. Waarom had je hier een plan voor moeten hebben? Wie is voorbereid op zoiets onnoemelijks? Niemand toch? En dat gaf hij toe, Rafael heeft zelf ook geen testament, maar volgens hem is dat anders. Dat ben ik niet met hem eens. Oké, je familiesituatie is gecompliceerd, en je hebt geld. Dat levert problemen op, maar niet zolang je leeft en je had nog lang, héél lang moeten leven.

Misschien nam je een risico. Dat wil ik wel toegeven. Kijk, ongelukken gebeuren natuurlijk. En je zat ook wel eens in een vliegtuig, was veel onderweg. Misschien hadden we erover na moeten denken. Maar je denkt dat je tijd hebt voor zulke dingen. Toch? Je denkt niet dat je... En hij had je niet dom hoeven noemen.

Ik weet niet meer precies wat ik allemaal tegen hem heb gezegd. Of gegild. Ik gilde een beetje, denk ik. Laat ik het zo uitleggen: ik was een stukje bozer dan toen je de borst van die blondine signeerde op de afterparty van de première van *Nova III*. Maar ook weer niet zo boos als die keer dat je mijn lievelingsschoenen had weggegeven voor een liefdadigheidsveiling (mijn énige paar designerschoenen dat lekker zat, Roscoe! God, ik kan er nog giftig om worden...).

Volgens mij is hij een beetje geschrokken van hoe ik tegen hem uitviel. We hebben elkaar niet meer gesproken daarna. Misschien had ik hem even moeten terugbellen of zo. Maar ik ben nu bij mijn ouders. Mama bakt elke dag koekjes en cakes, want ze vindt dat ik er dun uitzie. Maar ze mislukken steeds omdat ze niet gewend is om vegan te bakken. Ze doen me denken aan de misbaksels van Hattie. Ik eet ze toch maar op, uit medelijden. Mama moet ook steeds huilen als ik het over jou heb. Of als ze ziet dat ik aan je denk. Wat de hele tijd is.

Toen ik haar de ring liet zien, stortte ze in. En toen ik dáár heel erg om moest huilen, zei ze per ongeluk dat het wel weer goed zou komen, dat ik iemand anders zou vinden om gelukkig mee te zijn en dat ik heus ooit zou trouwen en kinderen zou krijgen. Nou, dat beurde me niet bepaald op. Toen durfde ze twee dagen lang bijna helemaal niets meer te zeggen en heeft papa me maar mee naar de golfbaan genomen om te voorkomen dat ik mama een inzinking zou bezorgen. In de auto vertelde hij over oma, zijn moeder, die na de dood van mijn opa altijd alleen is gebleven. Ik heb er nooit bij stilgestaan hoe jong zij toen nog was. Iets ouder dan ik, maar zeker nog geen veertig. Ik weet niet, misschien was het in die tijd anders, was het normaler om als weduwe de rest van je leven te blijven rouwen. Maar papa vertelde dat zij ook onder druk stond om te hertrouwen. En dat ze het wel eens had overwogen omdat het makkelijker zou zijn met de opvoeding van vier jonge kinderen. Maar ze heeft het nooit gedaan, want, zei ze altijd: 'In mijn hart ben ik nog getrouwd.' Dat raakte me wel. We waren niet getrouwd, maar je was het wel voor me. Alles, alles wat ik ooit in een ander hoopte te kunnen vinden. En ik kan me niet indenken dat er een moment zal komen dat ik die plek door iemand anders zal laten opvullen, ook al ben ik nog jong en moet ik 'verder'. Verder kun je ook alleen, denk je niet?

Papa zegt dat ik daar nog niet over hoef na te denken. Het moment komt vanzelf wel, of niet, en er is geen goed of fout. Maar ik voel dat ik ben zoals oma. In mijn hart ben ik getrouwd. Het klinkt wat ouderwets, maar ook mooi. Dat vind ik tenminste. Jammer dat ik haar er niet meer naar kan vragen. Als ze langer had geleefd, hadden we misschien meer gesprekken gehad over haar leven. Gek hoor, dat ik er nooit bij heb stilgestaan dat het best moeilijk voor haar geweest moet zijn. Voor mij was het normaal dat zij alleen was. Ze was sterk, stoer en een beetje gek. Misschien kan ik ook zo worden.

Roscoe, ik wou dat ik met je kon overleggen. Ja, dat klinkt stom. Ik wou ook dat je niet dood was, dan hoefden we niet te overleggen over dingen waar ik überhaupt helemaal niet over na wil denken. Maar ik ben in New York nu, en ik had afgesproken met Gloria en George over hoe het verder moet met de serie. Nou, we hebben bijna twee uur lang alleen maar over jou gepraat. Gewoon, over alle leuke dingen. Dat je zo fijn was om mee te werken, hoe goed de sfeer altijd was met jou op de set, hoe fijn Gloria het vond dat je er voor haar was toen zij in scheiding lag en dat je toen dat weekend bij haar in New York bleef, en hoe rot ze het vond dat de pers daarna begon te speculeren dat jij en ik het niet lang meer zouden redden samen. George vertelde me over geintjes die je uithaalde tijdens de opnames, flauwe dingen, meestal op het moment dat de concentratie ruk was, waardoor je iedereen weer op scherp zette. En natuurlijk hadden we het ook over jou verliezen. Hoe dat voelt, daar kunnen we allemaal maar moeilijk woorden aan geven.

Het was fijn om daar te zijn, maar ook emotioneel slopend. We hebben alle drie het grootste deel van de tijd zitten huilen. En het laatste half uur hebben ze me wat ideeën voorgelegd over jouw einde in de serie. Ik heb een ruwe versie van een scenario meegekregen, zodat ik een idee zou krijgen wat hun bedoeling is. Het is een afscheid, Roscoe. Je sterft in de serie. Wat ik eigenlijk niet wil. Maar het is zo mooi gedaan. Als ik aan de fans denk, dan is dit misschien ook voor hen een manier om afscheid te nemen. Ik heb de brieven gezien van fans die vinden dat we jou een publieke uitvaart hadden moeten geven. Misschien kan dit het zijn. En hoe moeilijk het ook is om zoiets voor jou te beslissen, ik denk dat het goed is en dat jij dat ook zou vinden.

Na de bespreking gebeurde er iets stoms. Ik besloot naar huis te gaan, en ik begon in de auto al het script te lezen. Natuurlijk ging ik daarin op. Daarnaast had de ontmoeting met Gloria en George flink wat van me gevergd, dus ik keek ernaar uit om thuis te komen en neer te ploffen voor een dutje of zo. Dus ik kwam binnen en... nou... ik zag jou. Ik kan niet helemaal meer terughalen wat er gebeurde. Wel dat ik het script liet vallen en steun moest zoeken tegen de deurpost, want daar was je, midden in de kamer, in kleermakerszit, met je rug naar me toe, tokkelend op Wasbeer, niet echt spelend, meer een beetje plukkend aan de snaren en... Ik wist meteen dat het niet kon. Dat je een kat kan laten opduiken, wil ik nog wel geloven, maar dat jij daar helemaal als jezelf zat, dat was niet mogelijk. Toen keek je om, en hoewel me al begon te dagen hoe het werkelijk zat, zag ik nog steeds jouw gezicht, terwijl Rafael me aankeek, Wasbeer naast zich neerlegde en duizend excuses mompelde tijdens het opstaan.

Ik probeerde normaal te doen. Ik dacht dat ik daar wel mee weg zou komen. Maar ja, Rafael had natuurlijk door wat er aan de hand was. Hij voelde zich zichtbaar schuldig. 'Sorry, ik wist niet dat je zou komen vandaag. Anders dan...'

Hij wist zelf niet goed wat dan anders. Dan was hij weggegaan? Dan had hij Wasbeer niet gepakt? Dan had hij gezorgd dat hij van de achterkant gezien niet sprekend op jou leek? Mijn hart klopte nog steeds minstens dubbel zo snel.

‘Nee joh, ik wist dat je hier was. Ik eh... was het even vergeten.’ Ik draaide me om, om mijn jas op te hangen. En oogcontact te vermijden.

‘Ik heb de logeerkamer genomen. Maar als het raar is, dan kan ik wel naar een hotel.’

‘Nee, geen probleem. Het is hier groot genoeg.’ Ik kuchte om het rare, hoge toontje uit mijn stem te verjagen. ‘En eigenlijk is dit appartement van jou, toch? Ik bedoel: officieel.’

Hij keek een beetje zorgelijk, je broer. ‘Natuurlijk is het nog steeds jouw appartement.’

‘Dit staat op Roscoes naam, de bungalow op die van mij. Dus in feite moet ik jou vragen of het oké is dat ik hier ben.’

Rafael schudde zijn hoofd. ‘Ik ben hier zo weg, geef me een kwartier om wat spullen te pakken. O, en het spijt me dat ik zo bot was laatst. Dat was niet de bedoeling. Jij kan er ook niks aan doen, het was gewoon –’

‘Geeft niet. Ik moet ook sorry zeggen.’

‘Roscoe en ik... we konden elkaar flink de waarheid zeggen soms. Ik zou het ook in zijn gezicht hebben gezegd, snap je? Maar ik begrijp wel dat ik dat bij jou beter had kunnen laten.’

‘Het is wel goed.’

‘Ja?’

‘Zo erg was het ook weer niet. Ik ben wat lichtgeraakt. En als het om Roscoe gaat...’

‘Snap ik. Nou, ik zal je niet in de weg lopen.’ Hij draaide zich om, in de richting van de slaapkamers.

‘Nee, Rafael, ik meende het, hoor. Het is hier groot genoeg. Blijf nou.’ Ik schoof de losse bladen van het scenario die bij mijn voeten lagen bij elkaar, maakte er een stapel van en legde die op de eettafel.

‘Er is iets voor je bezorgd,’ zei hij, met een knikje naar een kledinghoes die aan de boekenkast hing. Een luxe, zwarte beschermhoes, met de designernaam in gouden letters.

'O ja, voor de Video Music Awards volgende week. Ik moet ernaartoe. Ze hebben een eerbetoon aan Roscoe gepland, omdat zijn album zo'n beetje alle records gebroken heeft én ze hebben hem ook nog genomineerd in de belangrijkste categorie. Artist of the Year. En het gaat om publieksstemmen, en iedereen is nu... ik bedoel... hij gaat dit winnen, denk je niet?'

'Hij wint nooit, toch? Hoeveel nominaties heeft hij al niet gehad? De laatste jaren vertelde hij het ons niet eens meer.'

'Het zou wel eens anders kunnen zijn nu. De nominaties voor de Emmy's zijn ook bekend. *High Five* is genomineerd voor beste comedyserie. En Roscoe voor beste acteur in een bijrol in een comedyserie. Die wint hij ook.'

'Weet je dat al?'

'Nee,' antwoordde ik. 'Maar dat gevoel heb ik. Gloria denkt het ook. Ik heb haar vandaag gezien. En George. We hebben lang gepraat en herinneringen opgehaald. En ze gaven me dit, een script. Voor een hommage aan Roscoe.'

'O. Heb je het al gelezen?' Hij raapte Wasbeer op en zette de gitaar op zijn vaste plek, naast de bank. 'Vond je het wat?'

'Het is heel ontroerend. En eervol. Ik denk dat Roscoe het mooi zou vinden. Maar ik vind het toch moeilijk om in te schatten wat hij zou willen.'

'Hm, ja, daar ben ik ook mee bezig geweest, de afgelopen dagen.'

'Ja?'

'De laatste keer dat hij me opzocht, hadden we het over mijn werk, en hij stelde voor om samen iets te gaan ondernemen. En toen kwam er een brief van Kat...'

'Heeft zij ook geschreven?'

'Ja, maar ik heb haar ook gezien, toen ik thuis was.'

'Hoe is het met haar?' Ik sjorde aan een van mijn laarzen, tot hij losschoot.

'Z'n gangetje. Ik weet het niet precies, eigenlijk. We hadden het vooral over Roc en dat zij hem zo'n beetje heeft laten vallen vanwege haar teleurstelling toen haar succes uitbleef. Maar ze had het ook over een pand dat hij wilde kopen...'

'De club in Brooklyn?'

'Ja! Daar weet je van?'

'Nou, hij had het er wel eens over. Jij had hem ooit op het idee gebracht zei hij. Ik dacht altijd dat het zijn pensioenplan was of zo. Iets voor na het acteren. Maar nu je het zegt: volgens mij was hij het serieus aan het uitzoeken. Hij dacht dat jij het leuk zou vinden om de tent te runnen. Hij wilde er nieuw muzikaal talent ontdekken en zo. En ze misschien op weg helpen. Volgens mij heeft hij het er ook met Gerry over gehad, van de studio waar hij zijn album heeft opgenomen. Ik kan jullie wel met elkaar in contact brengen.'

'Oké. Misschien wel handig. Toen ik zijn papieren doornam, zag ik dat hij van plan was een bod te doen op het pand. Een ridicuul bod. Als hij met me had overlegd, zou ik het hem wel uit zijn hoofd hebben gepraat. Maar het idee op zich... misschien had hij daar wel iets te pakken. Ik weet in ieder geval zeker dat ik niet terug kan naar een leven van bezichtigingen, telefoontjes plegen, mails beantwoorden en klanten bezoeken. Dus ik heb mijn bureau opgezegd.'

'Serieus? Is dat niet wat abrupt?' vroeg ik, mijn andere laars uittrekkend.

'Moet jij zeggen. Met je undercoveroperatie.'

'Hé, ik oordeel niet. Ik zeg het alleen maar.'

'Het was niet zo'n big deal, eigenlijk. Mijn halve portfolio bleek al overgedragen te zijn. Schijnbaar kun je niet zomaar een paar maanden van de radar verdwijnen in dit vak. Of welk vak dan ook. Ze waren daar niet zo blij meer met me, dus de huurovereenkomst voor mijn werkplek opzeggen was eigenlijk nog maar een formaliteit.'

'Jee, lekker begripvol. Wat als je spijt krijgt?'

'Krijg ik niet.' Hij haalde zijn schouders op. 'Nee. Dit werk is nooit mijn passie geweest, zoals bij jullie. En misschien vind ik zo'n passie nooit. Maar het zou fijn zijn om in ieder geval het gevoel te hebben iets zinvols te doen. Ik denk dat dit het is, voor nu althans. Al zal het anders worden dan wat Roscoe in gedachten had. Ik bedoel: ik ben hem niet en ik zal hem nooit worden.'

'Jij bent jij.'

'En daar moet ik het mee doen. Volgens mij heeft het ook weinig zin om ons af te vragen hoe hij de dingen zou willen. Hij is er niet, en wij wel. We kunnen alleen maar proberen om alles wat we doen zo goed mogelijk te doen. Dat is wat hij belangrijk zou vinden. Zoals ik het zie, is alles vanaf nu plan B. Dus hoezo: wat zou hij willen? Niks van wat er nu gebeurt was de bedoeling. Wat Roscoe zou willen, is hier nog zijn. Ons uitputten met een eindeloze stroom aan ideeën en zelfkritiek, bars kopen, plannen bedenken, muziek maken, scenario's schrijven, achter rollen aan gaan die zo ver mogelijk van hem af staan, puur om Ruth gek te maken.'

Ik moest lachen. 'Ja. Ik denk dat hij dát zou willen.'

'Luister naar me Ruth, luister heel even naar me. Het moet. Oké? Het moet gewoon!' Dit was twee jaar geleden. Ongeveer. De series hadden een zomerstop. We waren op het jacht van Justin en Fredrik. Vakantie. We waren er hard aan toe, maar de audities voor *Starry Night* liepen nog en jij was nog niet uitgenodigd. In eerste instantie had je niet eens het script gekregen, maar toen je het via via had bemachtigd, wist je het zeker. Deze rol moest je hebben. Dus belde je Ruth elke dag om te vragen of ze al een auditie had weten te regelen. Elke dag, ook tijdens de vakantie, en elke dag hoorde je ongeveer hetzelfde: 'Ze zoeken een andere kleur acteur, Roscoe. Ik kan het niet forceren.'

'Kleur? Wat nou kleur? Haarkleur, huidskleur? Ik verf mijn haar, ik val af, ik doe alles. Regel een auditie, dan laat ik het ze zien.'

'Het gaat niet alleen om je uiterlijk. Je moet het accepteren, dit is niet voor jou. Het gaat me niet lukken.'

'Hoezo niet? Je hoeft me alleen op een auditie te krijgen, dat is alles. Wat voor agent ben je als je geen auditie voor me kunt regelen?'

'Pardon? Heb ik je niet bij de sitcom binnengekregen? Je hebt een slecht geheugen, Roscoe. Denk je dat dat makkelijk was? Weet je hoeveel credits ik daarvoor heb moeten inzetten?'

'Nou en? Ik heb het toch waargemaakt? En ik heb *Nova* net gedaan, wat wil je nog meer van me?'

'Ik kan niet steeds deze zelfde discussie met je blijven voeren.'

'Ruth, je weet dat ik je dankbaar ben voor die kans bij *High Five*. Maar daar zaten ze eerst ook op een ander spoor en ik heb ze overtuigd. Ik wil een kans. Ik wéét dat dit mijn rol is. Kom op, nog één telefoontje, doe het nou.'

'Roscoe, ik zit hier door mijn mapje met mails te scrollen, en ik zal je zeggen: ik heb er drieënveertig verstuurd. Naar zeker twaalf verschillende mensen van de productie en casting. Ik kan niet blijven aandringen, dan werkt het averechts.'

'Hoe kan het averechts werken? Ik mag niet eens op auditie komen, het kan niet slechter dan dat. Wat heb ik te verliezen?'

'Hoe vaak moet ik het je nog uitleggen? Jij bepaalt niet hoe de wereld jou ziet. Iedereen in dit vak zit in een hokje. En meestal werkt dat in je voordeel. Soms betekent het ook dat je niet alles kunt doen wat je wilt. Iedereen heeft zijn eigen plek in de filmindustrie. Op het moment dat je dat accepteert, zal je het zo veel makkelijker krijgen.'

'Maar als ik nou alleen maar de kans krijg om het te laten zien –'

'Arthouse is je ding niet. Ik heb je die film toen laten maken, en het was een flop.'

'De kritieken waren alleen maar lovend.'

'Maar niemand heeft de film gezíén, lieverd. Alsjeblieft, wees eens even redelijk.'

'Ruth,' zei je zuchtend, vermoeid maar nog niet moegestreden, 'ik kan niet mijn hele carrière alleen nog maar actiehelden spelen. Je kunt me niet zeggen dat dat het is. Dan stop ik nog liever.'

Als je het over stoppen had, werd Ruth witheet. Een keer noemde ze het chantage, en toen je me dat na afloop vertelde, kon ik niet geloven dat je haar niet ter plekke had ontslagen. Maar zo was je niet. Ze kreeg het op die manier juist altijd voor elkaar dat je inbond en soms zelfs je excuses maakte.

Die dag op het jacht hoorde ik je de hele dans voor de zoveelste keer uitvoeren. Het heen en weer gaan tussen eisen stellen en het gladstrijken als Ruth zich aangevallen voelde. Ik zat benedendeks te ontbijten – Justin en Fredrik sliepen uit – en ik hoorde je het weer zeggen: 'Ik kan niet de rest van mijn leven alleen nog actiehelden blijven spelen!' Maar het klonk niet meer vermoeid. Het klonk wanhopig, en veel feller dan ik van je gewend was. Ik liep het trappetje op dat naar het dek leidde en zag je staan aan de reling, uitkijkend over het water. Ik bleef op een paar meter afstand staan. Misschien had je me horen aankomen, want je draaide je om.

'Alles goed?' vroeg ik geluidloos.

Je gezicht stond strak en de blik in je ogen veranderde niet toen je me zag. Het was alsof je ergens anders was. 'Ruth! Hou op met praten en luister. Je móét me ertussen krijgen. Is dat duidelijk? Het kan me niet schelen als ze me afwijzen, maar ze moeten me zien. En jij zorgt dat dat gebeurt, anders vlieg je eruit en dat meen ik verdomme serieus!'

Je drukte het gesprek weg, schold en vloekte een seconde of tien aan één stuk door en toen zwaaide je je arm omhoog en vloog je telefoon een paar meter door de lucht voor die met een zachte plons het water in dook. En toen vloekte je nog harder.

'Hé,' zei ik. Ik liep naar je toe.

Jij draaide je van me af, steunde met gestrekte armen op de reling, je hoofd gebogen. 'Laat me maar.'

'Nee, ik laat je niet.'

'Ze weigert het gewoon. Ze gaat verdomme zelf op de stoel van de casting zitten en zij is degene die ervan overtuigd is dat ik het niet kan.'

'Niet naar haar luisteren.' Ik kwam achter je staan en omhelsde je. Met mijn wang tegen je rug gedrukt kon ik je hart horen bonzen. 'Vergeet Ruth, we regelen het zelf wel. Justin kent genoeg mensen. Hij kan vast aan het nummer van de castingdirector komen, dan bellen we zelf. En ik kan Antoine bellen, hij heeft toch laatst die actiefilm gemaakt met dezelfde producent? Ingangen genoeg.'

'Ze kan het niet ópbrengen, Liv, om me naar voren te schuiven. Om die lui te overtuigen. Wat moet ik nou met haar?'

'Nou, volgens mij was je daar net best duidelijk over.'

Je lachte, wat half als een snik klonk. 'Ik weet niet wat ik mankeer.'

'Niks. Er mankeert niks aan jou.' Ik liet mijn hand onder je shirt glippen. Je was nog flink afgetraind vanwege Nova. Ik voelde je buikspieren onder mijn vingers. 'Probeer alsjeblieft een beetje te ontspannen. We zijn op vakantie, en je hebt het elke dag al aan de stok gehad met Ruth.'

'Ik weet het. Sorry dat ik het voor je verpest. Ik snap niet hoe je het met me uithoudt.'

Ik liet mijn hand over je borstkas gaan. 'Wat denk je zelf?'

'Geen idee.' Je greep mijn hand vast en draaide je naar me toe. 'Is het de seks?'

'De seks helpt zeker.'

Je trok me dicht tegen je aan en kuste me in mijn nek.

'Je verpest het helemaal niet voor me,' zei ik, giechelend omdat je net in mijn zij kriebelde. 'Je bent juist sexy als je in woede uitbarst en mensen ontslaat. Ik kende die kant van je nog niet.'

'Ik weet niet hoe ze me opeens zover kreeg. Ik wil dit. Ik wil het echt.'

'Weet ik. En ik weet ook dat het je gaat lukken.'

Je liet een ongelovig lachje ontsnappen. 'Dat is lief, maar... volkomen misplaatst.'

'Nee. Jij zegt toch de hele tijd dat het jouw rol is? Dat je dat voelt? Nou, dat voel ik ook. Ze moeten je nemen, ze zouden gek zijn als ze het niet deden. En ik weet dat je een manier zult vinden om het voor elkaar te krijgen.'

'Weet je ook hoe?'

Ik pakte je hand. 'Nog niet precies. Maar ik ben er vrij zeker van dat het begint met jou en mij, op een jacht, zonder afleiding.' Ik knikte naar het water. 'Zonder telefoon.'

Je kreunde gefrustreerd. 'Dat ding was nog geen jaar oud. En nu ligt het daar tussen de vissen, superslecht natuurlijk, straks zijn ze allemaal ziek van de straling. Of, weet ik veel, verslaafd aan social media.' Er vlamde iets op in je ogen. Ik zweer het, soms kon ik ideeën fysiek in je zien opkomen. 'Hé, zullen we 'm opduiken?'

Ik schudde mijn hoofd, zo van: jij met je grapjes. Maar toen zag ik dat je het meende.

'Zo diep is het niet, toch?' Je trok je T-shirt uit en gooide het op een van de banken op het dek.

'Vast niet.' Ik wurmde me uit mijn tuniek, en toen klommen we over de reling, keken elkaar even aan, je pakte mijn hand, knikte en we sprongen twee verdiepingen naar beneden.

Zo diep was het wel. Uiteindelijk moest Fredrik er met zijn duikuitrusting aan te pas komen om je telefoon op te diepen. De rest van de dag zwommen we, aten we, kletsten we en lagen we in de zon te lezen, terwijl je telefoon in een bak rijst lag op te drogen. 's Avonds voeren we terug naar de haven, en gingen Justin en Fredrik aan land om een restaurantje te zoeken. Wij haalden de lekkerste pizza die we ooit hadden gegeten af bij een pizzeria aan de kade. En die aten we op het bovendek, terwijl het donker werd en er boven ons steeds meer sterren zichtbaar werden. We lagen er op onze rug naar te kijken, onze vingers verstrengeld, jouw hand die seks had met de mijne. Je neuriede 'Vincent', het liedje van Don McLean dat de meeste mensen beter kenden van de openingswoorden: 'Starry, starry night'.

'Veel sterren vanavond,' zei ik. 'Misschien is het een teken.'

'Hm-hm.' Je zweeg even. 'Of, je weet wel, simpelweg natuurkunde. Kan ook.' Je draaide je gezicht naar me toe en grijnsde het soort grijns waarvan ik nog steeds knikkende knieën kreeg. Zelfs nu nog, als ik er alleen maar aan denk. Ik draaide me op mijn zij, zodat ik je beter kon aankijken.

'Als je alles kon hebben wat je maar wilde. Wat zou dat dan zijn?'

Je bracht de rug van mijn hand naar je lippen en drukte er een kusje op. 'Ik ben op dit moment al best tevreden.'

'Weet ik. Ik ook. Maar wat zou je doen als je wist dat alles zou lukken?'

'Vincent,' antwoordde je. Dat wist ik natuurlijk al. 'Die rol wil ik per se. Al zou het de laatste rol zijn die ik krijg, die wil ik spelen. Dat moet.'

Ik knikte.

'En muziek. Nieuwe liedjes schrijven, nog een album opnemen, optreden. Dat vond ik zo leuk om te doen. Ook al was de tour niet uitverkocht, werd ik amper op de radio gedraaid en kraakten de recensenten me af. Dat maakt me allemaal niet uit. Al sta ik alleen in kleine zalen. Ik wil weer iets maken. Misschien ga ik de studio in om "Vincent" in te zingen als we weer thuis zijn. Dan stuur ik de demo op naar de filmmakers, wat denk je?'

'Mooi. Dat moet je doen. Dat zal zeker indruk maken.'

'Indruk. Daar gaat het om, de indruk die we maken. Dat we iets achterlaten wat groter is, belangrijker dan wijzelf. Iets wat blijft. Een blijvende indruk.' Je streelde in gedachten verzonken met je vingertoppen langs mijn handpalm en verstrengelde je vingers opnieuw met de mijne. 'En ik wil weer met jou werken. Ik ga jouw *Starry Night* voor je schrijven. Zeg maar wat je zou willen, dan maak ik het voor je.'

'Ik wil natuurlijk het liefst in jouw serie spelen. Ik weet nu al dat het prachtig wordt. En een romcom lijkt me wel eens leuk.'

Je lachte. 'Echt?'

'Ja! Een echt goeie. Zo een die een klassieker wordt. Waarom ben je verbaasd?'

'Weet ik niet. Ik zou zeker naar de bioscoop gaan om jou in een romcom te zien.'

Ik gaf je een duwtje. 'Niet waar.'

Je trok me tegen je aan en kuste me, diep, intens. Langzaam. Je rolde me onder je, op mijn rug. Toen je de kus beëindigde, of eerder pauzeerde, creëerde je maar net genoeg afstand om me aan te kunnen kijken. Ik aaide door het haar op je achterhoofd.

Je zei: 'Ik maak een romantische comedy voor je als je dat wilt.'

'Ik dacht dat het drama was waar je aan werkt.'

'Ja, is het ook. Maar wel met licht erin. Waarom kan het niet allebei? Dramedy, dat is het. En waarom zouden we kiezen? Het kan allemaal. Ik wil nog heel veel met jou doen.'

'Ik ook. Met jou.' Ik voelde mijn hart opzwellen terwijl ik aan zo veel meer dacht dan alleen aan werk. Je ogen glansden in het donker en ik wilde het zeggen, alles wat ik dacht, maar het leek eigenlijk alsof je het al wist, dus ik slikte en zei niets. En jij zei ook niets, heel lang, maar je ogen gingen heen en weer tussen de mijne, alsof je iets las daar: mij en al mijn gedachten.

'Ik wil het allemaal,' zei je, 'al die dingen die ik net opnoemde. Maar misschien krijg ik niet alles wat ik wil... en dat is niet zo erg. Jij bent belangrijker dan al die dingen, belangrijker dan muziek of mijn droomrol. Als ik jou heb, alleen maar jou, voor altijd met jou... dan heb ik ook alles.'

En verder kan ik nu niet schrijven, Roscoe, want alles was perfect toen. En dat wisten we allebei. Dat dit het was. We hoefden het niet eens uit te spreken. Dat moment daar, als ik mijn ogen sluit en heel stil ben, dan ben ik er weer. Samen met jou. Samen onder de sterrenhemel, in een zich oneindig uitstrekkend moment, met jouw stem die zacht zingt in de stilte van de nacht. Zo dicht bij perfectie als maar mogelijk is in deze imperfecte wereld, die nooit bedoeld was voor iemand zo mooi als jij.

Het beeldje lag tijdens de autorit naar huis op mijn schoot. De zilveren astronaut op de maan stak duidelijk af tegen de achtergrond van de glanzende zwarte stof van mijn jurk. Je hebt hem natuurlijk gewonnen, overweldigend overtuigend. En over een paar weken krijgt deze knappe astronaut gezelschap van de gevleugelde gouden dame die een atoom boven zich vasthoudt. Een andere galajurk, een andere ceremonie, en er zullen er nog vele volgen.

Ik heb hem. Jíj hebt hem. Ik zou blij moeten zijn. Ik weet dat je nu de erkenning gaat krijgen die je altijd al verdiende. *Starry Night* ligt nog in de montagekamer, maar ik weet al wat er gaat komen. Golden Globes, Academy Awards, alles. Ze willen jouw opname van 'Vincent' gebruiken als titelsong. Dat begrijp ik, want het is een van je mooiste opnames ooit. Ik heb een uitnodiging gekregen voor de eerste screening. Alleen ik en de regisseur. Hij vond dat ik de kans moest krijgen om het de eerste keer alleen te zien. Ik denk dat ik Rafael meevraag. Natuurlijk wil ik het zien. Ik weet hoe trots je hierop bent, en hoe enthousiast je was toen je de eerste beelden had gezien. Ik kan niet wachten om het te zien, maar snap je dat ik er ook tegen opzie?

Het is een klein wonder dat ik deze avond doorgekomen ben. Ik voelde de camera's op me inzoomen tijdens het eerbetoon dat ze gemaakt hadden, beelden van jou met een instrumentale versie van 'Vincent' eronder. Maar ik vergat het onmiddellijk. Ik was betoverd door je. Je lach. Je ogen. Het vuur dat in je brandde en je energie die de hele ruimte vulde. Ik kon alleen maar ademloos naar je staren, vervuld van liefde en een ongekende trots en blijdschap dat je mij had gekozen om bij je te horen. Ongeloof bijna, dat het echt was geweest. Jij en ik. Ik betrapte mezelf op een geluidloos gefluisterd 'Ik hou van je'.

De uitreiking van de award volgde direct. Ik zat in mijn eigen wereld vanaf het moment dat de genomineerden werden genoemd. Ik wist dat ik slechts ogenblikken verwijderd was van het horen van jouw naam en dat ik dan moest opstaan, naar voren moest komen in de overvolle Radio City Music Hall, en dat ik een award in ontvangst moest nemen voor jou, namens jou. Ik stelde me voor dat je naast me zat en dat niet je foto in beeld verscheen, maar een shot van jouw gezicht, live in beeld, net als bij de andere genomineerden. Dat je mijn hand vastpakte. We een blik wisselden. De mijne betekende: je gaat dit winnen. Die van jou: het geeft niet als ik niet win. De envelop werd geopend. Jouw naam. Applaus: hartverwarmend en oorverdovend. Je geloofde het niet. Een kus. Jij die naar voren liep, niet ik. Jouw woorden, niet die van mij. Tranen in mijn ogen van trots. Bescheidenheid van jou. De award in jouw hand. Nog meer applaus.

Maar ik was het. Ik stond daar met jouw astronaut in mijn handen op het podium. En ik sprak over je. Ik had maar kort de tijd. En ik had iets voorbereid, maar toen ik daar stond, wist ik het niet meer. Dus begon ik maar gewoon te praten, een bedankje aan iedereen die op je gestemd had, en daarna zei ik ongeveer dit: 'De meesten van jullie kennen Roscoe als superheld. En ik hoop dat jullie zullen onthouden dat hij dat ook écht was. Niet alleen op het witte doek, maar in het echte leven. Elke dag opnieuw. Aardig zijn, kwetsbaar durven zijn, liefhebben en vechten voor waar je in gelooft, dat zijn pure heldendaden. En mijn Roscoe – jullie Roscoe – toonde dit in zijn muziek, in de rollen die hij speelde, en in wie hij elke dag was. En het mooie aan superhelden is dat ze nooit sterven.' Op dat punt moest ik eigenlijk huilen, maar ik slikte mijn tranen weg, richtte mijn blik op de award en toen dacht ik opeens weer aan die zin. Die epische woorden van Leaf aan Rush. 'Ik red jou en jij redt mij en zo zal het altijd zijn.' Het publiek werd uitzinnig toen ik die tekst na al die tijd opnieuw uitsprak. Het applaus nam de hele zaal over en tegelijk leek het stiller te worden. Ik keek opzij, niet omhoog. Omdat dat was waar ik je voelde. Naast me. Zo dichtbij dat het bijna tastbaar was. Jij aan mijn zij, met je hand onderaan mijn rug zoals je deed als je wist dat ik me niet op mijn gemak voelde. De spotlight ging uit en ik kon je zien. Lachend.

Ik ben niet lang gebleven daarna. Ik had de rode loper aan het begin vermeden en heb het feest na afloop grotendeels geskipt, maar ik ben er geweest, en ik ben niet ingestort. De pijn aan mijn voeten was ondanks de tien centimeter hoge hakken zelfs nog uit te houden. Vroeg naar huis gaan heeft ook voordelen. Weet je nog hoe je me soms de auto uit moest tillen, omdat ik onderweg mijn schoenen had uitgedaan en te veel pijn had om ze weer aan te doen? Dat je me dan droeg tot we binnen waren? En dan liepen we hand in hand, ik op blote voeten, met mijn schoenen in de andere hand, naar de lift.

Bruce was er niet toen ik vanavond thuiskwam. De nachtportier gaf me een knikje toen ik hem passeerde, onderweg naar de lift. Ik deed alvast de zware oorbellen uit die de stylist voor me had uitgezocht en hield ze in mijn hand. De deuren gingen open, ik stapte naar binnen. Ik woog de juwelen in mijn ene hand, de award in de andere, wachtend tot de lift in beweging kwam, draaide me iets opzij. 'Roscoe, heb je het knopje...'

Mijn stem weerkaatste in de lege lift, geen Roscoe, je was er niet, complete stilte in een lift die niet bewoog. Jij, die op het knopje drukt als we samen thuiskomen, bent er niet en zonder jou beweegt de lift niet, beweeg ik niet, kom ik letterlijk nergens meer. Ik stond vast.

Zelf op het knopje drukken kwam niet in me op. En al had ik er wel aan gedacht, mijn spieren werkten niet, dus ik had de impuls niet kunnen opvolgen. De avond was voorbij, en ik had het allemaal gedaan zonder jou, maar nu ging het niet meer. De spullen in mijn handen wogen zo zwaar dat ik ze niet meer kon dragen. Ik voelde de achterwand van de lift tegen mijn rug, en ik zakte ertegenaan en omlaag. Er gingen seconden voorbij, of misschien minuten, en toen, zomaar, schudde de lift lichtjes en kwam hij in beweging. Ik keek op, naar het display boven de deur dat onze verdieping aangaf.

Ik zag de nummers oplopen en krabbelde overeind, niet begrijpend hoe het kon dat in een gebouw zo groot als het onze, met zo veel bewoners, de lift per ongeluk naar een verdieping ging waar maar twee appartementen zijn, waaronder het onze. Dat kon dan geen toeval zijn, toch? Dat moest dan toch wel...

Rafael. De liftdeuren gingen open en daar stond hij, geduldig wachtend en verrast mij te zien. 'Hé, ben je al terug? Dat is vroeg, ik had je nog niet verwacht. Hoe was het? O... niet goed?'

'Hij heeft gewonnen,' zei ik, krachteloos zwaaiend met de award. Ik stak hem uit in de richting van Rafael en hij pakte hem aan.

'Weet ik. Ik heb gekeken. Wauw, best een mooi ding. En zwaar.'

'Hij heeft gewonnen, en alles ging goed. De hele avond... ging goed... en nu, nu... Ik heb niet op het knopje gedrukt.'

Rafael knikte, alsof het logisch was wat ik zei, besefte toen dat het niet logisch was en vroeg: 'Hoe bedoel je?'

'Het knopje van de lift. Roscoe drukte meestal op het knopje, en nu moet ik zelf op het knopje drukken en dat deed ik niet! Ik stond daar en ik kon nergens heen, want de lift deed het niet, en ik kon er niet uit en ik kon niet op dat stomme knopje drukken en toen...'

'Toen drukte ik hier op het knopje.'

'Ja!' Ik maakte een hulpeloos gebaar en liet een oorbel vallen. Rafael bukte om hem op te rapen, en ik ook. Hij had hem eerder. Hij zat op zijn hurken, en ik liet me vallen zodat ik vlak voor de lift op het dikke tapijt zat. Hij hield de oorbel vast en toen ik hem aanpakte, pakte hij mijn hand.

'Je drukte één keer niet op het knopje. Maar hoe vaak ben je al niet met de lift geweest en drukte je er wel op? Nou? Je bent meestal prima in staat om op het knopje te drukken en heel soms een keertje even niet, maar dat is niet erg, want dan drukt iemand anders wel, zie je? Je bent er toch?'

'Ik kan er niet op blijven rekenen dat Roscoe jou stuurt als ik iets niet kan.'

'Denk je dat hij dat doet?'

Ik haalde mijn schouders op. 'Weet ik veel. Waarom sta je hier anders?'

'Nou...' Hij keek betrapt, zette de award op de grond en haalde twee in vieren gevouwen velletjes papier uit de zak van zijn spijkerbroek. 'Dat heeft inderdaad met Roc te maken.'

'Zie je wel?' Ik pakte de papieren aan, een brief, vier kantjes in een mooi, klassiek handschrift.

'Die lag hier ineens op de mat. Van een van de buren. Ze zegt dat ze bevriend is met Roscoe.'

'Marigold... ja, dat klopt wel.'

'Ik wilde haar opzoeken. Maar het hoeft niet nu. Het is misschien al wat aan de late kant.'

'Marigold is een nachtdier. Ga maar gerust, hoor. Je vindt me hier nog wel als je weer terugkomt.'

'Want? Je blijft hier bivakkeren? In de gang?'

'Waarom niet?'

Rafael ging ook zitten, naast me, met zijn rug tegen de muur. 'Dat kan. Je kan ook opstaan, naar binnen gaan, theezetten, een lang bad nemen, deze een plekje geven...' Hij pakte de astronaut op. 'Hij heeft het toch nog geflikt.'

Ik knikte. 'Ja.'

'We kunnen het niet opgeven, Liv. Dat kan niet, want alles wat we doen, doen we nu ook namens hem. Dus het moet wel een beetje de moeite waard zijn, snap je?'

'Maar dat is het niet. Wat is nog de moeite waard zonder hem? Wat doen we hier nog?'

'Geen idee. Dat heb ik ook nog niet uitgedokterd, maar het is zo, wij zijn hier nog, en hij niet. Natuurlijk is dat oneerlijk, want als iemand nou wist hoe je moest leven, dan was hij het wel. Hij kon dat hartstikke goed, eigenlijk.'

'Ja, best wel.'

'Ik dacht: het is dan nogal ondankbaar van ons, als wij het leven niet meer zouden waarderen terwijl het hém is ontnomen. Terwijl er nog zo veel was wat hij wilde. Ik denk er soms ook aan, om te kappen met dingen. Om te gaan zitten, hier of waar dan ook, en er niet meer aan mee te doen. Gewoon wachten tot ik hier weg kan. Maar...' Hij schudde zijn hoofd. 'Ik denk dat we juist moeten proberen om nog wat te leven, hier. Voor hem, met hem, namens hem.'

Ik was even stil.

'Het hoeft niet meteen,' zei hij.

'Nee, misschien morgen of zo.'

'Of overmorgen. Of nog later, meestal begin je met zoiets op een maandag.'

'Het ís maandag.'

'Dan een andere maandag. Dat komt me sowieso beter uit.'

'We moeten waarschijnlijk klein beginnen,' opperde ik.

'Ja,' antwoordde Rafael. 'Heel klein. De lat niet te hoog leggen.'

We keken elkaar aan. Ik zuchtte en stond op. 'Kom,' zei ik en ik stak mijn hand naar hem uit. 'We hebben nog wat leven te doen.'

Hij keek een beetje verbaasd, pakte mijn hand en liet zich omhoogtakelen.

'Ik stel je voor aan Marigold.' Ik drukte op het knopje van de lift. Namens jou.

Epiloog

De dagen duren lang voor ons achterblijvers, maar de jaren gaan snel. Tijd werkt op een gekke manier. Er is veel gebeurd sinds je vertrek. Een blijvende indruk maken. Dat is wat je wilde. Dat heb je gedaan en niet alleen op ons, maar op zo veel anderen. De wereld zonder jou is grijzer, maar zo veel mooier dan voordat je er was. Roscoe, laat me je wat vertellen over wat je nagelaten hebt.

Een paar weken na de Video Music Awards won je een Emmy voor je rol in *High Five*. Het jaar erop werd de film *Starry Night* bedolven onder nominaties en awards. De Academy Award voor beste mannelijke hoofdrol was de derde in de geschiedenis die postuum aan een acteur werd toegekend.

Jouw uitvoering van 'Vincent' werd de titelsong van de film *Starry Night*. En een wereldhit.

De Roscoffee werd door meerdere koffieketens in het assortiment opgenomen en daardoor worden er jaarlijks ruim 435.000 gratis koppen koffie uitgedeeld.

De populariteit van de naam Roscoe steeg explosief. Elk jaar worden er ongeveer duizend kinderen naar je vernoemd. Stel je voor, duizend Roscoes, ieder jaar. Deze Roscoes zullen opgroeien tot leraren, brandweerlieden, artsen, kunstenaars, medewerkers in de zorg, ontwikkelingshulp en dierenwelzijn, politici en activisten. Allemaal maken ze op hun manier de wereld een beetje beter. Ik weet dat het moeilijk te bevatten is, maar wacht even, want er is meer.

Je wilt vast weten hoe het gaat met Liv, maar misschien hoef ik het je niet te vertellen. Je was er altijd bij. Je was er toen Liv op reis ging om haar dochter voor het eerst te ontmoeten. Je was er toen ik ze opwachtte in de aankomsthal op JFK en Liv me stralend met het kleine meisje op haar arm tegemoetkwam. Ik wist dat jij op dat moment naast ze liep.

Maar wacht, ik ga te snel. Dat kwam later pas. Veel later. Eerst was er een heel lange periode van dag tot dag en stapje voor stapje. Soms ook wat stapjes terug. Het was Livia die jouw Golden Globe en Academy Award in ontvangst nam voor *Starry Night*. Op een dag begon ze weer te werken, voor het eerst sinds lange tijd. Maar de rol die jij voor haar had geschreven, kon ze niet spelen. Ze veranderde haar naam in Livia Mulder en maakte haar debuut als regisseur en producent, met jouw scenario *You and Me*. Alle prijzen die ze wint, draagt ze op aan jou.

Je was er toen ik de bar opende, en elke avond daarvoor toen ik aan het slopen en verbouwen was. Voor het eerst voelde ik iets van de drive die jij gevoeld moet hebben als je aan het werk was. Ik denk dat ik de plek heb gemaakt zoals jij die voor je zag. Kat heeft er haar eigen show, Fiona is de chef en we hebben een all-vegan menukaart. Elke avond is er live muziek, zelfs ma heeft af en toe weer het podium gepakt. Ze zingt nu het liefst tranentrekkende Franse chansons. Maar vooral treedt er nieuw talent bij ons op voor een enorme fotowand met daarop de opvliegende blauwe gaai. Jouw foto, die al bijna net zo beroemd is als jij. Mensen komen speciaal naar de bar om voor de muur te poseren voor hun social media. Net als bij de belettering aan de voorkant van het pand, waar de naam van de bar staat. The Better Brother. Dat was jij altijd al.

Er is nog veel meer gebeurd, het meeste goed. Ik ben Marigold blijven helpen met de klusjes in huis. Ze verzon er door de jaren heen steeds meer. Misschien heeft ze je dat inmiddels verteld. Zeg haar maar dat ik het niet erg vond.

Ma weet zich te redden. Maak je maar geen zorgen. Ze heeft een paar goede vriendinnen overgehouden aan de praatgroep. En ik let op haar. Soms drinkt ze te veel. Ze geeft veel geld uit aan mediums die haar met jou in contact kunnen brengen. Maar dat veroordeel ik niet. Als ik na al die jaren nog steeds met jou in gesprek ben, dan moet ik haar toch hetzelfde gunnen?

Pa zien we een paar keer per jaar. In het begin voelde dat totaal surrealistisch. Sciencefictionachtig raar. Maar ik heb geleerd om niets te verwachten. Ik zeg 'Hoi pa' als ik binnenkom, pak voor ons allebei een biertje, en dan kijken we iets van sport. Ma nodigt hem uit voor het jaarlijkse kerstdiner zodat hij niet alleen is. Dan eten we samen zonder veel te zeggen, als de gebroken, beschadigde familie die we zijn. Heel kunnen we niet meer worden. Maar de scheuren zijn onderdeel van ons verhaal en jij bent het die de scherven bijeenhoudt.

Ik moet je nog één ding vertellen. Onder de duizenden nieuwe Roscoes die geboren zijn, zijn maar een paar meisjes. Een van hen is de dochter van Liv, en daarom ook de jouwe. Ze noemt mij haar lievelingsoom. Dat mag ik hopen. Ik ben haar enige oom.

Soms denk ik dat ze op je lijkt, wat feitelijk niet kan. Maar ik zie ook dat ze lijkt op Liv, wat evengoed niet kan. Wat ik wil zeggen, is dat een mens meer is dan een pakketje genen. Je zou een geweldige vader zijn geweest en in zekere zin ben je dat ook geworden. Dit meisje was voorbestemd om bij Liv en jou te horen.

Ik wil je iets vertellen over jouw dochter. Haar naam is Roscoe Mulder. Vandaag vierden we haar zestiende verjaardag. Ze wil de politiek in, of milieuactiviste worden. Ze heeft al twee miljoen volgers op social media. Ze wil impact maken, zegt ze. De wereld beter maken. Ik denk dat het haar gaat lukken.

Dankwoord

Een verregend briefje achtergelaten bij een oud schoolgebouw, gevonden in de jaszak van Rafael.

Lieve Roscoe,

We kennen je al jaren. En nu is je verhaal verteld. Wat hadden we je graag een gelukkig einde gegund. Maar eindes zijn altijd het treurige deel van het verhaal, hoe je ze ook schrijft. Het gaat om alles wat je doet voor het einde komt. En we willen je daarvoor bedanken. Bedankt dat je ons hebt gekozen om je verhaal te vertellen. Bedankt dat je er was.

Liefs,
Céla